[redacted] August 2024

Das Spiel auf Leben und Tod hat schon begonnen …

Alles fängt mit einem Memorystick an, den Frank Geissler an einem Samstag in der Post vorfindet. Wer schickt ihm so etwas, noch dazu ohne Absender? Frank ist neugierig und will wissen, was sich auf dem Stick befindet. Und traut seinen Augen nicht, als er auf einer Website landet, die einen am Boden festgeketteten Mann zeigt. Aber nicht nur das. Neben dem Mann steht ein Käfig voller Ratten. Die Tiere sind unruhig, sie haben Hunger.
Wenn Frank eine bestimmte Aufgabe erfüllt, so erfährt er, kann er den Mann retten, ihn vor dem Tod bewahren. Aber Frank glaubt an einen üblen Scherz und schließt die Website schnell wieder. Kurz darauf ist der Mann tot. Er war die erste »Spielfigur« in einem Spiel, das Frank nun spielen muss. Gemeinsam mit seinen drei besten Freunden aus der Kindheit, die er seit Jahren nicht mehr gesehen hat. In einem ehemaligen Atomschutzbunker in der Eifel. Und für jeden »Spieler« geht es um alles. Um das eigene Leben. Aber auch um das der Menschen, die sie am meisten lieben …

»Arno Strobel gehört zu den neuen Erfolgsautoren des deutschen Krimis.« *krimi-couch.de*

Arno Strobel, 1962 in Saarlouis geboren, studierte Informationstechnologie und arbeitet heute bei einer großen deutschen Bank in Luxemburg. Mit dem Schreiben begann er im Alter von fast vierzig Jahren. Arno Strobel lebt mit seiner Familie in der Nähe von Trier.
Mehr unter www.arnostrobel.de und http://das-spiel.to

Außerdem bei FISCHER Taschenbuch erschienen:
»Der Trakt«, »Das Wesen«, »Das Skript«, »Der Sarg«

Weitere Informationen, auch zu E-Book-Ausgaben, finden Sie bei www.fischerverlage.de
Besuchen Sie Arno Strobel auch auf Facebook.

ARNO STROBEL

DAS RACHE SPIEL

Psychothriller

FISCHER Taschenbuch

MIX
Papier aus verantwortungsvollen Quellen
FSC® C083411

2. Auflage: Februar 2014

Originalausgabe
Erschienen bei FISCHER Taschenbuch
Frankfurt am Main, Februar 2014

Dieses Werk wurde vermittelt durch die Literarische Agentur
Thomas Schlück GmbH, 30827 Garbsen.
Satz: pagina GmbH, Tübingen
Druck und Bindung: CPI books GmbH, Leck
Printed in Germany
ISBN 978-3-596-19694-4

*Für all die lieben Menschen,
die mich bis hierher begleitet
und unterstützt haben.*

1

Frank Geissler erhielt den Umschlag am Samstagvormittag.

Es war ein herrlicher Septembertag, und es schien, als hätte die Sonne sich nach dem verregneten und viel zu kalten Sommer doch noch auf ihre Aufgabe besonnen und versuche nun nachzuholen, was sie in den vergangenen Wochen versäumt hatte. Als Frank gegen elf Uhr den Rasenmäher abstellte, um eine kleine Pause zu machen und einen Schluck zu trinken, zeigte das Thermometer auf der schattigen Seite des Gartenhauses schon 25 Grad an. Frank würde noch ein, zwei Stunden brauchen, bis er die über 2000 Quadratmeter große Fläche fertiggemäht hatte, doch das machte ihm nichts aus. Natürlich hätte er die Arbeit von einem Gärtner erledigen lassen können, aber er genoss am Wochenende die Beschäftigung an der frischen Luft, da er von montags bis freitags meist den ganzen Tag über im Büro seiner Softwarefirma hockte.

Das gelbe Fahrzeug hielt gerade vor dem Haus, als Frank über die schon gemähte Rasenfläche im vorderen Bereich ging, um die Gartengeräte aufzusammeln, die dort noch herumlagen. Er schlenderte der Postbotin entgegen und nahm den Stapel Briefe an, den sie für ihn hatte. Obenauf lag ein brauner DIN-A5-Luftpolsterumschlag ohne Absender, den restlichen Umschlägen sah man von außen an, dass sie Rechnungen oder Werbung enthielten. Frank ging zum Haus zurück, legte die Briefe auf der Fensterbank ab und riss den braunen Umschlag an der Oberseite auf. Im ersten Moment sah es so aus, als sei er leer, doch als Frank die Öffnung weiter auseinanderzog, entdeckte er einen kleinen Gegenstand, der ganz unten zwischen den luftgepolsterten Seitenteilen steckte. Ein Memorystick. Frank nahm ihn heraus und vergewisserte sich noch einmal, dass der Umschlag sonst nichts enthielt, bevor er ihn zu den Briefen auf der Fensterbank legte. Den silbernen Stick behielt er in der Hand und betrachtete ihn von allen Seiten. Es gab weder einen Werbeaufdruck noch sonst einen Hinweis auf seine Herkunft. Frank überlegte, wer ihm einen Speicherstick ohne Absender und Begleitschreiben schicken könnte. Es fiel ihm niemand ein. Er würde sich den Inhalt ansehen müssen, wenn er mehr erfahren wollte. Frank nahm die anderen Briefe und den leeren Umschlag von der Fensterbank und ging ums Haus herum zur Terrassentür. Auf dem Weg überlegte er sich, dass der Stick Schadsoftware enthalten konnte, einen Trojaner zum Beispiel, dessen Zweck es war, sich auf dem PC festzusetzen, sobald der Stick in den USB-Anschluss gesteckt wurde. Diese Programme spähten den Rechner aus, auf dem sie sich installierten, und schickten dann alle möglichen Daten an einen im Quellcode hinterlegten Adressaten. Nicht zum ersten Mal wollte jemand so an Betriebsgeheimnisse seiner Firma herankommen.

Auf der Terrasse zog Frank die Schuhe aus und betrat das Wohnzimmer. Beate war mit Laura zum Shoppen in der Stadt unterwegs, weil die Fünfzehnjährige neue Schuhe brauchte. Frank wusste aus Erfahrung, dass er vor dem späten Nachmittag nicht mit den beiden rechnen konnte.

Er ging über den Flur in sein Büro, zog den Schreibtischstuhl heran und setzte sich an einen schmalen Tisch, der gegenüber von seinem Schreibtisch an der Wand stand. Auf dem Tisch befand sich ein Rechner älteren Baujahres, den er speziell zu dem Zweck aufgebaut hatte, sich den Inhalt fremder Datenträger anzuschauen. Dieser Computer war nicht mit dem Internet verbunden und enthielt keinerlei persönliche Daten. Franks neuer Arbeitsrechner war zwar mit den aktuellsten Updates verschiedener Virenschutzprogramme geschützt, und die wirklich sensiblen Daten lagen verschlüsselt in gesicherten Verzeichnissen, aber er ging lieber auf Nummer sicher. Die Bankensoftware, die in seiner Firma entwickelt wurde, war auf dem Markt sehr erfolgreich, und schon mehrfach hatten Hacker versucht, in sein Firmennetzwerk einzudringen.

Frank schaltete den Monitor ein und drückte die Leertaste auf der Tastatur. Der PC lief permanent, und so dauerte es nur einen Moment, bis die Windows-Oberfläche zu sehen war. Er zögerte kurz, dann steckte er den Stick in einen der USB-Anschlüsse an der Vorderseite des Rechners, öffnete den Explorer und klickte das Symbol für den externen Speicher an. Es befand sich nur eine einzige Datei auf dem Stick, eine Textdatei von einem Kilobyte Größe. Frank öffnete sie mit einem Doppelklick. Der Text bestand aus drei Zeilen:

Gehe morgen, Sonntag, um Punkt zwölf auf diese Seite.
Und kein Wort. Zu niemandem. Es geht um ein Leben.
http://www.das-spiel.to

Frank las die Worte ein zweites Mal, bevor er sich zurücklehnte. Was war das denn? *Es geht um ein Leben* … Und dazu eine Internetadresse in Tonga, der bevorzugten Heimat illegaler Webseiten, weil die Besitzer dieser Domains nicht identifiziert werden konnten, wenn sie sich halbwegs clever anstellten.

Frank rollte mit dem Stuhl zu seinem eigentlichen Schreibtisch und öffnete den Browser seines Arbeits-PCs. Er gab die angegebene Adresse ein und gelangte auf eine schwarze Seite, in deren Mitte in großen roten Buchstaben stand:

Morgen …

Sonst nichts. Frank bewegte den Mauszeiger auf der Suche nach einem versteckten Link kreuz und quer über den Monitor, aber es gab nichts auf der Seite außer diesem einen Wort.

Was sollte das? Wenn sich jemand einen Scherz erlaubte, dann war das mehr als geschmacklos, fand Frank. Für einen Moment dachte er darüber nach, die Polizei zu verständigen, verwarf den Gedanken aber gleich wieder. Er würde sich ja lächerlich machen, wenn er wegen eines solchen Blödsinns anrief. *Das Spiel …* Wahrscheinlich ein paar jugendliche Computerfreaks, die sich wichtig machen wollten.

Mit einem entschlossenen Ruck stand Frank auf, ging wieder zu dem älteren Rechner und zog den Stick aus dem Anschluss. Er warf ihn auf den Schreibtisch und nahm sich vor, der Sache keine weitere Beachtung zu schenken.

Um kurz vor drei war er mit dem Mähen fertig, gegen fünf hatte er eine Seite der Kirschlorbeerhecke geschnitten, die einen Teil des Gartens säumte. Den Rest würde er am darauffolgenden Wochenende erledigen, für diesen Tag hatte er genug von der Gartenarbeit.

Frank räumte alle Gerätschaften zusammen und wunderte sich, dass seine Frau und seine Tochter noch nicht zurück waren. Er versuchte, Beate auf dem Handy zu erreichen, doch die Mailbox schaltete sich gleich nach dem ersten Klingeln ein. Er bat sie, ihn zurückzurufen, und ging unter die Dusche.

Als die beiden um sieben noch immer nicht aufgetaucht waren und sich auch nicht gemeldet hatten, dachte Frank zum ersten Mal wieder an den Memorystick.

Er wurde unruhig. Warum kamen sie nicht? Er verließ die Küche, wo er sich gerade einen kleinen Käsetoast gemacht hatte, und ging, noch am ersten Bissen kauend, wieder in sein Büro. Dort rief er erneut die Adresse der seltsamen Webseite auf. Auch dieses Mal leuchtete ihm nur dieses eine Wort in blutroten Buchstaben entgegen: *Morgen.*

Frank ließ sich gegen die hohe, gepolsterte Rückenlehne seines Schreibtischstuhls fallen, die Augen noch immer auf den Bildschirm gerichtet. Sein Blick wanderte in die untere, rechte Ecke. 19:17 Uhr. Wo um alles in der Welt blieben Beate und Laura? Gut, es dauerte immer ziemlich lange, wenn die beiden durch die Läden der Trierer Innenstadt bummelten, aber es war merkwürdig, dass sie sich noch nicht gemeldet hatten, weil es spät werden würde. Frank griff nach dem Telefon auf seinem Schreibtisch und wählte erneut Beates Handynummer aus dem Speicher. Ungeduldig wartete er, bis die Ansage der Mailbox beendet war, und sagte: »Ja, ich bin's.« Er bemerkte einen aggressiven Unterton in seiner Stimme, der ihm im gleichen Moment leidtat. Darauf bedacht, ruhig weiterzusprechen, fuhr er fort: »Sagt mal, ihr beiden, habt ihr die Trierer Läden bald leergekauft? Wir wollten doch zusammen was essen gehen. Es ist gleich halb acht, und wenn ihr nicht bald nach Hause kommt, brauchen wir uns nicht mehr auf den Weg zu machen. Melde dich doch bitte wenigstens mal bei mir, Beate.«

Frank legte auf und dachte wieder an den letzten Satz des Textes: *Es geht um ein Leben …* So ein Blödsinn! Mit einem letzten Blick auf den Monitor schloss er den Browser, stand auf und verließ das Büro.

Er ging ins Wohnzimmer, ließ sich auf die schwarze Ledercouch fallen, schaltete den Fernseher ein und zappte durch die Programme. Nichts von dem, was er auf den Sendern in den zwei, drei Sekunden sah, bevor er zum nächsten Kanal weiterschaltete, interessierte ihn. Etwa eine Minute und unzählige Programmschnipsel später gab er es auf und schaltete das Gerät wieder ab. Die Fernbedienung warf er unwillig auf den Tisch, wo sie scheppernd liegen blieb. Verwundert blickte er auf das schwarze Kunststoffteil und fragte sich, was mit ihm los war. War es diese Nachricht, die ihn so nervös machte, oder lag es daran, dass seine Frau und seine Tochter noch nicht zu Hause waren? Oder … Frank spürte, wie sein Herzschlag sich beschleunigte. Oder war es vielleicht beides zusammen? Gab es einen Zusammenhang zwischen dieser merkwürdigen Nachricht und der Tatsache, dass Beate und Laura bisher nicht aufgetaucht waren, nicht einmal zurückriefen?

Ihm wurde bewusst, dass es genau dieser Gedanke gewesen war, der ihn unterbewusst schon die ganze Zeit über unruhig gemacht hatte. Seine Frau und seine Tochter kamen nicht nach Hause. Er konnte Beate nicht erreichen.

Es geht um ein Leben …

2

Frank sprang auf und nahm das Telefon aus der Ladestation auf dem Sideboard. Er hatte zwar schon einige Male Beates Handynummer gewählt, aber noch kein einziges Mal die seiner Tochter. Es dauerte zwei, drei lange Sekunden, bis er das erste Tuten im Telefonhörer und fast zeitgleich den gedämpften elektronischen Klingelton von Lauras Handy irgendwo in seiner Nähe hörte, wahrscheinlich aus der Küche. »Mist«, stieß er aus und stellte das Gerät zurück auf die Station. Seine Tochter hatte ihr Smartphone zu Hause liegen lassen. Seltsam, dachte Frank, das passierte ihr sonst nie. Schließlich war sie pausenlos damit beschäftigt, Nachrichten an ihre Freunde zu schicken.

Sollte er doch die Polizei anrufen? Frank war unschlüssig, verwarf den Gedanken dann aber ein weiteres Mal und wunderte sich, dass er überhaupt auf die Idee kam. Er würde – zu Recht – höchstens einen Kommentar zum Thema Frauen und Einkaufen zu hören bekommen, wenn er erzählte, dass er sich Sorgen machte, weil seine Frau und seine Tochter noch nicht von ihrem nachmittäglichen Stadtbummel zurück waren. Und auch die Tatsache, dass er ausgerechnet an diesem Tag neben der üblichen Anzahl an Rechnungen und Werbebriefen einen Memorystick bekommen hatte, der … Frank stockte kurz, bevor er sich wieder auf die Couch niederließ. Werbebriefe … Marketing …

»Virales Marketing«, sagte er laut und schlug sich mit

der Hand auf den Oberschenkel. Dass ihm das nicht gleich eingefallen war. Es war erst wenige Wochen her, dass er einen Vortrag zu diesem Thema gehört hatte. Es ging dabei um möglichst rätselhafte Nachrichten, ausgefallene Spiele oder Videoclips, die gezielt über soziale Netze, Videoplattformen oder auch per Post verbreitet wurden und bei denen die Empfänger oft lange Zeit gar nicht erkannten, dass es sich um eine Werbemaßnahme handelte. Der Erfolg dieser Methode war meist groß und mit geringem finanziellen Einsatz zu erreichen, da die rätselhaften Informationen sich über das Netz ähnlich wie ein Virus innerhalb kürzester Zeit verbreiteten. Wahrscheinlich würde er morgen auf dieser Website … Ein Geräusch unterbrach Franks Gedanken, und im nächsten Augenblick durchzog ihn ein wohliger Schauer der Erleichterung, als er das helle Lachen seiner Tochter erkannte. Er erhob sich und verließ das Wohnzimmer.

Beate und Laura standen in der geräumigen Diele inmitten einer bunten Insel aus Tragetaschen und kicherten albern, als er auf sie zukam. »Hallo Schatz«, begrüßte Beate ihn und deutete mit beiden Händen auf den Boden vor sich. »Tut mir leid, dass es so spät geworden ist, aber du siehst ja, wir hatten wirklich viel zu tun.«

Er blieb kurz vor ihr stehen und betrachtete ihre Einkäufe. »Ja, das sehe ich … aber warum bist du nicht an dein Handy gegangen? Ich habe einige Male versucht, dich zu erreichen. Wir wollten doch heute Abend zusammen essen gehen.« Beate warf einen Blick auf ihre Armbanduhr und lächelte ihn wieder an. »Kein Problem, von mir aus können wir um acht los.« Sie sah zu ihrer Tochter hinüber. »Das sind noch zwanzig Minuten, schaffst du das, junge Dame?« Laura strich sich eine blonde Strähne aus dem Gesicht und winkte lässig ab. »Klar, kein Problem. Ich ziehe nur schnell meine neue Jeans an.«

Sie schnappte sich den größeren Teil der Tüten und verschwand in ihr Zimmer.

Als Laura die Tür hinter sich geschlossen hatte, dachte Frank kurz darüber nach, ob er Beate von der Nachricht auf dem Memorystick erzählen sollte, entschied sich aber dagegen. Er kannte seine Frau gut genug, um zu wissen, dass sie sich Sorgen machen und den ganzen Abend über nichts anderes mehr sprechen würde.

Auf der Fahrt zum Restaurant in Nittel erfuhr er alle Einzelheiten der langen Einkaufstour, wobei Laura und Beate vor Begeisterung zeitweise gleichzeitig redeten. An die Nachricht auf dem Stick dachte er an diesem Abend nicht mehr.

Den Sonntag starteten sie mit einem gemeinsamen Frühstück auf der Terrasse. Frank hatte den großen Sonnenschirm aufgespannt und genoss das gemütliche Zusammensein mit seiner kleinen Familie. Liebend gern hätte er das jedes Wochenende so gemacht, aber es war eher selten, dass sie gemeinsam frühstückten, weil entweder Laura zu lange schlief oder weil er selbst an den Wochenenden oft schon am frühen Morgen am Schreibtisch saß und arbeitete.

Um Viertel nach zehn dachte Frank zum ersten Mal wieder an den Memorystick, als Laura nach einem Blick auf die Uhr verkündete, dass sie ihre Freundin Saskia anrufen und sie fragen wolle, ob sie mit ins Freibad käme. *Um Punkt zwölf* hatte es in der Nachricht geheißen. Frank beschloss, zumindest kurz nachzusehen, wie dieses Spiel weitergehen sollte. Er war neugierig und konnte sich jetzt, da er wusste, dass es sich nur um einen Marketinggag handelte, ganz gelassen anschauen, was die Werbeleute sich hatten einfallen lassen, um die potentiellen Spieler bei Laune zu halten.

Beate erzählte er weiterhin nichts davon, weil er zumindest am Anfang mitspielen wollte.

Kein Wort, zu niemandem, hatte es geheißen. Eigentlich sonderbar, aber für den Moment beschloss Frank sich daran zu halten.

Beate stand unter der Dusche, als Laura um zwanzig vor zwölf von Saskias Mutter abgeholt wurde. Sie wollte die beiden Mädchen ins Trierer Freibad begleiten. »Hast du dein Handy dabei?«, fragte Frank, als seine Tochter ihm im Vorbeigehen einen schnellen Kuss auf die Wange drückte.

»Hab ich, und ich komme auch nicht zu spät nach Hause, und ich lasse mich nicht von fremden Männern ansprechen. Alkohol trinke ich auch nicht, und rauchen würde mir im Traum nicht einfallen. Tschü-hüüs.«

Während er Laura lächelnd dabei zusah, wie sie zum silberfarbenen Golf von Saskias Mutter ging, stellte Frank nicht zum ersten Mal fest, dass aus ihr rasend schnell eine junge Frau wurde. Das löste ein Gefühl von Stolz, aber auch von Sorge in ihm aus. Genau das könnten auch irgendwelche Typen bemerken.

Die neue Jeans stand ihr sehr gut und betonte ihre sportliche Figur. Die langen hellblonden Haare, die sie von ihrer Mutter hatte, trug sie zu einem Pferdeschwanz gebunden, der beim Gehen hin und her wippte. Laura warf ihre Tasche auf die Rückbank des Wagens und winkte ihm noch einmal zu, während sie einstieg. Im nächsten Moment unterhielt sie sich schon aufgeregt mit Saskia, die auf dem

Beifahrersitz saß. Frank wartete, bis der Golf losgefahren war, dann ging er wieder ins Haus. Als er an der Treppe vorbeikam, öffnete Beate in der ersten Etage gerade die Badezimmertür. »Schatz, ich gehe mal für eine halbe Stunde an den Schreibtisch«, rief er nach oben.

Um acht Minuten vor zwölf saß Frank vor seinem Computer und rief die Website *www.das-spiel.to* auf. Noch immer dominierte der schwarze Hintergrund, aber das Wort *Morgen* in der Mitte war verschwunden. Stattdessen lief an gleicher Stelle jetzt ein Countdown in roten Zahlen. Gerade stand er bei *00h:07m:34s.*

Wie gebannt sah Frank zu, wie die Sekunden heruntergezählt wurden. *33s … 32s … 31s …*

Als der Countdown bei drei Minuten angelangt war, drückte er die F5-Taste, wodurch die Webseite neu geladen und aufgebaut wurde, aber das Bild blieb das gleiche. Frank wunderte sich über seine Unruhe.

00h:01m:02s

Erneut drückte er die Taste, das Bild blieb gleich. Er überlegte, warum die Initiatoren dieser Aktion wohl ausgerechnet ihm einen ihrer Memorysticks geschickt hatten, und gab sich selbst die Antwort: weil ihm eine Softwarefirma gehörte und er als Informatiker vielleicht zur Zielgruppe gehörte.

00h:00m:01s … jetzt!

Wieder führte Frank den sogenannten *Refresh* durch, und als sich der Bildschirminhalt nun neu aufbaute, hatte er sich verändert. Franks Puls beschleunigte sich, als er die Eingabemaske sah, die in der Mitte des Monitors eingeblendet wurde. Über einem Feld, in dem der Cursor blinkte, stand:

Willkommen, Spieler. Gib deinen Namen ein, damit das Spiel beginnen kann.

Frank überlegte einen Augenblick, dann tippte er *Peter* ein und klickte anschließend auf *OK*, woraufhin die Eingabemaske verschwand und durch einen Satz in roter Schrift ersetzt wurde, der auf dem schwarzen Hintergrund wirkte, als sei er mit Blut geschrieben:

Peter ist nicht korrekt. Gib deinen richtigen Namen ein, oder du verlierst eine Spielfigur. Du hast nur noch einen Versuch.

Frank schürzte die Lippen und fragte sich, mit welchem Algorithmus sie herausgefunden hatten, dass er nicht seinen richtigen Name eingegeben hatte. Vielleicht kam diese Aktion ja von einer Seite, die er öfter besuchte und auf der er seinen korrekten Namen angegeben hatte, ein Internetshop. Wenn man dort seinen Namen und seine IP-Adresse in einer Datenbank gespeichert hatte und das nun mit seiner Eingabe abglich … Wie auch immer, er wollte wissen, wie es weiterging und gab seinen richtigen Namen ein. Damit allein konnte kein Datensammler etwas anfangen. Frank betätigte die ENTER-Taste und starrte gebannt auf den Monitor. Erst tat sich eine Weile nichts, dann verschwand die Eingabemaske. Sekunden später schien der schwarze Hintergrund sich langsam aufzulösen, immer durchscheinender wurde er und gab dabei mehr und mehr den Blick auf eine verwirrende Szene frei. Lange Zeit konnte Frank nicht einordnen, was er sah. Schemenhaft, von dem langsam durchscheinender werdenden Schwarz noch verfremdet, wie mit einem engmaschigen Netz bedeckt, glaubte er eine menschliche Gestalt zu erkennen, ein Gesicht mit einem langen Bart, lange Haare … die Perspektive, in der er diesen … Mann? … sah, war ihm noch unklar, aber es konnte nur noch Sekunden dauern, dann … Der Mann war offenbar nackt, schien auf einem grauen Untergrund zu liegen. Die letzten Schlieren verschwanden, und Frank konnte alle Einzelheiten der bizarren Szene erkennen. Der Mann war hager, wirkte verwahrlost. Er lag mit panisch aufgerissenen Augen auf einem grauen Betonboden. Die Arme waren über dem Kopf an den Handgelenken aneinandergefesselt und mit einem Seil irgendwo außerhalb des Bildausschnittes festgebunden. Auch um die schmutzigen Fußgelenke konnte Frank einen groben Strick erkennen, dessen Ende auf der anderen Seite aus dem sichtbaren Bereich verschwand. Die Rippen stachen deutlich unter der dünn erscheinenden Haut hervor, der Körper war übersät mit dunklen Flecken, die wie Blutergüsse aussahen. Die langen Haare lagen strähnig um den Kopf des Mannes, vermengten sich teilweise mit seinem verfilzten Bart. Inmitten dieses Gestrüpps klaffte ein lippenloser Mund wie eine schwarze Spalte auseinander, zu einem irren Schrei geöffnet. Der Anblick war schrecklich, aber das Schlimmste war nicht die ausgemergelte, jämmerliche Gestalt, die gefesselt dalag. Was Franks Magen rebellieren und ihn ein »O mein Gott« ausstoßen ließ, war etwas anderes.

3

Das Spiel hatte begonnen, alle Spieler hatten sich erwartungsgemäß angemeldet.

Es war ihm egal, ob einer von ihnen seine erste Aufgabe erfüllen würde, wahrscheinlich würde es keiner versuchen. Aber das würde sich ändern, wenn sie ihre nächste Aufgabe bekamen. Er würde dafür sorgen, dass das Spiel so verlief, wie es geplant war. Zumindest jetzt noch.

Bald schon würde er keinen Einfluss mehr darauf haben. Dann, wenn sie gegeneinander spielen würden.

Er sah sich um, betrachtete die grauen Betonwände, die Einrichtung des Raumes, in dem er saß, die Gerätschaften, die hier überall herumstanden. Relikte einer vergangenen Ära. Dann stand er auf und öffnete die stählerne Tür. Er musste sich bald um die erste Spielfigur kümmern und überlegte, ob sie schreien würde, wenn ihr Leben erlosch. Er dachte in einer Weise darüber nach, wie er sich Gedanken über das Wetter am nächsten Tag machen würde.

Das kalte Neonlicht des schmalen Flurs ergoss sich über die kahlen Wände und ließ sie abweisend und unwirklich erscheinen, aber davon spürte er nichts.

So, wie er auch sonst nichts spürte.

Schon lange nicht mehr.

4

Um den gefesselten Mann herum standen große Käfige, und diese Käfige waren so vollgestopft mit ineinander verschlungenen und hektisch zuckenden Körpern, dass es eine Weile gedauert hatte, bis Frank in den schmutzig-pelzigen Knäueln Ratten erkannt hatte. Die Tiere schienen wie von Sinnen zu sein, sie krabbelten wild um sich beißend übereinander, bekämpften sich gegenseitig. Manche Körper waren verstümmelt und wurden, noch zuckend, von Artgenossen aufgefressen. Es war ein ekelerregender Anblick, und doch schaffte Frank es nur unter größter Anstrengung, den Blick abzuwenden. »Mein Gott«, wiederholte er flüsternd. »Was ist das?« Dass es kein Marketinggag sein konnte, war ihm schon beim Anblick des Mannes klar gewesen.

Jetzt erschien in der unteren Hälfte des Monitors ein neuer Text:

Ihr seid die Kandidaten. Ihr seid vier, und ihr habt sechs Spielfiguren. Das ist eure erste.
Erfüllt ihr eure Aufgabe, kommt eure Spielfigur frei.
Erfüllt auch nur einer von euch seine Aufgabe nicht, kommen SIE frei. Sie sind wahnsinnig vor Hunger.

Das Spiel ist geheim. Erzählt ihr auch nur einem Menschen davon, werden sechs Leben ausgelöscht.
Erzählt ihr der Polizei davon, werden es mehr sein.
Hier ist deine Aufgabe, Spieler Frank:
Beweise deinen Mut. Begib dich sofort zur Römer-

brücke, klettere auf das Geländer und balanciere darauf die 200 Meter bis zur anderen Seite der Mosel.
Du musst den ganzen Weg auf dem Geländer zurücklegen. Ohne Hilfe. Du hast Zeit bis heute, 14:00 Uhr. Beeil dich.

Frank las den Text ein weiteres Mal und versuchte dabei zu begreifen, was dort stand. Auf dem Geländer der Römerbrücke 200 Meter über die Mosel balancieren. Das erste Leben? Sie waren vier?

Er war gerade am letzten Satz angekommen, als das Bild erlosch und der schwarze Hintergrund wieder erschien. Ohne Schrift, ohne die Uhr, nur schwarz. Frank drückte die F5-Taste, es tat sich nichts. Er versuchte es mit der Leertaste, auf die er mehrmals mit dem Mittelfinger tippte, dann die Entertaste … das Fenster blieb schwarz.

Frank ließ sich im Stuhl zurückfallen und schnaufte. Was war das? Ein neues Onlinespiel, bei dem die Macher in dem Bestreben, alles möglichst realitätsnah zu gestalten, über das Ziel hinausgeschossen waren? Aber warum sollte ausgerechnet er dieses Spiel testen? Oder konnte es sein – Frank wagte es kaum, diesen Gedanken zu Ende zu denken. Konnte es wirklich sein, dass das alles … ernst war?

»So ein Quatsch«, sagte er laut. Irgendjemand hatte sich einen ganz blöden Scherz mit ihm erlaubt. Aber er würde sich nicht den freien Sonntag davon verderben lassen. Frank schloss den Browser, schob den Bürostuhl mit einer energischen Bewegung zurück und stand auf.

Ihr seid vier, und ihr habt sechs Spielfiguren …

»Wenn überhaupt, dann seid ihr höchstens drei«, dachte Frank, schon auf dem Weg aus seinem Büro. Nummer vier hat nämlich keine Lust auf diesen Mist.

Er hörte ein Geräusch aus der Küche und ging zu Beate, die gerade dabei war, Zwiebeln für einen Salat zu schneiden. Er umschlang sie von hinten mit den Armen, zog sie an sich und küsste sie in die Halsbeuge.

»Hey, Casanova«, sagte sie und wand sich spielerisch aus seiner Umarmung. »Keine Ablenkungsmanöver, wenn ich mit scharfen Messern hantiere.« Er gab sie frei und hob schnell die Hände. »Auf keinen Fall, am Ende schneidest du dich noch und kannst mir dann nichts Leckeres mehr zu essen machen.« Sie lachten beide, dann wandte Frank sich ab. Er bekam dieses *Spiel* nicht aus dem Kopf.

Auf der Terrasse versuchte er im Schatten des Sonnenschirms ein wenig in der Sonntagszeitung zu lesen, doch er konnte sich nicht konzentrieren, fragte sich immer wieder, wer dieser schrecklich dürre, nackte Mann auf dem Boden war und welche Rolle er bei der ganzen Sache wohl wirklich einnahm. Bis Beate sich zu ihm setzte und er sich endlich ablenken konnte.

Sie verbrachten einen gemütlichen Sonntagnachmittag zu zweit, hin und wieder schweiften Franks Gedanken zu dem, was er auf dem Monitor gesehen hatte – zu dem Mann, zu den Ratten. Doch beim Abendessen erzählte Laura dann ohne Pause von ihrem Tag im Freibad, und Frank kam nicht mehr dazu, an die Website zu denken. Erst später, als er neben Beate im Bett lag und ihren gleichmäßigen Atemzügen lauschte, hatte er wieder dieses Bild vor Augen. Doch jetzt erschien es ihm vollkommen unwirklich. Diese ausgemergelte, nackte Gestalt, die Ratten, diese … *Mutprobe* … Nein, sagte Frank sich, es ist ein Spiel, es ist nicht real. Er lag noch eine Weile wach, bis er schließlich in einen unruhigen Schlaf fiel.

Die Sonne kündigte sich schon mit ihrem rötlich-gelben Licht am Horizont an, als Frank am Montagmorgen um kurz nach sieben die Haustür öffnete, um den *Trierischen Volksfreund* aus der Zeitungsrolle unter dem Briefkasten zu holen. Das Außenthermometer zeigte sechzehn Grad an. Frank blieb für einen Moment in der geöffneten Tür stehen und atmete ein paarmal tief durch. Es roch nach frischer Morgenluft, durchsetzt mit dem Duft erwachender Blüten. Das weckte seine Lebensgeister, und er fühlte sich schon gleich etwas besser. Die Nacht war nicht erholsam gewesen, immer wieder hatte er sich hin und her gewälzt und dem roten Display des Radioweckers im Zwanzigminutentakt dabei zugesehen, wie es den quälend langsamen Fluss der nächtlichen Zeit dokumentierte. Doch jetzt fühlte er sich besser. Mit Schwung zog er die zusammengerollte Tageszeitung aus dem Halter und hielt abrupt inne, als ein brauner Umschlag sich daraus löste und zu Boden fiel. Er sah genauso aus wie der, den er am Vortag von der Postbotin bekommen hatte. Langsam bückte er sich und hob ihn auf. Es gab keinen Absender, und die Empfängeradresse fehlte ebenso wie eine Briefmarke. Der Umschlag musste also persönlich von jemandem dort deponiert worden sein. Von dem Zeitungsausträger vielleicht? Frank hatte eine Ahnung, was er in dem Umschlag finden würde, und verwarf den Gedanken an den Zeitungsboten sofort wieder.

Er ging hinein und schloss die Haustür, den Blick weiterhin auf den Umschlag geheftet. Die Küche betrat er nicht, dort saßen Beate und Laura schon am Frühstückstisch. Wenn sich seine Vermutung bewahrheitete, sollten sie auf keinen Fall dabei sein, wenn er den Umschlag öffnete, das hätte nur Fragen zur Folge gehabt, auf die er selbst keine

Antwort wusste. Als er schon fast in seinem Büro war, rief Beate: »Frank, wo bleibst du denn? Wir möchten frühstücken.«

»Fangt schon mal an«, gab er zur Antwort. »Ich komme gleich, muss nur kurz was im Büro nachsehen.«

Er legte die Zeitung achtlos auf dem Schreibtisch ab und öffnete den Umschlag. Seine Vermutung war richtig gewesen. Der Memorystick, den er erst sehen konnte, als er die beiden Seiten des Umschlags weit auseinanderzog, sah genauso aus wie der vom Vortag. Ohne Zögern ging Frank um seinen Schreibtisch herum zu dem alten PC an der gegenüberliegenden Wand, steckte den Stick in den USB-Anschluss, öffnete den Explorer und stellte zu seiner Überraschung fest, dass sich dieses Mal keine Textdatei, sondern ein Film darauf befand. Eine Weile starrte er auf den Dateinamen *spielfigur1.avi*, dann öffnete er den Film mit einem Doppelklick.

Das Bild, das nach wenigen Sekunden erschien, glich dem, das Frank bei seinem Besuch auf der Website am Vortag gesehen hatte. Die ausgemergelte Gestalt auf dem Boden, die überfüllten Käfige mit den Ratten. Dann jedoch tauchte eine Hand aus dem Bereich außerhalb des Bildausschnittes auf. Sie steckte in einem groben Arbeitshandschuh, der Teil des Unterarms, den Frank sehen konnte, war von einem hellblauen Stoff bedeckt, wie man ihn von Arbeitskleidung kannte. Die Hand griff über einen der Käfige hinweg und schob an dessen Vorderseite einen Riegel zurück. In dem Moment, in dem die ersten pelzigen Körper durch die Öffnung nach draußen gepresst wurden, verschwand das Bild, und es erschien ein Text:

Du hast deine Mutprobe nicht bestanden. Damit verliert ihr die erste Spielfigur. Es bleiben fünf.
Die nächste Aufgabe erhältst du um Punkt 13 Uhr.
Verpasse sie nicht.
Ihr müsst sie gemeinsam erfüllen.
Festus

Frank starrte wie gebannt auf den Namen. Festus. Die Erinnerung war sofort wieder da. Wie hätte er auch vergessen können?

5

Frank war zu keinem klaren Gedanken fähig, er schüttelte den Kopf, als könne er damit seinen Verstand wachrütteln. In rascher Folge strömten die Bilder auf ihn ein, Bilder aus der Vergangenheit – kindliche Gesichter, die alte Fabrikhalle – das alles lag Jahrzehnte zurück, wurde überlagert von diesem Namen … Dann verschwand die Botschaft auf dem Monitor, für wenige Sekunden war noch das Standbild zu sehen – verdrehte Rattenkörper, die aus dem Käfig quollen, lange, fleischige Schwänze. Dann lief der Film weiter, die Körper trafen auf dem Boden auf, orientierten sich blitzschnell mit kalt glitzernden Augen und rannten dann sofort zu dem nackten Körper des Mannes. Die Hand tauchte wieder auf und öffnete den nächsten Käfig. Und einen weiteren. Der Mann auf dem Boden riss in panischer Angst die Augen auf, sein Mund öffnete sich … Ohne darüber nachzudenken, schaltete Frank mit einem Knopfdruck die Lautsprecher ein, die zu beiden Seiten des Monitors platziert waren, und sofort wurde sein Büro von einer psychedelischen Geräuschkulisse aus tausendfachem Fiepen und dem Trippeln unzähliger kleiner Füße durchdrungen. Die Geräusche wurden im Sekundenintervall unterbrochen von gestammelten Worten des Mannes. »Nein«, wimmerte er. »Bitte nicht. Nein. Bitte …« Trotz des Durcheinanders konnte Frank genau sehen, welche Ratte zuerst zubiss. Als sie ihre Zähne in die Leiste des Mannes grub und eine kleine, blutende Wunde hinterließ, schien sie damit das Startsignal für ihre Artgenossen gegeben zu haben. Wie im Rausch fielen die Tiere über den Mann her, innerhalb weniger Sekunden bedeckte eine Flut schmutzig-pelziger Tiere seinen nackten Körper. Wahnsinnig vor Angst und Schmerzen zerrte der Mann an seinen Fesseln, wand sich, soweit es die Seile zuließen, sein angsterfülltes Gestammel ging in panische, markerschütternde Schreie über. Frank erstarrte. Schnell schaltete er die Lautsprecher aus, war jedoch nicht in der Lage, den Blick von der unfassbaren Szene vor sich auf dem Monitor abzuwenden. Regungslos saß er da und starrte auf das unerträgliche Geschehen, wurde stummer Zeuge, wie Hunderte von Ratten sich in den Körper eines lebendigen Menschen hineinfraßen. Bald waren ihre Felle mit Blut getränkt, und das schien sie noch wilder zu machen. Sie …

»Frank!« Wie in Watte gepackt drang die Stimme seiner Frau zu ihm durch. »Was tust du denn da?« Erschrocken riss er seinen Blick vom Monitor los, wandte sich um und sah Beate im Eingang seines Büros stehen. Sie beugte sich ein wenig zur Seite und versuchte, einen Blick auf den Monitor zu erhaschen, den er mit seinem Oberkörper verdeckte. »Nichts, ich schau mir nur bei YouTube einen Film an«, log er und schaltete hastig erst den Monitor, dann den PC aus. »Über eine neue Software. Bin schon fertig.« Beate runzelte die Stirn. »Schön, wir sind nämlich bald mit dem Frühstück fertig.« Während er aufstand, glitt ihr skeptischer Blick wieder an ihm vorbei auf den nun schwarzen Monitor, und ihm fiel ein, dass Beate wusste, dass dieser Rechner keinen Zugang zum Internet besaß. Offenbar dachte sie in diesem Moment aber nicht daran, denn sie verzog den Mund zu einem schiefen Grinsen und stemmte die Hände in die Seiten. »Du siehst so aus, als hätte ich dich gerade bei etwas ertappt. Hast du dir etwa gerade einen Porno angesehen?«

»Nein, ähm …«, stammelte Frank. »Nein, keinen … Porno.« Es war ihm unmöglich, den Schock über das, was er gerade gesehen hatte, zu überspielen. Er suchte nach einer einfachen Erklärung, aber ihm fiel nichts ein, was er Beate hätte sagen können. Er schaffte es nicht, einen einzigen klaren Gedanken zu fassen. So konnte er sich unmöglich an den Frühstückstisch setzen. »Ich … äh … ich komme gleich. Muss noch schnell zur … Toilette.«

Er drückte sich an seiner verblüfft dreinschauenden Frau vorbei und hoffte, sie würde ihm keine weiteren Fragen stellen. Im Badezimmer ging er zum Waschbecken und sah in den großen Spiegel. Es war kein Wunder, dass Beate argwöhnisch geworden war, er sah tatsächlich aus, als wäre er gerade einem Geist begegnet. Die kurzen, leicht gegelten blonden Haare wirkten stumpf, und auch der Glanz seiner blauen Augen war verschwunden. Die Haut wirkte fahl und sah schlaff aus. Alles in allem bot er einen erbärmlichen Anblick.

Er stellte die Mischbatterie auf kalt, drehte den Hahn auf und schaufelte sich mit beiden Händen kaltes Wasser ins Gesicht.

Nachdem er sich abgetrocknet hatte, warf er erneut einen kurzen Blick in den Spiegel und ließ sich dann auf den geschlossenen Toilettendeckel sinken.

Seine Gedanken waren wieder etwas klarer, er war zwar immer noch geschockt, aber zugleich auch niedergeschlagen.

Hatte er tatsächlich vor wenigen Minuten in diesem Film gesehen, wie ein Mensch bei lebendigem Leib von Ratten aufgefressen wurde? Aber warum? Wer kam auf eine solch perverse Idee, und vor allem, wie war er in diese Sache hineingeraten? Der Name … Festus … Wie war das möglich nach all den Jahren? Sein Verstand suchte fieberhaft nach einer Erklärung für das, was er gerade erlebte. Es dauerte eine Weile, aber nach langem Hin und Her fand Frank schließlich einen Ansatz, an dem er sich festhalten, mit dem er den Tag überstehen konnte: Das Ganze musste ein computeranimierter Videoclip sein, der täuschend echt wirkte. Jemand wollte damit Aufmerksamkeit gewinnen, für was auch immer. Nur dieser Name … wie passte der ins Bild? Kannte der Macher des Films Frank vielleicht von früher? Hatte er eine Ahnung von … Ein energisches Klopfen gegen die Badezimmertür ließ Frank zusammenfahren. »Frank?«

Er schüttelte die Gedanken von sich ab und erhob sich. »Ja, ich komme.« Er trat wieder ans Waschbecken, wusch sich die Hände, begutachtete sein immer noch recht blass wirkendes Gesicht im Spiegel und verließ dann das Badezimmer. Beate saß alleine am Frühstückstisch und sah ihm fragend entgegen, als er die Küche betrat. Ein Blick auf die Uhr über der Arbeitsplatte zeigte Frank, dass es schon halb acht war, Laura war um diese Zeit schon unterwegs zur Schule. »Entschuldige«, sagte er, während er sich setzte. »Ich fühle mich nicht so gut.« Das war nicht gelogen. Beates Gesichtsausdruck änderte sich, aus fragend wurde sorgenvoll. »Was ist denn los? Bist du krank?«

Frank schüttelte den Kopf. Nachdem er dieses Video gesehen hatte, wollte er noch viel weniger als zuvor, dass Beate etwas von dieser ganzen Geschichte erfuhr. »Nein, schon gut, ich habe schlecht geschlafen und wieder mal Probleme mit dem Magen. Das wird bestimmt besser, wenn ich gefrühstückt habe.«

Beate bedachte ihn mit einem zweifelnden Blick, nickte dann aber und wandte sich ihrem Frühstücksei zu.

Der zwanzigminütige Weg zu seinem Büro begann mit dem Anruf eines freien Mitarbeiters, der am Wochenende mit dem Geschäftsführer der Auslandsfiliale eines großen deutschen Bankinstitutes in Luxemburg auf dem Golfplatz gewesen war. Das Resultat war, dass er nun einen Termin in der Konzernzentrale in Frankfurt bekam, wo er das neue Core Banking System aus Franks Softwarefirma präsentieren sollte. Mit diesem Programm gelang es, alle Kernprozesse einer Bank abzubilden. Falls er es schaffte, die Leute dort von dem Programm zu überzeugen, konnte ein millionenschwerer Deal zustande kommen. Frank bedankte sich für die Info und legte auf. Gute Neuigkeiten, die ihn etwas aufmunterten.

Er schaltete das Radio ein, ertrug einige Sekunden lang einen fürchterlichen Hip-Hop-Song und schaltete wieder aus. Während der weiteren Fahrt konzentrierte er sich auf die Frage, was es für seine Firma langfristig bedeuten würde, wenn die Bank seine Software tatsächlich konzernweit einsetzte. Ein Auftrag in dieser Größenordnung konnte sogar dazu führen, dass er seinen Personalstamm von zwölf festen Mitarbeitern noch erweitern musste.

Als er die renovierte Stadtvilla in der Südallee erreichte, in deren Erdgeschoss die Büroräume seiner Firma untergebracht waren, hatte er die Gedanken an die Website und an den Film zumindest für den Moment aus dem Kopf. In seinem Büro angekommen, bat er seine Assistentin Sandra um einen großen, starken Kaffee und fuhr seinen PC hoch.

Nur wenige Minuten später stellte die etwas pummelige

Dreißigjährige eine große Tasse auf dem Schreibtisch vor ihm ab, lächelte ihm freundlich zu und verließ das Büro.

Frank hatte gerade den ersten Schluck genommen, als sein Telefon läutete. »Da ist ein Jens Eberhard in der Leitung«, ließ ihn Sandra wissen. »Er sagt, er müsse Sie dringend sprechen, wollte mir aber nicht sagen, worum es geht. Das sei privat.« Frank saß einen Moment wie erstarrt da, den Hörer ans Ohr gepresst, und schwieg. Jens Eberhard. Wie lange war es her, dass er diesen Namen zuletzt gehört hatte? 30 Jahre? Ihre Wege hatten sich damals getrennt, kurz nachdem … diese Sache passiert war. Hier und da waren sie sich anfänglich zwar noch begegnet, in der Schule, im Schwimmbad, aber geredet hatten sie nicht mehr miteinander. Sie hatten sich nicht mehr in die Augen sehen können. Dass er sich ausgerechnet jetzt meldete, an diesem Morgen, konnte nur bedeuten, dass er … »Herr Geissler? Alles in Ordnung?«

»Ja, sicher, bitte, ähm … stellen Sie ihn durch.«

»Kleinen Moment …« Ein knackendes Geräusch war zu hören, dann war die Verbindung zu dem Anrufer offenbar hergestellt.

»Frank Geissler, guten Tag.« Frank bemerkte, wie kühl und unpersönlich er klang.

»Hallo, Frank«, antwortete eine Stimme, die er nie dem sommersprossigen Rotschopf von damals zugeordnet hätte, aber die Stimme in seiner Erinnerung war auch die eines dreizehnjährigen Jungen. Das Einzige, was sich nicht verändert hatte, war die zaghafte, fast schon vorsichtige Art, mit der Jens Wort an Wort aneinanderreihte. »Hast du …«, fuhr Jens fort und räusperte sich. »Hast du auch diese Nachricht bekommen?«

»Ja, habe ich.«

Wie geht es dir, wäre eine Möglichkeit gewesen, das erste Gespräch nach so langer Zeit zu beginnen. Aber danach schien Jens ebenso wenig der Sinn zu stehen wie ihm selbst.

»Und den Film auch?«, wollte Frank wissen.

»Ja. Du also auch. Ich hab's geahnt. Er lag heute Morgen auf einem Stick in meinem Briefkasten. Nackter Mann, Ratten?«

Frank nickte, obwohl Jens das nicht sehen konnte. »Ja, genau. Wenn das ein Scherz sein soll, hat jemand einen verdammt abartigen Humor. Das Ganze wirkt täuschend echt.«

Eine kurze Pause entstand, bis Jens ungläubig sagte: »Was meinst du mit *täuschend echt*?«

»Na ja, das ist doch … Moment, du glaubst doch nicht, dass das, was wir da gesehen haben, tatsächlich passiert ist? Das ist doch eine Computeranimation! Ich meine, Ratten, die einen lebendigen …«

»Hast du heute Morgen noch nicht in die Zeitung geschaut?«

Frank musste einen Moment nachdenken. »Nein, warum?«

»Es steht im *Trierischen Volksfreund* direkt auf der ersten Seite. Und ganz groß im Innenteil unter *Trier.* Gestern Abend hat man am Moselufer direkt unter der Römerbrücke eine Leiche gefunden.« Jens sprach nun noch langsamer, gerade so, als müsse er nach jedem einzelnen Wort suchen. »Eine … stark entstellte Leiche. Ein Mann. Sie … wissen nicht, wer er war. Da steht, so, wie er aussieht, sei er wohl von … von Nagetieren angefressen worden.«

»Mein Gott!« Franks Blick suchte seinen Schreibtisch ab, den niedrigen Tisch in der Besprechungsecke. Nichts. Er hatte den TV, wie der *Trierische Volksfreund* kurz genannt wurde, auch für die Firma abonniert, weil er häufig am Morgen nicht mehr dazu kam, ihn zu Hause zu lesen. Sandra war meist vor ihm im Büro und legte ihm die Zeitung hin, nachdem sie sie durchgeblättert hatte. Er würde sie gleich fragen.

»Frank?« Es kam zögerlich, fast ängstlich.

»Ja?«

»Denkst du … Glaubst du, das Ganze hat was mit … damals zu tun?«

»Mit Festus?« Franks Stimme klang rau.

»Ja.«

Frank sackte kraftlos in sich zusammen, als hätte man ihm sämtliche Energie aus dem Körper gesaugt. »Ich weiß es nicht. Hast du die anderen schon angerufen?«

»Nein, ich wollte zuerst dich … Du warst doch damals der …« Er stockte.

»Der was?«, hakte Frank scharf nach, obwohl er ahnte, was Jens meinte.

»Na, der Anführer.« Es klang noch immer zaghaft.

»Was soll das heißen? Dass ich schuld war, oder was?«

»Nein. Wir alle waren schuld.« Nach einigen Sekunden, in denen sie beide dem Atem des anderen lauschten, sprach Jens leise weiter: »Da stand, die nächste Aufgabe, die wir heute um 13 Uhr bekommen, müssen wir gemeinsam lösen. Wir müssen uns mit den anderen treffen.«

»Ich denke, wir sollten die Polizei informieren.« Frank merkte selbst, dass sein Vorschlag halbherzig klang, und versuchte, nicht zuletzt für sich selbst, ihm mehr Nachdruck zu verleihen. »Es geht schließlich um einen Mord.«

»Und dann?« Pause. »Möchtest du denen erklären, warum … ausgerechnet wir da hineingezogen werden?

Möchtest du ihnen von Festus erzählen?« Erneute Pause. »Aber auch wenn du es nicht tust, werden die früher oder später die Zusammenhänge herausfinden. Was dann?«

»Ich …«, Frank war durcheinander und wusste nicht, was er tun sollte. Er dachte an sein Leben, seine Familie. Im nächsten Moment wurde er wütend. Er hatte eine erfolgreiche Firma aufgebaut, trug die Verantwortung für seine Mitarbeiter und deren Familien. Seit Jahren setzte er sich erfolgreich mit allen möglichen Konkurrenten, Ämtern und sich selbst überschätzenden Firmenbossen auseinander, wenn nötig auch mit der gebührenden Härte. Und nun saß er an seinem Schreibtisch wie ein Häufchen Elend und wusste nicht, was er tun sollte. Weil sich auf bizarre Weise ein dunkles Kapitel seiner Vergangenheit wieder in Erinnerung rief, das er eigentlich für alle Zeit aus seinem Gedächtnis gestrichen zu haben glaubte. »Verdammter Mist«, presste er hervor. Alles in ihm sträubte sich dagegen, mit den anderen beiden Kontakt aufzunehmen. Sie hatten nichts in seinem Leben zu suchen. Ebenso wenig wie Jens. *Das von damals* hatte nichts in seinem jetzigen Leben zu suchen. Es gehörte in eine andere Zeit. Sie waren doch noch Kinder gewesen.

»Rufst du sie an?«

»Ich … mein Gott, ich weiß es nicht. Lass uns abwarten, was da um 13 Uhr kommt. Dann können wir immer noch sehen.«

»Frank?« Jens sprach jetzt so leise, dass Frank seinen Namen fast nicht verstand.

»Was?«

»Hältst du es für möglich … Denkst du … er ist wieder da?«

Eine heiße Woge fuhr durch Franks Körper. »So ein

Blödsinn. Du weißt genau, dass das Quatsch ist. Ich muss jetzt aufhören.« Er legte abrupt auf und starrte das Telefon an. Eine Weile saß er so da, bevor er einen Knopf drückte und die angezeigte Nummer unter *J. Eberhard* in seinem Handy speicherte.

Wer steckte wirklich hinter dieser Sache? Und vor allem, wer konnte etwas von damals wissen? Diese Aufgabe. Wie hatte es in der Nachricht geheißen? *Du hast deine Mutprobe nicht bestanden?*

Frank zweifelte keine Sekunde mehr daran, dass auch die anderen beiden den Memorystick und den Film erhalten hatten.

Ihr seid vier, und ihr habt sechs Spielfiguren! Was das mit den sechs Figuren sollte, verstand Frank nicht, aber ja, sie waren vier gewesen. Damals.

Es gab nur eine Möglichkeit: Einer der anderen drei musste irgendwann jemandem davon erzählt haben. So gesehen hatte Jens wohl recht. Sie mussten sich treffen, allein schon um herauszufinden, wer derjenige war, der sie mit diesem Namen konfrontierte, den sie alle nie mehr hatten hören wollen. *Festus.*

Sie treffen sich immer in einer alten Fabrikhalle in Trier-Euren. Sie steht weit draußen im Wald, Richtung Herresthal, und stammt noch aus den Anfängen des vorigen Jahrhunderts. Seit Jahrzehnten verfällt sie vor sich hin. In einem der ehemaligen Büroräume im hinteren Bereich der heruntergekommenen großen Haupthalle haben sie ihr Hauptquartier errichtet. Sie nennen sich Die Bande. *Ihnen war kein passender Name eingefallen, also sprechen sie einfach von ihrer* Bande. *Sie sind zu viert.*

Jens, der dreizehnjährige, schmächtige Junge, den alle wegen seiner rötlichen Haare nur Kupfer *nennen und der normalerweise sehr zurückhaltend ist. Zumindest solange man ihm nicht wehtut oder ihn reizt. Dann kann es passieren, dass er vollkommen ausrastet und wie besessen um sich schlägt, beißt und tritt.*

Torsten ist das genaue Gegenteil von Jens. Mit seinen vierzehn Jahren ist er der Älteste von ihnen. Er ist groß, übergewichtig und hat immer und zu allem was zu sagen. Sie nennen ihn Fozzie, nach dem Fozzie Bär der Muppet Show. Meist ist das, was er sagt, nicht sehr geistreich. Seine kurzgeschorenen blonden Haare lassen die rundlichen Wangen mit den roten Flecken darauf noch feister erscheinen. Bei Unstimmigkeiten genügt es meist, dass Torsten sich vor dem Gegner aufbaut, um die Sache zu seinen Gunsten zu entscheiden.

Dann ist da noch Manuela, das einzige Mädchen. Sie ist ebenfalls dreizehn. Lange hat sie versucht, Mitglied der Bande zu werden, aber die anderen drei haben sie immer für ein verwöhntes Püppchen gehalten. Bis sie dem dicken Torsten auf dem Schulhof ohne Zögern derart gegen das Schienbein getreten hatte, dass er tagelang nicht laufen konnte. Er hatte sie dämliche Kuh genannt. Zwei Tage später haben sie sie gegen Torstens Protest in die Bande aufgenommen.

Und schließlich er, Frank, den sie Fränkie nennen. Er hat sich nicht darum gerissen, Bandenchef zu werden. Es hat sich einfach so ergeben, weil ihm in brenzligen Situationen meist etwas Gutes einfällt. Fozzie und Kupfer hatten es sich angewöhnt, Fränkie zu fragen, wann immer eine Entscheidung zu treffen war, und als Manu wissen will, wer der Anführer ist, antworten die beiden gleichzeitig: Fränkie.

Sie treffen sich fast jeden Nachmittag in ihrem Hauptquartier, hängen dort rum, paffen Zigaretten, die sie ihren Eltern geklaut haben, und erzählen sich von Abenteuern, die sie erleben wollen. Hier und da gibt es schon mal Krieg mit anderen Banden. Einmal haben ein paar Jungs aus Trier-West in der Halle ein Feuer gemacht und alte Decken und herumliegende Gummiteile verbrannt. Es gab einen Riesenqualm, und irgendwann kam die Feuerwehr mit Blaulicht und Sirene angefahren. Ihr Hauptquartier haben die nicht entdeckt, aber die Eingänge der Halle wurden verrammelt, und sie hatten einige Mühe, wieder einen Zugang zu schaffen.

Es ist ein unbeschwerter Sommer, den die vier zusammen verbringen, und sie haben das Gefühl, dass es nichts gibt, was sie trennen kann. Bis eines Tages Gerd Köhler in ihrem Hauptquartier auftaucht, den alle nur Festus *nennen.*

6

Nachdem Frank den Artikel im TV gelesen hatte, gab es für ihn keinen Zweifel mehr daran: Der Mann aus dem Film war der, dessen Leiche man am Moselufer gefunden hatte. Wieder dachte er darüber nach, die Polizei zu informieren, doch auch jetzt verwarf er den Gedanken.

Erzählt ihr der Polizei davon, werden mehr sterben.

Wer auch immer hinter diesem »Spiel« steckte, er meinte es ernst. Und insgeheim musste Frank sich eingestehen, dass Jens recht hatte und keiner von ihnen darauf aus sein konnte, dass die Polizei anfing, in der Vergangenheit herumzustochern. Ob er doch versuchen sollte, die anderen beiden zu erreichen? Nein, Jens würde es wahrscheinlich so oder so tun. Ob die drei auch schon zuvor wieder in Kontakt gewesen waren?

Den ganzen Vormittag über versuchte Frank angestrengt, die Gedanken an Festus, den toten Mann und dieses perverse Spiel zu verdrängen, aber es gelang ihm nicht. Was auch immer er anpackte, binnen weniger Minuten saß er mit starrem Blick da, und seine Gedanken kreisten um die Geschehnisse der letzten Stunden. Ein Mann war bestialisch getötet worden, weil er, Frank, nicht getan hatte, was ein Irrer auf einer Webseite von ihm verlangte. Sein Verstand konnte, nein, *wollte* nicht akzeptieren, dass das wahr, real war. Frank fühlte sich wie in einer Parallelwelt, in der zwar alles genauso aussah wie in seiner Welt, aber jede Vertrautheit verloren hatte. Sein Büro, die Möbel, Schränke, Aktenordner … All diese Dinge kamen ihm vor, als blicke er sie nicht direkt an, sondern betrachte nur eine Filmaufnahme, auf der das alles zu sehen war. Als könne er diese Dinge nicht berühren, sondern würde bei dem Versuch an eine Leinwand stoßen.

Er sah alle paar Minuten auf die Uhr. *13:00 Uhr, die nächste Aufgabe …*

Um zehn vor elf stellte Sandra ihm Manuela durch.

»Hallo, Manuela«, begrüßte Frank sie deutlich persönlicher als zuvor noch Jens. Es dauerte eine Weile, bis auch sie mit einem »Hallo« antwortete.

»Du auch?«, fragte er ohne Umschweife.

»Ja, ich auch.« Ihre Stimme erkannte er seltsamerweise sofort wieder, obwohl er auch sie zum letzten Mal mit dreizehn gesprochen hatte.

»Was sollen wir tun, Frank?« Jetzt fiel ihm auf, warum er ihre Stimme sofort erkannt hatte. Sie klang zwar weniger forsch als damals, geradezu ängstlich, aber noch immer mädchenhaft.

»Am besten wir warten bis eins und schauen, was dieser Irre dann von uns will. Hast du eine Ahnung, wer dahinterstecken könnte? Wer kann das von damals wissen?«

»Ich weiß es nicht. Ich habe nie mit jemandem darüber gesprochen. Nie.« Und nach einer Pause fügte sie hinzu: »Du?«

»Nein, ich auch nicht.«

»Ich habe Angst, Frank.«

»Ja, ich … das ist auch kein Wunder. Immerhin haben wir gesehen, wie ein Mensch …«

»Nein, nicht«, unterbrach sie ihn, und er verstummte.

»Ich kann den Gedanken daran nicht ertragen, und ich kann auch nicht darüber reden. Bitte.«

»Gut. Kann ich dich unter der Handynummer, die ich im Display sehe, erreichen?«

»Ja.«

»Dann warten wir ab, was da um eins kommt, und ich melde mich wieder bei dir, okay?«

»Ja, gut. Bitte melde dich, ich habe wirklich große Angst.«

Ich auch, dachte er, sagte aber: »Ja, ich weiß, bis später« und legte auf. Es war kurz nach elf. Noch knapp zwei Stunden.

Frank klickte sich wahllos durch einige Nachrichtenseiten, las ein paar Artikel an, ohne ihren Sinn zu registrieren, und saß minutenlang vor dem Monitor, ohne zu sehen, was er anstarrte.

Schließlich gab er es auf, informierte Sandra darüber, dass er den Rest des Tages außer Haus war, und verließ um kurz nach zwölf das Büro.

Vom Auto aus rief er zu Hause an, doch es meldete sich niemand. Schließlich konnte er Beate auf dem Handy erreichen und erfuhr, dass sie sich mit einer Freundin in der Stadt in einem Café treffen wollte, dann am Nachmittag einen Zahnarzttermin hatte und anschließend zum Friseur ging. Vor vier wäre sie wohl nicht zurück. Laura hatte lange Unterricht und Chorprobe und würde sogar erst gegen halb fünf nach Hause kommen. Frank legte auf und war erleichtert, bis zum Nachmittag allein zu Hause zu sein. So würde er sich nicht verstellen müssen und konnte seine Familie aus dem Ganzen raushalten.

Es herrschte recht viel Verkehr, und als er endlich das Auto in der Doppelgarage abstellte, war es bereits zwanzig vor eins. Er benutzte nicht den direkten Durchgang von der Garage zum Haus, sondern ging außen herum und warf einen Blick in den Briefkasten. Er war leer. Frank ging ins Haus und auf geradem Wege in die Küche. Dort stand auf der Arbeitsplatte ein Körbchen, in das Beate die Post für ihn legte, wenn sie den Briefkasten geleert hatte. Auch jetzt lagen einige Briefumschläge darin, aber kein brauner Luftpolsterumschlag und auch keiner ohne Absender, wie Frank schnell feststellte. Er machte sich eine Apfelschorle, ging in sein Büro und schaltete den Monitor ein.

12:53 Uhr. Noch sieben Minuten. Mit fahrigen Fingern klickte er auf der Maus herum. Als die Adresse angezeigt wurde, hielt er unbewusst den Atem an, bestätigte und stieß die Luft geräuschvoll wieder aus. Als die Seite geladen war, blieb der Monitor schwarz.

12:55 Uhr. Zum dritten Mal betätigte er die Refresh-Taste, nichts veränderte sich. Kurz überlegte er, ob er Jens anrufen sollte. Er saß jetzt mit Sicherheit ebenso nervös vor dem Computer wie Manuela und er. Und vielleicht auch Torsten.

12:58 Uhr. Frank zog sein Handy aus der Hosentasche, suchte Jens' Nummer und … brach den Vorgang wieder ab. Was sollte es bringen, ihn jetzt anzurufen? Besser, er meldete sich erst, wenn die nächste Aufgabe klar war. Nervös legte er das Telefon neben der Tastatur ab und starrte wieder auf den Monitor.

13:01 Uhr. Die Seite baute sich neu auf, Franks Puls beschleunigte sich. Der schwarze Hintergrund blieb, aber nun wurde wieder eine Nachricht eingeblendet, erst verschwommen, dann langsam schärfer. Frank rieb sich mit beiden Händen über die Augen, als könne er den Text dadurch eine Sekunde früher lesen. Dann endlich konnte er die Worte entziffern:

Das Spiel geht weiter. Eure Aufgabe:
Kommt heute um 17:00 Uhr zum Warnamt Eifel. Alle.
Sprecht mit niemandem darüber.
Denkt an Festus, und seid pünktlich, sonst verliert ihr ein Leben.

Warnamt Eifel? Was sollte das sein? Frank hatte noch nie etwas von einem Warnamt in der Eifel gehört. *Denkt an Festus* … Frank ballte die Hand zur Faust. Wer auch immer sich diese Aufgaben ausdachte würde sie nicht mehr in Ruhe lassen. Es blieb ihnen keine Wahl, sie mussten »mitspielen«. Und Frank hatte mittlerweile auch eine Vermutung, was hinter all dem stecken konnte: Erpressung. Wer auch immer erfahren hatte, was damals passiert war – er würde sie jetzt mit diesem verdammten Spiel eine Weile mürbe machen und dann seine Forderungen stellen. Und es war ihm ernst. Die Art, wie er den Mann getötet hatte – Frank wollte nicht daran denken. Es musste sich um einen Psychopathen handeln, jemanden, der schwer gestört war. Und gefährlich.

Frank las die neue Aufgabe noch einmal. Je nachdem, wo dieses *Warnamt* war, konnte die Zeit knapp werden, und er war fest entschlossen, um 17:00 Uhr da zu sein, um die anderen drei zu treffen. Er wollte mit ihnen sprechen, sie mussten sich gemeinsam überlegen, was sie tun würden. Vielleicht fand er dabei sogar heraus, wer das Versprechen gebrochen hatte, das sie sich damals gegeben hatten, bevor sich ihre Wege trennten.

Er minimierte das Browserfenster, öffnete ein neues und gab in die Google-Suchmaske »Warnamt Eifel« ein.

Gleich der erste Treffer lieferte eine Erklärung: *Warnamt Eifel* war der Tarnname für eine Atombunkeranlage in der Eifel, die der NRW-Landesregierung als Ausweichsitz im Falle eines Atomkrieges hätte dienen sollen. 200 Regierungsmitglieder und Experten hätten von dort aus die Regierungsgeschäfte weiterführen sollen. Die Anlage war in einen Berg gebaut und bestand aus drei Etagen von jeweils 1000 Quadratmetern. Der Eingang befand sich, als Doppelgarage getarnt, in einem Waldstück am Ortsrand der Eifelgemeinde *Kall-Urft*, gleich neben einem Gebäude, das wie ein kleines Wohnhaus aussah.

Eine Atombunkeranlage … Wäre der Anlass ein anderer gewesen und hätte es nicht schon einen Toten in diesem abartigen »Spiel« gegeben, Frank wäre allein schon aus Neugierde dorthin gefahren. Er war noch nie in einem Atombunker gewesen, und eine Anlage, in der 200 Menschen Platz hatten, musste wirklich gewaltig sein.

Er überflog noch schnell die restlichen Angaben, ging dann auf die Website der Anlage und notierte sich die genaue Adresse aus dem Impressum. Über den Routenplaner erfuhr er, dass der Bunker rund 100 Kilometer entfernt war. Frank schloss nach einem letzten Blick auf die Nachricht den Browser und schaltete den Monitor aus. Er nahm sein Handy, wählte und meldete sich mit »Frank hier«, als Jens abhob.

»Hast du es … gesehen?«, fragte Jens. »Die Nachricht? Wo wir hinkommen sollen?«

»Ja, natürlich. Ein Atombunker.«

»Ja, ich habe auch schon nachgesehen. Fährst du hin?«

»Was bleibt uns denn anderes übrig? Der wird doch keine Ruhe geben. Und vielleicht wird er tatsächlich noch jemanden töten, wenn wir nicht alle da erscheinen. Der Typ ist doch total irre!«

»Fahren wir zusammen?«

»Wo wohnst du denn jetzt?«

»In Schweich.«

»Das liegt auf dem Weg. Okay, ich komme dich abholen.« Jens nannte ihm seine Adresse.

»Okay, dann bin ich um …« Frank warf einen Blick auf die Uhr, überlegte, wie lange sie bis zu der Anlage brauchen würden, und schlug noch einen Sicherheitspuffer obendrauf.

»… um drei Uhr bei dir. Ach, noch was: Hast du Torsten auch angerufen?«

»Nein, ich habe seine Nummer nicht herausfinden können.«

Frank verabschiedete sich und legte auf. Dann wählte er Manuelas Nummer. Es dauerte eine Weile, bis sie abhob. Sie hörte sich furchtbar an. »Was soll das alles«, sagte sie, nachdem Frank seinen Namen genannt hatte. »Warum tut jemand so was? Denkst du, wir haben das verdient? Bekommen wir jetzt vielleicht die Strafe für damals? Was, wenn Festus es selbst ist? Wenn er sich rächen möchte? Wenn er wieder …«

»Manuela, du weißt doch, dass das nicht sein kann. Nein, entweder hat das damals doch jemand mitbekommen, oder einer von uns hat geredet.«

»Aber wenn es damals schon jemand mitbekommen hätte, warum sollte er dann gerade jetzt … ich meine, warum nicht schon früher?«

Frank hob die freie Hand und ließ sie auf die Schreibtischplatte fallen. »Ich weiß es doch auch nicht. Vielleicht braucht derjenige jetzt Geld? Oder er hat es jemand anderem weitererzählt, der uns mit seinem Wissen erpressen will.«

»Und deswegen jemanden umbringt? So?«

Damit hatte sie natürlich recht, und Frank spürte, wie er immer unruhiger wurde, weil es einfach keine logische Erklärung zu geben schien. »Darum müssen wir da hin, Manuela. Jens fährt mit mir. Soll ich dich auch mitnehmen?«

»Nein, ich wohne in Saarburg.« Das lag 20 Kilometer in der entgegengesetzten Richtung. »Ich fahre selbst.«

»Gut, dann bis nachher.« Frank beendete das Gespräch und blieb noch einen Moment reglos am Schreibtisch sitzen. Von irgendwo hörte er ein gedämpftes, kratzendes Geräusch. Es klang wie … Ratten.

7

Frank brauchte eine Viertelstunde bis Schweich. Er hatte einen Zettel für Beate auf dem Küchentisch hinterlassen, auf dem er sie erneut anlog. Er hasste das, doch es war nicht zu ändern. Er hatte von einem kurzfristigen, aber wichtigen Kundentermin geschrieben und dass er nicht wisse, wie lange er weg sei. Es könne etwas später werden. Frank hoffte, dass dieser Albtraum ein für alle Mal vorbei sein würde, wenn er am Abend wieder nach Hause kam.

Als er vor dem Haus an der angegebenen Adresse hielt und die Tür sich öffnete, noch bevor er den Sicherheitsgurt gelöst hatte, blieb er sitzen und betrachtete durch die Seitenscheibe den schlanken, fast schon dürren Mann, der da auf ihn zukam. Er trug das etwas längere, kupferrote Deckhaar an der Seite gescheitelt, genauso wie er es schon dreißig Jahre zuvor getan hatte. Als er näher kam, konnte Frank auch die vielen Sommersprossen sehen, die das ganze Gesicht und die nackten, sehnigen Arme bedeckten, die unter dem T-Shirt herausschauten. Jens blieb neben der Beifahrertür stehen, bückte sich und schaute durch das Fenster ins Wageninnere. In seinen Augen lag noch genau wie damals ein Hauch von Melancholie. Vor fast 30 Jahren hatte Frank das nicht beim Namen nennen können, er hatte nur bemerkt, dass Jens immer ein wenig traurig gewirkt hatte.

Es war fast unheimlich, aber Frank blickte in das sommersprossige Gesicht des dreizehnjährigen Jens, in das jemand ein paar Fältchen gedrückt hatte.

Er bedeutete ihm, er solle einsteigen, und nachdem Jens seine dünne Jacke auf den Rücksitz geworfen hatte, ließ er sich auf den Beifahrersitz fallen. Sie sahen sich eine Weile einfach nur an, bis Jens ihm schließlich die Hand hinhielt und sagte: »Schön, dich wiederzusehen, Fränkie.«

Fränkie. Seit damals hatte ihn niemand mehr so genannt, und auch zuvor am Telefon hatten beide sich mit ihren richtigen Namen angesprochen. Doch jetzt, wo sie sich wieder in die Augen sahen, erschien es auch ihm ganz selbstverständlich, dass Jens ihn so anredete. Frank schlug ein und sagte: »Ja, Kupfer, nur der Anlass, der ist alles andere als schön.«

Ohne weitere Umschweife startete er den Motor und fuhr los.

Sie erreichten Urft um kurz vor halb fünf. Das Navigationsgerät hatte sie an einen Weg gelotst, der von der Straße aus schräg nach oben in ein Waldstück führte. Den Rest des Weges würden sie zu Fuß zurücklegen müssen. Frank parkte den Audi neben einem Glascontainer. Jens nahm seine Jacke vom Rücksitz, und Frank holte ein Sweatshirt aus dem Kofferraum, das neben einem Schirm dort immer in einem Seitennetz lag, und hängte es sich locker über die Schultern. Dann machten sie sich auf den Weg.

Der Pfad war kaum breiter als zwei Meter. Die Grasnarbe in der Mitte und die schmalen, ausgetretenen Spuren links und rechts vermittelten den Eindruck, dass hier ab und an Autos fuhren, wobei Frank sich das nur schwer vorstellen konnte.

Die Blätter der Bäume zu beiden Seiten vereinigten sich über dem Weg zu einem grünen Dach, durch die kleinen Lücken drangen die Sonnenstrahlen wie Hunderte dünne, helle Speere. Das Licht hingegen, das sich durch die Blätter drückte, war von einem hellgrünen Hauch durchsetzt, als es die Männer auf dem Weg erreichte. Es hätte ein harmloser Sommerspaziergang sein können, der die beiden hierhergeführt hatte.

So aber gingen sie schweigend nebeneinanderher, jeder in Gedanken versunken, den Blick vor sich auf den Boden gerichtet. Frank war sicher, dass ihre Gedanken sich sehr ähnlich waren in diesen Minuten. Was würde sie an dieser Bunkeranlage erwarten? Würde derjenige, der hinter dieser ganzen Sache steckte, sich ihnen dort endlich zeigen und sagen, was er von ihnen wollte? War Manuela schon da? Was war mit Torsten? Hatte er die Nachrichten überhaupt erhalten? Wie würde dieser Irre reagieren, wenn Torsten gar nicht auftauchte?

Der Weg machte einen Knick, dann wurde er flacher und schmaler. In einiger Entfernung sahen sie einen hohen Zaun auf der linken Seite, rechts von ihnen fiel das bewaldete Gelände steil ab.

Sie erreichten den Zaun, und ein Stück versetzt tauchte ein kleines Haus auf. Es stand auf einer Art Lichtung und sah aus wie ein schlichtes Einfamilienhaus aus den 1960er Jahren. »Das muss es sein«, sagte Frank und nahm das restliche Gelände in Augenschein. Die Lücken zwischen den Büschen hinter dem Zaun gaben mit jedem Meter, den Frank und Jens zurücklegten, ein anderes Stück frei. »Schau mal, da hinten«, sagte Jens. Er blieb stehen und zeigte zwischen einer der Lücken hindurch. Frank stellte sich neben ihn und sah gleich, was er meinte. Unter einer Baumgruppe stand eine schäbig wirkende Doppelgarage mit schmutzigbraunen Blechtoren. Am hinteren Ende der linken Seitenwand war eine Blechtür in der gleichen Farbe eingebaut. Der ehemals wohl weiße Anstrich war durchsetzt mit grünlichen und grauen Flecken, am unteren Rand wucherte Moos und Unkraut. »Das muss der Eingang sein.« Jens wirkte aufgeregt, seine Stimme zitterte beim Reden. »Lass uns weitergehen und schauen, wie wir hinter den Zaun kommen«, sagte Frank und ging los.

Es gestaltete sich einfach, denn nach etwa hundert Metern knickte der Zaun im rechten Winkel zwei, drei Meter nach hinten weg und wurde dann von einem zweiflügeligen Tor unterbrochen, dessen rechte Seite offen stand. Nun sahen sie auch, dass es einen geteerten Weg gab. Er mündete von der anderen Seite in das Tor.

Sie betraten die freie Fläche, auf der Haus und Garage standen. Sie mochte etwa 2000 Quadratmeter groß sein, auf der hinteren Seite stieg der Wald weiter an. Als sie auf das Haus zugingen, sahen sie eine grün gestrichene Überdachung, die mit einer Breite von etwa zwei Metern vom hinteren Garagenende ausgehend schräg nach oben führte. Das musste der Zugang zu der in den Berg gebauten Bunkeranlage sein. Sie blieben stehen und betrachteten das Haus. Es wirkte alt, fast abweisend, und doch nicht gänzlich unbewohnt. Im Fenster hing ein Schild mit der Aufschrift: »Bis 01. Oktober geschlossen.«

Frank entdeckte kleinere Hinweise darauf, dass hier wohl öfter Menschen waren. Vereinzelte Zigarettenkippen auf dem Boden, eine Schubkarre neben dem Haus, ein noch recht neu aussehender Kronkorken Zentimeter neben seinem Schuh. Über all dem lag jedoch eine geradezu erdrückende Stille. Frank versuchte, die typischen Waldgeräusche zu hören, Vogelgezwitscher, Knacken, das Rascheln der Blätter … nichts davon war da.

»Ist ja irgendwie gespenstisch hier«, drückte Jens es in der ihm eigenen vorsichtigen Art aus.

»Hallo«, sagte in diesem Moment eine helle Stimme hinter ihnen und ließ sie beide erschrocken herumfahren. Vor ihnen stand Manuela.

»Hallo, Manu«, sagte Frank und reichte ihr die Hand. Anders als früher trug sie ihre dunkelbraunen Haare nun lang, sie fielen ihr bis weit über den Rücken. Als Dreizehnjährige hatte sie einen frechen Kurzhaarschnitt gehabt, der sie zusammen mit ihrer knabenhaften Figur fast wie ein Junge hatte aussehen lassen. Nun war aus der knabenhaften Manu eine attraktive, schlanke Frau geworden, der Frank aufgrund ihrer Ausstrahlung eine Führungsposition in einem Wirtschaftsunternehmen zutraute. Nur die blasse Haut und die dunklen Ringe unter den braunen Augen passten nicht in das Gesamtbild, aber Frank ahnte, was der Grund dafür war.

»Gut, dass ihr da seid«, sagte sie und schob die Riemen ihrer Umhängetasche nach oben. »Ich war zu früh und fand es unheimlich hier, so ganz allein.«

»Hi Manu«, sagte Jens und hielt ihr ebenfalls die Hand entgegen. »Ist lange her.«

»Hast du schon was von Torsten gehört?«, wollte Frank wissen, woraufhin Manu den Kopf schüttelte. »Nein, ich weiß auch nicht, wo er zu erreichen ist. Vielleicht wohnt er gar nicht mehr in der Nähe. Aber was passiert, wenn er nicht kommt? Was dann?«

Frank hob die Schultern. »Das werden wir sehen.« Er sah auf seine Armbanduhr. »Noch drei Minuten.«

Sie standen sich gegenüber, ein unfertiger Kreis aus drei Personen, die sich als Kinder gut gekannt hatten und nun nicht recht wussten, wo sie hinschauen sollten. Freiwillig war keiner von ihnen hier.

»Denkt ihr, Torsten kommt noch?«, fragte Jens zaghaft, doch noch bevor Frank oder Manuela hätten antworten können, hörten sie ein schnell näher kommendes Motorengeräusch. Ein schwarzes Fahrzeug tauchte auf, und auf den zweiten Blick erkannte Frank einen Ford Mustang.

Der Wagen fuhr durch das offene Tor und kam kurz vor ihnen zum Stehen. Alle drei starrten sie auf die Windschutzscheibe, hinter der sich der Fahrer verbarg. Sehen konnten sie ihn nicht, weil die Sonne vom Glas gespiegelt wurde.

Der Motor wurde abgestellt, es vergingen einige Sekunden, dann wurde die Fahrertür geöffnet und ein nackter, fleischiger Unterarm mit einer Tätowierung darauf tauchte auf. Es folgte ein Bein, dann schob sich der Rest des massigen Körpers aus der Öffnung.

Die Erwachsenenversion von Fozzie, die nun mit schweren Schritten auf sie zukam, wog schätzungsweise 120 Kilo und war etwa 1,85 Meter groß. Doch im Gegensatz zu früher war Torsten nun eher muskulös als übergewichtig.

Breitbeinig blieb er vor ihnen stehen, stemmte die Arme in die Hüften und sagte ohne eine Miene zu verziehen: »Damit eins klar ist: Ich mache diesen Scheiß nicht mit.«

8

Frank musterte Torsten von Kopf bis Fuß. Er trug eine schwarze Jeans und einen weißen Pullover mit dem Aufdruck einer amerikanischen Universität. Seine beachtliche Brust wölbte sich deutlich darunter hervor, die Füße steckten in riesigen, grauen Sneakers.

Im Gegensatz zu den anderen beiden hatte Torsten sich sehr verändert. Frank wusste nicht, ob es mehr an dem schütteren Haar lag, das sich ein gutes Stück aus der Stirn in Richtung Kopfmitte zurückgezogen hatte, oder an den Falten, die sich in sein Gesicht eingegraben hatten. Sicher trug auch der schmale Kinnbart zu dem veränderten Aussehen bei. Jedenfalls wirkte Torstens älter, als er war, und das Zusammenspiel zwischen seinen Gesichtszügen und der Körperhaltung drückte eine fast greifbare Aggressivität aus.

»Guten Tag, Fozzie«, sagte Jens zaghaft und versuchte sich sogar an einem Lächeln. Torsten gab einen Grunzlaut von sich, betrachtete Jens wie ein seltenes Tier und sagte: »Siehst du hier einen Fozzie vor dir stehen, Kupfer? *Fozzie* gibt's nicht mehr. Und fangt jetzt bloß nicht an, über die alten Zeiten zu jammern. Die sind vorbei. So, und jetzt kann mir vielleicht einer mal sagen, was dieser Quatsch hier soll. Fränkie?«

Frank verzichtete auf einen Kommentar zum Namen *Fränkie* und zuckte mit den Schultern. »Wir wissen genauso wenig wie du, was hier gespielt wird. Hast du das Video gesehen?«

»Ja klar, wäre ich sonst hier?«

»Und?«

Torsten zog die Brauen hoch. »Was, und? Was erwartest du von mir? Soll ich die Augen rollen und sabbern: *Ich fand's so geil, ich will mehr davon?*«

»Du könntest zum Beispiel damit aufhören, dich aufzuführen, als wollten wir dir was Böses. Wir sollten uns lieber zusammentun und herausfinden, wer uns hierhergelockt hat.«

Torsten legte den Kopf ein wenig schief und verzog die Mundwinkel zu etwas, das wohl ein Grinsen sein sollte. »Ah, verstehe, du spielst also immer noch den Anführer. Das ist zwar absolut lächerlich, aber gut, was hast du denn jetzt vor, großer Häuptling?«

Frank winkte ab. »Ach komm, jetzt hör schon auf mit dem Quatsch. Meistens warst du es doch, der seinen Willen unbedingt durchsetzen wollte. Und wenn ich mich recht erinnere, haben wir fast immer nachgegeben, weil du sonst beleidigt gewesen wärst.«

»Wir könnten nachsehen, ob vielleicht irgendwo eine Nachricht für uns liegt?«, schlug Jens vor und enthob Torsten damit einer Antwort. Der sah zu ihm herüber und hob die Hände ein Stück an, die Handflächen nach oben gedreht, als wolle er sagen: *Bitte, tu es.*

»Ich finde den Vorschlag gut«, stärkte Manuela Jens den Rücken. »Wir sollten um Punkt fünf hier sein, jetzt ist es schon fünf nach. Ich bin mir nicht sicher, aber vielleicht wird von uns erwartet, dass wir jetzt etwas tun?«

»Ich glaub's ja nicht.« Torsten schüttelte lachend den Kopf und äffte Manuela mit Fistelstimme nach: »Ich bin nicht sicher … Vielleicht wird erwartet …« Wieder normaler fügte er an: »Bist du sicher, dass du die Manu bist, die früher Jungs verprügelt hat, Mäuschen?«

»Ich habe zwar nie Jungs verprügelt, aber ich kann mich erinnern, dass du eine Woche lang gehumpelt bist, nachdem ich dir gegens Schienbein getreten hatte.«

»Ich verstehe nicht, warum du so wütend bist, Torsten«, mischte sich Frank ein. »Die beiden haben recht. Ich finde auch, wir sollten uns gemeinsam auf das konzentrieren, weswegen wir hier sind.«

»Also gut, fangen wir an. Und womit?«

Frank sah sich um, betrachtete das Haus eingehend und ließ seinen Blick zu der Doppelgarage wandern. »Wenn ich es richtig gelesen habe, befindet sich der Eingang zu der Bunkeranlage in dieser Garage. Vielleicht sehen wir einfach mal nach, ob die Tür offen ist.«

Er ging los, und schon nach ein paar Metern hörte er hinter sich die Schritte der anderen. Die Blechtür an der linken Seitenwand war tatsächlich nicht verschlossen. Frank zog sie auf und machte einen Schritt in die Garage. Das schräg einfallende Tageslicht warf ein helles Dreieck auf den Garagenboden, auf dem sich sein Schatten in die Länge gezogen abzeichnete.

Eine weitere Tür war in die rückwärtige Garagenwand eingelassen. Sie musste in den ansteigenden, überdachten Gang führen, den sie von außen gesehen hatten.

Frank prüfte, ob er auch diese Tür öffnen konnte. Sie ließ sich in den Gang hinein aufdrücken und gab den Blick auf eine Treppe frei, deren unterste Stufen noch vom Tageslicht erhellt wurden. Weiter oben verschwand sie in der Dunkelheit.

»Hier geht eine Treppe hoch, ich denke, das ist der Weg in den Bunker«, kommentierte Frank, was er sah, und während die anderen in die Garage nachrückten, suchte er nach einem Lichtschalter.

»Hier ist es ja stockfinster«, maulte Torsten hinter ihm. Im nächsten Augenblick flammten drei Neonröhren auf und tauchten das Garageninnere in ihr kaltes Licht. Torsten grinste Frank an. »Lichtschalter.«

Sie sahen sich in der Garage um. Zwei große Mülltonnen standen mitten im Raum, an einer der Seitenwände lehnte eine Menge zusammengeklappter Bierzeltgarnituren, in einer Plastikwanne lag eine verhedderte Lichterkette mit bunten Glühlampen daran. Einen Hinweis auf denjenigen, der sie hierhergelotst hatte, fanden sie aber nicht.

Gleich hinter der rückwärtigen Tür entdeckte Frank schließlich einen weiteren Schalter, der auch dort Neonröhren aufleuchten ließ. Die Treppe führte terrassenartig in drei Blöcken mit etwa zehn Stufen nach oben, an deren Ende jeweils ein kleines Plateau von ein paar Quadratmetern die Verbindung zum nächsten Treppenabschnitt herstellte. Am oberen Ende war eine blaue Tür zu sehen. »Da müssen wir wohl hoch?«, fragte Manuela, die an Frank vorbei nach oben blickte. Er nickte. »Ich fürchte, ja.«

Im nächsten Moment wurde er unsanft zur Seite gedrängt, als Torsten sich an ihm vorbeidrückte. »Worauf wartet ihr dann noch? Sehen wir nach. Ich hab keine Lust, den ganzen Tag hier zu verplempern.«

Er hatte das zweite Plateau schon erreicht, als Frank sich nach Jens und Manuela umsah und ihnen zunickte. »Also los.« Er wartete, bis die beiden an ihm vorbei waren und machte sich als Letzter auf den Weg nach oben.

Hinter der blauen Tür folgten zwei weitere Treppenblöcke, die noch trister und schäbiger wirkten als die im unteren Teil. Die Metallschienen über den Stufenkanten waren stark verrostet, die Feuchtigkeit hatte an den Vorderseiten der Stufen eine bräunliche Brühe herablaufen lassen, deren Spuren sich in den Beton gefressen hatten. An vielen Stellen war die hellgraue Farbe abgeplatzt, mit der die Treppe vor langer Zeit einmal gestrichen worden war. Darunter kam in unregelmäßigen Inseln der blanke Beton zum Vorschein. Auch die grauen Wände sahen nicht besser aus, sie waren fleckig und in einem breiten Streifen in Hüfthöhe stark verschmutzt. Ein modrig-feuchter Geruch setzte sich in Franks Nase fest, während er Stufe um Stufe nahm.

Am oberen Ende stand auf der linken Seite eine weitere Tür offen. Torsten war schon dahinter verschwunden.

»Ganz schön unheimlich hier«, flüsterte Manuela zwischen Jens und Frank. Jens nickte und warf ihr einen Blick über die Schulter zu. »Ja, und wenn man sich überlegt, zu welchem Zweck das Ganze mal gebaut worden ist …«

»He, wo bleibt ihr denn?« Torstens massige Gestalt schaute zur Hälfte aus der Tür heraus. »Na los, hier ist der Eingang.«

Sie kamen in eine Art Vorraum, der deutlich sauberer und gepflegter war als der Treppenaufgang. Die Wände hatten einen gelben Anstrich, der Betonboden war unbeschädigt. Auf der gegenüberliegenden Seite stand eine Tür offen, die ganz anders aussah als die bisherigen. Sie war etwa doppelt so breit und bestand aus zentimeterdickem Metall. Die Ecken waren abgerundet und erinnerten Frank an überdimensionierte U-Boot-Schleusen, wie er sie in Kriegsfilmen gesehen hatte. Die Innenseite war mehrfach mit Querstegen verstärkt, zwischen denen Hydraulikschläuche und Elektrokabel entlangliefen, die sich in dem etwa einen Meter tiefen Türrahmen fortsetzten und dann im Inneren des anschließenden Raumes verschwanden. Über dem Ganzen lag in U-Form ein rotes Rohrkonstrukt, das möglicherweise zum Öffnen und Schließen der Tür gedacht war.

»Na?«, sagte Torsten grinsend und zeigte auf die wuchtige Tür, als hätte er sie selbst konstruiert. »Das ist mal 'ne Tür, was? Geht rein, dahinter wird es noch viel interessanter.« Er richtete den Blick auf Manuela. »Na los, Ladies first. Oder hat dich der Mut verlassen?«

Manuela zögerte nur kurz, dann setzte sie sich in Bewegung und ging hindurch. Sie war kaum hinter dem breiten Rahmen verschwunden, als sie einen Schrei ausstieß.

9 – 17:19 Uhr

Frank war sofort an dem noch immer grinsenden Torsten vorbei. Ein paar Meter hinter der ersten folgte auf der linken Seite eine weitere dicke Stahltür. Beide zusammen sollten wohl als Schleuse dienen. Ein Stück vor dieser Tür stand Manuela, die Hände vor den Mund geschlagen, und starrte geradeaus. Frank machte einen Schritt zur Seite und sah dann, was sie so erschreckt hatte: Durch einen schmalen Durchgang konnte man in einen gekachelten Raum sehen. Im hinteren Teil dieses Raumes waren Halterungen an der Decke angebracht, an denen riesige Jacken aufgehängt waren, unter denen ebenso überdimensionierte Hosen herausschauten. Beides war aus einem Material gefertigt, das Frank an Lkw-Planen erinnerte. Was Manuela aber wohl den Schrecken eingejagt hatte, waren die hochgestellten Kapuzen der Jacken, in deren Öffnungen Schutzmasken hingen. Es sah aus, als hingen dort tatsächlich Menschen, die in grober Schutzkleidung steckten.

Frank legte Manuela eine Hand auf die Schulter und wandte sich zu Torsten um. »Was soll das denn? Warum schickst du sie ohne Warnung da rein?« Er hörte selbst, wie gereizt er mittlerweile klang, aber Torstens kindisches Benehmen ging ihm gehörig auf die Nerven.

»Mäuschen«, sagte Torsten nur und schob sich kopfschüttelnd an den beiden vorbei. Sie folgten ihm, wobei Frank im Vorbeigehen noch einmal mit einem Schaudern die Schutzanzüge betrachtete und überlegte, dass sie ursprünglich für einen Atomkrieg gedacht gewesen waren.

»Hier ist was«, rief Manuela aus dem angrenzenden Raum. »Ich glaube, das ist für uns gedacht.«

Der Raum war etwa 20 Quadratmeter groß, auf beiden Seiten zweigte jeweils ein Gang ab. In der hinteren, linken Ecke führte eine Wendeltreppe nach unten, deren Einstieg zum Teil mit einem Geländer geschützt war. Die Wände waren mit verschieden dicken Rohren und Leitungen überzogen, überall hingen Ventilatoren und Gerätschaften, deren Funktion sich Frank nicht erschloss. Dazwischen Feuerlöscher in Dreier-Gruppen, Hebel und Schalter. In den wenigen Lücken standen einfache Holzstühle mit dünnem Rohrgestell.

Es war kalt in diesem Raum. Genaugenommen war Frank die Kälte schon beim Betreten der Anlage aufgefallen, gleich als er die Schleuse hinter sich gelassen hatte. Er schätzte, dass die Temperatur nur wenige Grad über dem Gefrierpunkt lag.

Unter einem grauen Metallkasten mit mehreren roten, gelben und grünen Lämpchen, in dessen Mitte ein altmodischer grauer Telefonhörer mit gedrehtem Kabel hing, stand ein Holztisch und davor Manuela, ein Blatt Papier in der Hand. Sie las die wenigen Worte, die darauf standen, laut vor:

Bewegt euch nicht von der Stelle, Spieler. Wartet, sagt Festus

»Wartet?« Torsten atmete schnaubend aus. »Was heißt hier wartet? Worauf denn? Der verarscht uns doch, merkt ihr das nicht?« Niemand antwortete ihm. Allein die letzten beiden Worte jagten Frank einen erneuten Schauer über den Rücken. *Sagt Festus* …

»Außerdem ist es schweinekalt in dieser Bude. Also, ihr könnt euch ja von mir aus weiter von diesem Idioten an der Nase herumführen lassen. Mir reicht's jetzt, ich hau ab.« Torsten sah zu Frank, dem es so vorkam, als warte Torsten nur darauf, dass sie ihn überredeten, noch zu bleiben. Mit ruhiger Stimme sagte Frank: »Du hast in dem Film doch gesehen, zu was dieser Irre fähig ist. Und die Meldung im *Volksfreund* über die Leiche am Moselufer hast du bestimmt auch gelesen, oder?«

»Klar.«

»Und? Lässt dich das kalt?«

Torsten zuckte mit den Schultern. »Habe ich den Kerl vielleicht umgebracht? Außerdem – du glaubst doch nicht im Ernst, dass du dabei zugesehen hast, wie dieser Alte von den Ratten gefressen wurde. Ich wette, da ist rumgetrickst worden.«

Frank schüttelte den Kopf. »Ich wünschte, es wäre so, aber ich kann mir nicht vorstellen, wie.«

»Wenn du so sicher bist, dass uns jemand verarscht, hast du denn auch eine Idee, wer?«, wandte sich Jens, der langsam aufzutauen schien, jetzt an Torsten. »Hast du vielleicht irgendwann jemandem was von damals erzählt?«

Torstens Gesichtszüge verhärteten sich, er machte einen großen Schritt auf Jens zu, der instinktiv den Kopf ein wenig einzog. Langsam hob Torsten den rechten Arm und deutete mit dem Zeigefinger auf Jens' Gesicht. »Merk dir was, Kupfer. Ich erzähle niemals Dinge weiter, die nicht erzählt werden sollen.« Der Arm blieb noch einen Moment erhoben. »Und außerdem, wer sagt euch denn, dass *er* nicht selbst wieder aufgetaucht ist und jetzt seine Spielchen mit uns treibt? Aus Rache? Ihr wisst doch, was mit ihm los war. Dem ist doch alles zuzutrauen.«

»Was?«, machten Frank und Manuela fast gleichzeitig. Jens stand wohl noch zu sehr unter dem Eindruck des drohenden Zeigefingers, um zu reagieren. »Waaas?«, äffte Torsten übertrieben nach. »Warum denn nicht?«

»Er ist tot«, stellte Frank sachlich fest.

»Pah! Hast du das gesehen?«

»Nein, aber … Wir wissen doch, was passiert ist.«

»Nichts wissen wir. Als wir ihn das letzte Mal gesehen haben, hat er noch gelebt, schon vergessen?« Torstens Blick wanderte von einem zum anderen, bohrte sich jedes Mal für Sekunden in die Augen seines Gegenübers, bevor er ihn wieder aus seinem Bann entließ. »Also noch mal: Hat einer von euch ihn tot gesehen?«

Niemand antwortete. »Also.«

»Was soll denn deiner Meinung nach mit ihm passiert sein?«, fragte Manuela. »Ich meine, niemand hat seitdem etwas von ihm gehört.«

Torsten zuckte mit den Achseln. »Was weiß denn ich? Vielleicht ist er abgehauen, weil ihm alles gestunken hat. Jeder wusste doch, dass er ein Volltrottel war, vielleicht wollte er irgendwo anders ganz neu anfangen?«

»Mit dreizehn?«, fragte Jens.

»Ja und? Es sind schon viele mit dreizehn von zu Hause abgehauen, haben sonst wo gelebt und sind Jahrzehnte später plötzlich wieder aufgetaucht.«

»Das mag ja sein«, sagte Frank müde. »Aber die hatten wahrscheinlich auch einen IQ von mehr als 70.«

Ihm war kalt. Er zog seinen Pullover von den Schultern und streifte ihn über, lehnte sich mit dem Rücken an eine der wenigen freien Stellen der Wand und ließ sich langsam daran herabgleiten, bis er auf dem grau marmorierten Linoleumboden saß. Sein Blick ruhte auf einer Art Stahlkessel, der an der gegenüberliegenden Wand befestigt war und dessen Funktion sich ihm nicht erschloss. »Bleib, Torsten, wenigstens so lange, bis wir klarsehen, was hier gespielt wird. Wer auch immer hinter der Sache steckt, der scheint großen Wert darauf zu legen, dass wir zusammen sind. Und selbst, wenn *er* es tatsächlich wäre – wenn du jetzt verschwindest, erfahren wir vielleicht nie, was der Grund für das alles ist.« Er hob den Kopf und sah Torsten direkt an. »Und im schlimmsten Fall muss tatsächlich noch jemand sterben. Wir brauchen dich hier.«

Eine Weile sahen sie sich stumm an, und Frank glaubte zu erkennen, dass die Aggressivität in Torstens Augen weniger geworden war. »Also gut, großer Anführer. Ich bleibe noch eine Weile. Aber ich hoffe, der Irre lässt sich nicht allzu viel Zeit. Lange bleibe ich nicht in diesem scheißkalten Bau.«

Auch Jens hatte mittlerweile seine Jacke angezogen. Er setzte sich zwei Meter neben Frank auf einen der Stühle und zog die Kragenenden dichter zusammen. »Wirklich ganz schön kalt hier drinnen.«

Frank sah zu Manuela hinüber, die sich auf die Platte des kleinen Tisches gesetzt hatte. »Du frierst doch sicher auch?«

»Es geht noch, der Pullover hält warm.«

Torsten klatschte in die Hände und rieb sie dann aneinander. »Also gut, wenn ich schon hier auf einen durchgeknallten Idioten warten soll, dann schaue ich mich wenigstens mal um. Wann ist man schon mal in einem Atombunker für Regierungsärsche!«

Er nahm die beiden gegenüberliegenden Gänge in Augenschein, entschied sich für den rechten und ging los. Als seine Schritte nicht mehr zu hören waren, sagte Jens: »Er hat sich verändert.«

Manuela schob die Hände unter die Oberschenkel. »Findest du? Ich finde, er ist noch genauso wie früher, vielleicht noch lauter und aggressiver, aber ich erkenne in ihm schon den Fozzie von damals. Es würde mich interessieren, was er beruflich macht.«

»Und du?«, fragte Frank. »Wolltest du nicht immer Architektin werden?«

Manuela nickte und betrachtete die Spitzen ihrer braunen Halbschuhe. »Ja, und das bin ich auch geworden.«

»Wow«, machte Jens. »Das hätte ich nicht gedacht. Ich wollte damals alles Mögliche werden, aber bestimmt nicht Techniker in einem Reifenwerk. Aber du warst ja schon immer sehr zielstrebig.« Er sah zu Frank. »Und deine Softwarefirma scheint auch gut zu laufen. Ich sehe immer mal wieder deine Stellenanzeigen im *Volksfreund*.«

»Ja, ich kann mich nicht beklagen.«

Darauf sagte niemand mehr etwas. Sie starrten vor sich hin, hingen ihren Gedanken nach. Einmal glaubte Frank, ein Geräusch gehört zu haben, aber davon gab es in einer alten Anlage wahrscheinlich mehr als genug.

Die Bilder von damals tauchten wieder auf. Er erinnerte sich an die Unbeschwertheit, mit der sie ihren letzten gemeinsamen Sommer genossen hatten. Er war jeden Morgen mit dem Gefühl aufgewacht, der neue Tag halte ein Abenteuer für ihn bereit, dem er sich stellen konnte. Und die Tage waren voller Abenteuer gewesen. Bis ein dunkler Schatten alles überdeckte, ihm für immer jegliche Unbeschwertheit nahm und die schwere Saat der Schuld in sein Herz und seinen Kopf pflanzte.

»Verdammt«, wurde er von Torsten in seinen Gedanken unterbrochen, der aus dem zweiten Gang wieder auftauchte. »In diesem Ding kann man sich ja verlaufen, und ich war nur auf dieser Ebene. Hier drunter gibt es mindestens noch eine. Überall schmale Gänge und zig Türen. Ist aber irre, was hier noch alles rumsteht. Uralte Telefone und Schreibmaschinen. Nicht mal elektrisch sind die.«

»Wenn man bedenkt, in welcher Zeit diese Anlage betrieben wurde … Damals gab es noch nicht mal PCs.«

»Ja, der schlaue Fränkie weiß das natürlich.« Wie schon vor seinem Erkundungsgang schlug Torsten die Hände zusammen und rieb sie aneinander. »So, und jetzt gehe ich mich mal kurz nach draußen ein bisschen aufwärmen. Das hält ja kein Mensch aus in dieser Scheißkälte.«

Bevor jemand etwas sagen konnte, wandte er sich ab und verschwand in Richtung Schleuse. Im nächsten Moment rief er: »Verdammte Scheiße, kommt mal her.«

Die drei sprangen auf und eilten in den Gang. Torstens bullige Gestalt verdeckte knappe fünf Meter vor ihnen den Blick zur Tür. Als er ein wenig zur Seite trat, erstarrten sie vor Schreck, bevor Manuela laut zu weinen anfing.

Damals …

Fozzie sieht ihn zuerst. Er stößt Fränkie mit dem Ellbogen in die Rippen und deutet mit dem Kopf nach vorne. »Ich glaub's ja nicht. Guckt mal, der schon wieder.«

Festus steht unmittelbar vor dem Eingang ihres Hauptquartiers.

Unter den großkarierten Shorts, deren Bund er über das verwaschene gelbe T-Shirt bis weit über den Bauchnabel gezogen hat, schauen seine dürren X-Beine hervor wie Besenstiele. Die Spitzen der Sandalen zeigen zueinander, die nackten Füße darin starren vor Dreck. Die Hände hält er vor dem Körper, die Finger sind in ständiger Bewegung, als versuche er, sie ineinander zu verknoten.

Seinen Spitznamen Festus *hat Gerd Köhler von seinem Vater geerbt, der so genannt wird, weil er angeblich große Ähnlichkeit mit dem Hilfssheriff Festus aus der Westernserie* Rauchende Colts *hat. Fränkie und die anderen kennen die Serie nicht, und es ist ihnen auch egal.*

Festus ist geistig auf dem Stand eines Vierjährigen, weshalb niemand mit ihm zu tun haben möchte. Fränkie findet den dauergrinsenden Jungen eigentlich nett, aber er würde sich nie mit ihm abgeben, weil er sich damit zum Gespött der anderen machen würde. Seit Wochen rennt Festus ihnen nun schon hinterher, weil er Mitglied in ihrer Bande werden möchte.

»He, Festus, was machst du denn schon wieder hier?«, ruft Fozzie zu ihm hinüber, während alle aufstehen und auf ihn zugehen. Der Junge wartet, bis sie zwei Meter vor ihm stehen bleiben.

»Will in der Bande mitmachen«, sagt er, und seine Finger erhöhen das Tempo, mit dem sie sich ineinander verschlingen.

»Das geht nicht, Festus, das haben wir dir doch schon gesagt«, erklärt Fränkie langsam. »Geh wieder nach Hause.«

»Festus will mitmachen«, beharrt Festus und grinst Manu an. »Schönes Mädchen.«

Kupfer und Fozzie prusten los. Manu bemüht sich sichtlich, ernst zu bleiben. »Danke schön, das ist lieb. Aber jetzt gehst du besser wieder.«

»Aber mitmachen.«

»Hey, ich hab eine Idee.« Fozzie reibt sich die Tränen aus den Augen und zwinkert den anderen zu. »Wir machen einen Aufnahmetest, okay, Festus?«

»Okay.«

»Also gut, hier ist er: Wie viel ist zwei mal fünf?«

Kupfer hält sich die Hand vor den Mund, als müsse er damit das Lachen unterdrücken.

»Lasst ihn doch in Ruhe«, versucht Manu dem Spiel ein Ende zu bereiten, doch Fozzie winkt ab. »Nun lass mal, er will doch Mitglied in der Bande werden.«

Festus' Grinsen wird breiter. »Ja, bei der Bande.«

»Da siehst du's. Also, Festus, wie viel ist zwei mal fünf?«

Der Junge spitzt die Lippen und schaut mit gerunzelter Stirn nach oben, so, als müsse er angestrengt nachdenken. Nach wenigen Sekunden kehrt das Grinsen auf sein Gesicht zurück, und er verkündet stolz: »Zweifünf.«

Fränkie kann nicht anders, er muss in das schallende Gelächter der anderen einfallen, und selbst Manus Mund zuckt.

»Zweifünf«, grölt Fozzie, »ich brech zusammen. Zwei-fünf! Der Kerl ist eine Granate.«

»Jetzt in der Bande?«

»Nein, das geht wirklich nicht«, sagt Fränkie, als er wieder halbwegs normal sprechen kann, woraufhin Festus die Unterlippe nach vorne schiebt. »Aber … Zweifünf.«

»Nein. Geh wieder nach Hause.«

»Hey«, sagt Fozzie leise und zupft Fränkie am Arm. »Kommt mal

mit, ich hab 'ne klasse Idee.« Und an Festus gewandt: »Wart mal 'nen Moment, wir müssen was besprechen.«

Die drei folgen Fozzie zurück ins Hauptquartier, wo er sich umdreht und nach einem Blick nach draußen verschwörerisch zu ihnen sagt: »Wir nehmen Festus in die Bande auf.«

»Was?«, stößt Kupfer überrascht aus, während Manu und Fränkie sich irritiert ansehen. »Hast du sie nicht mehr alle?«

Fozzie feixt: »Doch. Das wird ein Heidenspaß. Wir nehmen ihn auf. Aber erst nachdem er eine Mutprobe bestanden hat.«

10 – 17:43 Uhr

Vor ihnen, etwa zwei Meter vor der Schleusentür, hing auf Augenhöhe eine rotgetigerte Katze. Ihr Kopf steckte in einer Drahtschlinge, die an einem Rohr unter der Decke befestigt war. Das Maul stand halb offen, und auch die toten Augen waren geöffnet und starrten stumpf gegen die Wand. Der Halsbereich war mit tiefen, frischen Wunden übersät, die sich das Tier im Todeskampf in der Drahtschlinge zugezogen haben musste.

»Mein Gott«, stieß Jens aus. »Wer macht denn so was?«

»Jemand, der Menschen von Ratten auffressen lässt«, antwortete Frank und sah zu Manuela, die wimmernd in die Hocke gegangen war. Die Hände hatte sie vor den Mund gepresst, ihr ganzer Körper zuckte. Dumpf war zu hören, dass sie immer wieder »o mein Gott«, und »wie schrecklich« stammelte. Frank ging zu ihr. »Manu?«

Sie ließ die Hände sinken und sah mit tränenüberströmtem Gesicht zu ihm auf. »Jimmy«, schluchzte sie.

»Was?« Frank verstand nicht, was sie meinte.

»Das … das ist Jimmy«

»Wer ist Jimmy?«

Sie sah zu der toten Katze. »Mein Kater. Das ist mein Kater.« Erneut brach sie in Tränen aus und verbarg ihr Gesicht in den Händen.

»Scheiße«, stieß Torsten aus.

»Das arme Tier«, pflichtete Jens ihm bei.

»Das meine ich nicht. Ich meine das da.« Thorsten zeigte auf die Tür, in deren Mitte ein Blatt Papier klebte. Damit Jens und Frank es besser sehen konnten, fasste Torsten das Drahtseil ein Stück über dem Kopf des toten Tieres an und zog den Kadaver ein wenig zur Seite, was Manuela erneut aufschluchzen ließ. Nun konnte auch Frank lesen, was auf dem Blatt stand.

Eure Aufgabe war, an Ort und Stelle zu warten. Ihr habt sie nicht erfüllt. Das kostet euch eine Spielfigur. Ihr habt noch vier.
Folgt der Linie,
sagt Festus.

»Aber von einer Aufgabe war doch gar keine Rede!« Jens klang weinerlich.

»Du kannst ja versuchen, mit *Festus* darüber zu diskutieren.« Torsten ließ das Seil wieder los, woraufhin der Körpers des Tieres hin- und herpendelte. Frank sah, dass Manuela kaum in der Lage war, sich zu beruhigen. Er hielt das Seil fest, so dass es nicht weiter hin- und herschaukeln konnte, und stellte sich so vor den Kadaver, dass sie ihn nicht sehen musste. »Wie ist er an deinen Kater herangekommen? Ist er öfter draußen?«

»N… Nein.« Manuela stemmte sich hoch und wischte sich mit dem Handrücken die nassen Wangen ab. »Jimmy war nur drinnen. Ich wohne in einer stark befahrenen Straße. Es war mir zu gefährlich, ihn rauszulassen.« Nach einem Blick an Frank vorbei auf den toten Kater sah sie Torsten an. »Kannst du ihn da runterholen? Bitte?«

Torsten verzog zwar das Gesicht, nickte aber schließlich und machte sich an der Drahtschlinge zu schaffen.

»Das heißt, dieser Kerl muss in deine Wohnung eingebrochen sein«, hakte Frank nach, nicht zuletzt, um Manuela von dem Geschehen in seinem Rücken abzulenken. Sie nickte, und wieder rannen Tränen aus ihren Augen und suchten sich einen Weg über ihre Wangen. Sie kümmerte sich nicht darum. »Aber wann? Ich … ich habe Jimmy noch gestreichelt, bevor ich losgefahren bin.«

»Ich glaube, er wollte uns zeigen, dass er jederzeit überall reinkommt«, vermutete Jens und sprach damit aus, was auch Frank dachte. »Bist du verheiratet, oder lebst du mit jemandem zusammen?«, fragte er.

»Ich bin … geschieden. Mein Sohn wohnt bei mir. Er ist fünfzehn.«

»Wo war er, als du losgefahren bist?«

»Bei einem Freund. Er wollte gegen Abend zurück sein. Ich …« Sie schluckte mehrmals. »Ich habe ihm einen Zettel hingelegt, dass ich noch weg muss. O Gott …« Mit hektischen Bewegungen fingerte sie an ihrer Hosentasche herum, streckte sich und zog schließlich ein Handy hervor. »Ich muss ihn anrufen.« Mit zittrigen Fingern tippte sie auf dem Display herum, hielt sich das Telefon ans Ohr, wartete. Nach einer Weile ließ sie es wieder sinken und starrte das Display an. »Nichts. Kein Empfang.«

Auch Frank warf einen Blick auf sein Handy und nickte seufzend. »Ich habe auch keinen Empfang, habe ich mir gedacht.«

»Scheiße.« Torsten hielt ebenfalls sein iPhone in der Hand. Den Tierkadaver hatte er auf dem Boden dicht an der Wand abgelegt. »Ich hab da draußen doch eine riesige Antenne gesehen. Wieso haben wir keinen Empfang?«

Frank schüttelte den Kopf. »Das ist wahrscheinlich die alte Funkantenne der Anlage. Aber selbst wenn nicht …« Er sah sich in dem Flur um. »Meterdicke Betonwände mit tonnenweise Stahlgeflecht darin. Das ist ein Faraday-Käfig, da geht nichts durch.«

»Klugscheißer.« Torsten steckte sein Telefon wieder in die Gesäßtasche seiner Jeans.

»Ich … ich muss nach draußen, meinen Sohn anrufen.« Mit unsicheren Schritten ging Manuela an Frank und Torsten vorbei, erreichte die Tür und stemmte sich dagegen. Sie bewegte sich keinen Zentimeter. »Was … was soll das?«, stieß sie aus und drückte erneut gegen das Metall, dieses Mal mit der Schulter. Wieder ohne Erfolg.

»Ja, das wollte ich euch auch noch sagen.« Torsten machte ein betretenes Gesicht. »Die ist zu.«

»Was? Was meinst du damit?« Jens' Stimme klang panisch.

Torsten deutete erneut mit dem Kopf zur Schleusentür. »Die Tür. Sie ist zu. Wir sind eingeschlossen.«

Manuela stöhnte auf und startete einen erneuten erfolglosen Versuch. Frank nickte. »Wir sind auch ziemlich blauäugig hier reinmarschiert.«

»Aber … das kann doch nicht sein. Die Tür ist bestimmt nur zugefallen. Außerdem gibt es hier drinnen sicher einen Mechanismus, um sie zu öffnen.« Jens ging auf die Schleusentür zu. Manuela machte ihm Platz und sah ihm dabei zu, wie er erst an dem eisernen Griff rüttelte und dann versuchte, an allen hervorstehenden Teilen zu drehen. Als auch das keinen Erfolg brachte, schlug er mit den Fäusten gegen das Eisen und trat zu guter Letzt schließlich wütend mit dem Fuß dagegen. »Hallo«, schrie er dabei. »Lassen Sie uns sofort hier raus, verdammter Mist.«

Irgendwann gab er es auf, drehte sich um und lehnte sich schweratmend mit dem Rücken gegen die Rohrkonstruktion, die auf der Tür angebracht war. »Der kann uns doch nicht hier einsperren«, stammelte er zwischen kurzen Atemzügen.

Jens tat Frank leid, obwohl er selbst sich in der gleichen Situation befand. »Sieht ganz so aus, als ob er es kann.«

Torsten betrachtete eingehend den Boden. »Mich würde ja interessieren, was er mit *Folgt der Linie* meint. Ich sehe hier nämlich keine Linie.«

»Vielleicht sieht man sie in dem Raum, in dem wir eben warten sollten«, vermutete Frank. »Gehen wir rüber und sehen nach.«

Er wartete, bis Manuela losgegangen war, und folgte ihr. Aber auch in dem Raum, in dem sie zuvor gesessen hatten, konnten sie nichts entdecken, was einer Linie glich, der man folgen konnte. Nachdem sie vergeblich Boden, Wände und Decken abgesucht hatten, sagte Jens: »Hoffentlich präsentiert der Kerl uns nicht gleich wieder irgendein totes Tier, weil wir die Linie nicht gefunden haben. *Ihr habt eure Aufgabe nicht erfüllt, deshalb* …« Er stockte, denn es war schlagartig dunkel geworden.

»Scheiße!«, fluchte Torsten, »der Typ meint es echt ernst.«

Nachdem sie sich etwas an die Dunkelheit gewöhnt hatten, zog ein schwacher Lichtschimmer ihre Aufmerksamkeit auf sich. An der Stelle, an der der Gang abzweigte, durch den Torsten zuvor seine Erkundungstour begonnen hatte, war mit gelb phosphoreszierender Farbe eine Linie auf den Boden gemalt worden. Aus dem Gang selbst schimmerte es grün.

»Folgt der Linie«, wiederholte Jens die Aufforderung, die auf dem Blatt gestanden hatte.

»Na dann.« Vorsichtig setzte Frank sich in Bewegung. Die Farbe auf dem Boden und der grüne Schimmer aus dem Gang reichten gerade aus, die Umrisse der anderen zu erkennen. »Torsten, du bist da doch schon durchgegangen, wohin führt dieser Gang?«, fragte Jens.

»Zu anderen Gängen und komischen Räumen und ich weiß nicht wie vielen Türen.«

Frank hatte den Anfang der Linie erreicht und sah in den Gang hinein. Ein gespenstisches Bild bot sich ihm. Um die Türen herum, die zu beiden Seiten im Abstand von zwei bis drei Metern die Wände unterbrachen, waren etwa fünf Zentimeter breite Streifen in grün leuchtender Farbe angebracht, offenbar eine Art Notbeleuchtung für den Fall eines Totalausfalls des Stromnetzes und der Generatoren. Frank fühlte sich an die Gänge in verlassenen Raumschiffen aus alten Science-Fiction-Filmen erinnert. Nachdem seine Augen sich an die Lichtverhältnisse gewöhnt hatten, stellte er fest, dass der Schimmer ausreichte, um sich bewegen zu können ohne die Gefahr, gegen etwas zu stoßen. Die Linie auf dem Boden verlief etwa zehn Meter geradeaus und knickte dann nach links ab.

»Okay, dann lasst uns mal sehen, wo wir rauskommen.« Im Vertrauen darauf, dass die anderen hinter ihm herkamen, ging Frank langsam los. Nach dem ersten Knick wurde der Gang schmaler, zehn Meter weiter folgte die Linie einer Abbiegung nach rechts, dann zweimal nach links. Es ging eine Treppenstufe hinunter, an einer tiefen Nische vorbei und schließlich durch eine Tür auf der linken Seite, offenbar in einen größeren Raum, denn es leuchtete nur eine Tür in etwa sechs, sieben Metern Entfernung am gegenüberliegenden Ende. Die Linie führte in einen weiteren Raum dahinter. Hier gab es keine leuchtenden Türrahmen außer dem, durch den er hereingekommen war. Der schwache Lichtschimmer verpuffte nach ein paar Metern in der Dunkelheit. Die Linie führte an vier nebeneinanderstehenden Stühlen vorbei und endete direkt hinter dem letzten Stuhlbein. Etwa zwei Meter vor den Stühlen glaubte Frank eine Kiste oder einen niedrigen Tisch zu erkennen. Mehr konnte er nicht sehen.

»Ich schätze mal, wir sollen uns hier hinsetzen«, sagte er in die Stille hinein und ging weiter, bis er das Ende der Linie erreicht hatte. Dort setzte er sich auf den äußersten Stuhl. Die anderen folgten ihm und taten es ihm gleich. Frank glaubte zu erkennen, dass neben ihm Manuela saß.

»Ist ja fast wie im Kino«, bemerkte Torsten. »Fehlt nur noch was zu trinken und Popcorn.«

»Lass deine blöden Witze«, fuhr Manuela ihn an.

»Das war kein Witz.« Torsten hielt inne. Da war ein klickendes Geräusch gewesen, und im nächsten Moment zeigte sich, dass Torsten mit seinem Vergleich nicht so falschgelegen hatte. Denn jetzt war das typische Summen eines kleinen Ventilators zu hören, und etwa zwei Meter vor ihnen verströmte eine Lichtquelle genügend Helligkeit, dass sie den Raum nun besser sehen konnten.

Vor der Wand zu ihrer Linken, etwa drei Meter von Frank entfernt, standen auf der gesamten Raumlänge von gut zwölf Metern schmale Tische, auf denen in regelmäßigen Abständen altmodische, graue Telefone mit Wählscheiben platziert waren. Die gegenüberliegende Wand war fast vollständig mit großen Karten bedeckt, auf denen Frank jedoch außer unzähligen verschieden dicken Linien keine Einzelheiten erkennen konnte. Auch an der Stirnseite hingen solche Karten, von denen aber ein Teil von einer Leinwand verdeckt wurde, die von einem länglichen Kasten an der Oberkante der Wand herabhing. Die Lichtquelle war ein Beamer, der im nächsten Moment wie von

Geisterhand bedient in Aktion trat und ein Bild auf die Leinwand projizierte, das Frank stark an die Website erinnerte. Vor einem schwarzen Hintergrund stand in beißend roter Schrift:

Willkommen!

»Arschloch«, kommentierte Torsten den Beginn der Vorführung. Die Schrift verschwand, und ein längerer Text wurde eingeblendet.

Jeder von euch hat eine Familie, Spieler. Auch Festus hatte eine Familie. Aber sie wurde zerstört, als er verschwand.

Frank stöhnte auf und erschrak darüber. Neben ihm starrte Manuela regungslos auf die Zeilen an der Wand. Frank sah aus den Augenwinkeln, dass sich das Bild auf der Leinwand änderte, und stieß im nächsten Moment ein lautes »Nein« aus. Auf dem Foto, das der Beamer nun auf die Leinwand warf, waren seine Frau und seine Tochter zu sehen, wie sie gerade lachend das Haus verließen. Das nächste Foto: ihr Schlafzimmer.

»O mein Gott«, stieß Frank aus, da folgte schon das nächste Bild. Lauras Zimmer.

Frank sprang auf, er … er musste hier raus, irgendwie aus diesem Bunker entkommen, sofort nach Hause, seine Familie beschützen. Er zerrte sein Telefon aus der Hosentasche und starrte auf die Anzeige. Kein Netz. »Scheiße«, schrie er. »Gottverdammte Scheiße.« Er drehte sich um, sein Blick irrte durch den Raum, er sah nach oben, als throne der Initiator dieses grausamen Spiels dort über ihnen. Er drohte mit der Faust und schrie: »Wenn du ihnen was antust, du verdammtes Schwein, dann bringe ich dich um. Hörst du? Ich bringe dich um.«

Hinter ihm begann Jens zu schluchzen, als das Foto einer rundlichen, schwarzhaarigen Frau gezeigt wurde. Es folgten ähnliche Fotos wie zuvor, dieses Mal wohl in seinem Haus in Schweich aufgenommen.

Als Nächste war Manuela an der Reihe. Das Foto eines schlaksigen Jungen in Schlabberjeans, dem die Haare tief in die Augen hingen, dann Fotos aus ihrem Haus. Manuela starrte sie mit aufgerissenen Augen an.

Die letzte Frau war deutlich jünger als die von Jens und Frank, sie mochte Mitte zwanzig sein. Sie war sehr hübsch und schlank, ihre blonden Haare gingen bis weit über die Schultern. Sie trug ein bauchfreies Top und eine enge Jeans. Frank warf Torsten einen Blick zu und erkannte im Lichtschein des Beamers zum ersten Mal Angst in seinen Augen. Torsten sah ihn an, seine Augen glänzten feucht. »Meine Kleine«, sagte er rau. »Das ist meine Tochter.« Langsam erhob er sich, sah von einem zum anderen, dann wieder zu der Leinwand, wo gerade die Wohnungsfotos an der Reihe waren, dann wieder zu Frank. »Scheiße, was will dieses irre Dreckschwein von uns?«

Die Antwort kam wenige Augenblicke später.

Vier Aufgaben. Eine Nacht. Für jede gelöste Aufgabe gibt es einen Punkt. Nur einer kann ihn gewinnen.
Bist du morgen früh um acht noch am Leben und hast zwei Punkte gesammelt, wirst du deine Familie wiedersehen.
Hast du nur einen Punkt, verlierst du ein halbes Leben – deine Familie.

Hast du keinen Punkt, wirst du zusammen mit deiner Familie sterben.
Hier ist die erste Aufgabe dieser Nacht, Spieler:
MIR SCHWINDEN DIE SINNE. NAH AM HERZEN HABE ICH DAS GESICHT EINER RATTE.
Sei besser als die anderen. Finde, was du finden sollst, und der erste Punkt gehört dir.
Sagt Festus

11 – 18:05 Uhr

Frank starrte auf den Text, las ihn wieder und wieder. Er registrierte, was dort an der Leinwand geschrieben stand, weigerte sich aber noch, es wahrzuhaben.

Jens schien es ähnlich zu gehen, denn er stammelte: »Was … was sollen wir tun? Ich meine, ich … Was ist die Aufgabe? Was heißt denn: *Mir schwinden die Sinne?*«

Vielleicht war es Jens' Stimme, die Frank schlagartig bewusstwerden ließ, was diese *Aufgabe* letztendlich bedeutete, aber er war noch nicht in der Lage, es auszusprechen. Das übernahm Torsten für ihn.

»Das heißt vor allem, wir sollen bei der Lösung dieser *Aufgabe* gegeneinander antreten.« Er machte eine Pause, in der er den Text anstarrte. »Und höchstens zwei von uns sollen mit ihren Familien überleben.«

»Gott! Denkt ihr, er … tut das wirklich?« Manuelas Stimme war nicht wiederzuerkennen. Sie klang kehlig und heiser.

Torsten sah sie an. »Denk an den Alten, den sie am Moselufer gefunden haben. Und an deine Katze.« Einen Moment lang war nur das Summen des Beamerlüfters zu hören, dann fuhren alle gleichzeitig herum. Von der Tür her waren seltsam raschelnde Geräusche zu hören. Frank starrte angestrengt zur Tür, doch es dauerte eine Weile, bis seine Augen sich wieder an den schwachen Schein der grünen Türumrandung gewöhnt hatten. Dann erkannte er, was die Geräusche verursachte, und diese Erkenntnis jagte ihm einen eisigen Schauer über den Rücken. »Ratten«, flüsterte er.

»O Scheiße«, stieß Manuela aus und kletterte panisch auf ihren Stuhl. »Gott, bitte, nur das nicht. Nein, bitte keine Ratten, nein.« Ihre Stimme überschlug sich, es hörte sich an, als würde sie jeden Moment einen hysterischen Anfall bekommen. »Ich ertrage das nicht. O Gott, bitte … ich habe panische Angst vor Ratten.«

Mittlerweile war auch hektisches Fiepen zu hören, das sich schnell überall im Raum ausbreitete. Frank erkannte schemenhaft die vielen schwarzen Körper, die wellengleich in den Raum hereinschwappten. Es mussten Hunderte sein. Kaum hatte er das registriert, waren hinter ihm Schreie zu hören. Sie kamen aus Lautsprechern, die irgendwo neben der Leinwand stehen mussten, und sie stammten von der Filmszene, die sie alle schon einmal gesehen hatten, und die gerade wieder ablief: Ein nackter, bärtiger Mann, auf dem Boden festgebunden, wurde von Hunderten hungriger Ratten gleichzeitig gebissen.

Frank wandte sich von der grausigen Szene ab, seine Gedanken rasten. Jemand hatte die Ratten unmittelbar vor dem Eingang zu diesem Raum freigelassen, so dass sie alle, oder zumindest die meisten von ihnen, zu ihnen hereinströmten. Ihm schoss der Gedanke durch den Kopf, dass es womöglich die gleichen Ratten waren, die den Mann bei lebendigem Leib gefressen hatten. Sein Magen begann zu rebellieren, er musste sofort etwas unternehmen. »Kommt mit«, rief er den anderen zu und machte ein paar Schritte, darauf bedacht, nicht auf einen der dunklen Körper zu treten, dic über den Boden wuselten. Als Manuela verzweifelt seinen Namen rief, blieb er stehen. Sie war auf ihrem Stuhl in die Hocke gegangen und sah ihn hilfesuchend an. Noch bevor er reagieren konnte, war Torsten bei ihr, zog sie an den Händen hoch, umschlang mit einem Arm ihre

Hüfte und legte den anderen unter ihre Kniekehlen. Dann hob er sie an und nickte Frank zu.

»O verdammter Mist«, stöhnte Jens, während er ganz vorsichtig einen Fuß vor den anderen setzte. »Scheiße, da war eine an meinem Bein. Ich finde die Viecher so ekelhaft. Ob die uns auch beißen?«

»Ich weiß es nicht.« Frank hatte den Eingang erreicht und warf einen Blick in den angrenzenden Raum. Auch hier konnte er die kleinen, durch die beiden leuchtenden Türrahmen grünlich schimmernden Körper schattengleich über den Boden huschen sehen, aber es waren lange nicht so viele wie nebenan. »Kommt, weiter, hier werden es weniger.«

Hinter ihm quietschte eine Ratte, dann schrie Torsten auf: »Au, verdammte Scheiße, das Drecksvieh hat mich ins Bein gebissen.« Frank sah undeutlich, wie Torsten jetzt wie wild auf dem Boden herumtrampelte. Dabei hatte er Manuela noch immer auf den Armen. Sie begann zu schreien. Mehrere Ratten quietschten und fiepten laut, als Torsten sie traf. Das schien ein Signal zu sein, denn aus dem Beamer-Raum antwortete hundertfaches Quietschen und Fiepen, dann wurde das Getrappel der kleinen Füße schnell lauter. Es war, als wollten alle Ratten ihren Gefährten zu Hilfe eilen.

»Raus hier, schnell«, rief Frank und stürmte, nun ungeachtet dessen, ob er dabei auf einen der pelzigen Körper trat, aus dem Raum in den grün schimmernden Flur. Er blieb gleich neben der Tür stehen, ließ erst Jens passieren, der beim Laufen wimmernde Geräusche von sich gab, half dann Torsten mit Manuela durch den engen Türrahmen und schob, kaum dass sie frei war, die Tür zu. Es fühlte sich so an, als würde er dabei einige der Tiere zerquetschen, aber das war ihm egal. Schweratmend lehnte er sich gegen die geschlossene Tür und sah sich auf dem Boden um. Hier und da huschte ein schwarzer Schatten durch den Flur, aber so wie es aussah, waren es nur wenige. Die meisten Ratten hatte er eingeschlossen.

»Mein Gott«, sagte Jens. »War das ekelhaft. Ich glaube, wenn wir nicht abgehauen wären, hätten wir jetzt ein Problem.«

»Du siehst da was falsch, Kupfer.« Torsten setzte Manuela vorsichtig ab und nickte ihr zu, bevor er sich wieder an Jens wandte. »Wir haben immer noch ein Problem. Wir sind in diesem Scheißbunker eingeschlossen und sollen uns gegenseitig fertigmachen.«

»Ja, aber …« Jens' dünne Stimme klang nervös. »Aber das werden wir doch nicht tun.« Als niemand antwortete, wiederholte er unsicher: »Das werden wir doch nicht?«

»Niemand macht hier irgendwen fertig«, sagte Frank, und er merkte, dass es weniger überzeugend klang als beabsichtigt. Er dachte an die Fotos, die jemand in seinem Haus gemacht hatte. An Beate und Laura.

Er dachte daran, was in dieser Nacht geschehen würde, später, wenn die ersten Aufgaben vorbei waren und einer von ihnen noch keinen Punkt hatte. Oder nur einen. Sein Körper begann in Schüben zu zittern. Er wusste nicht, ob es von der Kälte im Bunker kam oder von der eisernen Faust, die sein Herz umschlossen hielt.

Eine Ratte huschte dicht an seinem linken Fuß vorbei und trippelte an der Wand entlang. Er sah ihr nur nach, bis ihre Silhouette sich am Ende des Ganges mit der Dunkelheit vermischte. Ein Gedanke drängte sich ihm auf, der offensichtlich war, auf den aber entweder außer ihm noch niemand gekommen war oder den keiner auszusprechen wagte.

»Euch ist klar, dass wir wahrscheinlich nicht allein hier drinnen sind, oder?«

Manuela und Jens war das bis zu diesem Moment offenbar nicht klar gewesen, denn Manuela riss die Augen auf und sagte: »Du meinst, der Kerl … Gott, daran habe ich noch gar nicht gedacht.« Jens hingegen schüttelte energisch den Kopf. »Nein. Nein, das glaube ich nicht. Wenn es nur einer ist … Warum sollte er das Risiko eingehen?«

»Zum Beispiel weil er einen Beamer bedienen und Ratten freilassen musste«, erklärte Frank.

»Und weil er eine Katze aufknüpfen wollte«, ergänzte Torsten, woraufhin Manuela zusammenzuckte.

»Es kann natürlich sein, dass er sich nicht die ganze Zeit über hier drinnen aufhält«, dachte Frank laut nach. »Es ist sogar sehr wahrscheinlich, dass er nur kurz auftaucht, wenn er etwas zu erledigen hat, und dann gleich wieder verschwindet.«

»Also gehen wir zurück zum Eingang und warten auf ihn«, schlug Torsten vor. »Wenn er reinkommt, gibt's was auf die Murmel. Und in der Zwischenzeit versuchen wir, die Tür irgendwie zu öffnen.«

»Aber was ist, wenn er noch da ist und die Ratten wieder freilässt, sobald wir hier weg sind?«, fragte Manuela ängstlich.

Frank hob die Schultern. »Das Risiko müssen wir eingehen. Ich denke, Torsten hat recht. Wir können nicht ewig hier im Flur stehen bleiben und diesen Raum bewachen. Außerdem glaube ich, die Ratten würden sich sowieso in der ganzen Anlage verteilen, dann ist es nicht mehr so schlimm.«

Er dachte sich, dass Manuela das ganz anders sah, wollte aber nicht weiter darüber diskutieren.

Mit einem Ruck stieß er sich von der Tür ab und machte sich auf den Weg durch den grün schimmernden Flur.

»Ich bin mir sicher, dass Festus zurück ist und sich an uns rächt«, sagte Torsten, als sie den Raum vor dem Ausgang gerade erreicht hatten.

»Nun hör schon auf mit dem Blödsinn«, fuhr Frank ihn an. »Er ist tot.«

Torsten baute sich vor ihm auf und stemmte die Hände in die Seiten, was ihn in dem schwachen grünen Schein wie einen unförmigen Klumpen aussehen ließ. Seinen Gesichtsausdruck konnte Frank nicht erkennen.

»Das kannst du nicht wissen, verdammt nochmal. Und wenn du damals nicht darauf gedrängt hättest abzuhauen, hätten wir ihm sogar helfen können, und die ganze Scheiße hier würde gar nicht stattfinden.«

Frank blieb für einen Moment der Atem weg angesichts der Ungeheuerlichkeit, die Torsten gerade ausgesprochen hatte.

»Was?«, blaffte er, nachdem er wieder reden konnte. »Ich soll schuld gewesen sein? Spinnst du? Du warst doch derjenige, der die Idee überhaupt erst hatte. Und der das unbedingt durchziehen wollte, obwohl wir alle dagegen waren. Oder etwa nicht?« Und nach einer Sekunde wiederholte er: »Oder etwa nicht?«

»Ja und? Aber du …«

»Hört auf zu streiten!«, schrie Manuela plötzlich hysterisch auf. »Verdammt. Wir sind hier eingeschlossen, mein Kater ist erhängt worden, der Kerl war in meinem Haus und hat gedroht, mein Kind umzubringen. Und ihr streitet euch darum, wer vor 30 Jahren was gesagt oder getan hat. Seid ihr noch bei Trost?« Ihr Atem ging schnell, sie begann zu schluchzen. »Ich will hier raus. Zu meinem Sohn. Ich … ich habe Angst.«

Niemand sagte etwas, bis Frank schließlich tief durchatmete und sich räusperte. »Okay, versuchen wir, diese Tür zu öffnen.«

Sie schafften es nicht.

Die Schleusentür war keinen Millimeter zu bewegen. Ein Hebel, den sie entdeckten, und der schlicht mit »Tür« beschriftet war, zeigte keinerlei Wirkung, als sie ihn bewegten. Werkzeug hatten sie keines, wobei sie selbst mit einer schweren Brechstange nichts gegen den mehrere Zentimeter dicken Stahl hätten ausrichten können.

Nach etwa einer halben Stunde und vielen schweißtreibenden Versuchen, bei denen Jens einmal abrutschte und sich den Arm böse an einem hervorstehenden Stahlbolzen stieß, gaben sie es schließlich auf. Über diese Aufgabe und das, was sie in dem Raum mit dem Beamer gesehen hatten, verloren sie dabei kein Wort.

Manuela hatte die ganze Zeit über in dem Raum vor der Schleuse gewartet. An der Tür konnte sie sowieso nicht viel ausrichten, zudem wollten die anderen ihr den Anblick ihres toten Katers ersparen, der in der Nähe der Schleuse an der Wand lag.

Als sie von der Tür abließen, fiel Franks Blick auf den Kadaver, und er dachte an die Ratten, die vereinzelt in der Anlage herumliefen. Es kostete ihn einiges an Überwindung, doch dann hob er den mittlerweile eiskalten und starren Körper vom Boden auf und legte ihn über zwei dicke Rohre, die parallel nebeneinander am oberen Ende der Wand verliefen.

Zurück in dem Raum vor der Schleuse ließen sich alle schweigend irgendwo nieder und starrten vor sich hin. Manuela fragte nicht nach dem Ergebnis ihrer Bemühungen, es war offensichtlich.

»Wir sollten uns einen Raum suchen, in dem wir nicht wie auf dem Präsentierteller sitzen«, schlug Jens vor. »In dem es Stühle gibt und keine Ratten. Und wo es vielleicht ein bisschen wärmer ist.«

»Ja, und wir sollten langsam mal darüber nachdenken, was diese Scheißaufgabe zu bedeuten hat«, sprach Torsten das Thema an, das alle in der letzten halben Stunde vermieden hatten.

»Und wenn wir zusammen auf die Lösung kommen, wer bekommt dann den Punkt?«, stellte Jens die aus Franks Sicht logischste Frage.

»Das sehen wir dann. Erst mal müssen wir ihn haben.«

Das sah Frank anders als Torsten. Was würde geschehen, wenn sie die Aufgabe tatsächlich zusammen lösten? Würde auch nur einer von ihnen freiwillig auf den Punkt verzichten und ihn einem anderen geben? Wenn sie einen Punkt errungen hatten, der mit einem Leben gleichzusetzen war? Mit dem eigenen oder dem einer Frau oder einer Tochter oder …

»Was ist denn, wenn wir diese Aufgaben gar nicht lösen?«, warf Jens ein. »Kommt der Kerl dann hier rein und versucht uns alle zu töten? Wir sind zu viert. Da haben wir doch eine Chance.«

Torsten stieß geräuschvoll den Atem aus. »Ach ja? Eine Chance? Mann, Kupfer, denk doch mal für eine Minute nach. Der Kerl tötet unsere Kinder und lässt uns einfach hier drin verrotten. So einfach geht das. Wir können ja Wetten abschließen, ob wir zuerst verhungern oder uns den Arsch abfrieren. Und wenn es schnell gehen soll, dann bläst er uns einfach ein bisschen Gas durch die Belüftungsanlage hier rein.«

»Ich dachte, wir warten erst mal hier, bis jemand durch die Tür kommt?« Manuelas Stimme klang nun wieder fester, und Frank war froh, dass sie versuchte, das Thema zu wechseln.

»Was, wenn es noch andere Eingänge gibt?«, entgegnete Jens, der offenbar auch nicht weiter mit Torsten diskutieren wollte.

Frank richtete sich etwas auf. »Da ist was dran. Ich könnte mir gut vorstellen, dass es noch eine zweite Tür nach draußen gibt, eine Art Notausgang. Und dass der Kerl nicht durch den Haupteingang spaziert, den wir schon kennen, wenn er hier rein möchte, ist eigentlich naheliegend.«

Torsten klopfte Jens auf die Schulter. »Na also. Manchmal kannst du sogar denken, Kupfer.« Er stand auf und klatschte zweimal in die Hände. »Also los, auf, auf, worauf warten wir noch? Suchen wir uns erst einen Aufenthaltsraum und dann nach dem anderen Ausgang.«

Frank erhob sich widerwillig. Torstens Art machte ihn langsam aggressiv. Zudem hatte er die Befürchtung, dass Torsten für sich schon einen Entschluss gefasst hatte, wie er sich verhalten würde, wäre die Aufgabe erst einmal gelöst. Das behagte ihm gar nicht. Und dieses ewige In-die-Hände-Geklatsche ging ihm auch auf die Nerven. Aber irgendetwas mussten sie tun, und alles war besser, als herumzusitzen und trüben Gedanken nachzuhängen oder zu streiten.

Er ahnte aber, dass der Konflikt nur aufgeschoben war.

12 – 18:48 Uhr

Dieses Mal nahmen sie den Gang, der auf der anderen Seite des Raumes vor der Schleuse begann. Auch hier leuchteten die Türumrahmungen grün, allerdings kam es Frank jetzt so vor, als sei das Licht der Rahmen schwächer geworden. Er hoffte inständig, dass er sich täuschte, und behielt diese Beobachtung daher erst einmal für sich.

»Hier war ich schon«, sagte Torsten, als sie am Ende des Ganges nach rechts abbogen. »Im Dunkeln sieht zwar alles ganz anders aus, aber ich glaube, da vorne müsste es einen kleineren Kartenraum geben. Da steht ein Tisch drin mit Stühlen. Daneben gibt es auch einen Waschraum.«

»Wozu sollten wir den denn brauchen?«, bemerkte Jens.

»Vielleicht, um irgendwann mal einen Schluck Wasser zu trinken, du Klugscheißer?«

»Ach so, ja, okay.«

»Also gut, geh vor.« Frank blieb stehen und wartete, bis Torsten an ihm vorbei war. Sie bogen noch einmal ab, dann versuchte Torsten, den Raum wiederzufinden, von dem er gesprochen hatte, aber entweder waren die Türen verschlossen, oder in den Räumen dahinter gab es keine Stühle. Frank fragte sich schon, ob sie den Raum überhaupt finden würden, als Torsten rief: »Hier sind wir richtig.«

Der Raum maß etwa fünf mal fünf Meter, und in der Mitte stand tatsächlich ein Tisch mit mehreren Stühlen. Auf der gegenüberliegenden Seite lag ein weiterer Durchgang mit grün leuchtender Umrandung. Frank fühlte sich von dem phosphorgrünen Schimmer, der über allem lag, ein wenig an eine Diskothek aus seiner Jugendzeit erinnert. Dort hatte es Nischen gegeben, in denen ähnliche Lichtverhältnisse geherrscht hatten. Gerade hell genug, sein Gegenüber wahrzunehmen, aber zu dunkel, um Einzelheiten an ihr oder ihm erkennen zu können.

Mittlerweile war er sich sicher, dass das Leuchten der Phosphorfarbe nachließ.

Stühle wurden mit einem scharrenden Geräusch zurückgeschoben. Die hölzerne Sitzfläche ächzte und knackte bedrohlich, als Torsten sich Frank gegenüber auf einem Stuhl niederließ. Schließlich saßen alle, und es legte sich Stille über den Raum, die nur von ihrem Atem und hier und da von entferntem Rascheln und Kratzen unterbrochen wurde. Frank spürte, dass die Kälte ihm unaufhörlich in die Knochen kroch, und er fragte sich, wie sie das die ganze Nacht ohne warme Kleidung aushalten sollten. Aber das war nur eines von vielen Problemen.

Nachdem sie eine Weile schweigend dagesessen hatten, glaubte Frank, ganz in der Nähe das hektische Trippeln kleiner Füße zu hören.

»Also, wie ist jetzt der Plan?« Torstens Stimme, die nach der Stille unverhältnismäßig laut erschien, klang fordernd. Als sein Gesicht plötzlich von einem hellen Schein angestrahlt wurde, fielen alle Blicke auf ihn. Er hielt sein Telefon in der Hand, hob den anderen Arm und drehte das Gerät dann so, dass das Licht auf seine Armbanduhr fiel.

»Gleich sieben. Wir haben noch dreizehn Stunden. Ich schlage vor, wir konzentrieren uns zusammen auf die Aufgabe und versuchen erst mal, das zu finden, was wir finden sollen. Wenn es irgendwo einen zweiten Ausgang gibt, entdecken wir ihn bei der Suche vielleicht sowieso. Dieses

Schwein bedroht meine Tochter, und wenn uns nicht bald was einfällt, werde ich mir wohl alleine was überlegen müssen.«

»Was meinst du damit: alleine überlegen?«, fragte Jens.

»Wonach hört es sich denn an, Kupfer?«

Das Gespräch entwickelte sich in eine Richtung, die Frank nicht gefiel. »Ich finde, Torsten hat recht, gehen wir es gemeinsam an, das erhöht die Chancen. Weiß einer noch den genauen Wortlaut der Aufgabe? Ich habe das Gefühl, bei dieser Art von … Rätsel kommt es auf jedes Wort an.«

»Das war so was wie: Mir ist schlecht, ich habe eine Ratte im Herz«, gab Torsten mürrisch seine Version zum Besten.

»Mir schwinden die Sinne. Nah am Herzen habe ich das Gesicht einer Ratte.« Es klang fast gelangweilt, wie Manuela das Rätsel herunterbetete. »Ich habe es mir gemerkt.«

Frank erinnerte sich nun auch wieder. Er nickte. »Ja, und darunter hieß es: *Finde, was du finden sollst.* Fragt sich, was damit gemeint sein könnte. Was sollen wir finden?«

»Und wer bekommt den Punkt, wenn wir das gemeinsam machen?« Wieder war es Jens, der auf die Punkteverteilung zu sprechen kam. Frank wusste, dass sie das nicht länger von sich wegschieben konnten, dafür ging es um zu viel.

»Der, der das, was wir finden sollen, als Erster hat, bekommt den Punkt«, war Torstens pragmatischer Lösungsansatz, der jedoch aus Franks Sicht nicht funktionieren konnte. »Und auf den letzten Metern schubsen wir uns gegenseitig zur Seite, um als Erster am Ziel zu sein?«

»Na und?«, machte Torsten. »Von mir aus können wir das so machen.«

»Ich wäre an deiner Stelle nicht so sicher, dass das eine gute Lösung für dich ist«, warf Manuela ein. »Vielleicht kann das, was du als Vorteil siehst, auch hinderlich sein.«

»Was meinst du damit?«

Manuela schob ihren Stuhl geräuschvoll ein Stück zurück, und Frank sah, dass sie sich zurücklehnte, als sie mit provokanter Stimme sagte: »Ich an deiner Stelle würde nicht ausschließen, dass man in diesem Bunker vielleicht auch durch enge Gänge kriechen muss, um das zu finden, was wir finden sollen. So eng, dass man nur mit einer normalen Figur da durchkommt.«

Frank hielt unwillkürlich die Luft an. Es dauerte einen Moment, dann lachte Torsten gekünstelt auf. »Mach dir mal keine Sorgen, ich komme überall durch.«

»Also gut«, sagte Frank schnell und wagte nicht, sich vorzustellen, wie die Stimmung unter ihnen in zwei, drei Stunden sein würde. »Ich schlage vor, wir bilden zwei Teams. Eines schaut sich hier oben um, das andere eine Etage tiefer. Vielleicht fällt uns ein, was gemeint sein könnte, wenn wir es vor uns sehen?«

»Ich gehe mit dir«, sagte Manuela, noch bevor sich jemand zu dem Vorschlag äußern konnte. Frank wunderte sich, dass sie mit einem Mal so bestimmt war, aber wahrscheinlich hatte der Film über ihre Familien auch bei ihr seine Spuren hinterlassen.

Torsten klatschte laut in die Hände, so dass Frank unwillkürlich zusammenfuhr. »Soll mir recht sein, dann gehe ich mit Kupfer nach unten.« Wieder ein Klatschen. »Also los.«

»Kannst du das bitte sein lassen?« Frank merkte, dass es heftiger geklungen hatte als beabsichtigt.

Torsten, der gerade seinen Stuhl zurückschob, hielt in

der Bewegung inne, wie Frank an seinen schemenhaften Umrissen erkennen konnte. »Was?«

Frank atmete zwei-, dreimal langsam ein und wieder aus. Er wusste, er musste sich zusammenreißen, wenn er eine Eskalation vermeiden wollte, aber es fiel ihm schwer, den stärker werdenden Ärger zu unterdrücken. »Ich habe dich gebeten, mit dieser Klatscherei aufzuhören. Du würdest mir damit wirklich einen großen Gefallen tun.«

Er konnte in der dunklen Fläche, die Torstens Gesicht sein musste, keine Regung ausmachen.

»Wie kommst du auf die Idee, dass ich dir einen Gefallen tue, Fränkie?«

Frank antwortete nicht. Er stand auf und ging zur Tür, durch die sie hereingekommen waren. Als er in den Gang hinausgetreten war, schob sich von hinten jemand an ihn heran und griff seinen Arm. »Ich möchte nicht mit Torsten da runtergehen.« Frank drehte sich zu Jens um, der so nah vor ihm stand, dass er ihm trotz des wenigen Lichts in die Augen sehen konnte. »Ich trau ihm nicht. Er ist …«

»Wem traust du nicht, Kupfer?«, polterte Torsten hinter ihnen los.

»Das … das hat nur was mit dieser Situation zu tun, ich möchte einfach …«

»Was? Möchtest du dir vielleicht einfach nicht in die Hose kacken aus Angst vor dem bösen Torsten? Weil ich kein verlogener Heuchler bin, sondern ehrlich sage, was mir nicht passt?«

»Na ja, wie du damit umgehen kannst, wenn jemand anderes ehrlich sagt, was ihm an dir nicht passt, haben wir ja gerade erlebt«, sagte Frank gegen alle Vernunft, und er hätte sich in der nächsten Sekunde dafür auf die Zunge beißen können. Jens wurde mit einem Ruck zur Seite gedrückt, dann stand Torsten vor Frank. »Hör gut zu, Fränkie«, presste er zwischen den Zähnen hervor und stieß Frank dabei seinen säuerlich riechenden Atem ins Gesicht. »Das sind keine Bandenspielchen mehr von kleinen Jungs wie damals, und du kannst es vergessen, hier den Anführer zu spielen. Das ist bitterer Ernst. Mir geht es allein um das Leben meiner Tochter, und dabei scheiß ich drauf, was irgendwer möchte oder denkt. Entweder uns fällt zusammen was ein, wie wir dieses Dreckschwein überrumpeln können, oder ich werde mir verdammt nochmal diese zwei dämlichen Punkte holen und morgen früh hier rausspazieren und zu meiner Tochter nach Hause fahren. Und bis dahin klatsche ich so oft in die Hände, wie es mir passt, klar?«

Torstens Gesichtszüge waren wutverzerrt, was durch den schwachen grünlichen Schein rings um die Tür noch unterstrichen wurde. Frank wusste, Torsten wartete nur darauf, dass er jetzt etwas Falsches sagte, um seiner aufgestauten Aggression Luft machen zu können. Er musste sich zugestehen, dass er in diesem Moment Angst vor Torsten hatte. So wie er vor ihm stand, musste man ihm alles zutrauen. Andererseits durfte er keine Schwäche zeigen, wenn er vermeiden wollte, dass Torsten sie von nun an nur noch terrorisierte.

»Es ging auch damals um ein Leben, das weißt du.«

Torsten nickte. »Ja, und wenn er damals gestorben wäre, was ich mittlerweile nicht mehr glaube, dann hättest hauptsächlich du das zu verantworten gehabt. Du warst damals schließlich der Anführer.«

»Das stimmt so nicht«, sagte Frank so beherrscht wie möglich, doch das Salz, das Torsten gerade mit Genuss in einer offenen Wunde verrieb, schmerzte höllisch. »Es bringt nichts, über Dinge zu streiten, die damals geschehen sind. Wer auch immer hinter dieser Sache steckt, das ist doch genau das, was er bezweckt. Dass wir uns gegenseitig an die Gurgel gehen. Er rechnet wahrscheinlich sogar fest damit. Lass uns die Sache zusammen angehen, dann sehen wir weiter. Die Nacht ist noch lang.« Er warf einen kurzen Blick an Torsten vorbei, dorthin, wo die beiden dunklen Gestalten von Jens und Manuela so dicht beisammenstanden, dass sie zu einem bizarren Gebilde verschmolzen. Er dachte an die panische Angst, die Manuela vor den Ratten gehabt hatte, und daran, dass der Kerl die Tiere auf der Ebene freigelassen hatte, auf der sie sich gerade befanden. »Ich schlage vor, wir schauen uns erst mal gemeinsam unten um, bevor wir uns diese Ebene noch mal vornehmen, einverstanden?«

Jens murmelte etwas, das Frank nicht verstehen konnte, weil Torsten sagte: »Okay, gehen wir. Ich weiß, wie wir von hier am schnellsten zu dem Eingangsraum mit der Treppe zurückkommen.«

Frank warf noch einen letzten Blick zu Jens und Manuela und folgte dann Torstens massiger Gestalt. Seine Worte hallten noch immer in ihm nach.

Wenn er damals gestorben wäre, dann hättest hauptsächlich du das zu verantworten gehabt.

Und Frank war sicher, dass Festus damals unmöglich überlebt haben konnte.

»Was soll das denn für eine Mutprobe sein?«, fragt Fränkie, der die Idee eigentlich ganz lustig findet. »Aber nichts echt Gefährliches, oder?«

»Er könnte Frösche essen oder so«, schlägt Kupfer vor, und dabei steht ihm die Vorfreude ins Gesicht geschrieben. »Der macht das bestimmt. Ich schmeiß mich weg.«

»Quatsch.« Fozzie winkt missbilligend ab. »Das muss schon was sein, wofür man wirklich Mut braucht.«

»Das ist eine bescheuerte Idee.« Manu wedelt mit der Hand vor ihrem Gesicht herum. »Warum lasst ihr den armen Kerl nicht in Ruhe?«

»Hey, wer läuft denn hier wem seit Wochen nach? Der nervt doch ohne Ende. Wenn wir nichts dagegen tun, werden wir den nie los. Die Mutprobe muss so sauschwer sein, dass er sich nicht traut, dann gibt er es bestimmt auf.«

»Ich find's trotzdem bescheuert«, beharrt Manu. »Ich habe auch keine Mutprobe machen müssen. Du etwa?«

»Ich bin ja auch kein Idiot.«

»Glaubst du«, sagt Fränkie lachend, woraufhin Fozzie ihm so fest gegen den Oberarm boxt, dass es sicher einen großen blauen Fleck geben wird.

»Ach, nun kommt schon, ist doch eh saulangweilig heute. Das wird ein Mörderspaß. Und ich hab sogar schon eine Idee, was er machen soll.«

Fast zehn Minuten später stehen sie wieder vor Festus, der noch an genau der gleichen Stelle vor dem Eingang ihres Hauptquartiers auf sie wartet. Die Hände hat er tief in den Taschen seiner Hose vergraben, sein Oberkörper wippt rhythmisch vor und zurück, als bewege er sich zu einer Melodie, die nur er hören kann. Manu ist noch immer gegen diesen Schwachsinn, *wie sie Torstens Idee genannt hat, aber nachdem auch Fränkie schließlich dafür ist, steht sie mit ihrer Meinung alleine da.*

»Hey, Festus«, beginnt Fozzie. »Sag mal, ist es dir ernst damit, dass du bei uns mitmachen möchtest?«

»Jaaa.« Festus nickt so heftig mit dem Kopf, dass er das Gleichgewicht verliert und fast hinfällt.

Fozzie zwinkert Fränkie und Kupfer feixend zu, Manu übergeht er. »Also gut. Obwohl wir eigentlich niemanden mehr aufnehmen wollten, werden wir bei dir eine Ausnahme machen, wenn du eine Aufgabe lösen kannst.«

Festus schaut ihn mit offenem Mund an, und in seinem Gesicht steht deutlich geschrieben, dass er gerade überfordert ist.

»Du kannst mitmachen, wenn du eine Mutprobe bestehst, Festus«, erklärt Fränkie deshalb, und schiebt all seine anfänglichen Bedenken endgültig beiseite.

»Au ja«, ruft Festus freudig aus. »Zweifünf?«

»Quatsch. Keine Rechenaufgabe. Eine echte Mutprobe«, übernimmt Fozzie nun wieder. Es scheint, als wolle er seine Idee unbedingt selbst vorbringen. »Also, pass auf, Festus.« Er zeigt nach oben, wo in etwa zehn Metern Höhe das Dach die Halle überspannt. »Dummerweise wird die Halle in ein paar Tagen abgerissen. Wäre doch toll, wenn dann unsere Fahne da oben wehen würde. Also, deine Aufgabe: Klettere auf das Hallendach und stell unsere Fahne auf, dann gehörst du zur Bande.«

Festus schaut nach oben, wobei sein Unterkiefer wieder herunterklappt, und auch die Augen von Manu, Fozzie, Kupfer und Fränkie richten sich in die Höhe.

Auf mächtigen, leicht gebogenen Querbalken, die wie die Wirbelsäule eines platten Monsterfisches aussehen, ruht ein enges Lattengerüst, das die Dachziegel trägt, oder besser: an manchen Stellen einmal getragen hat. Dort klaffen Lücken, durch die man den strahlend blauen Himmel sehen kann. Reste der fehlenden Ziegel und abgebrochene Lattenstücke liegen auf dem schuttübersäten Hallenboden herum. Alles in allem macht das Dach einen recht baufälligen Eindruck, was wohl mit ein Grund dafür ist, dass die Halle abgerissen werden soll.

Festus senkt den Blick und schaut an ihnen vorbei zum Eingang des Hauptquartiers. Dort steckt in einem aufrecht stehenden Rohrstück eine Holzlatte mit ihrer Bandenfahne daran, ein etwa ein Quadratmeter großer weißer Stofffetzen, auf den sie einen Totenkopf mit zwei gekreuzten Knochen darunter gemalt haben. Nach einer Weile schaut er Fozzie traurig an. »Kann ich nicht.«

Fozzie zieht die Stirn kraus. »Wie, das kannst du nicht? Ich dachte, du wolltest wirklich bei uns mitmachen. Jeder von uns würde das sofort tun.«

Fränkie kann das Gefühl, das in diesem Moment in ihm hochsteigt, nicht beschreiben. Erst später wird er wissen, dass es eine tiefe Scham ist, die er empfunden hat.

»Aber … kann nicht.«

Fozzie macht ein bedauerndes Gesicht, nickt langsam und wendet sich an Fränkie. »Siehst du, ich hab dir doch gesagt, wir können Festus nicht mitmachen lassen, weil er keinen Mut hat.«

»Aber … zweifünf«, sagt Festus leise. Er sieht sie nacheinander an, schaut hinüber zur Fahne, hoch zum Dach. Seine Schultern sinken herab, und er wendet sich ab. Laut sagt Fozzie: »Schade, aber Feiglinge können wir nicht aufnehmen.« Festus bleibt noch einmal stehen und betrachtet lange die baufällige Dachkonstruktion über ihren Köpfen. Dann geht er mit gesenktem Kopf weiter und verschwindet Sekunden später durch das glaslose Fenster, das die vier wieder von der Holzplatte befreit haben, die die Feuerwehr nach ihrem Einsatz angebracht hatte. Frank schaut ihm stumm nach.

Es ist das letzte Mal, dass er Festus sieht.

13 – 19:14 Uhr

Die Sichtverhältnisse waren mittlerweile so schlecht, dass nicht nur Torsten, sondern auch die anderen die Displaybeleuchtungen ihrer Telefone als Taschenlampe benutzen mussten. Frank wunderte sich, dass noch niemand das Nachlassen des grünen Phosphorleuchtens zur Sprache gebracht hatte. Aber er selbst würde sich auch hüten, das zu tun. Schließlich wollte er nicht, dass die anderen in Panik gerieten.

Jens hatte die Wendeltreppe erreicht und tauchte langsam in den offensichtlich sehr engen Treppenzugang ein. Als danach Manuela ihren Fuß gerade auf die erste Stufe setzte, gab es von unten ein dumpfes Geräusch, gefolgt von einem Schmerzenslaut. »Mist«, stieß Jens aus. »Zieht auf dem letzten Stück den Kopf ein, es ist saueng hier.«

Nach Manuela machte sich Torsten an den Abstieg, als Letzter folgte Frank. Die Warnung von Jens noch im Ohr, ging er den engen Bogen nach unten tiefgebückt, was ziemlich anstrengend war.

Im Untergeschoss stellten sie fest, dass die Treppe noch weiter nach unten führte, es gab also mindestens eine weitere Etage.

Frank blieb stehen, wo er war, die Hand noch am Treppengeländer, und sah sich um. Da alle das Licht aus ihren Displays langsam durch den Raum wandern ließen, waren sogar Details erkennbar. Sie befanden sich in einer Art Werkstatt. Es sah aus, als sei kurz zuvor noch dort gearbeitet worden. Gleich neben der Treppe stand eine schwere Werkbank, auf deren dicker Holzarbeitsfläche eine Ansammlung verschiedener Werkzeuge und Gegenstände herumlag. Eine große Kanne, wahrscheinlich aus Zink, dominierte das Chaos aus blauen Plastikkästchen mit Schrauben und Muttern darin, verschieden großen Schraubenschlüsseln, Döschen, Zangen, Draht, einem Hammer und vielen Kleinteilen, die nicht genau zu identifizieren waren. An einer Lochwand darüber hingen sauber nach Größe sortiert weitere Ringschlüssel, Zangen, Feilen und Metallsägen. Der geöffnete Deckel einer großen Holzkiste an der gegenüberliegenden Wand ließ erahnen, dass sich darin weitere, größere Werkzeuge befanden. An Haken darüber hingen zwei graue Werkstattkittel, die gerade von Torstens Display angestrahlt wurden. »Na also, da haben wir doch schon mal was Nützliches«, sagte er, nahm einen der Kittel von der Wand und zog ihn an. »Na los, da hängt noch einer«, forderte er Frank auf und leuchtete mit dem Handydisplay auf den verbliebenen Kittel.

»Wieso soll ausgerechnet Frank ihn bekommen?« Jens erinnerte Frank an Laura, als sie sieben, acht gewesen war und nicht bekommen hatte, was sie wollte. »Weil ich die Kittel entdeckt habe und ihm einen abgebe, Kupfer. So einfach ist das.«

»Aber ich finde …«, setzte Jens an, verstummte aber, als Frank sich in Bewegung setzte und den Kittel vom Haken nahm. Er roch muffig und nach altem Öl oder Fett, aber das war egal. Er würde die Wärme ein bisschen länger im Körper halten. »Hier, zieh ihn an.« Frank hielt den Kittel Manuela hin.

Sie zögerte nur kurz, dann griff sie mit einem dankbaren Lächeln zu und streifte sich den groben Stoff über. Er reichte ihr fast bis zu den Schuhen, die Schulternähte hingen in der Mitte der Oberarme, ihre Hände waren in den viel zu langen Ärmeln verschwunden. Während sie ihn zuknöpfte, sah Frank zu Jens hinüber. »Zufrieden?«

Jens' Lippen wurden schmal, er sagte jedoch nichts.

Torsten schüttelte den Kopf, und während Frank sich fragte, ob diese Geste Jens galt oder ihm selbst, weil er den Kittel an Manuela weitergegeben hatte, deutete Torsten mit dem Lichtschein seines Handys auf den Treppenabschnitt, der weiter nach unten führte. »Schätze, da unten müssen wir uns auch umsehen. Trennen wir uns. Zwei hier, zwei unten.«

Frank nickte. »Wir beide gehen runter, okay?« Er wollte auf jeden Fall vermeiden, dass Torsten mit Jens oder Manuela zusammen losging.

»Na dann los.« Torsten wandte sich ab und ging zur Wendeltreppe. Frank nickte den beiden zu und folgte ihm.

Er hatte damit gerechnet, dass die Treppe in einem ähnlichen Raum enden würde, doch als er die letzte Stufe hinter sich gelassen hatte, standen sie nebeneinander in einem engen, kurzen Flur. »Na, was denkst du, wie lange es dauert, bis dieser Phosphorkram gar nicht mehr leuchtet?«, fragte Torsten unvermittelt.

»Keine Ahnung. Vielleicht noch ein, zwei Stunden. Ich habe mich schon gewundert, dass noch keiner was dazu gesagt hat.«

Torsten schlug ihm mit seiner Pranke schmerzhaft auf die Schulter, was wahrscheinlich so etwas wie eine kumpelhafte Geste sein sollte. »Ja, Fränkie, du wunderst dich immer nur. Dann lass uns mal sehen, ob das Arschloch hier unten irgendwas mit dem *Gesicht einer Ratte* versteckt hat.«

Ohne eine Antwort abzuwarten, ging er los. Frank überlegte, dass sie bald auf die Handys als einzige Lichtquelle angewiesen waren, und schaltete sein Gerät auf Stand-by, um den Akku zu schonen. Dann folgte er, die Arme vorsichtshalber schräg nach vorne ausgestreckt, Torstens schemenhaftem, massigem Schatten.

Von dem schmalen Flur aus kamen sie wieder in einen breiteren Gang mit mehreren Türen. Die meisten von ihnen führten in verschieden große Schlafräume mit groben Betonwänden, deren Mobiliar aus mehreren Hochbetten, einem Waschbecken und grauen Stahlspinden bestand. Im größten Schlafsaal, den sie nach mehreren Richtungswechseln erreichten, standen neun Hochbetten. Leider beschränkte sich die Ausstattung wie bei allen anderen Betten, die sie bisher gesehen hatten, auf die blanken Matratzen. Frank wünschte sich eine Wolldecke, die er sich um die Schultern legen konnte. Die Eiseskälte war immer schwerer zu ertragen, unerbittlich legte sie sich um die Muskeln, ließ sie träge werden und erschwerte jede Bewegung.

Die vielen nackten Kabel, die über die Wände verliefen, verstärkten den ungemütlichen, abweisenden Eindruck, den Frank beim Anblick der Schlafräume empfand. Nachdem sie sich noch eine Art Kühlraum, einen Heizungsraum und zwei, drei Zimmer angesehen hatten, die Gerätschaften enthielten, deren Funktion sie sich nicht erklären konnten, knallte Torsten die letzte Tür mit Schwung zu. »Was zum Teufel sollen wir hier finden? Wenn ich das richtig sehe, hat das, was wir suchen, doch was mit Ratten zu tun, oder? Und der Kerl hat die Ratten oben freigelassen. Also werden wir diesen Scheiß wohl auch da oben finden und nicht in den Schlafzimmern hier unten.«

»Lass uns wenigstens einen kurzen Blick in die restlichen Räume werfen, bevor wir wieder hochgehen.«

»Ach verdammt, was soll das denn bringen? Hier ist doch nichts.«

»Dieser Kerl wird uns heute Nacht noch drei Aufgaben stellen. Selbst wenn wir dieses Rattending nicht hier unten finden, kann es doch sein, dass wir etwas sehen, das wir später noch brauchen können.«

Torsten hob sein Telefon und leuchtete Frank direkt ins Gesicht. »Ah, ich verstehe. Damit verschaffen wir uns vielleicht einen Vorteil gegenüber den beiden da oben. Sieh an, der ewig gute Fränkie denkt auch an sich, wenn es ans Eingemachte geht.«

»So ein Quatsch«, protestierte Frank sofort. »Darum geht es doch nicht. Es geht darum, dass wir …«

»Es geht darum, Fränkie-Boy«, unterbrach Torsten ihn harsch und richtete den ausgestreckten Zeigefinger gegen Franks Brust, »dass dieses abartige Arschloch die Familie von jedem von uns umbringen wird, der morgen früh nicht zwei seiner Scheißpunkte gesammelt hat.« Torsten wurde mit jedem Wort lauter. Frank war auf diesen plötzlichen Ausbruch nicht vorbereitet. Er hoffte, dass Jens und Manuela Torsten nicht hören konnten. »Und es geht darum, dass es nur zwei von uns geben kann, die zwei Punkte haben, weil es nämlich nur vier von diesen verfickten Punkten gibt.« Die letzten Worte hatte er geschrien, er wurde aber wieder deutlich leiser, als er weitersprach. »Darum geht es, Fränkie. Und jetzt kannst du dir überlegen, wobei du dich besser fühlst. Wenn du morgen früh mit mir hier rausmarschierst und zu Hause deine Frau und deine Tochter in den Arm nehmen kannst oder wenn du das Gefühl hast, edel und gut gewesen zu sein, und deine süße kleine Tochter dafür bei lebendigem Leib von Ratten gefressen wird. Sie wird sicher stolz auf ihren Papa sein, wenn die Drecksviecher ihr mit ihren stinkenden Mäulern die Augen aus dem Gesicht reißen.«

Frank hatte das Gefühl, sich übergeben zu müssen. »Ich …,« setzte er an, kam jedoch nicht weiter und versuchte es wieder. »Ich weiß nicht, aber …«

»Ja, natürlich weißt du es nicht, Fränkie. Hätte mich auch sehr gewundert, wenn du es gewusst hättest.« Mit einer abfälligen Handbewegung wandte er sich ab. »Scheiße. Ich geh jetzt wieder hoch.«

Damit marschierte er los. Ohne darüber nachzudenken, folgte Frank ihm. Torstens Worte hatten grauenvolle Bilder in seinem Kopf heraufbeschworen, er sah die Szene aus dem Film wieder vor sich, die Ratten, die aus ihren Käfigen quollen und gierig über den zuckenden, nackten Körper herfielen, ihn bei lebendigem Leibe auffraßen. Aber nicht der hagere Mann lag auf dem Boden, sondern Laura, und sie verlor vor Angst fast den Verstand. Als sich die langen Zähne in ihr Fleisch bohrten, riss sie den Mund zu einem stummen Schrei auf, und ihr schönes Gesicht verzog sich zu einer furchtbaren Fratze.

Unter Aufbietung all seiner Willenskraft drängte Frank diese schrecklichen Bilder zurück, und während er wie in Trance hinter der dunklen Gestalt vor sich herging, kämpfte er gegen die aufkeimende Panik an. Das durfte nicht passieren! Laura und Beate durften diesem Psychopathen auf keinen Fall in die Hände fallen!

Sie zwängten sich über die enge Wendeltreppe nach oben und standen dann allein in der Werkstatt.

»Scheinen noch auf Rattengesichtssuche zu sein, die

beiden«, kommentierte Torsten die Situation. »Gehen wir nach oben und schauen uns dort noch mal um.«

»Aber wenn Manu und Jens zurückkommen, werden sie hier auf uns warten.«

»Also gut«, lenkte Torsten zu Franks Überraschung sofort ein. »Warte hier, ich schau nach, ob ich sie finde.«

»Wäre es nicht sinnvoller, wir suchen beide nach ihnen?«

Torsten verdrehte die Augen. »Und währenddessen kommen sie hier an, warten eine Weile, und was tun sie dann wohl, schlauer Fränkie? Sie gehen nach unten und suchen dort nach uns. Tolles Spiel.«

Frank musste einsehen, dass Torsten in diesem Fall recht hatte, und nickte. »Also gut, ich warte.« Er ärgerte sich, dass er nicht daran gedacht hatte, eine Uhrzeit mit Jens und Manuela auszumachen.

Torsten ging zur Werkbank hinüber, betrachtete das Durcheinander darauf und griff dann einen großen Schraubenschlüssel. Er prüfte das Gewicht, indem er die Hand ein paarmal auf- und abbewegte und nickte zufrieden. »Für alle Fälle.« Damit wandte er sich ab, das schwere Werkzeug in der Hand, und verschwand im nächsten Gang. Als die fast absolute Dunkelheit wie eine Welle über Frank zusammenschwappte, schaltete er schnell sein eigenes Handy ein und leuchtete damit in den Raum. Langsam ging er zur Werkbank und lehnte sich dagegen. Es fühlte sich sicherer an, eine Wand im Rücken zu haben als eine Treppe oder einen der dunklen Gänge.

Während seine Augen zwischen den fast schwarzen Rechtecken der beiden Gänge hin- und herwanderten, dachte er an Beate und Laura. An die Gefahr, in der die beiden schwebten, und daran, wie seine Chancen standen, diese Gefahr abzuwenden.

Er horchte in sich hinein, stellte sich die Frage, was er zu tun bereit wäre, um seine Familie zu retten. Wäre er bereit, alles zu tun? Wirklich alles?

Zwanzig Jahre kannten er und Beate sich nun schon. Fast genauso lange waren sie ein Paar. Er war damals frisch von der Uni gekommen, das Informatik-Diplom in der Tasche, den Kopf voller Visionen. Die Softwarefirma, ein Schweizer Unternehmen mit einer Filiale in Luxemburg, hatte ihn den Arbeitsvertrag schon unterschreiben lassen, während er noch an seiner Diplomarbeit arbeitete. Als er an seinem ersten Arbeitstag von der Personalchefin durch die einzelnen Abteilungen geführt wurde, war ihm die hübsche blonde Frau mit dem sympathischen Lächeln im Controlling gleich aufgefallen. Ihre Blicke hatten sich immer wieder gekreuzt, während der Abteilungsleiter ihn mit den üblich höflichen Floskeln in der Firma willkommen hieß. Eine Woche später waren sie sich auf dem Flur begegnet, tags darauf hatten sie sich in einer Pizzeria gegenübergesessen.

Frank erinnerte sich an die Vertrautheit, die er vom ersten Moment an mit Beate gespürt hatte, an die verrückte Gewissheit, in ihr die Frau gefunden zu haben, mit der er sein Leben verbringen wollte. Sie waren erst wenige Monate zusammen gewesen, als er ihr gegenüber zum ersten Mal von Heirat sprach, und das war ihm ebenso selbstverständlich erschienen wie ihr spontanes Ja.

Bilder aus ihren ersten gemeinsamen Jahren tauchten vor ihm auf. Ihr erster gemeinsamer Urlaub. Drei Wochen mit dem Auto durch Irland, immer an der Küste lang. Sie hatten sich treiben lassen und es unendlich genossen, nicht zu wissen, wo sie am Abend eine Bed-and-Breakfast-Unterkunft finden würden. In einem Plüschzimmer hatten sie übernachtet und Tränen gelacht, als sie die winzige Dachkammer betraten, in der aber auch wirklich alles bis ins kleinste Detail in Rosa gehalten war, selbst die Rüschen der geblümten Tagesdecke. Die gewaschene Unterwäsche hatten sie während der Fahrt auf die Heckablage im Auto zum Trocknen gelegt. Frank konnte sich nicht erinnern, irgendwann zuvor in seinem Leben glücklicher gewesen zu sein als in dieser Zeit. Danach gab es noch viele gemeinsame Momente, in denen er dieses Glücksgefühl empfunden und gespürt hatte, wie herrlich sein Leben, ihr gemeinsames Leben doch war. Der Moment des allergrößten Glücks kam dann ein paar Jahre später mit Lauras Geburt. Als die Hebamme ihm diesen kleinen Menschen in die Arme legte, als er ganz behutsam über die unglaublich winzigen Fingerchen streichelte und den Blick einfach nicht von dem schönsten Gesicht der ganzen Welt abwenden konnte, da hatte er geweint, und er hatte sich seiner Tränen nicht geschämt.

Laura … ihr wunderschönes Lächeln. Sie war noch so jung, so … Ja, verdammt, er würde alles tun, um zu verhindern, dass ihr ein Leid geschah.

Torsten war in vielerlei Hinsicht ein Neandertaler, aber in dem Punkt hatte er recht. Sie waren in dieser Bunkeranlage eingeschlossen, und wie es schien, hatten sie keine Chance zu entkommen. In dieser Nacht konnten im besten Fall zwei von ihnen sich selbst und ihre Familien retten. Letzten Endes würde jeder für sich allein kämpfen müssen. Und die anderen würden das genauso sehen. Was das für die nächsten Stunden bedeutete, wagte er sich gar nicht auszumalen. Torsten schien sich mit ihm verbünden zu wollen. Hätte er ihm sonst den zweiten Kittel gegeben? Im Grunde genommen konnte Frank nichts Besseres passieren, als denjenigen auf seiner Seite zu haben, der zumindest aufgrund seiner körperlichen Voraussetzungen die größten Chancen hatte, sich gegen alle anderen durchzusetzen. Im nächsten Moment schämte er sich für den Gedanken.

Schnell lauter werdende Schritte ließen ihn aufschrecken. Es schien sich nur um eine Person zu handeln. Sekunden später trat Torsten aus dem rechten Gang und kam auf ihn zu. Der schwere Schraubenschlüssel lag nicht mehr in seiner Hand.

14 – 19:40 Uhr

»Nichts. Keine Ahnung, wo die anderen sind. Ich hatte keine Lust mehr, sie zu suchen. Wir machen das anders.«

Torsten blieb neben Frank vor der Werkbank stehen und wühlte mit einer Hand in dem Durcheinander herum, während er mit der anderen das Handy so in die Höhe hielt, dass er etwas sehen konnte. »Da ist sie ja«, sagte er schließlich. »Ich wusste doch, dass ich eben so was gesehen hatte.«

Er hielt Frank seinen Fund auf der ausgestreckten Hand entgegen, doch es dauerte einen Moment, bis er erkannte, dass es sich um ein Stück dunkle Wachskreide handelte. Ohne weitere Erklärung ging Torsten damit in Richtung Wendeltreppe, bückte sich umständlich und schrieb in großen Buchstaben auf den Betonboden: *Sind oben!* Dann erhob er sich wieder, warf die Kreide achtlos auf die Werkbank zurück und stieg die enge Treppe hinauf. Frank folgte ihm. Als sie oben angekommen waren, fragte er: »Wo hast du eigentlich den Schraubenschlüssel gelassen?«

Torsten sah ihn eine Weile von der Seite an, bevor er antwortete: »Ich hab ihn irgendwo abgelegt. Das Ding war scheißschwer, und wenn mich da unten jemand hätte umnieten wollen, der sich auskennt, hätte der Schlüssel mir sowieso nichts genützt.«

Frank nickte und deutete in den Gang zu ihrer Rechten. »Na dann, lass uns mal losgehen.« Torstens Antwort ließ in ihm ein ungutes Gefühl zurück, aber er schob den Gedanken schnell zur Seite und konzentrierte sich darauf, in der Dunkelheit nicht gegen irgendetwas zu stoßen.

Selbst die Flure, durch die sie zuvor schon gegangen waren, kamen Frank nun unbekannt vor, denn ohne das grüne Leuchten, das mittlerweile fast vollständig verschwunden war, sah alles ganz anders aus. Die Tür, hinter der Frank die Ratten eingeschlossen hatte, erkannten sie nur, weil sie fiepende und schabende Geräusche hörten.

»Scheiße, bald ist es hier stockdunkel«, fluchte Torsten und drehte sich zu Frank um. »Dann sind wir auf die Handys angewiesen. Ich hab keine Lust, dass mein Akku gleich leer ist, weil ich die ganze Zeit meine Beleuchtung benutze. Jetzt gehst du mal vor und schaltest deine ein.«

Frank dachte daran, dass der Akku seines iPhones sowieso nicht furchtbar lange hielt und die Displaybeleuchtung ihn wahrscheinlich rasend schnell leersaugen würde, aber er schaltete es trotzdem ein und ging an Torsten vorbei.

Frank leuchtete in den Gang vor sich. Eine Abbiegung weiter kamen sie an mehreren Türen vorbei, neben denen Schilder mit den Bezeichnungen der Räume angebracht waren. Alle begannen mit dem Wort *Referat.* Es gab Referate für Ernährung, Kultur, Wirtschaft, Justiz und noch einige mehr. Die Räume dahinter waren in etwa gleich groß und weitestgehend leer. Auf der anderen Seite lagen wieder Schlafräume, in denen allerdings nur jeweils ein Hochbett stand. Dieser Gang stellte sich als Sackgasse heraus, und sie mussten umkehren. Auch in den restlichen Räumen, in die sie hineinsahen, fanden sie nichts, was sie mit der Aufgabe in Verbindung bringen konnten. Sie entdeckten auch ein Arzt- und ein Behandlungszimmer, in dem sich neben einem Bett noch einige veraltete medizinische Gerätschaften befanden. Einige Meter dahinter endete der schmale Gang in einem etwas größeren Raum, an dessen hinterer Wand Frank sofort ein Schild auffiel, auf dem in noch schwach phosphoreszierenden Buchstaben das Wort NOTAUSGANG stand. Franks Herzschlag beschleunigte sich, während Torsten sich an ihm vorbeidrängte. »Na also, das ist doch mal was.«

Frank folgte ihm quer durch den Raum zu einem Durchgang auf der rechten Seite, auf den das Schild zeigte.

Dort angekommen, schaltete Torsten sein Telefon ein und leuchtete damit in einen engen, etwa fünf Meter langen Gang, der nach links abging und in einer schmaleren Version der Eingangstür endete. Mehrere dicke schwarze Schläuche führten an der Wand entlang zu ihr hin, dem Aussehen nach gehörten sie zu einer Hydraulikanlage.

Torsten rüttelte an dem übergroßen, vertikal an der Tür angebrachten Metallbügel. Nichts. Er tastete die Ränder der Tür ab, drückte dagegen, zog erneut, doch sie bewegte sich keinen Millimeter. »Scheiße.« Er drehte sich zu Frank um. »Wäre ja auch zu einfach gewesen.«

Frank deutete auf die schwarzen Schläuche. »Ich denke, der Öffnungsmechanismus funktioniert hydraulisch.«

»Das sehe ich auch«, bellte Torsten. »Na und?«

»Wenn das stimmt, dann muss es hier irgendwo etwas geben, das die Hydraulik steuert.« Frank wandte sich ab und ging in den Raum zurück. Torsten kam hinter ihm her.

Die Vorrichtung war einige Meter neben dem Durchgang an der Wand angebracht. Sie war so auffällig, dass Frank sich fragte, warum sie ihm nicht sofort ins Auge gesprungen war, als er einen ersten Blick in den Raum geworfen hatte.

Eine etwa einen Quadratmeter große eiserne Platte war an der Wand verschraubt. Auf ihr befestigt waren unterschiedlich große Kästchen, unter denen sich wahrscheinlich Ventile befanden. Sie waren über dünne Leitungen miteinander verbunden. Sechs dieser Leitungen liefen parallel zum oberen Ende der Metallplatte und mündeten dort in Kupplungen, auf deren Gegenseiten die schwarzen Hydraulikschläuche abgingen, die an der Wand entlang zur Notausgangstür verliefen. Die gesamte Vorrichtung war in einer Farbe gestrichen, einem dunklen Grau, soweit Frank in der spärlichen Displaybeleuchtung sehen konnte.

Am unteren Ende der Platte war eine etwa 50 Zentimeter lange Eisenstange auf einem weiteren Kasten angebracht. Auf ihr äußeres Ende war ein runder Plastikaufsatz gestülpt, der an eine etwas kleinere Billardkugel erinnerte.

»Das ist es.« Frank sah Torsten an, der neben ihm stand und ebenfalls die Apparatur betrachtete. »Ich denke, es ist ei…«

»Eine manuelle Hydraulikpumpe. Tu nicht so superschlau. Ich habe Kfz-Mechaniker gelernt, mit diesen Sachen kenne ich mich aus. Der Hebel da ist der Pumpmechanismus, mit dem die Tür geöffnet wird. Also: Nicht reden, sondern machen.« Ohne Zögern trat Torsten seitlich an die Apparatur heran und ging etwas in die Knie. Dann legte er beide Hände um den Hebel und begann damit, ihn in einer Pumpbewegung vor und zurück zu drücken. Schon bei der zweiten Wiederholung hörte Frank ein zischendes Geräusch über ihnen. Im nächsten Moment spürte er feine Tropfen auf dem Gesicht, wie Sprühregen, und machte einen großen Schritt zurück. Torsten stieß einen Fluch aus und hörte mit den Pumpbewegungen auf. Er richtete sich auf und fuhr sich mit einer Hand übers Gesicht. »Was ist das denn für ein verdammter Mist?«

Frank richtete das Display seines Telefons von der Apparatur aus an der Wand entlang nach oben und sah gleich, woher die Flüssigkeit gekommen war. Alle sechs Schläuche, die von der Pumpe abgingen, waren wenige Zentimeter unterhalb der Decke, kurz bevor sie in der Wand verschwanden, durchgeschnitten worden. Aus den unteren Enden tropfte noch immer Öl und lief in zähen, dünnen Rinnsalen die Wand herab. »Dieses Schwein«, sagte Torsten und wischte sich erneut über die Stirn, dieses Mal mit dem Ärmel des Kittels.

»Denkst du, wir können das reparieren?«, fragte Frank. Torsten schüttelte den Kopf. »Vergiss es. Der Öldruck muss hoch sein, um die schwere Tür zu entriegeln. Der drückt beim Pumpen jede reparierte Stelle sofort wieder durch. Da müssten komplett neue Schläuche rein. Keine Chance.«

Frank wollte sich damit nicht zufriedengeben. Hier hatten sie die vielleicht einzige Chance, diesem Wahnsinn zu entkommen und sich und ihre Familien zu retten. Beate. Laura. »Sollen wir es nicht wenigstens mal versuchen?«

»Nein.« Es klang bestimmt. »Wenn du deine Zeit damit vertrödeln möchtest, an diesen Schläuchen rumzubasteln, bitteschön. Aber ohne mich.«

Frank überlegte, dass er ohne Torstens Hilfe nichts würde ausrichten können. Er war ein guter Programmierer und Geschäftsmann, aber seine technischen Fähigkeiten waren eher theoretischer als praktischer Natur.

»Also gut«, gab er es schließlich auf. »Schauen wir uns noch mal um und gehen dann zurück.«

Nachdem sie festgestellt hatten, dass der Raum bis auf die Hydraulikpumpe und ein paar Stühle leer war, beschlossen sie, an den Ausgangspunkt ihrer Erkundungstour zurückzukehren.

Schon vor der letzten Abbiegung sahen sie den schwachen Lichtschein. Als sie den Quergang schließlich erreicht hatten, kamen ihnen Jens und Manuela entgegen.

»Gott sei Dank, da seid ihr ja«, stieß Manuela erleichtert aus und zog Jens am Ärmel seiner dünnen Jacke weiter. Frank fiel auf, dass er sich seltsam ungelenk bewegte. »Wir warten schon eine ganze Weile auf euch und wollten gerade nachsehen, wo ihr steckt.«

Sie erreichten fast gleichzeitig den Eingang zum Aufenthaltsraum, und nun konnte Frank auch erkennen, was mit Jens los war. Er hielt den Kopf gesenkt und presste sich eine Hand gegen die Stirn. Manuela hob ihr Telefon und leuchtete damit sein Gesicht an. Es war blutüberströmt.

»Verdammt, was ist passiert?« Frank ging einen Schritt näher an Jens heran. »Hast du dich gestoßen? Zeig mal her.«

»Ist 'ne Platzwunde.« Jens ließ die Hand sinken, und Manuela hielt ihr Telefon noch dichter vor sein Gesicht, aber Frank konnte nicht viel erkennen, solange alles mit Blut verschmiert war. Er zog ein noch unbenutztes Papiertaschentuch aus der Hose und hielt es Jens hin. »Hier, drück das auf die Wunde. Und dann erzähl, was passiert ist.«

»Ich weiß es nicht genau.« Jens verzog vor Schmerz das Gesicht, als er das Taschentuch gegen die Stirn presste. »Wir waren irgendwo da unten, in einem dieser Räume, in denen überall dicke Rohre verlaufen und in irgendwelche seltsamen großen Metallbehälter münden.«

»Eine Filteranlage, denke ich«, ergänzte Manuela.

»Ja, so was in der Art. Jedenfalls ist da ja mittlerweile alles stockdunkel, wenn man das Telefon ausschaltet.« Er sah kurz zu Manuela und hob die Schultern. »Ich war die ganze

Zeit mit meinem Handy vorgegangen und fand, dass Manu auch mal ihres benutzen konnte, weil sonst mein Akku bald leer gewesen wäre.« Aus den Augenwinkeln konnte Frank erkennen, dass Torsten heftig mit dem Kopf nickte, als wolle er damit sagen: *Siehst du, Kupfer sieht das genauso wie ich.*

»Na ja, ich hab mein Handy ausgeschaltet, aber Manu hatte ihres noch nicht an. Es war einen Moment lang dunkel, und da hab ich was schräg hinter mir gehört, es klang, als ob sich jemand anschleicht. Als ich mich umdrehte, spürte ich eine Bewegung und duckte mich instinktiv zur Seite weg. Dann knallte etwas gegen meine Stirn, und ich bin zu Boden gegangen und hab Sternchen gesehen.«

»Da waren Schritte«, meldete sich jetzt Manuela zu Wort. »Das habe ich deutlich gehört. Aber … ich war so erschrocken, ich hatte Angst und habe total gezittert. Mein Telefon ist mir runtergefallen, und es hat einen Moment gedauert, bis ich es in der Dunkelheit gefunden habe.« Manuela hielt das Telefon so, dass die anderen den Riss sehen konnten, der sich diagonal über das Display zog. »Als ich es endlich angeschaltet hatte, war natürlich niemand mehr zu sehen.«

»Wenn der Schlag mich voll getroffen hätte …«

»Das war dieser Dreckskerl!« Torstens Wut war unüberhörbar.

»Lasst uns mal da reingehen, da können wir uns wenigstens setzen«, schlug Frank vor und griff Jens am Arm.

»Wir sind vorher an einer Krankenstation vorbeigekommen, hier auf der Etage. Vielleicht gibt es da in einem Schrank sogar noch Verbandsmaterial.«

»Eine Krankenstation?«, fragte Manuela und schien mit einem Mal aufgeregt zu sein. »Das … ist ja ein Ding. Ich komme mit, okay, Frank? Vier Augen sehen mehr als zwei, und außerdem ist es besser, wenn keiner hier allein herumläuft, denkst du nicht?«

Frank hatte nicht vorgehabt, allein zur Krankenstation zu gehen, allerdings wusste er nicht, ob es eine gute Idee war, Jens mit Torsten allein zurückzulassen. Er sah zu ihm hinüber. »Okay, Jens?«

Der nickte langsam, beinahe resigniert.

Manuela ging hinter Frank her, und sie sprachen nicht miteinander. Frank musste einmal falsch abgebogen sein und stand plötzlich vor einer Wand, also gingen sie wieder ein Stück zurück und nahmen eine andere Abzweigung. Nach etwa drei Minuten hatten sie die Krankenstation schließlich erreicht. Sie bestand aus einem Arztzimmer mit einem Behandlungsraum links daneben, den man über einen kleinen Durchgang betrat. Im Arztzimmer schloss Manuela hinter ihnen die Tür und lehnte sich dagegen. Sie hatte die Beleuchtung ihres Telefons nun auch angeschaltet, so dass es relativ hell in dem kleinen Raum war. Der ranzige Fettgeruch von Manuelas Kittel stieg Frank in die Nase. Bevor er sie fragen konnte, warum sie die Tür geschlossen hatte, sagte sie leise und beschwörend: »Ich glaube, hier könnten wir finden, was wir suchen.«

»Verbandsmaterial? Na ja, ich hoffe es, deshalb sind wir schließlich hier.«

Sie schüttelte den Kopf, es klang beinahe dramatisch, als sie flüsterte: »Nein, das meine ich nicht. Ich meine … den ersten Punkt.«

»Was? Aber wie kommst du denn darauf?«

Sie ließ ihren Blick von dem kleinen Schreibtisch in der Raummitte zu einem schmalen Regal dahinter und wieder zurück zu Frank wandern. »Das ist ein Arztzimmer, nicht wahr? Mit einem Behandlungsraum.«

»Ähm … ja, ich weiß.«

»Gut. Weißt du noch, wie die Aufgabe lautete?«

»Mir … Warte … *Mir schwinden die Sinne.* Und dann hieß es …« Mit einem Mal verstand er, was Manuela meinte. Sie sah wohl die Veränderung in seinem Gesicht und nickte. »Ja, ich habe sofort daran gedacht, als du das Krankenzimmer erwähnt hast. Wer kommt zum Einsatz, wenn dir die Sinne schwinden?«

»Ein Arzt«, gab Frank die Antwort, und er fragte sich, warum er vorher nicht selbst auf diese Idee gekommen war, als er zuvor mit Torsten die Räume entdeckt hatte.

»Genau. Und was tut der?«

Franks Gedanken rasten. »Er … na ja, er untersucht mich. Er misst mir den Blutdruck. Mit einem Blutdruckmessgerät …« Sofort ließ er den Lichtschein durch den Raum wandern.

»Warte.« Manuela klang wieder ruhiger. »Der zweite Teil der Aufgabe lautete: *Nah am Herzen habe ich das Gesicht einer Ratte.* Was ist nah am Herzen bei einer Untersuchung?«

Ohne auf die Antwort zu warten, wandte sie sich ab und begann, das Zimmer genauer in Augenschein zu nehmen. »Ein Stethoskop«, sagte Frank überflüssigerweise und half Manuela bei der Suche. Mit dem Arztzimmer waren sie schnell durch, dort gab es ein paar alte medizinische Fachbücher, Notizblöcke, Stifte und anderes veraltetes Büromaterial, aber keinerlei medizinische Geräte.

»Sehen wir mal nebenan nach.« Manuela ging hinüber ins Behandlungszimmer, das von einem Krankenhausbett und einem hohen weißen Schrank dominiert wurde. Im unteren Teil des Schrankes, der mit zwei flügelartigen Türen verschlossen war, fand Frank als Erstes eine Decke, die er erfreut herausnahm und sich um die Schulter hängte. Die Decke war schwer, sie fühlte sich kratzig an und roch furchtbar, aber das war ihm egal.

Kurz darauf hatte Frank gefunden, wonach sie gesucht hatten. Er zog ein Stethoskop aus einer der oberen Schubladen des Schrankes und hielt es demonstrativ in die Höhe. »Ich hab's.« Der herunterbaumelnde graue Schlauch erinnerte ihn an den fleischig-dicken Schwanz einer Ratte. Aber es ging nicht um den Schwanz einer Ratte, sondern um das Gesicht.

Manuela ergriff die Membran, betrachtete sie kurz und drehte sie um. Ihr Gesicht veränderte sich, die Anspannung verschwand für einen kurzen Moment und machte einem erleichterten Lächeln Platz. Als sie Frank die Unterseite der Membran entgegenhielt, konnte auch er den Aufkleber darauf sehen, von dem ihm ein Comic-Rattengesicht entgegengrinste.

15 – 20:27 Uhr

»Sollen wir es den anderen sagen?«

Sie hatten sich auf den Rückweg gemacht, nachdem sie festgestellt hatten, dass es in dem Behandlungsraum keinerlei Verbandsmaterial gab. Frank hatte mit einer Schere, die er schon vor dem Stethoskop in einer der Schubladen entdeckt hatte, einen Schlitz in die Mitte der Decke geschnitten und sich das grobe Material wie einen Poncho über den Kopf gezogen. So rutschte sie ihm nicht immer wieder von den Schultern. Er blieb stehen und wandte sich Manuela zu. »Natürlich werden wir es ihnen sagen. Wir sind doch alle in der gleichen beschissenen Situation.«

»Denkst du, die wird besser, wenn Torsten und Jens wissen, dass wir den ersten Punkt gefunden haben?«

»Ich weiß es nicht.« Er dachte an Torstens Worte, und ihm fiel auf, dass das Gespräch mit Manuela gerade einen ähnlichen Verlauf zu nehmen schien. Dann aber zuckte sie mit den Schultern und sagte: »Schon gut. Ich hab ja nur gefragt.« Und nach einer kurzen Pause fügte sie hinzu: »Ich habe an meinen Sohn gedacht. Und daran, dass er nicht sterben darf. Ich … ach, ich weiß nicht, ich habe einfach wahnsinnige Angst um ihn, verstehst du das?«

Frank glaubte in dem schummrigen Licht seines Handydisplays zu erkennen, dass ihre Augen feucht glänzten. »Ich habe eine Frau und eine Tochter, Manu. Ja, ich verstehe dich.«

»Ich traue Torsten nicht. Er ist wie ein Bulldozer, und

er wird irgendwann nicht mehr zögern, seine Kraft gegen uns einzusetzen. Du hast doch gehört, wie er denkt. Und wenn wir beide jetzt mit dem ersten Punkt ankommen … Ich traue ihm einfach alles zu.«

Frank fiel der Moment ein, als Torsten von seiner Suche nach Jens und Manuela zurückgekommen war. Er zögerte noch einen Moment, wusste nicht, ob es gut war, Manuela von den Gedanken zu erzählen, die er sich gemacht hatte und noch immer machte, aber das Bedürfnis, mit jemandem darüber zu sprechen, siegte.

»Bevor Torsten die Nachricht auf den Boden geschrieben hat, dass wir schon wieder oben sind, hat er euch gesucht. Allein. Ich bin in diesem Werkraum geblieben für den Fall, dass ihr vor ihm dort wieder auftaucht. Er … er hat einen Schraubenschlüssel mitgenommen, zur Sicherheit. Als Waffe.«

Frank machte eine Pause, sah zu seinen Schuhspitzen, und bereute, dass er damit angefangen hatte, doch er konnte Manuelas Gesicht ansehen, dass sie schon ahnte, was er andeuten wollte. »Einen Schraubenschlüssel. Denkst du, *er* hat Jens damit auf den Kopf geschlagen?«

Frank sah ihr in die Augen. »Ich habe daran gedacht, ja. Als er zurückkam, hatte er den Schraubenschlüssel nicht mehr dabei.«

»O mein Gott. Wenn Torsten das einmal versucht hat, wird er es wieder tun. Und jetzt sind die beiden allein. Wir müssen sofort zurück.« Manuela wollte schon aus dem Zimmer stürmen, doch Frank hielt sie am Arm fest. »Nein, warte. Das ist nur ein Verdacht, und es kann sein, dass ich Torsten unrecht tue und er überhaupt nichts mit dem Angriff auf Jens zu tun hat. Wir sollten Jens nichts davon sagen, ich bin mir nicht sicher, wie er reagieren würde. Am

Ende eskaliert das Ganze, und das ist das Letzte, was wir jetzt gebrauchen können.«

Sie standen einen Moment dicht voreinander und sahen sich an, ohne viel erkennen zu können. Schließlich nickte Manuela langsam. »Also gut. Aber wir müssen Torsten im Auge behalten. Niemand von uns sollte mit ihm allein sein. Und jetzt lass uns gehen.«

Hinter der nächsten Abbiegung kamen ihnen Jens und Torsten bereits entgegen.

»Da seid ihr ja.« Torsten baute sich mit verschränkten Armen vor ihnen auf. »Was habt ihr so lange gemacht?«

»Wir haben nach Verbandsmaterial für Jens gesucht«, antwortete Frank. »Das weißt du doch.«

»Nein, das weiß ich nicht. Außerdem haben wir uns gefragt, warum unsere liebe Manu unbedingt mitkommen wollte, als sie hörte, dass du zur Krankenstation gehst.« Er neigte seinen massigen Oberkörper ein wenig zur Seite und sah an Frank vorbei zu Manuela.

»Erzähl ihnen, was wir gefunden haben«, sagte Frank ohne sich zu Manuela umzudrehen. Sie zögerte einen Moment, dann sagte sie: »Als Frank die Krankenstation erwähnte, ist mir die Aufgabe wieder eingefallen: *Mir schwinden die Sinne.* Ich habe mir überlegt, wohin man geht, wenn einem die Sinne schwinden, und mir ist …«

»Zu einem Arzt«, fiel Torsten ihr ins Wort. »Aber natürlich. Unsere schlaue kleine Manu. Und da hast du dir gedacht, du erzählst uns nichts davon und schnappst dir den Punkt mit Frank zusammen.« Torsten klatschte in die Hände, was Frank in dem engen Gang so laut erschien, dass es ihm in den Ohren wehtat. »Das ist an Scheinheiligkeit ja wirklich nicht mehr zu überbieten.«

»Das ist doch Blödsinn«, entgegnete Frank scharf. »Sie

hat nichts davon gesagt, weil sie nicht sicher war, ob ihre Vermutung richtig ist.«

»Habt ihr den Punkt?« Torstens Stimme bekam einen lauernden Klang.

»Ja. Es ist ein Stethoskop. Beim Abhören hat man die Membran am Herzen. Darauf wurde ein Aufkleber mit dem Gesicht einer Ratte geklebt.« Frank sah sich nun doch kurz nach Manuela um und wandte sich dann direkt an Torsten. »Wir hätten es euch erzählt, das haben wir eben noch besprochen.«

»Das glaubst du doch selbst nicht.« Jens tauchte seitlich hinter Torstens breitem Rücken auf. Seine Stimme klang weinerlich. »Und? Wer soll den Punkt jetzt bekommen?«

»Vorerst niemand«, sagte Frank.

»Doch, ich«, sagte fast im gleichen Moment Manuela. »Ich habe die Aufgabe gelöst, also steht mir auch der Punkt zu.«

»Sieh an.« Torsten sprach langsam und leise. »Was sagst du dazu, Fränkie-Boy? Die kleine Manu hat dich dazu benutzt, sie zum ersten Punkt zu führen, und nun möchte sie ihn dir vor der Nase wegschnappen. Na, wie fühlt es sich an, wenn man selbst verarscht wird?«

Frank bemühte sich, seine Verunsicherung über Manuelas plötzlichen Alleingang nicht zu zeigen. »Ich schlage vor, das besprechen wir später. Lasst uns erst mal zurückgehen. Verbandsmaterial haben wir leider keines gefunden. Was macht deine Wunde, Jens?«

»Es hat aufgehört zu bluten.«

Torstens Mund verzog sich zu einem schiefen Grinsen, was von der schwachen Displaybeleuchtung zu einer diabolischen Fratze verzerrt wurde. »Die Wunde ist nicht so schlimm, wie es im ersten Moment ausgesehen hat. Wir bleiben also weiter zu viert auf der Jagd nach den Punkten.«

»Ja, Jens hatte großes Glück«, sagte Manuela. »Der Kerl, der ihn erschlagen wollte, hat ihn nicht richtig getroffen. Womit er wohl zugeschlagen hat?«

Franks Magen zog sich zusammen. Die Gefahr, die seit einiger Zeit als allgegenwärtige Drohung über ihnen schwebte, schien von Minute zu Minute zuzunehmen, und Frank wusste, sie ging nicht nur von diesem Wahnsinnigen aus, der sie in der Bunkeranlage eingeschlossen hatte. Er beobachtete Torsten genau, versuchte in seinem Gesicht zu lesen, was in ihm vorging. Er sah, wie sich Torstens Augen verengten. »Was ist das denn für eine blödsinnige Frage? Was spielt es für eine Rolle, womit dieser Irre zugeschlagen hat?«

»Mir ist saukalt«, jammerte Jens. »Ich kann mich kaum noch bewegen. Meine Stirn tut höllisch weh, und ich habe Kopfschmerzen. Können wir endlich zurückgehen in dieses Zimmer mit dem Tisch? Vielleicht können wir ja ein Feuer machen? Hat jemand von euch ein Feuerzeug dabei?«

Frank wunderte sich über Jens' Naivität. »Das ist keine gute Idee. Wir sind hier in einem Atombunker, es gibt mit Sicherheit überall Rauchmelder. Stell dir vor, die gehen los, und wir können sie weder abstellen, noch kommen wir hier raus.«

»Ein Feuer«, kommentierte Torsten verächtlich. »Nachdenken war noch nie deine Stärke, Kupfer.« Dann wandte er sich an Manuela und streckte die Hand aus.

»Gib mir das Stethoskop.«

»Seht ihr, ich hab euch doch gesagt, das macht der nie.« Fozzie schaut beifallheischend von einem zum anderen, doch keiner der drei teilt seine offensichtliche Freude. »Ihr werdet sehen, jetzt haben wir Ruhe vor ihm.«

Fränkies Blick ist noch eine Weile auf die Stelle gerichtet, an der Festus mit hängenden Schultern um die Ecke verschwunden ist. Schließlich wendet er sich als Erster ab und geht zurück in das halbverfallene Büro, das ihr Hauptquartier ist. Etwas in seinem Bauch fühlt sich seltsam an, auf einmal ist er schlapp, hat keine Energie mehr. Jeder Schritt fällt ihm schwer. Er kennt dieses Gefühl, das hat er auch, wenn er seine Eltern mal anlügen muss, um einer Strafe zu entgehen.

»War vielleicht doch keine gute Idee«, sagt er leise und lässt sich auf den alten Sessel fallen, aus dessen Sitzfläche auf der rechten Seite eine Feder hervorsteht.

»Der arme Kerl, er tut mir richtig leid«, pflichtet Manu ihm bei.

»Der arme Kerl, er tut mir richtig leid …«, äfft Fozzie sie nach. »Hey, der arme Kerl nervt uns schon seit Wochen mit seinem dämlichen Gestammel. Schon vergessen?« Als wolle er der Erinnerung der anderen auf die Sprünge helfen, steht er auf, steckt sich die Hände in die Taschen und zieht die Hose dann so hoch es geht, was ziemlich dämlich aussieht. Gleichzeitig beugt er sich mit tief herabhängenden Schultern ein Stück nach vorne und verzieht den Mund zu einem schiefen Grinsen. »Festus will mitmachen. Mitmachen. Zweifünf.« Seine Stimme klingt tatsächlich fast wie die von Festus. »Zweifünf, zweifünf …«, wiederholt er immer wieder und klatscht dabei lachend in die Hände. Kupfer ist der Erste, dessen Mund sich zu einem

Grinsen verzieht, dann kann auch Fränkie sich trotz des blöden Gefühls ein Lachen nicht mehr verkneifen, und schließlich stimmt auch Manu mit ein. Irgendwann beendet Fozzie seine Vorstellung und lässt sich prustend auf die Schaumstoffmatratze fallen, die neben dem Sessel auf dem staubigen Boden liegt.

Als sich endlich alle wieder beruhigt haben, sagt Fränkie: »Trotzdem war es nicht richtig. Aber was soll's, Fozzie hat schon recht, wahrscheinlich wird Festus es jetzt aufgeben, bei uns mitmachen zu wollen. Na ja, ich muss jetzt jedenfalls nach Hause, sonst bekomme ich Ärger.«

Das seltsame Gefühl in Fränkies Bauch verschwindet auf dem Nachhauseweg nach und nach, und als sein Vater während des Abendessens den Vorschlag macht, dass sich anschließend alle zusammen einen Videofilm auf ihrem brandneuen Videorekorder ansehen, hat er Festus und die dämliche Mutprobe schnell komplett vergessen.

Am nächsten Morgen wird Fränkie von einem unangenehmen Rütteln geweckt, und es dauert eine Weile, bis er es schafft, die Augen zu öffnen. Seine Mutter sitzt auf dem Bettrand und sagt unentwegt seinen Namen. »Hör auf«, mault er und versucht sich wegzudrehen, aber die Hand seiner Mutter hält ihn an der Schulter fest. »Frank, du musst aufwachen, es ist wichtig. Frank, hörst du?«

»Warum weckst du mich? Wie spät ist es denn?«

»Es ist halb acht, und gerade hat Herr Köhler angerufen, der Vater von Gerd Köhler.«

Mit einem Schlag ist Fränkie hellwach, lässt es sich aber nicht anmerken, sondern blinzelt seine Mutter nur an. »Der Vater von Festus? Was wollte der denn?«

Fränkie ist auf eine Predigt seiner Mutter gefasst. Was ihnen einfalle, dem armen Jungen eine Mutprobe zu stellen, und ob er sich nicht schäme. Doch, er schämt sich.

»Er wollte wissen, ob Gerd vielleicht bei uns ist. Offenbar ist er in der letzten Nacht nicht nach Hause gekommen.«

Fränkies Herz beginnt mit seinen Gedanken um die Wette zu rasen. Festus ist nicht nach Hause gekommen? Was hat das zu bedeuten? Ist er nach dieser blöden Mutprobe so enttäuscht gewesen, dass er nicht mehr nach Hause wollte? Aber … wo war er dann die ganze Nacht?

»Weißt du, wo er sein könnte?«, hakt seine Mutter ungeduldig nach, weil er nicht antwortet.

»N … nein. Woher soll ich das wissen?«

»Es hätte ja sein können. Du hast dich doch manchmal mit dem Jungen unterhalten. Seine Familie macht sich große Sorgen um ihn. Er ist doch so unbeholfen.«

Fränkie richtet sich etwas auf und stützt sich mit dem Ellbogen auf der Matratze ab. »Das war doch höchstens ein- oder zweimal in der Schule. Ich habe ihn schon lange nicht mehr gesehen.« Mit der Lüge kommt das Bauchgefühl wieder zurück, dieses elende Drücken in der Magengegend. Gleichzeitig überlegt er, ob der alte Festus nun auch bei Fozzie, Kupfer und Manu anruft oder sogar schon angerufen hat. Haben die anderen das Gleiche gesagt wie er? Oder haben sie zugegeben, dass Festus noch wenige Stunden zuvor bei ihnen gewesen ist?

Warum hat er überhaupt gerade gelogen?

Seine Mutter nickt und erhebt sich. »Ich rufe Herrn Köhler gleich zurück und sage ihm, dass du nicht weißt, wo der Junge ist. Ich bete zu Gott, dass ich es nie erleben muss, dass du einfach nicht nach Hause kommst.«

Fränkie registriert erst nach einer Weile, dass sie stehen geblieben ist und ihn mit zur Seite geneigtem Kopf ansieht. »Ähm … ja, also … nein, das mache ich bestimmt nicht.«

Als sie sein Zimmer verlassen hat, springt Fränkie sofort aus dem Bett und zieht sich in Windeseile an. Er muss sofort mit den anderen reden. Sie müssen Festus suchen. Genau, sie werden eine große Suchaktion starten und erst aufhören, wenn sie ihn gefunden haben. Dann sind alle froh, und sie haben den Quatsch mit der Mutprobe wiedergutgemacht.

Zu Kupfer braucht er mit dem Fahrrad fünf Minuten. Er denkt keine Sekunde darüber nach, dass acht Uhr morgens in den Sommerferien eigentlich keine Zeit ist, zu der man an fremden Haustüren klingelt. Es dauert eine Weile, bis die Tür geöffnet wird, doch zu Fränkies Erleichterung steht Kupfer selbst vor ihm. »Hat der Vater von Festus bei euch angerufen?«, platzt es sofort und ohne Begrüßung aus ihm heraus. Kupfer zieht die Augenbrauen zusammen. »Wer? Der alte Festus? Nö. Warum sollte der hier …«

»Weil Festus letzte Nacht nicht nach Hause gekommen ist. Er ist verschwunden. Bei uns hat sein Vater eben schon angerufen.«

»Scheiße«, sagt Kupfer und fährt sich mit der Hand durch die Haare. »Denkst du, das ist wegen … gestern? Was machen wir denn jetzt?«

»Wir starten eine Suchaktion. Los, schnapp dir dein Fahrrad. Wir müssen zu Fozzie und Manu. Und dann ins Hauptquartier. Kriegsrat.«

»Aber ich weiß nicht, ob mein Vater mir das erlaubt.«

»Ist er zu Hause?«

»Nein, aber … Ach, egal, ich komme mit, warte.«

Manu ist ebenfalls schon wach, nur Fozzie liegt noch im Bett. Als seine Mutter hört, dass Festus vermisst wird und sie nach ihm suchen wollen, weckt sie ihn sofort.

Selbst Fozzie ist aufgeregt, als er hört, was passiert ist, und entgegen Fränkies Befürchtungen gibt er keinen gehässigen Kommentar von sich. Auf dem Weg zum Hauptquartier reden sie nicht viel. Jeder hängt seinen Gedanken nach, und Fränkie ahnt, dass die anderen sich die gleichen Fragen stellen wie er selbst.

Sie schieben ihre Fahrräder durch eine Lücke im Zaun und radeln um einen großen Erdhaufen herum. Als die alte Fabrikhalle vor ihnen auftaucht, macht Manu plötzlich eine Vollbremsung, so dass Fränkie ihr fast ins Hinterrad fährt. »Hey, was soll das?«, mault er sie an und bemerkt, dass sie wie gebannt auf etwas vor ihnen starrt. Er folgt ihrem Blick, dann sieht er es auch. Die Lenkstange entgleitet ihm, das Fahrrad kippt zur Seite.

Er merkt es nicht einmal.

16 – 20:56 Uhr

»Was?«, wollte Frank überrascht wissen.

»Ich habe mit ihr geredet«, erwiderte Torsten barsch, und warf einen Blick in Manuelas Richtung. »Na los. Das Stethoskop. Gib es mir. Ich verwahre es, bis wir eine Lösung gefunden haben.«

»Warum du?«

»Warum nicht?«

»Weil ich die Aufgabe gelöst habe, nicht du.« Manuelas Stimme klang trotzig.

»Ihr quatscht doch die ganze Zeit was von *gemeinsam.*«

Manuela trat nun dicht neben Frank. Mit beiden Händen umfasste sie seinen Oberarm, drückte sich an ihn und sagte mit fester Stimme: »Nein.«

Frank konnte spüren, dass ihre Hände zitterten. Sein Blick war unentwegt auf Torsten gerichtet, der seinerseits Manuela weiter anstarrte. Seine zu dünnen Strichen zusammengepressten Lippen in Verbindung mit der tiefen, senkrechten Falte auf seiner Nasenwurzel ließen Frank befürchten, dass er gleich wieder lospoltern würde. Umso erleichterter war er, als sich Torstens Gesicht plötzlich entspannte. »Kümmern wir uns später darum«, sagte er und zog die Mundwinkel zu einem misslungenen Grinsen auseinander. »Gehen wir zurück und überlegen uns, wie wir diese Scheiße hier überleben können.«

Damit wandte er sich ab und lief los.

Es war nicht weit bis zum Eingang. Frank betrat als Letzter hinter Manuela den Raum und schloss die Tür.

Torsten warf sein Telefon auf den Tisch und zog einen der Stühle mit solcher Wucht zurück, dass er polternd nach hinten kippte. Er ließ ihn liegen und setzte sich auf einen anderen. Das Handy zog er zu sich herüber, so dass es direkt vor ihm lag und sein Gesicht von schräg unten anstrahlte. Es wirkte gespenstisch. »Ich habe langsam die Nase voll von diesem Irren. Was soll das alles?« Seine Augen irrten ruhelos auf der Tischplatte umher. Frank warf erst Jens, dann Manuela einen irritierten Blick zu.

Torsten hob den Kopf, schrie nun, den Blick gegen die Decke gerichtet: »Was soll das, du hirnloser Idiot? Was zum Teufel willst du von mir? DU wolltest damals doch unbedingt dazugehören.« Seine Halsschlagader war angeschwollen und drückte sich wie der Körper einer kleinen Schlange durch seine Haut. Der Lichtschein von unten verstärkte den Eindruck noch. »Hörst du mich? Wenn du meine Tochter auch nur anrührst, wirst du dir wünschen, damals wirklich draufgegangen zu sein, das schwöre ich dir.« Er schrie immer noch, aber seine Stimme klang jetzt rauer, heiser.

Jens hob wortlos den umgefallenen Stuhl auf, zog ihn ein Stück zur Seite und setzte sich an die kurze Seite des einfachen, braunfurnierten Tisches.

Frank wurde mit einem Mal bewusst, dass Torsten offenbar tatsächlich davon ausging, dass es Festus war, der sie hier eingeschlossen hatte. Er setzte sich ihm gegenüber und sah ihn an. »Torsten, hör mir zu. Das hier ist nicht Festus.« Frank bemühte sich, seiner Stimme einen ruhigen Klang zu geben. »Er ist seit fast 30 Jahren tot.«

»Wo ist dieses Stethoskop?«, fragte Torsten unvermittelt. Die eintretende Stille war unerträglich, und Frank hatte das Gefühl, schnell etwas sagen zu müssen. Etwas, das verhindern würde, dass die Situation plötzlich eskalierte, aber es wollte ihm nichts einfallen. Und mit einem Mal stellte er sich selbst die Frage, was Manu mit dem Stethoskop gemacht hatte. Wahrscheinlich hatte sie es in eine Tasche des stinkenden Kittels gesteckt. Frank verschränkte die Arme unter der Wolldecke und zog die Ränder an den Seiten etwas zusammen. Aus den Augenwinkeln nahm er eine Bewegung wahr, ein Schatten huschte an ihm vorbei, und das Stethoskop landete geräuschvoll auf dem Tisch.

»Da ist es, und jetzt?« Manuelas Stimme klang nun dünn.

»Sagen wir, es gehört uns gemeinsam«, schlug Frank vor und war sich bewusst, wie unsinnig das war.

»Ach, gemeinsam also.« Torsten betrachtete den verdrehten Schlauch, der in Reichweite auf dem Tisch lag. »Und morgen früh? Wenn es darum geht, welche Familie von diesem hirnlosen Irren umgebracht wird? Gehört es uns dann auch gemeinsam? Eine tolle Idee. Alle Punkte, die wir sammeln, gehören uns gemeinsam. Also hat keiner von uns die zwei Punkte, die er braucht, damit seine Familie und er selbst diese Scheiße hier überleben. Wirklich, Fränkie-Boy, ein ganz toller Vorschlag.«

»Dann mach doch einen besseren, anstatt nur die ganze Zeit rumzumaulen«, fuhr Frank Torsten an und schlug dabei mit der flachen Hand auf den Tisch. »Oder fällt dir etwa nichts ein, Fozzie? Vor dreißig Jahren warst du es doch, der diesen genialen Gedanken mit der Mutprobe hatte. Hat dich deine Kreativität etwa verlassen? Wir sitzen hier alle im gleichen Boot, und ich versuche lediglich einen Weg zu finden, wie wir alle erst einmal diese Nacht überstehen. Geht das nicht in deinen Schädel?«

Frank wusste genau, dass es nicht ungefährlich war, Torsten zu provozieren. Aber er hatte sich nicht länger zurückhalten können. Schweratmend starrte er Torsten an. Er musste seinem Blick jetzt standhalten. Warum hatte er sich so gehenlassen?

Torsten stützte die Hände auf der Tischplatte ab und drückte sich hoch. Seine Augen blieben dabei starr auf Frank gerichtet. Frank spürte, wie er es mit der Angst bekam. Wenn Torsten jetzt auf ihn losging, hatte er nicht den Hauch einer Chance.

»Okay, Fränkie-Boy.« Torsten stand mit nach vorne gebeugtem Oberkörper da, groß, massig, die Hände noch immer weit auseinander auf der Tischplatte aufgestützt. Eine deutliche Drohung.

»Ich sag dir jetzt was.« Seine Stimme war gefährlich leise. »Ich scheiß auf dein *Gemeinsam.* Es gibt vier Punkte. Genug für zwei von uns und ihre Familien. Wir sind zu viert, also werden wir uns jetzt trennen. Zwei Teams.« Er hob eine Hand vom Tisch und richtete den Zeigefinger auf Franks Gesicht. »Es geht hier um Leben und Tod, und genau so werden wir das Spiel jetzt spielen. Du hältst dich für superschlau, Frank. Mal sehen, ob es dir was nützt.« Torsten hob den Kopf, sein Blick suchte Manuela, ruhte eine Weile kalt auf ihr. »Na? Mit wem möchtest du spielen, kleine Manu?«

»Mit dir auf keinen Fall.«

Torsten nickte, als hätte er keine andere Antwort erwartet. Sein Blick wanderte zu Frank und blieb auf ihm haften. »Und du, schlauer Fränkie-Boy? Mit mir wohl eher auch nicht, oder? Vielleicht mit der kleinen Manu? Oder lieber mit dem ramponierten Kupfer?«

»Ich werde mich nicht gegen irgendjemanden hier entscheiden«, antwortete Frank ruhig. »Ich bin nach wie vor der Meinung, dass wir zusammen …«

»Ich bleibe bei Torsten«, wurde er von Jens unterbrochen. Frank sah ihn überrascht an, aber Jens zuckte nur mit den Schultern. »Was schaust du mich so an? Dieses … *Spiel* können wir nicht gemeinsam spielen, weil wir nicht gemeinsam gewinnen können. Kapierst du das nicht? Nur zwei von uns können das mit ihren Familien überleben. Ich bleibe bei Torsten, weil er das genauso sieht.«

»Wenn wir jetzt anfangen, gegeneinander zu spielen, hat der Kerl doch erreicht, was er wollte«, versuchte Frank dem entgegenzuwirken, worauf sie geradewegs zusteuerten.

»Na und?« Torsten schob seinen Stuhl zurück und stand auf. »Das ist mir scheißegal. Meiner Tochter wird nichts geschehen, und mir auch nicht. Das ist alles, was für mich zählt. Und ich werde dafür sorgen, dass es genau so kommt.«

Auch Jens stand auf und sah Torsten mit einem unsicheren Blick von der Seite an. Einem Blick, der etwas Unterwürfiges an sich hatte.

»Wusstest du, dass Torsten nach uns gesucht hat, als du da unten niedergeschlagen wurdest?« Manuela verschränkte die Arme vor der Brust und hob trotzig das Kinn an. »Allein. Und er hatte einen Schraubenschlüssel dabei.«

»Was willst du damit sagen?«, fragte Torsten lauernd.

»Wie, was heißt das?« Jens' Stimme zitterte. »Stimmt das, Torsten?«

»Ja, und? War es etwa falsch, dass ich euch helfen wollte?« Er wandte sich nun Jens direkt zu. »Merkst du nicht, was die beiden da versuchen? Aber bitte, wenn du wirklich glaubst, ich hätte was mit der Sache zu tun, dann möchte ich dich sowieso nicht bei mir haben. In einem Team muss man einander vertrauen. Davon abgesehen komme ich wahrscheinlich sowieso am besten alleine klar. Mal sehen, wem ich die überschüssigen Punkte dann schenke.«

»Nein, ich …« Jens schluckte mehrmals. »Ich komme mit dir. Ich glaube nicht, dass du das warst. Wirklich nicht.«

Torsten nickte. »Also gut. Gehen wir, Partner, und …«

»HÖRT MIR ZU, SPIELER!« Die Stimme schien aus allen Ecken des Raumes gleichzeitig zu kommen. Sie klang blechern und auf seltsame Weise abgehackt. Irritiert sahen die vier sich an.

»SPIELER, ICH HABE NEUIGKEITEN FÜR EUCH.«

Die Art, wie Wort an Wort aneinandergereiht wurde, erinnerte Frank an Programme, die geschriebenen Text mit elektronischer Stimme vorlasen. »Das ist eine Computerstimme.«

»Ein Computer, der mit uns spricht?«, fragte Manuela leise, fast flüsternd. Frank schüttelte den Kopf. »Nein, es ist ein Programm, das einen Text vorliest, den jemand eingegeben hat. Das ist …«

»SIE LAUTEN: ZWEI VON EUCH SPIELEN FALSCH. DAMALS UND HEUTE.«

Wie gebannt starrt Frank auf den Giebel der alten Halle, auf dessen Spitze eine Stange steckt. Am oberen Ende dieser Stange bewegt sich ein weißer Stofffetzen mit einem Totenkopf und zwei gekreuzten Knochen darunter im Wind.

Ihre Bandenfahne.

»Ach du Scheiße, ich glaub's ja nicht.« Auch Fozzie lässt sein Fahrrad einfach zur Seite kippen und reibt sich mit der flachen Hand mehrmals über die zu kurzen Stoppeln geschnittenen Haare. Das tut er immer, wenn er aufgeregt ist. »Der … der hat das wirklich gemacht.«

»Ja«, sagt Fränkie mit monotoner Stimme. »Er hat es getan. Und dann ist er nicht mehr nach Hause gegangen.«

Sekunden vergehen, fünf, zehn …

»Wenn ihm was passiert ist …« Alle schauen zu Manu, die ihren Blick nicht von der Fahne abwenden kann. »Dann sind wir schuld.«

»Was soll dem denn passiert sein? Du siehst doch die Fahne da oben. Es hat geklappt.« Es klingt nicht so überzeugt, wie Fozzie das sicher gerne gehabt hätte.

»Sollen wir mal hinfahren?«, schlägt Kupfer vor. »Vielleicht sitzt er im Hauptquartier und wartet auf uns.«

Fozzies Gesicht hellt sich schlagartig auf. »Genau. Mensch, Kupfer, manchmal hast du richtig gute Einfälle.« Sein Kopf fliegt herum, er sieht Fränkie an. »Kupfer hat recht. Festus hat die Mutprobe gemacht, und jetzt sitzt er im Hauptquartier und wartet auf uns, weil er denkt, wir würden ihn aufnehmen. So dämlich ist der doch. Ihr wisst schon: Zweifünf.«

»Was meinst du damit: Er denkt, wir würden ihn jetzt aufnehmen?«

»Ach komm, Fränkie.« Torsten stößt ein kurzes Lachen aus und schüttelt den Kopf. »Du willst diesen Schwachkopf doch nicht wirklich dabeihaben?«

Als Fränkie nicht antwortet, tut Manu es für ihn. »Klar nehmen wir ihn auf. Er hat die Mutprobe bestanden, die du *ihm gestellt hast.«*

»Zuerst fahren wir mal rüber und sehen nach, ob er wirklich auf uns wartet. Los.« Fränkie hebt sein Fahrrad auf und schwingt sich auf den Sattel. Er braucht sich nicht umzudrehen, er hört, dass die anderen ihm folgen.

Wie immer verstecken sie ihre Räder hinter einem Gestrüpp, nur ein paar Meter von der Stelle entfernt, an der sie die Bretter vor einem glaslosen Fensterrahmen entfernt haben und die sie als Eingang benutzen. Fozzie steigt als Erster hindurch, Fränkie ist gleich hinter ihm. Er muss außen auf einen etwa einen Meter hohen Vorsprung steigen, dann bückt er sich, um unter dem Fensterrahmen hindurchzuschlüpfen. »Scheiße«, stößt Fozzie vor ihm aus und lässt Fränkie mitten in der Bewegung innehalten. »O Scheiße, Scheiße, Scheiße.«

Fränkie geht in die Hocke, er kann nichts sehen, weil Fozzie direkt vor ihm auf der Innenbrüstung des Fensters steht. »Was? Was ist los?«, fragt Kupfer nervös von außen.

»Ich weiß doch auch nicht.« Fränkie ist aufgeregt, etwas sagt ihm, dass sie ein Problem haben. Ein großes Problem. »Fozzie, nun sag schon, was ist los?«

Fozzie rückt etwas zur Seite, nun kann Fränkie sich ein kleines Stück weiter nach vorne schieben, über den Rahmen, mit einem Fuß auf die Innenbrüstung, und dann sieht auch er es.

Das Innere der Halle sieht komplett anders aus als noch am Vortag. Es ist heller als sonst, und mit einem Blick nach oben stellt Fränkie fest, dass nur noch das halbe Dach übrig ist. Der Boden vor ihnen ist mit Ziegeln, Latten und dicken zerbrochenen Balken übersät. Zumindest an den Stellen, an denen der Boden noch intakt ist. An vielen Stellen jedoch ist er eingebrochen und hat große, unregelmäßige Löcher hinterlassen, an deren ausgefransten Rändern abgesplitterte Bruchstellen fauler Holzbohlen zwischen krümeligem Mörtel ins Nichts ragen. Es gab auch vorher schon einige Stellen, an denen der Boden größere Löcher hatte, aber das ist kein Vergleich zu jetzt. Jetzt sieht es dort aus wie nach einem Bombenangriff. Fränkie weiß von einigen vorsichtigen Erkundungsgängen, die sie unternommen hatten, dass es noch mehrere Untergeschosse gibt. Die waren aber schon damals größtenteils eingestürzt. Jetzt, nachdem ein Teil des Daches heruntergekracht ist, muss dort unten Chaos herrschen.

»O nein«, hört Fränkie Kupfer dicht an seinem Ohr. Er ist hinter ihm auf die Fensterbrüstung gestiegen und lugt an ihm vorbei ins Innere.

»Scheiße, das Dach ist runtergekommen und hat alles zertrümmert«, stellt Fozzie fest und macht Anstalten, sich umzudrehen. »Der ganze Boden ist eingekracht. Da geh ich nicht rein. Bin doch nicht lebensmüde.«

Er schiebt Fränkie ein Stück zur Seite und quetscht sich an ihm vorbei ins Freie. Jens und Fränkie folgen ihm.

Dann stehen sie im Kreis vor dem ehemaligen Eingang zu ihrem Hauptquartier, betrachten ihre Schuhspitzen, mit denen sie im Sand herumstochern, kratzen sich, obwohl nichts juckt, vergraben die Hände in den Taschen und ziehen sie in der nächsten Sekunde wieder heraus. Fränkie ist sicher, dass allen gerade die gleichen Gedanken durch den Kopf gehen, aber ebenso wie er selbst traut sich keiner, sie auszusprechen.

»Verrückt, dass die Fahne noch stehen geblieben ist.« Wie, um sich zu überzeugen, dass er nichts Falsches gesagt hat, schaut Kupfer nach oben, doch von ihrem Platz aus können sie die Fahne nicht sehen. »Dass das niemand gehört hat, als das halbe Dach eingestürzt ist. Komisch.«

»Zu weit weg«, bemerkt Fozzie.

Erneutes Schweigen.

Schließlich hält Fränkie es nicht mehr aus. »Was, wenn das Dach eingestürzt ist, als Festus drauf war, und er jetzt da drunterliegt?« Das Herz hämmert ihm bei dem Gedanken in der Brust und scheint seiner Stimme alle Kraft zu rauben.

»Wir müssen Hilfe holen«, schlägt Manu sofort vor, als hätte sie darauf gewartet, dass jemand genau das sagt.

»Am besten die Feuerwehr«, stimmt Fränkie ihr zu und sieht dabei Kupfer und Fozzie an. Kupfer hält den Kopf noch immer gesenkt und spielt weiter mit der Schuhspitze im staubigen Sand.

»Und was ist, wenn er … tot ist?« Diesen Klang in Fozzies Stimme hat Fränkie noch nie gehört – zaghaft, ängstlich, nicht wie Fozzie.

Fränkies Puls beschleunigt sich weiter, gleichzeitig beginnen seine Beine zu zittern. »Das …«, er muss mehrmals schlucken. »Wir müssen Hilfe holen.«

»Mein Alter schlägt mich tot.« Erst nachdem er es gesagt hat, hebt Kupfer den Kopf und sieht die anderen an. Seine Wangen sind nass. »Wenn Festus da drin liegt, und wir sind schuld, bringt er mich um.«

»Aber das weiß doch niemand, das von uns …«

Torsten sieht Fränkie mit gerunzelter Stirn an. »Das weiß niemand? Aber was willst du denen denn sagen, wenn du Hilfe holst? Ist doch klar, dass die Fragen stellen. So lange, bis sie die Wahrheit wissen.«

»Dann bin ich erledigt«, schluchzt Kupfer. »Wenn ihr jemandem was davon sagt, bringt er mich um.«

»Aber … wenn Festus wirklich da drin liegt?«, wendet Manu sich an Fränkie. »Wir können ihn doch nicht einfach da liegen lassen.«

»Wir … wissen es ja nicht.«

Ihre Augen werden groß. »Was soll das heißen?«

»Nichts. Nur, dass wir eben nicht wissen, ob er da drin ist.«

»Wenn wir jetzt Hilfe holen, und Festus ist gar nicht da drinnen, kommt raus, dass wir uns hier treffen und dass wir Festus die

*Mutprobe gestellt haben … Der Alte schlägt mich tot. Kein Quatsch.«
Noch immer laufen die Tränen über Kupfers Wangen. Geräuschvoll zieht er die Nase hoch.*

Fränkie schaut Torsten an, doch der zuckt nur mit den Schultern und weicht seinem Blick aus. Manu hält seinem Blick stand, aber sie sagt nichts mehr. Als Fränkie sich wieder Kupfer zuwendet, kann er in dessen Augen die unbeschreibliche Angst sehen, die er haben muss.

»Wir könnten doch selbst da reingehen und nach ihm suchen«, sagt Manu schließlich. Kupfer schüttelt den Kopf. »Auf keinen Fall gehe ich da rein. Schau dir doch mal an, wie es da drinnen aussieht. Das kracht sofort alles komplett zusammen, wenn wir da einen Fuß reinsetzen.«

Fränkie denkt daran, was passiert, wenn sie jetzt Hilfe holen und Festus dann irgendwo unter den ganzen Trümmern gefunden wird. Dann sind sie schuld an seinem Tod. Offiziell. Man wird sie wahrscheinlich von der Schule werfen, wahrscheinlich sind sie dann sogar vorbestraft, und sie haben keine Chance mehr auf einen guten Beruf und all das. Und wenn er nicht da drinnen liegt, sondern einfach abgehauen ist? Dann wird man ihnen die Schuld eben daran geben. Alle werden sagen, Festus ist abgehauen, weil er sich geschämt hat wegen der Mutprobe. Der Vater von Festus wird das nicht lustig finden. Seiner auch nicht. Und der von Kupfer erst …

Sie würden alle vier so oder so mächtig Ärger bekommen. Und wozu? Wenn der arme Kerl mit dem Dach zusammen abgestürzt und unter den Trümmern begraben ist, dann ist er jetzt tot. Dann hilft es ihm nichts mehr, wenn sie Mordsärger bekommen.

Und wenn er nicht abgestürzt ist, taucht er womöglich am nächsten Tag wieder auf und grinst in der Gegend herum, und sie haben trotzdem den Ärger. Fränkie kann es drehen und wenden, wie er will, er findet keine Lösung. »Fozzie, sag du auch mal was.«

»Ich weiß nicht. Denkst du, wenn der da runtergeknallt ist, kann der noch leben?«

Fränkie nickt, dankbar, dass er nicht als Einziger den Gedanken hatte. »Das habe ich auch gerade gedacht.«

Und dann sagt Torsten das, wovor Fränkie sich am meisten gefürchtet hat: »Du bist der Anführer. Entscheide du, was wir tun sollen.«

Ja, er ist der Anführer. Und er muss eine Entscheidung treffen. Dafür oder dagegen, Hilfe zu holen. Für oder gegen die winzig kleine Chance, Festus unter all dem Schutt da drinnen lebend zu bergen. Wenn er überhaupt da drinnen ist. Vielleicht zwei, drei Stockwerke tiefer, auf sich Berge von Steinen und Balken. Dafür oder dagegen, ihre Zukunft zu ruinieren, vielleicht für nichts.

Er sieht noch einmal langsam einen nach dem anderen an, dann atmet er tief durch.

»Okay. Kein Wort zu niemandem. Wir verschwinden.«

17 – 21:24 Uhr

»Wie, zwei von uns spielen falsch? Was soll das heißen?« Jens sah von einem zum anderen, so, als sei er der Einzige, der *nicht* wusste, was damit gemeint war.

»Das war doch eindeutig. Was gibt es daran nicht zu verstehen?« Anders als bei Jens schwangen in Torstens Stimme weder Unsicherheit noch Fragen mit. »Ich hatte von Anfang an die Vermutung, dass hier nicht alle mit offenen Karten spielen. Fragt sich nur, wer die zwei sind, von denen der Roboter-Freak da gerade gesprochen hat. Oder besser gesagt: Wer außer mir spielt *nicht* falsch?«

In diesem Moment fiel Franks Handydisplay aus. Als er überrascht den kleinen dunklen Bildschirm betrachtete, bemerkte er aus den Augenwinkeln eine Bewegung. Er hob den Kopf und registrierte, dass Torsten sich über den Tisch beugte. Schnell schnappte er sich das Stethoskop und richtete sich wieder auf. »Das nehme ich mit. Zwei von euch werden es ja wohl eh nicht brauchen.« Dabei sah er Frank und Manuela an.

»Hey, leg das sofort wieder hin.«

Torsten grinste Manuela an. »Sonst was, kleine Manu?«

»Torsten«, startete Frank einen letzten Versuch. »Lass uns noch mal darüber reden. Es führt doch zu nichts, wenn wir jetzt anfangen, uns gegenseitig zu bekämpfen.«

»O doch, Fränkie-Boy. Es führt dazu, dass ich meine zwei Punkte bekomme.« Er nickte Jens zu. »Wenn du keiner von denen bist, die falsch spielen, dann komm mit.«

Damit verließ er den Raum. Jens folgte ihm, sah dabei aber alles andere als glücklich aus.

Als ihre Schritte im Flur verhallt waren, ließ Frank sich gegen die Rückenlehne des Stuhls fallen. Er fühlte sich kraftlos. Das Telefon warf er achtlos auf den Tisch, es nützte ihm nun nichts mehr. Nur am Rande nahm er wahr, dass Manuela sich neben ihn setzte. Er sah kurz zu ihr hinüber, in ihr von Schatten durchzogenes Gesicht, das nur noch vom Display ihres Telefons schwach beleuchtet wurde. Sie schwiegen.

Der Raum wirkte noch düsterer und kälter als zuvor. Frank zog die Enden der Decke dichter um sich. Erst jetzt bemerkte er, dass er leicht zitterte und dieses Zittern wie Wellen durch seinen Körper lief.

Alles um ihn herum wirkte wie mit einem schmutziggrauen Schleier bedeckt, fühlte sich fremd an. Eine Welt, in die er nicht gehörte. Selbst Manuela, die sich neben ihm auf dem Stuhl zusammengekauert hatte, erschien ihm wie ein fremdes Wesen. War sie das nicht auch? Was wusste er schon von ihr? Er hatte nur das Mädchen Manu gekannt. *Vor* dem schrecklichen Ereignis damals. Was hatte dieses Erlebnis über all die Jahre aus ihr gemacht? Wie sehr belastete es sie immer noch? Hatte sie heute manchmal noch Albträume? So wie er? Wachte auch sie immer noch schweißgebadet auf? Mit diesem Bild vor Augen? Dem Bild dieses armen Jungen – die Hose bis über den Bauchnabel gezogen, immer ein freundliches Grinsen auf den Lippen? Dem Bild eines Jungen, der nie in seinem ganzen Leben jemandem etwas zuleide getan hatte? Kannte auch sie das Gefühl, weinen, nein, schreien zu müssen vor Scham und schlechtem Gewissen? Was wusste er von Manuela nach der Sache mit Festus?

»Glaubst du, es sind Torsten und Jens? Waren sie eben gemeint?«, fragte Manuela in die bedrückende Stille hinein. Frank hob die Schultern. »Ich weiß nicht, was ich davon halten soll. Ich denke, der Kerl versucht uns gegeneinander aufzubringen. Er gibt uns diese angebliche Information, weil er möchte, dass wir uns gegenseitig verdächtigen. Ich glaube, wir haben es mit einem Psychopathen zu tun, der dabei zusehen möchte, wie wir uns bekämpfen, allein aus dem Grund, weil er Spaß daran hat. Es ist das Gleiche wie mit diesen Punkten. Dass nur zwei von uns morgen früh hier rauskommen.«

»Sein Plan scheint ja bisher zu funktionieren.«

»Ja, aber ich hoffe, Torsten beruhigt sich wieder und kommt zurück.«

»Und wenn nicht?«

»Daran möchte ich lieber nicht denken.«

Manuela strich mit einem Finger über das Telefon, das vor ihr auf dem Tisch lag und ihnen als einzige schwache Lichtquelle geblieben war. Dann nahm sie es in die Hand und schaltete die Beleuchtung aus. Sofort legte sich eine undurchdringliche Schwärze über den Raum. »Ich muss meinen Akku schonen, sonst haben wir nachher gar kein Licht mehr.«

Es war stockdunkel, und für Frank fühlte es sich so an, als sei sein Kopf mit einem lichtundurchlässigen schwarzen Tuch umwickelt. Als neben ihm ein schabendes Geräusch zu hören war, schrak er auf.

»Ich mach die Tür auf«, hörte er Manuela neben sich sagen. »Vielleicht kommt noch ein wenig Licht vom Flur herein.«

Tatsächlich drang ein Hauch grünlichen Schimmers in den Raum, nachdem Manuela die Tür geöffnet hatte.

Er reichte nicht aus, ihr Gesicht zu erkennen, als sie wieder neben ihm saß, aber zumindest ihre Konturen konnte er erahnen.

»Ich glaube nicht, dass Torsten es sich anders überlegt. Er war doch von Anfang an gegen alles und jeden«, knüpfte sie an ihre Unterhaltung an.

»Trotzdem. Er kann doch nicht ernsthaft glauben, dass zwei von uns mit diesem Psychopathen unter einer Decke stecken.«

Sie schwiegen, bis Manuela plötzlich völlig unvermittelt fragte: »Wie war es danach eigentlich für dich? Ich meine, nach dieser Sache damals. Hast du oft an Festus gedacht?«

»Ich habe jeden einzelnen Tag an Festus gedacht.«

»Ja, ich auch. Denkst du auch, wir hätten nicht weglaufen dürfen?«

Frank ließ sich mit der Antwort Zeit. »Es lässt sich leider nicht mehr ändern, und es macht das Ganze nicht besser, wenn man sich sagt, was man hätte tun sollen und was nicht. Das Einzige, was zählt, ist, was wir tatsächlich getan haben.«

»Und das war falsch. Wenn wir da reingegangen wären und ihn gefunden hätten, selbst, wenn er da schon tot war, dann wüssten wir heute wenigstens, dass wir ihm nicht mehr hätten helfen können. Aber so … ich muss immer daran denken, dass er vielleicht noch gelebt hat und irgendwo eingeklemmt war. Und wir sind einfach weggelaufen.«

»Ja«, sagte Frank leise. »Obwohl ich mir nicht vorstellen kann, dass er es überlebt hat, wenn er tatsächlich auf dem Dach war, als es eingestürzt ist.«

»Hast du jemals mit jemandem darüber gesprochen?«

»Nein.«

Sie schürzte die Unterlippe. »Auch nicht mit einem Arzt? Einem Psychiater?«

»Nein, auch nicht. Du?« Sie schüttelte hastig den Kopf.

»Das wirkt ehrlich gesagt nicht sehr überzeugend.« Frank glaubte zu erkennen, dass sie auf den Tisch vor sich starrte.

»Du hast recht. Ich … war in psychotherapeutischer Behandlung. Da war ich gerade achtzehn. Meine Eltern hatten darauf bestanden, wegen meiner schlimmen Albträume und weil sie der Meinung waren, dass ich mich seltsam benahm. Sie wussten ja nichts von der Sache mit Festus. Dieser Therapeut hat mich in Hypnose versetzt, um herauszufinden, was mit mir los ist.«

»Und?«, hakte Frank ungeduldig nach, als eine längere Pause entstand. »Hast du ihm von Festus erzählt?«

»Ich weiß nicht, ob ich ihm davon erzählt habe. Er hat Festus anschließend nicht erwähnt, nur, dass ich wohl traumatische Erlebnisse gehabt hätte, die zu meinen Albträumen führten. Ich konnte ihn ja schlecht danach fragen.«

»Hm …«, machte Frank. »Seltsam. Und dann?«

»Er hat mir pflanzliche Medikamente verschrieben und wollte gleich mehrere Termine mit mir vereinbaren, aber ich bin nicht mehr hingegangen.«

Franks Verstand arbeitete auf Hochtouren. Es gab also vielleicht noch jemanden, den er nicht kannte, der von der Sache mit Festus wusste. War das der Schlüssel zu all dem? Aber welchen Grund sollte ein Psychotherapeut haben, dieses abartige Spiel mit ihnen zu inszenieren?

»Wer war dieser Therapeut?«

»Ich habe seinen Namen vergessen. Er hatte seine Praxis damals im Saarland, in Merzig.«

»Denkst du, dieser Mann könnte hinter der ganzen Sache hier stecken?«

»Das ist eher unwahrscheinlich. Er war damals um die 60, er müsste heute also fast 90 sein.«

Frank wusste nicht, ob ihn diese Information nun beruhigte oder noch nachdenklicher stimmte. Zumindest schien sein spontaner Verdacht sich als falsch herauszustellen.

»Frank?« Manuela beugte sich vor. »Bitte sei ehrlich: Spielst du falsch? Weißt du mehr als ich?«

»Nein.«

»Gut, das wollte ich nur wissen.«

Ein Geräusch, das durch die offene Tür zu ihnen hereindrang, ließ Frank aufhorchen. Das leise Wimmern neben ihm sagte ihm, dass Manuela es auch gehört hatte. Es war ein Rauschen, wie eine noch entfernte, aber gleichzeitig riesige Welle … Ja, das war es. Ein Rauschen, aus tausenden und abertausenden kleinen Geräuschen zusammengesetzt. Ein Trippeln. Das Trippeln vieler kleiner Füße. Es wurde schnell lauter.

Die Ratten. Sie waren frei, und sie kamen.

18 – 22:06 Uhr

»O mein Gott«, stieß Manuela aus. »Jemand hat die Ratten freigelassen.« Im nächsten Moment leuchtete das Display ihres Telefons auf. Sie sprang auf, rannte zur Tür und schlug sie zu. Dann lehnte sie sich schweratmend mit dem Rücken dagegen, als müsse sie sie zur Sicherheit zuhalten.

Auch Frank stand auf. Er nahm Manuelas Telefon vom Tisch und ging durch die zweite Tür in den angrenzenden Waschraum. Von dort führte eine weitere Tür in den Gang, sie war jedoch verschlossen. Als er zurückkam, stand Manuela noch immer an der gleichen Stelle. »Ich …«, sie schluckte mehrmals. »Ich kann da nicht mehr raus, solange diese Viecher da herumlaufen.«

»Ich frage mich, wer sie freigelassen hat«, sagte Frank grimmig und legte das Telefon auf den Tisch zurück. »Denkst du, es waren Torsten und Jens?«

»Ist schon ein verblüffender Zufall, dass die Ratten ein paar Minuten nach ihrem Verschwinden wieder frei sind, findest du nicht? Und die beiden wissen, dass ich panische Angst vor Ratten habe und mich jetzt nicht mehr in den Gang traue. Das ist …«

Manuela stockte, drehte sich zur Seite und legte ein Ohr gegen die Tür. »Sie sind da, direkt vor der Tür. Ich kann sie hören. Gott, ist das ekelhaft.« Mit einem Ruck stieß sie sich ab, ging zum Tisch zurück und setzte sich. Im nächsten Augenblick sprang sie wieder auf, setzte sich nun auf den Tisch und zog die Knie an. Frank ließ sich auf den

Stuhl fallen, von dem Manuela gerade aufgesprungen war, und sah sie an.

»Das Stethoskop gehört mir, ich habe es gefunden.« Frank nickte. »Wir haben es gemeinsam gefunden. Auf jeden Fall gehört es nicht Torsten. Aber er sieht das wohl anders, und ich wüsste nicht, was wir daran ändern …«

»HIER IST DIE ZWEITE AUFGABE DIESER NACHT, SPIELER.«

Es war wieder die elektronische Stimme, und sie kam Frank dieses Mal noch lauter vor. Manuela rutschte auf dem Tisch ein Stück nach vorne, tastete stumm nach Franks Hand und hielt sie fest.

»DU HAST DAMALS FALSCH GESPIELT. ERZÄHLE ES DEN ANDEREN, UND DU BEKOMMST EINEN PUNKT. DU HAST NUR EINEN VERSUCH. SAG DIE WAHRHEIT, SONST GEHT DER PUNKT AN EINEN DER ANDEREN.«

Wieder folgte das trockene Knacken, und die Lautsprecher verstummten.

»Was meint er damit?«, fragte Manuela zaghaft. Sie hielt Franks Hand noch immer umklammert.

»Ich denke, die interessantere Fragestellung ist: Wen meint er damit? Hieß es nicht vorhin noch, dass zwei von uns falsch spielen?«

»Ja, aber da hieß es auch: damals und heute. Vielleicht meint er, einer von uns hätte damals falsch gespielt und einer heute?«

Frank hielt es nicht mehr auf dem Stuhl. Er ließ Manuelas Hand los und stand auf. Er brauchte Bewegung, wenn er über komplizierte Dinge nachdenken musste. Beate machte sich immer über ihn lustig, wenn er zu Hause begann auf- und abzugehen und sich dabei womöglich noch über die Stirn zu reiben – eine weitere seiner Angewohnheiten.

Manuela sah ihm dabei zu, wie er langsam um den Tisch herumging. Als er wieder vor ihr angekommen war, blieb er stehen. »Im Grunde könnte jeder von uns gemeint sein. Wer weiß? Vielleicht habe ich damals irgendetwas getan, was für mich vollkommen normal war, was dieser Kerl aber als falsches Spiel betrachtet.«

Frank fuhr zusammen. Von draußen waren schnelle Schritte zu hören, dazwischen lautes Getrampel. Dumpfe Wortfetzen, unverständlich, lauter werdend. Mit einem Schlag wurde die Tür aufgestoßen, Torsten stürmte laut fluchend in den Raum, dicht gefolgt von Jens. Einige schwarze Schatten waren mit den beiden hereingehuscht, was Manuela hysterisch aufschreien ließ. Sofort nachdem Jens im Raum war, schob Torsten die Tür wieder zu. »Verdammte Scheiße, diese Drecksviecher sind höllisch aggressiv.«

Manuela war nun auf dem Tisch aufgesprungen und begann hektisch darauf herumzulaufen: »Nein! Nicht! Geht weg! Hilfe! Helft mir! Hilfe! Sie beißen mich. Weg! Weg!«, schrie sie außer sich.

»Hör auf«, brüllte Torsten gegen sie an, doch Manuela schien ihn gar nicht wahrzunehmen, schrie immer lauter.

Torsten packte Manuela am Unterarm und zog sie mit einem Ruck grob zu sich herunter. Sie landete in der Hocke, fiel dann auf die Knie und stieß einen Schmerzenslaut aus. Torsten ignorierte es, sein Gesicht war nur noch Zentimeter von ihrem entfernt, als er sie anbrüllte: »Halt sofort dein verdammtes Maul, oder ich stopfe es dir.« Manuela verstummte schlagartig. Sie starrte Torsten mit weitaufgerissenen Augen an, ihre Brust hob und senkte sich schnell. Selbst das hektische Getrippel der Ratten beachtete sie nicht.

Sekundenlang starrten die beiden sich an, während Frank sich langsam aus seiner Erstarrung löste. Er hatte befürchtet, Torsten würde Manuela ernsthaft verletzen, und war drauf und dran gewesen dazwischenzugehen. Manuelas Mundwinkel begannen zu zittern, dann sank sie in sich zusammen wie eine Marionette, deren Fäden durchtrennt worden waren. Frank wollte zu ihr, doch wieder stockte er. Torsten zog Manuela langsam zu sich hoch. »Hey, schon gut. Alles gut. Das musste sein. Sie tun dir nichts.« Es klang unbeholfen, so, als habe Torsten keine Erfahrung mit tröstenden Worten, und noch unbeholfener sah es aus, als er ihr die freie Hand auf den Kopf legte und wiederholte: »Alles ist gut.«

Auf Frank wirkte das eigenartig, fast skurril. Dort stand dieser Kerl, der bisher keine Gelegenheit ausgelassen hatte, seine gehässigen Kommentare gegen sie alle abzulassen, der Manuela gerade noch grob am Arm gepackt und sie angebrüllt hatte. Und jetzt versuchte er, ihr Trost zu spenden. Torsten wurde von Minute zu Minute unberechenbarer.

»Au! Verdammter Mist«, stieß Jens aus und stampfte mit dem Fuß auf. Es knackte. Unter seinem Schuh hatte er eine Ratte zerquetscht. Das Geräusch jagte Frank einen Schauer über den Rücken. Verzweifelt kämpfte er dagegen an, sich übergeben zu müssen.

»Das Mistvieh hat mich gebissen. Diese elenden, verdammten Drecksviecher.« Wieder trat Jens zu, traf die nächste Ratte aber offensichtlich nicht richtig, denn sie quietschte auf und huschte davon. Manuela hatte den Kopf gehoben und gab leise winselnde Geräusche von sich, während sie Jens beobachtete. Torsten schob sie ein Stück von sich weg und betrachtete ihr Gesicht. »Alles okay?«

Als sie zaghaft nickte, ließ er sie los und wandte sich Frank zu. »Ihr habt die Durchsage auch gehört, schätze ich.«

»Ja, haben wir.«

»Und? Habt ihr eine Idee, was der Kerl von uns will?«

Frank sah zu Manuela. Sie hatte sich wieder auf die Tischplatte gesetzt und die Beine angezogen. Die Arme hatte sie um die Unterschenkel geschlungen und die Wange auf die Knie gelegt. Sie wirkte apathisch.

»Ich denke, jemand von uns hat damals wohl etwas getan, irgendetwas, was für diesen Kerl falsches Spiel bedeutet.«

»Aha. Und was heißt das jetzt deiner Meinung nach für die Aufgabe?«

»Das heißt, jeder von uns kann gemeint sein. Deshalb sollte sich jeder überlegen, was das sein könnte. Woher dieser Kerl diese Information haben könnte. Und dann den anderen von seinem vermeintlich falschen Spiel erzählen.«

»Ah, wir spielen also eine Runde *Sag die Wahrheit.* Und? Fällt dir dabei was auf, Fränkie?« Torsten ließ seinen Blick durch den Raum schweifen. »Bestimmt, oder? Der Kerl muss alles hören, was wir uns erzählen, sonst kann er nicht wissen, ob der, den er meint, auch das erzählt, was er erzählen soll. In diesem Scheißbau muss es überall Mikrophone geben, er hört also die ganze Zeit unsere Gespräche mit.«

Frank nickte. »Ja, der Gedanke ist mir auch schon gekommen.« Er ließ seinen Blick durch den Raum wandern. »Aber darauf kommt es jetzt auch nicht mehr an.«

»Dieses Arschloch. Und woher er seine Informationen hat, liegt doch auf der Hand. Ich bleibe dabei: Es ist Festus, der dieses Scheißspiel mit uns treibt.«

»Er ist tot, verdammt.«

Torsten schüttelte den Kopf. »Ist er nicht.«

Frank sah zu Jens hinüber, der sich an die Wand gelehnt hatte und ihr Gespräch teilnahmslos verfolgte, gerade so, als hätte er mit all dem nichts zu tun.

»Das passt doch nicht zusammen«, fuhr Frank fort. »Wenn das wirklich Festus wäre, warum sollte er dann ausgerechnet demjenigen einen seiner dämlichen Punkte geben, der damals angeblich falsch gespielt hat? Was ist das denn für eine Logik?«

»Die Logik eines Idioten«, antwortete Torsten. Dem wusste Frank nichts mehr entgegenzusetzen.

Torsten schaltete sein Telefon an und hielt es so in die Höhe, dass der Betonboden angeleuchtet wurde. »Ich schlage vor, wir kümmern uns erst mal um die Ratten hier drin.«

Mit einem Seitenblick stellte Frank fest, dass Manuela sich nicht regte. »Ja, scheuchen wir sie nach nebenan in den Waschraum und schließen die Tür.«

Sie begannen die Tiere – es waren ungefähr zwei Dutzend – in Richtung Waschraum zu treiben. Auch Jens erwachte nun aus seiner Erstarrung und half ihnen. Allerdings gab er sich nicht damit zufrieden, die Ratten vor sich her zu treiben, sondern versuchte, sie zu zertreten. Er schaffte es, eine in eine Ecke zu drängen, und trat sofort zu. Wieder fuhr Frank unter dem schmatzenden Geräusch zusammen. »Muss das sein?«, fuhr er Jens an.

»Ja, muss es«, antwortete der. »Zwei der Viecher haben mich gebissen.«

Schließlich hatten sie es geschafft, und Frank schloss schnell die Tür, bevor die Tiere wieder zurücklaufen konnten. Torsten klatschte in die Hände. »Das wäre erledigt, die Viecher sind wir erst mal los. Kümmern wir uns jetzt um die Aufgabe.«

Manuela hatte sich wortlos aufgerichtet. Nun schob sie sich ein Stück nach vorne und ließ die Beine vom Tisch baumeln, den Blick auf den Boden vor sich gerichtet. Frank schob sich einen Stuhl schräg neben ihr zurecht und setzte sich.

»Ihr seid also wegen der Aufgabe zurückgekommen?«

»Ja. Diese Blechstimme hat doch gesagt, man muss allen was erzählen, sonst gibt es keinen Punkt. Also tun wir uns für diese Aufgabe noch mal zusammen.«

»Wo ist das Stethoskop?«

»Was?«

Frank lehnte sich nach vorne und legte die Unterarme auf dem Tisch ab. »Ich denke, du hast mich verstanden. Der Punkt gehört dir nicht.«

Auch Manuela wandte sich nun Torsten zu und sah ihn erwartungsvoll an.

»Erst möchte ich wissen, was jeder zu beichten hat. Und weil unsere kleine Manu das Stethoskop haben möchte, fängt sie am besten gleich mal an.«

Bevor Frank Torsten auffordern konnte, nicht vom Thema abzulenken, sagte Manuela ohne Zögern mit monotoner Stimme: »Ich habe damals vielleicht jemandem von der Sache mit Festus erzählt. Einem Psychotherapeuten. Er hat mich hypnotisiert. Da war ich 18. Zufrieden?«

»Wie, vielleicht? Hast du oder hast du nicht?«

Der Blick, mit dem sie Torsten ansah, wirkte leer, ihre Stimme blieb monoton. »Ich weiß es nicht. Er sagte, ich hätte wohl ein traumatisches Erlebnis gehabt. Ob er damit das mit Festus meinte, weiß ich nicht. Ich bin danach nicht mehr hingegangen.«

»So, du hast es also weitererzählt. Und Fränkie hatte mich in Verdacht. Da sieht man mal wieder, dass Frauen geschwätzig sind.«

»Ich weiß nicht, ob ich es ihm gesagt habe«, protestierte Manuela aufgebracht, und nun war aus ihrer Stimme alle Monotonie verschwunden. »Und wenn ich es erzählt habe, dann war es unter Hypnose. Dafür kann ich nichts.«

»Ja, ich weiß. Frauen können nie was für ihr Geschwätz.«

Frank wunderte sich ein weiteres Mal über Torstens Sprunghaftigkeit. Erst brüllte er Manuela an und kugelte ihr fast den Arm aus, dann nahm er sie tröstend in den Arm und streichelte ihr den Kopf, um sie nur Minuten später wieder seine ganze Gehässigkeit spüren zu lassen.

Torsten sah sich in dem nur noch von Manuelas Telefon schwach beleuchteten Raum um. Er selbst hatte sein Telefon zwischenzeitlich ausgeschaltet. Sein Blick glitt über die Wände, zur Decke, zum Boden.

»Na, Festus?«, sagte er laut. »Hast du zugehört? War es das? Bekommt die kleine Manu jetzt den Punkt dafür, dass sie ihr Versprechen uns gegenüber gebrochen hat?«

Es folgte keine Reaktion, aber damit hatte Frank auch nicht gerechnet. Womit er jedoch gerechnet, was er sogar befürchtet hatte, das trat im nächsten Moment ein, als Torsten sich ihm zuwandte und sagte: »Na los, Fränkie. Du bist dran. Was ist dein dunkles Geheimnis? Sag die Wahrheit.«

Frank widerstand dem ersten Impuls, Torsten zu fragen, warum er nicht selbst zuerst erzählte. Aber es gab nur eines, was der Kerl meinen konnte, der ihnen diese Aufgabe gestellt hatte. Auch wenn Frank sich beim besten Willen nicht vorstellen konnte, wie er davon erfahren haben sollte. Er überlegte, wie er es am besten erklärte, warf Manuela noch einen Blick zu, den ihre müden Augen kaum erwiderten, und fing an, den anderen zu erzählen, was er damals getan hatte, als er wieder zu Hause war.

Während der Fahrt zurück nach Hause werfen sie sich immer wieder Blicke zu, aber niemand sagt etwas. Fränkies Gedanken tanzen einen wilden Reigen in seinem Kopf, während seine Füße mechanisch in die Pedale treten. Es wird nicht lange dauern, bis jemand den Einsturz des Daches bemerkt, auch wenn die Fabrik weit draußen liegt, an einer Stelle, wo selten jemand vorbeikommt. Und dann wird ganz schnell das Verschwinden von Festus mit dem Einsturz der Fabrikhalle in Verbindung gebracht werden.

Sie werden alles auf den Kopf stellen, und falls Festus dort irgendwo unter den Trümmern liegt, werden sie ihn finden, denkt Fränkie. Dann werden sie nachforschen, was Festus dort in der baufälligen Halle gemacht hat. Irgendjemand wird die Fahne auf dem Dach entdecken und sich fragen, wem sie gehört.

Die Fahne. Sie ist ein echtes Problem. Es gibt ein paar Leute aus der Schule, die wissen, dass es ihre Bandenfahne ist, und vielleicht wird einer von ihnen auf die Idee kommen, Festus könnte bei ihnen rumgehangen haben. Und dann werden sie Probleme bekommen. Richtige Probleme.

Fränkie denkt an seinen Vater, den Bankdirektor Diether mit »h« Geissler, 43, Vorstandsvorsitzender und damit Herr über mehr als 300 Angestellte einer Trierer Regionalbank mit zwei Dutzend Filialen. Fränkie denkt daran, was er ihm immer wieder sagt: Ich weiß, dass Jungs in deinem Alter Quatsch machen, das habe ich als Junge auch getan. Aber du darfst niemals etwas tun, das unserer Familie schadet.

All das geht Fränkie durch den Kopf, während sie die Straße entlangradeln. Und dann ist da der Gedanke, dass sicher auch die Polizei eingeschaltet werden wird.

Die Polizei. Fränkie spürt deutlich die Faust, die sich in seinen Bauch bohrt und einfach nicht damit aufhören will, gegen seine Eingeweide zu drücken.

Als sie an der Stelle ankommen, an der Fozzie abzweigen muss, halten sie an. Fränkie schaut in die Gesichter der anderen, sie sind ernst, wirken bleicher als sonst. Älter.

»Okay«, sagt er. »Wir fahren jetzt nach Hause und werden kein Wort über Festus verlieren.«

»Und was sollen wir sagen, wo wir gewesen sind?«, fragt Fozzie. »Wir haben doch gesagt, dass wir Festus suchen.«

Fränkie denkt darüber nach.

»Wir sagen einfach, wir sind in der Gegend herumgefahren und haben ihn gesucht«, schlägt Kupfer vor.

»Und wenn uns jemand gesehen hat?«, wendet Manu ein. »Wir sollten zumindest da die Wahrheit sagen.«

Fozzie spielt mit seiner Vorderradbremse herum. »Wie, die Wahrheit?«

»Na, dass wir an der Fabrik waren und dass die eingestürzt ist.«

Fozzie tippt sich gegen die Stirn. »Aber dann fangen die doch sofort an, da zu suchen.«

»Das werden sie sowieso.«

Fränkie sieht Manu an und nickt. »Ja, aber erst, wenn jemand den Einsturz entdeckt hat. Wir sagen einfach, dass wir ein bisschen rumgefahren sind und die Augen offen gehalten haben. Aber wir haben Festus nirgends gesehen.«

Es fühlt sich falsch an, was er da sagt. Alles. Sie reden vielleicht über den Tod eines behinderten Jungen und tun dabei so, als ginge es darum, den Eltern zu verheimlichen, dass sie geraucht haben.

Er hasst sich in diesem Moment dafür.

Alle schauen ihn an, und Fränkie wird sich seiner Rolle als Anführer bewusst. Er lehnt sich ein Stück über die Lenkstange und streckt den rechten Arm nach vorne, die Handfläche nach unten. Fozzie legt als Erstes seine fleischige Hand darauf, dann Kupfer und schließlich Manu. Sie alle schauen Fränkie an. »Kein Wort zu niemandem. Niemals«, sagt er feierlich. »Ich schwöre.«

Und alle vier wiederholen sie im Chor: »Kein Wort zu niemandem. Niemals. Ich schwöre.«

Eine knappe halbe Stunde später bricht Fränkie den Schwur.

19 – 22:25 Uhr

»Ihr wisst ja wahrscheinlich noch, dass mein Vater damals einen verantwortungsvollen Posten bei der Bank hatte. Er war für mich ein guter Vater, mit viel Verständnis für die Dinge, die einen Jungen so umtreiben und die man so anstellt in dem Alter.«

Torsten ließ die flache Hand auf die Tischplatte fallen, woraufhin alle zusammenzuckten. »Ach komm, Fränkie, willst du uns jetzt deine Lebensgeschichte erzählen? Das interessiert doch keinen hier. Komm zur Sache. Was hast du damals gemacht?«

Frank nervten Torstens unnötige, laute Aktionen, und immer mehr hatte er Mühe, seine Wut nicht zu zeigen. »Wenn es dir zu langsam geht, dann bitte, ich lasse dir gerne den Vortritt mit deiner Geschichte. Und ich kann dir sogar versprechen, dass ich dir nicht nach zwei Sätzen schon ins Wort fallen werde. Also?«

Torsten senkte den Kopf und winkte ab. »Ja, ja, ja. Also hören wir uns die Familiengeschichte der Geisslers an. Wir haben ja auch unendlich viel Zeit. Wir müssen ja in dieser Nacht nur noch drei Aufgaben lösen, wenn wir nicht umgebracht werden wollen.«

Frank atmete ein paarmal tief durch. »Was ich sagen wollte, ist …« Er versuchte gegen den plötzlichen Schluckreflex anzukämpfen, aber der war so stark, dass er ihm nachgeben musste. »Ich habe meinem Vater damals alles erzählt. Gleich als ich nach Hause gekommen bin.«

Wieder ein lauter Knall, noch lauter als zuvor. Frank sah

Torstens Hand auf dem Tisch liegen, und mit einem Mal war es so, als lege sich ein roter Schleier über sein Bewusstsein. »Jetzt reicht's mir aber mit dieser Scheißklatscherei und -knallerei«, schrie er Torsten an, der überrascht ein Stück zurückwich. »Verdammter Mist, was zum Teufel ist mit dir los? Hast du sie nicht mehr alle oder wa…« Weiter kam er nicht. Mit einer Geschwindigkeit, die er ihm nicht zugetraut hätte, schoss Torstens riesige Pranke auf Frank zu und schloss sich im nächsten Moment um seinen Hals. Es fühlte sich an wie ein zu enger Eisenring und schnürte ihm augenblicklich die Luft ab.

»Pass auf, was du sagst, Fränkie-Boy.« Torstens Gesicht war nur Zentimeter von seinem eigenen entfernt. Einige Speicheltröpfchen schossen auf Franks Wange. »Sonst könnte es sein, dass ich mich vergesse und wir die Punkte nur noch zu dritt aufteilen müssen.«

Frank hob hektisch die Hände und versuchte, den Griff um seinen Hals zu lockern, aber Torstens Finger gaben keinen Millimeter nach. Er musste husten, doch heraus kam nur ein Würgen, und dann waren da unvorstellbare Schmerzen. *Er wird mich umbringen*, dachte Frank panisch. *Ich werde sterben.* Er bemerkte, dass seine Füße unter dem Tisch in einem wilden Stakkato auf den Boden schlugen, sich dann gegen den Beton stemmten und versuchten, den Stuhl zurückzudrücken. In einem entfernten Winkel seines schwindenden Bewusstseins nahm er Schreie wahr. Schatten tanzten um ihn, die Welt schien in einem Chaos aus Geräuschen, blitzartigen Bildern und dunklen Farben zu versinken … Dann war er plötzlich wieder frei.

Gierig sog er Luft ein, was die Schmerzen im Hals noch verstärkte, aber das war ihm egal. Atmen, er musste tief und schnell atmen, Luft in seine Lunge pumpen. Langsam gelang es ihm, das, was um ihn herum geschah, wieder wahrzunehmen. Torsten saß auf seinem Stuhl, den Blick starr auf ihn gerichtet. Neben ihm stand Manuela, die Handflächen auf dem Tisch abgestützt. Jens war nicht zu sehen. Er saß wahrscheinlich neben ihm, aber Frank traute sich nicht, den Kopf zu drehen. Er befürchtete eine neue Schmerzwelle, wenn er es versuchte.

»So, du hast uns also verraten«, sagte Torsten grimmig. Seinen Angriff erwähnte er nicht mehr, als sei die Sache für ihn erledigt.

»Was …« Frank musste wieder husten, doch anders als kurz zuvor ging es nun, verursachte ihm aber stechende Schmerzen im Hals. »Was sollte das gerade? Wolltest du mich umbringen?«

»Nein, ich wollte dir zeigen, dass ich es jederzeit könnte. Du solltest es dir also gut überlegen, bevor du wieder anfängst, wie blöd herumzuschreien und mich zu beleidigen. Und jetzt lenk nicht ab. Du hast uns verraten, du scheinheiliger Lügner. Und vor ein paar Stunden hast du mir noch unterstellt, ich hätte jemandem was davon erzählt. Das ist ja wohl das Allerletzte. Dagegen ist unsere Manu der reinste Engel.«

Frank sah Manuela an, die sich in diesem Moment wieder aufrichtete. Trotz des wenigen Lichts nahm er die dunklen Flecken um ihren Mund herum wahr. Mit einem Ruck beugte er sich ein Stück weit nach vorne, was sein malträtierter Hals mit einem schmerzhaften Stechen quittierte. »Was hast du da? Was ist das? Blut?«

Manuela sagte nichts, an ihrer Stelle erwiderte Torsten: »Manu wollte dir helfen und hat auf mich eingeschlagen. Da ist mir die Hand ausgerutscht.«

»Du …« *Arschloch*, wollte Frank sagen, konnte es sich

aber im letzten Moment noch verkneifen. Eine handgreifliche Auseinandersetzung mit Torsten hatte ihm gereicht.

Stattdessen stand er auf und ging um den Tisch herum zu Manuela. Als er neben ihr war, nahm er den Geruch des Kittels wieder ganz intensiv wahr. Manuela sah ihn nicht an, sondern senkte den Kopf, aber Frank legte ihr einen Finger unter das Kinn und hob ihren Kopf vorsichtig an. Sie ließ es geschehen. Ihre Lippe war offensichtlich an ein oder zwei Stellen aufgeplatzt. Sonst konnte er keine Verletzungen entdecken. »Tut es sehr weh?« Sie bewegte wortlos den Kopf einmal hin und her. Frank streichelte ihr über die Wange, wandte sich ab und ging zu seinem Platz zurück.

Torsten stieß ein humorloses Lachen aus. »Gut, du lernst. Also, kommen wir zu deinem Verrat zurück. Erzähl uns wenigstens, warum du es gemacht hast. Hattest du Schiss?«

Frank hätte Torsten am liebsten gesagt, dass er sich verpissen solle. Aber es würde nichts bringen. In dieser Nacht stand zu viel auf dem Spiel, um einem spontanen Impuls nachzugeben. Dass es nichts brachte, hatte er ja eben am eigenen Leib zu spüren bekommen.

»Ich habe es meinem Vater nur für den Fall erzählt, dass Festus gefunden worden wäre«, erklärte er deshalb. »Und es ging dabei nicht um mich, sondern um meinen Vater und meine ganze Familie. Wenn rausgekommen wäre, dass ich da mit drinstecke, hätte ihn das damals den Job kosten können. Ich war es ihm schuldig, die Wahrheit zu sagen und ihm die Chance zu geben zu handeln. Es war kein Spaß. Er war unglaublich wütend. Es war das erste Mal, dass er mich fast geschlagen hätte, so außer sich war er. Aber ich weiß, er hat es für sich behalten.«

»Ja, genau, ganz bestimmt, und deshalb haben wir jetzt diesen Irren hier und sein mieses Spiel. Wahrscheinlich weiß dieser Psycho alles von deinem Vater. Oder von jemand anderem, dem dein Vater alles brühwarm erzählt hat. Na, den Punkt hast du dir redlich verdient! Hinterhältiger und falscher geht's ja wohl nicht mehr.«

»Was?«, sagte Frank und legte sich eine Hand auf den schmerzenden Hals. »Jetzt ist es also auf einmal nicht mehr Festus selbst, der hinter all dem steckt?«

Torsten gab ihm keine Antwort, sondern winkte nur ab.

»Ich schätze, ich bekomme den Punkt«, kam es in diesem Moment leise von Jens. Alle starrten jetzt in seine Richtung.

»Wie kommst du denn auf die Idee?«, fragte Torsten in einem Ton, der vermuten ließ, dass er Jens nicht ernst nahm. Jens zuckte mit den Schultern. »Weil ich dafür gesorgt habe, dass Festus weggeschafft wurde.«

20 – 22:48 Uhr

Es herrschte absolute Stille. Was hatte Jens da gesagt? Frank versuchte, den Sinn dieser Worte zu verstehen, aber es gelang ihm nicht recht.

Manuela stand mit offenem Mund da, und im schwachen Licht sah es aus, als klaffe im unteren Teil ihres Gesichts eine ausgefranste Wunde. Auch Torsten war anzumerken, dass er nicht glauben konnte, was er eben gehört hatte.

»Was meinst du damit, dass Festus weggeschafft wurde?«, brachte Frank mühsam hervor.

Schlagartig wurde es dunkel im Raum, der Akku von Manuelas Telefon musste leer sein.

»Scheiße«, fluchte Torsten.

»Festus ist tot«, sagte Jens jetzt in die Dunkelheit hinein, was die Wirkung seiner Worte noch verstärkte. »Er lag in den Trümmern, und ich habe dafür gesorgt, dass er nicht gefunden wurde.«

»Mein Telefon ist auch leer«, sagte Frank langsam, unfähig, auf das zu reagieren, was Jens eben gesagt hatte.

Sekunden später leuchtete Torstens Display auf. Er warf das Telefon achtlos auf den Tisch. »Was redest du da? Woher willst du das denn wissen, Kupfer? Bist du jetzt vollkommen verrückt geworden?«

»Er ist tot.« Jens verzog den Mund zu einem schiefen Grinsen.

»Ich weiß nicht, was es da zu grinsen gibt«, sagte Frank ernst. »Und falls das jetzt ein Scherz gewesen sein soll, dann war es der idiotischste, den ich je gehört habe.«

Das Grinsen verschwand, Jens' Gesichtsausdruck war nun eher traurig. »Nein, leider ist es kein Scherz.« Er blickte zu Boden. »Ich fand es nur gerade ein bisschen komisch, dass wir fast das Gleiche getan haben, aber aus ganz verschiedenen Gründen. Und mit ganz unterschiedlichen Ergebnissen.«

Sein Kopf blieb gesenkt, die Sekunden vergingen unerträglich langsam, bis ein Knall Frank zusammenzucken ließ. Nein, kein Knall, sondern ein Klatschen. Torstens Hände. Frank registrierte es, aber jetzt war es ihm egal. Er konzentrierte sich voll und ganz auf Jens' Worte, denn das, was Jens da gerade angedeutet hatte, konnte die Antwort auf viele der Fragen sein, die sie sich im Laufe der letzten Stunden gestellt hatten.

»Also, was jetzt?«, wollte Torsten hörbar genervt wissen. »Nun sag schon.«

»Mein Vater ist damals kurz vor mir nach Hause gekommen. Er hat mich in der Küche abgepasst und wollte wissen, wo ich war. Ich habe mich nicht getraut, ihn anzulügen. Ich sagte ihm, dass Festus verschwunden war und wir ihn gesucht hatten. Dann wollte ich schnell in mein Zimmer gehen, aber der Alte hat mich festgehalten. Er hatte einen Riecher dafür, wenn ich ihm was verheimlichen wollte. Er fragte mich, ob ich wüsste, warum Festus verschwunden ist, und schickte gleich hinterher, dass ich mich auf was gefasst machen konnte, wenn ich ihn anlog.« Jens machte eine Pause und sah einen nach dem anderen an. »Ihr habt keine Vorstellung davon, wie das war, wenn er diese Wut im Gesicht hatte und das sagte. Aber wir hatten ja geschworen, nichts zu erzählen. Niemandem. Ich habe gesagt, ich wüsste nichts. Er hat es mir nicht geglaubt. Wie gesagt, er hatte einen Riecher für so was.«

Wieder machte er eine Pause, in der Frank nervös mit dem Fuß wippte und ungeduldig darauf wartete, dass Jens endlich weitersprach. Sogar Torsten blieb stumm.

»Als er mit mir fertig war, bin ich eine Weile auf dem Küchenboden liegen geblieben, weil ich mich kaum bewegen konnte.« Seine Stimme klang nun weinerlich. »Erst als ich dann aufstand, merkte ich, dass er nicht gegangen war wie sonst, sondern am Tisch saß und mich beobachtete. Er hat gewartet, bis ich stand. Dann ist er zu mir gekommen und hat mich am Oberarm gepackt. Sein Gesicht war noch genauso wutverzerrt wie zuvor, und er fragte mich wieder, ob ich mehr darüber wüsste. Ich … Ich …« Jens begann zu schluchzen, zog die Nase hoch, schluchzte weiter.

»Ich hatte solche Angst, dass ich es ihm gesagt habe.«

Einen Moment lang war Stille, dann sagte Torsten: »Du also auch! Ich fasse es nicht. Von allen bin ich der Einzige, der den Schwur nicht gebrochen und wirklich die ganze Zeit über den Mund gehalten hat.« Sein Blick wanderte zu Frank und heftete sich auf ihn. »Und ausgerechnet mich habt ihr verdächtigt, was ausgeplaudert zu haben. Ihr scheinheiliges Pack!«

»Ich glaube, Jens ist noch nicht fertig«, überging Frank die Provokation. »Oder? Jens?«

Jens schüttelte langsam den Kopf. »Nein, es stimmt, ich bin noch nicht fertig. Als mein Alter gehört hat, was passiert ist, hat er mir die Nase gebrochen. Aber das hatte er schon öfter getan. Ich war auf weitaus Schlimmeres gefasst, aber danach hat er sich wieder hingesetzt und das Gesicht in den Händen vergraben. Dann wollte er alles noch mal ganz genau hören, und ich habe ihm wieder alles erzählt. Das war nicht leicht mit gebrochener Nase. Er hat sich alles angehört, und dann hat er gesagt, er bringt mich um, wenn die den Jungen dort finden und er Ärger bekommt wegen mir. Er … hat es ganz ruhig gesagt und mir dabei in die Augen gesehen. Ich wusste, er meinte es ernst.«

Pause.

»Na toll. Dein Alter hat gedroht, dich umzubringen, wenn alles rauskommt. Es ist nichts rausgekommen, du lebst noch. Und du hast mich genauso beschissen wie die anderen beiden. Und dafür sollst du jetzt den Punkt bekommen?«

Torsten suchte mit den Augen nach den nicht sichtbaren Mikrophonen im Raum, die er in den Ecken vermutete, und begann zu schreien: »Und dafür soll dieses Arschloch einen Punkt bekommen? Einen, der ihm das Leben rettet? Oder das andere Arschloch? So bescheuert kannst doch selbst du nicht sein! Wer immer du auch bist.«

Wieder an Jens gewandt fuhr er leiser fort: »Und woher willst du jetzt so sicher wissen, dass Festus tot in den Trümmern gelegen hat? Wo ihn seltsamerweise niemand gefunden hat, obwohl die da tagelang jeden verdammten Stein umgedreht haben?«

»Ich habe es eben schon gesagt: Weil er weggebracht wurde. Weil mein Alter seine Leiche weggeschafft hat.«

»Was? Wo … wohin?« Frank war fassungslos.

»Ich weiß es nicht. Mein Vater hat beim Rausgehen gesagt, ich soll beten, dass noch niemand bei der Halle war und Festus gefunden hat. Irgendwann ist er dann zurückgekommen. Ich weiß nicht mehr, wie lange es gedauert hat. Er kam in mein Zimmer und sagte, Festus sei tot und er habe ihn weggeschafft. Mehr nicht. Und ich habe ihn nie mehr danach gefragt.«

»Du verdammtes Arschloch. Ich hätte die größte Lust, das nachzuholen, was dein dämlicher Alter dir damals nur angedroht hat.« Torsten war außer sich vor Wut.

»Aber … ich habe doch nichts anderes getan als Frank. Er hat es doch auch seinem Alten verraten. Wieso ist das bei mir jetzt plötzlich was anderes?«

Frank sah, wie Jens sich die Tränen von der Wange wischte. Er tat ihm nicht leid, im Gegenteil, auch er war ziemlich sauer auf Jens. »Es gibt einen entscheidenden Unterschied«, sagte Frank nun an Jens gewandt, und er spürte, dass man auch ihm seine Wut deutlich anhörte. »Kapierst du das nicht? Du hast uns die ganze Zeit über im Ungewissen gelassen. Unser ganzes Leben lang wussten wir nicht, was damals wirklich mit Festus passiert ist. Ob er vielleicht verletzt in den Trümmern gelegen hat und qualvoll gestorben ist, weil wir abgehauen sind und keine Hilfe geholt haben. Wir konnten nur Vermutungen anstellen. Warum zum Teufel hast du uns nicht gesagt, dass Festus tot ist? Und dass dein Vater seine Leiche beseitigt hat?«

»Weil ich Angst hatte. Außerdem, was hätte es denn geändert, wenn ihr gewusst hättet, dass er tot ist? Das war doch das Schlimmste, was wir uns vorstellen konnten.«

»Aber wir hätten es zumindest gewusst, verdammt nochmal. Und wir hätten mit diesem Wissen die Chance gehabt, irgendwann damit abschließen zu können und nicht immer wieder Albträume zu haben. Du hättest es uns sagen müssen.«

»Aber ich hatte Angst.«

»Ja, du hattest Angst«, sagte Torsten, und die ganze Verachtung, die er für Jens empfand, schwang in diesen Worten mit. »So wie du immer vor allem Angst hattest, du beschissener Feigling.« Dann hob er den Kopf und schrie mit aller Kraft: »Gib ihm seinen Scheißpunkt, du Psychopath! Mal sehen, wie lange er ihn behält.«

Und wieder an Jens gewandt fügte er hinzu: »Jetzt solltest du wirklich Angst haben. Du hast allen Grund dazu. Und nun verpiss dich.«

21 – 23:16 Uhr

Jens starrte erst Torsten an, dann Frank und Manuela, schließlich wieder Torsten. »Was heißt das? Wieso soll ich mich verpissen? Und außerdem hast du das nicht zu bestimmen. Was sagt ihr dazu? Frank? Manuela? Ich kann doch bleiben, oder? Ihr … ihr könnt mich doch nicht einfach so rauswerfen.«

Jens' Worte prallten an Frank ab. Ein seltsames Gefühl hatte von ihm Besitz ergriffen, etwas in ihm hatte sich in den letzten Minuten verändert, ohne dass er hätte beschreiben können, was genau. Es fühlte sich kühl an, nein, kalt. Aber es hatte nichts mit der Kälte zu tun, die in der Anlage herrschte.

Fast dreißig Jahre lang hatte er mit der Ungewissheit gelebt, ob Festus damals bei seiner Mutprobe mitsamt dem Dach eingestürzt und dabei ums Leben gekommen war oder nicht. Tagelang hatten Feuerwehr, THW und Polizei alles durchsucht, eine ganze Hundertschaft hatte jeden Zentimeter durchkämmt, sogar Suchhunde waren eingesetzt worden. Ohne Erfolg. Und dennoch hätte Festus irgendwo da unten liegen können, in einem Schacht, den man nicht gefunden hatte. Und genauso gut hätte es sein können, dass er weggelaufen war, vielleicht weil er sich dafür schämte, dass er zu feige gewesen war, die Mutprobe überhaupt zu versuchen. Wie weit wäre er dann wohl gekommen? Ein dreizehnjähriger Junge mit dem Verstand eines kleinen Kindes? Wieder und wieder hatte Frank in all den Jahren mögliche Szenarien durchgespielt, in seinen

Gedanken, in seinen Träumen. Und dabei nicht gewusst, was Jens ihnen die ganze Zeit über verschwiegen hatte. Dass Festus tot war. Jens hätte ihm und den anderen dreißig Jahre Qual mit einem einzigen Anruf ersparen können. Ja, sie war schlimm, die Gewissheit, dass Festus bei dem Versuch, ihre dämliche Mutprobe zu bestehen, gestorben war. Aber es war etwas, womit er sich auf irgendeine Art arrangieren, womit er leben konnte. Nein, er konnte, er *wollte* Jens nicht verzeihen, was er ihm und den anderen durch sein Schweigen angetan hatte. Zumal es in dieser Nacht um alles ging. Um sein Leben. Und das seiner Frau und seiner Tochter. Nein, er würde keine Rücksicht mehr nehmen auf Menschen, die selbst rücksichtslos waren.

»Es ist besser, du gehst«, sagte er tonlos. Und gleich darauf zu Torsten: »Wo ist das Stethoskop?«

Torsten atmete schnaubend aus. »Du gibst es nicht auf, oder? Gut, Fränkie-Boy, dann sage ich dir was: Ich habe mir eben ernsthaft überlegt, es euch zurückzugeben. Nachdem ich jetzt aber weiß, dass ihr mich alle drei beschissen und hintergangen habt, ist es wohl nur fair, wenn ich es als kleine Wiedergutmachung behalte.«

»Nein, das ist nicht fair«, meldete sich Manuela zu Wort. »Ich habe niemanden hintergangen, zumindest nicht wissentlich. Aber das interessiert dich wohl nicht.«

Torsten lehnte sich zurück. »Richtig, kleine Manu, es interessiert mich nicht.«

»Dann hau du auch ab«, sagte Frank, wobei ihm im gleichen Moment klarwurde, dass er nicht mit Manuela allein in diesem Raum bleiben konnte. Sie hatten beide kein funktionierendes Telefon mehr, und bei geschlossenen Türen würde es stockdunkel sein.

»Das hätte ich sowieso getan.« Torsten stand auf. Ohne

sie eines weiteren Blickes zu würdigen, nahm er sein Telefon und ging zur Tür. Neben Jens blieb er stehen und sagte: »Viel Spaß mit deinem Punkt, du hast ihn dir redlich verdient. Aber pass auf ihn auf. Und auf dich. Hier kann man niemandem trauen.«

Er öffnete die Tür und ging hinaus, ohne sie hinter sich zu schließen. Einige Sekunden lang war es dunkel im Raum, etwas rumpelte dort, wo Manuela zuletzt gestanden hatte, dann leuchtete das Display von Jens' Handy auf. Manuela saß wieder auf dem Tisch, die Augen angstvoll auf den Eingang gerichtet.

»Ihr habt kein Licht mehr, wenn ich gehe.«

»Aber ich habe auch keine Ruhe mehr, wenn du bei uns bleibst«, erwiderte Frank und beobachtete, wie zwei Ratten durch die geöffnete Tür hereinhuschten. »Wer weiß, was du aus Angst noch alles …«

»DU HAST DEINE AUFGABE ERFÜLLT, SPIELER«, tönte die blecherne Stimme aus den Lautsprechern und ließ die drei zusammenfahren. »DEIN PUNKT WARTET AM EINGANG AUF DICH.«

Jens sprang auf. »Damit bin ja wohl ich gemeint. Dann seht eben zu, wie ihr im Dunkeln klarkommt. Ihr seid selbst schuld. Ich gehe jetzt meinen Punkt abholen. ICH werde auf jeden Fall überleben.«

Er wich einer weiteren Ratte aus, die durch den Eingang getippelt kam, und drehte sich noch einmal um. »Habt ihr euch mal überlegt, dass wir Torstens Geschichte noch gar nicht gehört haben?«

»Das spielt keine Rolle mehr«, sagte Frank. »Wir haben deine gehört. Der Punkt war für dich.«

»Wer weiß? Ich bekomme den Punkt, weil es Teil der Aufgabe war zu erzählen, womit man aus Sicht dieses

Kerls falschgespielt hat. Ich habe es erzählt. Torsten nicht. Vielleicht bekomme ich nur deshalb den Punkt. Denkt mal darüber nach.«

Damit wandte er sich ab und verließ den Raum.

»Er sollte sich beeilen«, sagte Frank in die entstandene Dunkelheit hinein. »Torsten wird versuchen, vor ihm da zu sein.«

»Kannst du bitte ein bisschen näher kommen?«, fragte Manuela, während Franks Augen sich langsam an die Dunkelheit gewöhnten. Nur ein schwacher Lichtschein drang unter der Tür vom Gang zu ihnen durch. Frank ertastete die Tischkante und schließlich Manuelas Arm. Ihre Hand griff nach seiner und zog ihn etwas näher zu sich.

»Glaubst du, Jens hat recht?«, fragte sie so leise, dass Frank sie kaum verstand. »Denkst du, es könnte sein, dass das, was Torsten erzählt hätte, noch schlimmer gewesen wäre und der Punkt dann an ihn gegangen wäre?«

»Nein, das glaube ich nicht. Ich bin sicher, Jens sollte den Punkt bekommen. Aber ich denke über etwas anderes nach: Jens hat uns damals hintergangen, das wissen wir jetzt. Aber diese Stimme hat gesagt, zwei von uns spielen falsch. Damals und heute. Ich frage mich, wer heute falschspielt?«

Sie schwiegen. Frank hörte Manuelas Atem, der in gleichmäßigem Rhythmus an seinem Ohr vorbeistrich.

»Jetzt sind schon zwei Punkte weg.« Manuela war nun noch etwas näher als zuvor, ihre Stimme klang sehr laut, obwohl sie sicher leise sprach. »Und wir haben noch keinen. Im besten Fall können wir überleben, aber unsere Kinder und deine Frau …«

»Noch ist die Nacht nicht um«, sagte Frank grimmig. »Und ich bin nicht bereit, Torsten diesen Punkt zu überlassen, der uns gehört.« Und er meinte es genau so, wie er es sagte. Der Gedanke an die offensichtliche Ausweglosigkeit ihrer Situation hatte seine Müdigkeit vertrieben. Wenn er jetzt aufgab, würde seine Familie in wenigen Stunden sterben. Und er auch.

»Aber was willst du tun?«, lenkte Manuela ihn von diesen Gedanken ab. Er war froh, dass sie nicht darauf bestand, dass es ihr Punkt war. Das sah er nämlich anders, aber Gott sei Dank musste er in diesem Moment nicht mit ihr darüber diskutieren. Etwas stieß gegen sein Schienbein und blieb offensichtlich daran hängen, denn der Stoff seiner Hose wurde durch das Gewicht nach unten gezogen. Reflexartig bückte er sich und griff danach, berührte mit der Hand ein grobes Fell und verspürte im nächsten Moment einen stechenden Schmerz am Handrücken. »Au, Scheiße«, stieß er aus und griff ohne darüber nachzudenken erneut und dieses Mal fester zu, bekam etwas Weiches zu fassen und zog daran. Die Ratte quiekte auf, als er sie vom Stoff losriss und dann mit aller Kraft gegen die Wand schleuderte. Es gab ein hässliches Geräusch, als der Rattenkörper an der Betonwand zerschmettert wurde und anschließend auf den Boden klatschte. »Das verdammte Vieh hat mich gebissen«, keuchte Frank und hob die verletzte Hand. Er konnte nichts erkennen, es war zu dunkel.

Die Wunde brannte höllisch, und Frank fragte sich, ob der Biss gefährlich sein konnte, ob die Wunde sich infizieren würde. Wer konnte schon wissen, was die Ratte vorher gefressen hatte. Aber … das stimmte nicht. Er wusste es. Wieder sah er die Bilder aus dem Film vor sich. Rattenzähne, die in Fleisch geschlagen wurden. Lebendes, zuckendes, menschliches Fleisch. Er schaffte es gerade noch vor die Tür, dann übergab er sich.

22 – 23:43 Uhr

»Frank? Frank, lass mich hier nicht allein. Fraaaaank!«

Er hörte Manuela durch die Tür hindurch verzweifelt schreien. Auch hier draußen klang sie noch so schrill, dass es ihm in den Ohren schmerzte.

Er konnte ihr nicht antworten, weil er wieder und wieder würgen musste, während er die Ratten an seinen Füßen spürte. Es machte ihn plötzlich wütend. Nein, es machte ihn aggressiv. Alles. Dass er eingesperrt war in diesem kalten, dunklen Loch. Wie asozial Torsten sich verhielt. Was Jens ihnen durch seine Scheißangst und sein Scheißschweigen angetan hatte. Dass seine Situation mit jeder Minute hoffnungsloser wurde, dass er schuld daran sein würde, wenn seiner Frau und seiner Tochter etwas zustieß …

Das alles machte ihn furchtbar aggressiv, während er sich die Seele aus dem Leib kotzte. Und Manuelas Geschrei machte es nicht besser, im Gegenteil.

»JA, VERDAMMT«, brüllte er zurück, als er endlich wieder in der Lage war zu sprechen. Doch Manuela kreischte weiter. »DA SIND RATTEN. FRANK, KOMM SCHNELL. FRAAAAAANK!«

Er wischte sich mit dem Rücken der unverletzten Hand über Mund und Kinn und richtete sich auf. Sofort musste er wieder husten. Sein Hals tat ihm wieder höllisch weh. Das klägliche Restleuchten um den Türrahmen ließ ihn den Eingang gerade so erahnen. Frank tastete sich darauf zu. Der Rattenbiss tat unglaublich weh, und sein Hals brannte wie Feuer. Es ging ihm nicht gut. Überhaupt nicht gut. Und Manuela schrie noch immer. »JAAAA!«, brüllte er. Er war jetzt außer sich vor Wut. Er würde ihr den Mund stopfen und ihre Schreie ersticken. Genau das würde er tun. Und wenn sie sich wehrte, würde er sie zum Schweigen bringen. *Na warte*, dachte er, als er schweratmend den Raum betrat.

»Wo warst du? Ich hatte solche Angst.« Manuelas Stimme zitterte, doch sie hatte aufgehört zu schreien. Frank folgte ihrer Stimme und blieb vor dem Tisch an der Stelle stehen, wo er sie vermutete. »Was sollte das eben?«

»Ich … ich hatte …«, stammelte sie, hörbar überrascht. Es war ihm egal.

»Glaubst du, das hat mir gerade Spaß gemacht da draußen? Du hast doch hier drin bequem auf dem Tisch gehockt, während ich fast an meiner Würgerei erstickt bin. Weil MICH eine Ratte gebissen hat, nicht dich. Habe ich vielleicht angefangen herumzuschreien? Hast du was gehört?« Er wurde immer lauter, ja, er brüllte jetzt förmlich und machte damit zumindest einem Teil seiner Wut Luft. Manuela blieb eine ganze Weile stumm, dann kam ein zögerliches, leises: »Frank?«

»Was?«

»Was ist los? Was … Ich habe Angst vor dir.« Sie klang jetzt wie ein kleines Kind. »Bitte sei nicht so. Du machst mir Angst.«

Er hörte ihre Worte, dachte über ihre Bedeutung nach. Er machte ihr Angst. Weil er sie angeschrien hatte. Weil sie vielleicht instinktiv spürte, dass er sie gewaltsam am Schreien hatte hindern wollen. Er … ja, er hatte ihr wehtun wollen.

Frank ließ die Arme sinken und machte einen Schritt von ihr weg.

Was zum Teufel war mit ihm los?

»Ich war in Panik. Ich wollte nicht so schreien, aber ich hatte mich nicht mehr unter Kontrolle.«

Franks Wut war verschwunden. Dafür überkam ihn wieder Mattigkeit, und sie war so stark, dass er sich am liebsten einfach auf den Boden gelegt und die Augen geschlossen hätte. Wie als Kind, wenn er so die Welt vollständig ausgesperrt und sich in seine Phantasie zurückgezogen hatte.

Langsam hob er die Hände und rieb sich mit den Handflächen übers Gesicht, versuchte den Schmerz zu ignorieren.

Wollte er gerade wirklich handgreiflich gegenüber Manuela werden? Weil sie vor Angst geschrien hatte? Er hatte noch nie einen Menschen geschlagen. Und jetzt? Jetzt war er kurz davor gewesen.

»Es tut mir leid«, sagte er und machte wieder einen Schritt auf sie zu. Er stieß dabei mit dem Oberschenkel an die Tischkante und musste Manuela jetzt sehr nahe sein, denn er spürte ihren Atem im Gesicht. »Meine Nerven haben gerade nicht mehr mitgespielt. Tut … mir leid, dass du Angst vor mir hattest.«

»Geht's dir jetzt wieder besser?«

»Ja, ich denke schon.«

»Wirklich?«

»Ja, alles okay.«

»Kannst du mich dann bitte in den Arm nehmen? Mir ist so kalt, und ich habe solche Angst um meinen Sohn. Und ich habe Angst vor den Ratten und vor Torsten, und mittlerweile auch vor Jens, weil er so anders ist, weil es den Jens von damals nicht mehr gibt. Und ich habe Angst davor, dass ich sterben muss, Frank, ganz fürchterliche Angst. Ich habe eigentlich nur noch Angst.« Sie redete sehr schnell, so, als hätte sie neben allem anderen auch Angst davor, unterbrochen zu werden, bevor sie alles gesagt hatte, was sie sagen wollte.

Frank unterbrach sie nicht. Er tastete mit der unverletzten Hand nach ihr und berührte ihre Haare und legte ihr schließlich den Arm um die Schulter. Manuela rutschte noch ein Stück näher und berührte mit der Wange seine Schläfe. Sie zitterte am ganzen Körper. Frank fragte sich, ob die Kälte daran Schuld war oder die Angst. Oder beides. Der Geruch des Kittels nach altem Fett und Öl, den er die ganze Zeit über kaum noch wahrgenommen hatte, vermischte sich mit dem muffigen Gestank seiner Decke, und er hatte Mühe, dass ihm nicht wieder schlecht wurde.

»Vor Torsten habe ich die größte Angst, er ist gewalttätig. Unberechenbar.« Sie hielt kurz inne. »Diese ganzen Jahre, und jetzt kommt das alles wieder hoch. Und alle haben sich so verändert seit damals. Nur du bist so, wie ich dich in Erinnerung hatte, trotz allem. Aber als du gerade so komisch wurdest, dachte ich, dass auch du …«

»Es tut mir leid«, wiederholte Frank und fand, dass er sich oft genug entschuldigt hatte und sie jetzt aufhören konnte. So ganz war seine Wut noch nicht verraucht. Oder kochte sie etwa gerade wieder von neuem hoch? Er war doch sonst nicht so leicht reizbar. Aber war es so überraschend? In dieser Situation?

»Ich fand die zweite Aufgabe nicht fair«, sprach Manuela weiter, und Frank war froh, dass sie das Angst-Thema damit beendete. Über das, was sie sagte, hatte Frank sich auch schon Gedanken gemacht. Bei der zweiten Aufgabe konnte nur Jens den Punkt gewinnen. Sofern er bereit war, ihnen die Sache mit seinem Vater zu erzählen. Und das hatte auch Jens gewusst, womit dieser Irre, der ihnen die Aufgaben stellte, wohl gerechnet hatte. Was hatte er damit bezweckt? Dass sie sich trennten? Dass sie nun offen gegeneinander agierten? Wahrscheinlich. Es war ein teuflisches Spiel, das er mit ihnen spielte. Und ein tödliches.

»Ich glaube, er wollte, dass wir alle von der Sache mit Jens' Vater erfahren. Entweder damit wir uns mit Jens überwerfen oder damit wir nun die Gewissheit haben, am Tod von Festus schuld zu sein. Zumindest eines davon hat er ja auch erreicht.«

»Ja«, sagte Manuela. »Es sei denn …«

»Es sei denn was?«

»Ach, nichts.«

»Nun sag schon. Bitte. Es kann wichtig sein, alles kann …«

»DER ZWEITE PUNKT IST VERGEBEN, SPIELER. SEI BEREIT FÜR DIE DRITTE AUFGABE.«

Ein Knacken.

»O nein«, flüsterte Manuela. »Es geht weiter. Wir haben noch keinen Punkt und auch kein Licht mehr. Wie sollen wir das denn schaffen im Dunkeln? Und mit den Ratten, die überall herumrennen? Wenn ich wenigstens mein Stethoskop wiederhätte.«

Frank stand auf. »Nun lass uns das ein für alle Mal …«

»HIER IST DIE DRITTE AUFGABE DIESER NACHT, SPIELER:

MEIN KOPF IST WEICH, WAS SCHÜTZT MICH VOR DEM ABC?«

Es folgte ein erneutes Knacken, dann herrschte wieder Stille.

»Was soll das denn bedeuten?«

»Ich habe keine Ahnung«, erwiderte Frank ehrlich.

»Wir müssen es schnell herausfinden. Die anderen dürfen keinen Punkt mehr bekommen, sonst stirbt einer von uns beiden. Bitte, denk nach.« Das tat Frank bereits, während Manuela noch redete.

»Mein Kopf ist weich, was schützt mich vor dem ABC«, wiederholte er leise. »Was ist das denn für ein Quatsch? Das ergibt doch keinen Sinn.«

»Das hört sich an wie ein Schüler, der nicht mehr lernen möchte«, mutmaßte Manuela.

»Wenn es um das Buchstaben-ABC geht, müsste es aber ein sehr junger Schüler sein«, dachte Frank laut. »Mit ABC muss etwas anderes gemeint sein.«

»Und der weiche Kopf?«

»Hm … es muss etwas sein, das wir hier drin finden können. Aber einen weichen Kopf? Eine Puppe vielleicht?«

In diesem Moment hallte ein Schrei durch die Anlage, der sie beide mit einem Schlag verstummen ließ.

23 – 00:13 Uhr

»Was war das?« Manuela krallte sich an Franks Decke fest und drückte sich gegen ihn.

»Die Frage ist eher, *wer* war das«, antwortete er und befreite sich aus ihrem Griff. »Ich muss nachsehen, was los ist.«

»Was? Aber … du kannst mich hier nicht allein lassen. Frank, bitte, das … ich kann nicht allein hierbleiben.«

Er sah dorthin, wo er ihren Kopf vermutete. »Dann bleibt dir nichts anderes übrig als mitzukommen. Ich muss auf jeden Fall nachsehen. Vielleicht ist jemand verletzt. Denk an die Attacke gegen Jens im Untergeschoss.«

»Aber wenn …«

»Komm jetzt«, unterbrach er sie barsch und rückte von ihr ab. Manuela gab ein wimmerndes Geräusch von sich. »Aber die Ratten, sie laufen überall herum, und wir können sie nicht einmal sehen. Wenn sie mich beißen … Ich … ich weiß nicht, wie ich das aushalten soll.«

»Ich gehe jetzt. Komm mit, oder bleib hier.« Frank streckte die Arme schräg nach vorne aus und ging langsam los. Er ahnte, wo die Wände waren, und konnte den Eingang trotz des kaum noch vorhandenen Lichtschimmers als einen rechteckigen Fleck ausmachen. Nach zwei Schritten stieß er gegen einen Stuhl und schob ihn mit einem scharrenden Geräusch ein Stück über den Boden. Er konnte förmlich spüren, wie Manuela hinter ihm erschrak. Frank wandte sich zu ihr um und sagte leise: »Das war nur ein Stuhl. Wir müssen versuchen, leise zu sein. Wer weiß, wer in der Anlage herumläuft. Wir sollten keine Aufmerksamkeit auf uns lenken.«

»Ja, gut«, antwortete sie ebenso leise. Sie tastete nach seiner Hand, die er ihr widerwillig gab.

Die Sicht im Gang reichte gerade so aus, um nicht gegen eine Wand zu stoßen. Langsam setzte er einen Fuß vor den anderen, jederzeit darauf gefasst, etwas Weiches unter der Schuhsohle zu spüren. Dabei zog er Manuela hinter sich her.

Als sie den ersten Quergang erreichten, blieb er stehen und überlegte, in welcher Richtung sie am besten weitergehen sollten.

Von allen Seiten war leises, schnelles Tippeln zu hören, dazwischen hier und da ein Fiepen. Frank hoffte, Manuela würde nicht wieder zu schreien anfangen. Er entschloss sich, nicht abzubiegen, sondern dem Gang weiter zu folgen. Wenn seine Erinnerung ihn nicht trog, müsste dieser Gang zum Eingang führen. Sicher war er allerdings nicht, in der Dunkelheit sah alles gleich aus.

Sie waren gerade ein paar Meter weiter, als ein kaum vernehmbares Stöhnen Frank innehalten ließ. Es war von rechts gekommen, offensichtlich aus dem Quergang, den sie gerade passiert hatten.

»Was war das?«, flüsterte Manuela ihm zu.

»Pssst«, machte er und hielt den Atem an, um sich besser auf die Geräusche um sich herum konzentrieren zu können.

Tippeln, Fiepen, Rascheln, Schaben … Die ganze Palette an Geräuschen, die Hunderte oder Tausende kleiner Tiere in einer so weitläufigen Anlage verursachten. Aber kein Stöhnen mehr. Hatte er sich am Ende getäuscht? Aber Manuela hatte es auch gehört.

Er machte einen Schritt und stand nun ganz dicht neben ihr. »Was hast du gerade gehört?«, fragte er leise.

»Ich weiß nicht, ich glaube, da hat jemand gestöhnt, so als hätte er Schmerzen.«

»Ja, so hat es sich für mich auch angehört. Gehen wir zurück und nehmen den anderen Gang.«

»Aber vorsichtig, ja?«

»Ja.« Frank ging wieder voraus, ihre suchende Hand ignorierte er bewusst, fragte sich aber im nächsten Moment, warum er sich plötzlich so verhielt. Er blieb stehen und tastete nach ihrer Hand.

Sie brauchten etwa zwei Minuten, dann hatten sie das Ende des Ganges erreicht, und Frank stand wieder vor der Entscheidung, ob sie als Nächstes nach links oder nach rechts abbiegen sollten. Er ging bis zur Mitte des Querganges, hielt inne und lauschte angestrengt nach allen Seiten, doch außer den Ratten war nichts zu hören. Anfänglich. Dann aber brach ein Stampfen und Poltern aus der Dunkelheit heraus und raste wie ein Schnellzug auf ihn zu. Noch bevor er in irgendeiner Art reagieren konnte, türmte sich ein großer Schatten vor ihm auf, etwas krachte dumpf und mit solcher Wucht auf seine Brust, dass ihm die Luft aus der Lunge gepresst wurde, während er nach hinten gegen Manuela taumelte. Die Welt schien kein Oben und kein Unten mehr zu haben, im Fallen hörte er sich selbst stöhnen, dann einen Schrei von Manuela. Gemeinsam schlugen sie hart auf dem Betonboden auf, etwas traf ihn im Gesicht, ein weiterer Schrei durchschnitt das Durcheinander.

»Au, du tust mir weh! Frank!« Manuelas Stimme klang gepresst, was daran liegen konnte, dass er mit der Schulter auf ihrem Bauch lag.

Er rollte sich von ihr herunter und schrie auf. Ein unvorstellbarer Schmerz schoss ihm durch die Brust. Es fühlte sich an, als hätte ihm gerade jemand ein Messer zwischen die Rippen gerammt.

»Was ist? Was ist los? Frank?«

Das Atmen fiel ihm schwer, er versuchte, sich aufrecht hinzusetzen, was ihn erneut aufschreien ließ. »Frank, sag doch was!«

Schließlich hatte er es geschafft, er saß aufrecht auf dem Boden, mit dem Rücken an die Wand gelehnt. Auch Manuela hatte sich mittlerweile offensichtlich hingesetzt, wie er zu erkennen glaubte. »Ich … glaube, ich habe mir eine … Rippe gebrochen«, stieß er keuchend und unter Schmerzen aus und tastete nach seiner Brust. »Wenn nicht mehrere.«

»Mist. Aber was war das? Was ist denn passiert?«

»Ich weiß es nicht. Jemand kam auf mich zugerannt … Scheiße, tut das weh … und bevor ich reagieren konnte, war er schon da und hat mir irgendwas gegen die Brust gerammt.« Einem Reflex folgend, versuchte Frank tief einzuatmen, aber der stechende Schmerz in der Brust ließ das nicht zu, er musste flach weiteratmen. Er spürte Panik in sich aufsteigen, Angst, er könnte nicht mehr richtig atmen, könnte ersticken …

Reiß dich zusammen, du bekommst genügend Luft, beruhigte er sich selbst. »Wir müssen weiter«, sagte er, nicht zuletzt, um sich selbst abzulenken. »Ist mit dir alles in Ordnung?«

»Ja«, antwortete Manuela. »Ein paar blaue Flecke vielleicht, aber sonst ist alles okay.«

Frank versuchte aufzustehen, drehte sich zur Seite, schaffte es stöhnend auf alle viere. Doch weiter kam er nicht, der Schmerz nahm ihm den Atem. »Ahh … verdammt. Kannst du mir beim … Aufstehen helfen?«

Manuelas verwaschene Umrisse wuchsen neben ihm in die Höhe, dann spürte er ihre tastende Hand.

Er ergriff sie und sagte: »Okay, jetzt.« Manuela zog, und gleichzeitig drückte er sich hoch. Es tat höllisch weh, aber schließlich hatten sie es geschafft, er stand. Tränen rannen ihm über die Wangen, und wieder gab er dem Reflex nach, tief Luft zu holen. Einen tiefen Atemzug nur. Einen einzigen.

Mit aller Kraft sog er die Luft ein. Er hätte schreien mögen, hatte Angst, vor Schmerzen das Bewusstsein zu verlieren, wenn er nicht sofort aufhörte. Dann endlich war dieser herrliche Punkt erreicht, an dem die Lunge mit einem befreienden Gefühl signalisierte, dass sie gefüllt war. Frank hielt einen Moment inne, genoss trotz der Schmerzen dieses Gefühl, und atmete dann langsam wieder aus.

»Was ist?«, fragte Manuela. »Kriegst du keine Luft?«

»Doch, alles okay. Lass uns gehen. Dort, in die Richtung, aus der der Kerl gekommen ist.«

Langsam gingen sie los. Frank war wieder vorne, nun allerdings ohne Manuela an der Hand hinter sich her zu ziehen.

»Was denkst du, wer das war?«

»Ich habe keine Ahnung, es ging alles viel zu schnell.«

Sie folgten dem Gang ein Stück weit geradeaus, dann machte er einen Linksknick, und Frank blieb einen Moment stehen. Etwa fünf Meter vor ihm wurde es ein wenig heller. Nicht viel, aber genug um zu erkennen, dass ihr Weg in einen Raum mündete, und die Anordnung der schwarzen Flecke, als die sich die Gegenstände darin abzeichneten, ließ ihn vermuten, dass es der Raum vor dem Eingang sein könnte.

»Was ist da?«, fragte Manuela und trat neben ihn.

»Ich glaube, das ist der Raum, in dem wir zuerst gewartet haben. Der beim Eingang.«

Plötzlich hörten sie wieder ein Stöhnen. Noch immer leise, aber doch deutlicher als zuvor. Es kam aus dem Raum vor ihnen.

»Vorsicht«, flüsterte Frank Manuela zu und ging langsam voran, darauf bedacht, möglichst keine Geräusche zu machen. Nach wenigen Schritten hatten sie den Eingang erreicht.

Frank sah sofort, woher das letzte schwache Leuchten kam, das den Raum immerhin noch so weit mit Licht versorgte, dass man die Umrisse der Gegenstände vage erkennen konnte. Es war die gelbe Linie, der sie einige Stunden zuvor in den Raum mit dem Beamer gefolgt waren. Sie hatte wohl eine etwas längere Leuchtkraft, weil sie frisch aufgemalt worden war. Das Nächste, was Frank sah, ließ ihn den Atem anhalten. Rechts neben ihnen, nur etwa zwei Meter von der Einmündung ihres Ganges entfernt, lag jemand auf dem Boden. Frank wusste sofort, wer es war. Mit zwei schnellen Schritten, den Schmerz in der Brust ignorierend, war er bei Jens und wollte in die Hocke gehen, stöhnte jedoch im gleichen Moment laut auf und fiel unmittelbar neben Jens auf Hände und Knie. So verharrte er einen Moment, dann hob er den Kopf und betrachtete den reglosen Körper vor sich.

Jens lag auf dem Bauch. Vorsichtig tastete Frank mit der Hand über seinen Rücken und stöhnte im nächsten Moment wieder auf, dieses Mal jedoch nicht vor Schmerz.

Das, was er in seiner Hand gespürt hatte, war ein Schraubenzieher. Er steckte in Jens' Rücken.

24 – 00:41 Uhr

Der Schaft steckte eine Handbreit unter dem Nacken, etwa in der Mitte des Rückens.

»O Gott, Jens.« Manuela war um den reglosen Körper herumgegangen und blieb nun neben Frank stehen. Fassungslos starrte sie auf Jens' Rücken.

»Er ist mit einem Schraubenzieher niedergestochen worden«, sagte Frank leise zu ihr.

»Ist er … tot?«

Frank legte Jens zwei Finger an den Hals, dort, wo er die Schlagader vermutete. Doch der Schmerz in der Brust zwang ihn, die Hand wieder zurückzuziehen und sich auf dem Boden abzustützen, um den Oberkörper zu entlasten. Im nächsten Moment spürte er etwas Zähes, Klebriges unter seiner Handfläche. Zunächst ignorierte er es, weil er sich ganz auf den Schmerz konzentrierte.

Dann aber, nach ein paar flachen Atemzügen, wurde ihm bewusst, was er da gespürt hatte. Sofort hob er die Hand, richtete sich ein wenig auf und hockte sich auf die Unterschenkel. Er hielt sich die Handfläche dicht vor die Augen. Sie war schwarz. Er spürte, wie etwas langsam über seinen Handballen lief, dann über das Handgelenk und zum Unterarm. Blut. Er hatte sich in einer Blutlache abgestützt. Jens' Blut. Sofort wischte er hastig die Handfläche an der kratzigen Decke ab, was sich gleich mit einem erneuten Stich in der Brust rächte. Er wunderte sich, dass ihm bei dem Gedanken, was er da gerade an die Decke schmierte, nicht übel wurde. Vorsichtig rückte er ein Stück von Jens ab, darauf bedacht, der Blutlache auszuweichen. Sehen konnte er das Blut auf dem Boden nicht, alles um ihn herum war schwarz.

Frank versuchte erneut, den Puls an Jens' Hals zu ertasten. Er hatte so etwas noch nie gemacht und war nicht sicher, ob er an der richtigen Stelle fühlte. Nachdem er die Position der Finger ein bisschen verändert hatte, spürte er plötzlich ein leichtes Pochen. »Er lebt«, sagte er.

»Gott sei Dank.« Frank hörte Manuela erleichtert aufatmen. »Glaubst du, das war Torsten?«, wollte sie dann von ihm wissen.

Diese Frage hätte sich Frank am liebsten nicht gestellt. Er sah zu Manuela hoch, in ihr Gesicht, das er nur erahnen konnte. »Ich möchte nicht glauben, dass er es war, aber andererseits haben wir ja selbst gesehen, wie schnell er gewalttätig wird.« Er horchte in sich hinein, auf das, was sein Gefühl ihm sagte. »Also, ja, gut möglich, dass Torsten das getan hat.«

»Und der Punkt? Jens sollte doch hier seinen Punkt bekommen?«

Frank nickte. »Den wird Torsten jetzt haben. Wenn wirklich er das war, dann für diesen Punkt. Dann hat er jetzt zwei Punkte und wird morgen früh hier rauskommen. Wie er es vorausgesagt hat.«

Wieder stöhnte Jens auf, und dieses Mal bewegte sich sein linker Arm. »Jens? Hörst du mich? Jens?« Frank legte ihm eine Hand auf den Arm und hielt ihn fest. »Jens, kannst du mich hören?«

Jens hob den Kopf ein kleines Stück und versuchte zu antworten, doch es waren nur unverständliche Laute, die Frank und Manuela nicht verstehen konnten.

»Jens, wir sind bei dir«, versuchte Frank es erneut. »Kannst du mich hören? Wer hat das getan?«

Doch Jens antwortete nicht mehr, er war wieder bewusstlos.

»Was machen wir jetzt?«, fragte Manuela. »Wir können ihn doch nicht hier liegen lassen. Die Ratten …«

Manuela hatte recht, sie mussten Jens irgendwohin schaffen, wo er vor den Ratten sicher war. Frank dachte an die Schlafkammern. Aber da gab es auch noch etwas anderes, Dringenderes. »Kennst du dich ein bisschen in medizinischen Dingen aus?«, fragte er Manuela.

»Ein bisschen vielleicht. Weshalb?«

Frank versuchte die Wunde an Jens' Rücken genauer in Augenschein zu nehmen, auch wenn er Mühe hatte, bei der Dunkelheit etwas zu erkennen. »Ich überlege, wie wir die Blutung am besten stoppen können. Jens hat schon viel Blut verloren.«

Manuela kniete sich nun neben Frank, sah sich vorher jedoch ängstlich nach allen Seiten um.

»Ich denke, wir müssen den Schraubenzieher herausziehen und die Wunde irgendwie verbinden. Der Schraubenzieher war sicher schmutzig, und es könnte gut sein, dass die Wunde sich entzündet. Ich weiß nicht, wie schnell so was geht, aber ich glaube, dann wird es richtig gefährlich für Jens.«

»Wir brauchen in jedem Fall etwas, womit wir ihn verbinden können.«

Frank schreckte hoch, als er hinter sich ein Geräusch hörte. Er ignorierte den stechenden Schmerz in der Brust, stand auf und sah sich um. Er glaubte, aus dem Gang, in dem die nur noch schwach leuchtende gelbe Linie verlief, Schritte zu hören. »Was war das?«, fragte Manuela nervös.

Frank antwortete nicht, versuchte sich voll und ganz auf

die beinahe undurchdringliche Schwärze um ihn herum zu konzentrieren, doch es war nichts mehr zu hören.

»War das Torsten?« Manuela klang nun beinahe panisch.

»Ich weiß es doch auch nicht.« Frank hatte Mühe, nicht selbst in Panik zu verfallen. Er versuchte sich zusammenzureißen. Jens würde verbluten, wenn sie nicht bald etwas unternahmen. Irgendwo in den Gängen lief Torsten herum, und es konnte gut sein, dass er es auch auf sie beide abgesehen hatte. Aber Frank musste eine Entscheidung treffen. Jetzt sofort.

Genau wie damals. Als er entschieden hatte, nichts zu tun und wegzulaufen.

»Hast du ein Taschentuch?«, fragte er Manuela.

»Nein, ich … nur ein gebrauchtes Papiertaschentuch.«

Frank winkte ab. »Dann etwas anderes, hast du ein Unterhemd an?«

»Ja, aber …«

»Das ist gut. Ich ziehe gleich diesen Schraubenzieher aus Jens' Rücken heraus, und wir brauchen etwas, das wir auf die Wunde pressen können. Etwas, das halbwegs sauber ist.«

»Aber sollen wir nicht zuerst nach etwas suchen, mit dem wir ihn richtig verbinden können?«

»Bis dahin ist er vielleicht verblutet.«

Manuela zögerte. Frank wusste, was sie dachte. Die Kälte. Jedes Kleidungsstück war ein Schutz dagegen.

»Es reicht, wenn wir einen Streifen abreißen. Dann ist es eben ein paar Zentimeter kürzer. Davon erfrierst du nicht gleich.«

Manuela zögerte noch einen Moment, dann nickte sie. »Okay.« Sie hob den langen, stinkenden Kittel hoch, dann den Pullover und das Polohemd, das sie darunter trug. Schließlich zog sie das Unterhemd aus der Hose heraus, hielt ihm den unteren Rand hin und sagte: »Hier.«

Es war schwieriger, ein Stück des dünnen Hemdchens abzureißen, als Frank gedacht hatte. Er musste den Stoff zwischen die Zähne nehmen, um ihn zu bearbeiten. Sein Gesicht war dabei nur noch wenige Zentimeter von Manuelas Haut entfernt. Trotz des stinkenden Kittels nahm er den Geruch ihres Körpers wahr und fühlte sich plötzlich zu ihr hingezogen. Er zerrte mit dem Mund an dem Stoff, was sein Gesicht Manuelas Bauch noch ein Stück näher brachte. Schließlich riss der Stoff etwas ein, und bevor Frank wusste, was er tat, berührte er mit dem Mund für einen kurzen Moment die Haut neben ihrem Nabel. Es war wie ein Stromstoß, der durch seinen Körper fuhr, und schnell zog er den Kopf wieder zurück, verwirrt und noch unter dem Eindruck dieses auf solch eigenartige Weise erotischen Momentes. Frank hoffte, dass Manuela nichts bemerkt hatte. Er war wohl verrückt geworden! Warum tat er das? Fühlte er sich etwa zu Manuela hingezogen? Oder war es ihrer Situation zwischen Hoffen und Verzweiflung geschuldet? Er fand auf die Schnelle keine Erklärung, deshalb versuchte er das Ganze so gut es ging zu überspielen.

»Jetzt sollte es gehen«, wandte er sich an Manuela, ohne ihr dabei ins Gesicht zu sehen. Er hätte ihre Konturen sowieso kaum erkannt und sie seine ebenso wenig. »Jetzt kannst du bestimmt einen Streifen abreißen.«

»Aber warum versuchst du es nicht selbst? Du hast doch schon angefangen.«

»Nein, mach du das bitte.« Frank ging neben Jens' Kopf vorsichtig in die Hocke und tastete an Jens' Hals herum, nur, um etwas zu tun. Ein ratschendes Geräusch war zu hören, dann hielt Manuela ihm einen etwa zehn Zentimeter breiten und halben Meter langen Stoffstreifen hin.

Frank nahm ihn und faltete ihn in mehreren Lagen übereinander, so dass eine Art Kompresse entstand. Dann legte er ihn auf Jens' Rücken, unterhalb der Stelle, an der der Schraubenzieher steckte. Er kniete sich vorsichtig neben Jens, um besseren Halt zu haben.

»Am besten kniest du dich auf die andere Seite neben seinen Kopf«, wies er Manuela an. »Wenn ich den Schraubenzieher rausgezogen habe, presst du den Stoff sofort fest auf die Wunde. Okay?«

»Ja, alles klar.«

Frank tastete vorsichtig nach dem Kunststoffgriff und umfasste ihn mit beiden Händen. »Fertig?«

»Ja, fertig.«

Frank begann kräftig an dem Schraubenzieher zu ziehen, und Jens stöhnte laut auf, sein Körper zuckte. Der Schaft steckte fester, als Frank erwartet hatte, aber schließlich löste er sich mit einem schmatzenden Geräusch aus der Wunde und schnellte in Franks Händen nach oben. Der Schwung war so stark, dass Frank mit einem Schmerzensschrei nach hinten kippte und mit der Schulter auf dem Betonboden aufschlug. Bunte Punkte tanzten vor seinen Augen, und für einen Moment glaubte er, das Bewusstsein zu verlieren, doch nach ein paar Sekunden war es besser. Was blieb, was das Stechen in seiner Brust. Keuchend rappelte er sich auf. Als er wieder kniete, sah er, dass Manuela mit beiden Händen den Stoff auf die Wunde drückte.

»Er blutet ziemlich stark, ich hoffe, das wird bald besser. Wir brauchen dringend etwas, um ihn zu verbinden.«

Frank nickte. »Ich gehe jetzt los und suche etwas, das als Verband herhalten kann. Du musst hier bei ihm bleiben.« Frank befürchtete schon, Manuela würde protestieren oder sogar wieder zu schreien anfangen, wenn er sie allein ließ, aber sie sagte nur schwach: »Ja, ich weiß, ich kann die Hände jetzt nicht von der Wunde nehmen. Aber beeil dich bitte.«

»Ich werde noch mal zu dieser Krankenstation gehen«, erklärte Frank, während er damit begann Jens' Jackentaschen zu durchsuchen. Als er dort nichts fand, schob er seine Hand in Höhe des Gürtels in Jens' Hosentaschen. »Was tust du da?«, fragte Manuela.

»Sein Handy. Ich brauche sein Handy, wenn ich etwas sehen will.«

In der linken Hosentasche wurde er schließlich fündig. Er vermied es, Jens zu drehen, um besser an die Tasche heranzukommen, und so dauerte es eine Weile, bis er das Gerät aus der Tasche herausbefördert hatte.

Schließlich hielt er das Telefon in der Hand, drückte einen Knopf und stellte zufrieden fest, dass die Displaybeleuchtung noch funktionierte, auch wenn die Akku-Anzeige nur noch vier Prozent anzeigte. Lange würde also auch diese Lichtquelle nicht mehr mitmachen. Frank betrachtete kurz das Hintergrundfoto, ein kitschiger Sonnenuntergang über dem Meer, und schaltete das Telefon aus. Er nahm sich vor, es nur dann zu benutzen, wenn es gar nicht anders ging.

Dann rappelte er sich mühevoll auf. »Vielleicht gibt es in dem Behandlungszimmer doch noch Verbandsmaterial. So genau haben wir ja nicht mehr geschaut, nachdem wir das Stethoskop gefunden hatten.«

»Sei vorsichtig. Irgendwo da in diesen Gängen ist Torsten. Wer weiß, was dem noch alles einfällt.«

»Ich passe auf. Bis gleich.« Frank ging auf die kaum noch sichtbare gelb schimmernde Linie zu und folgte ihr dann in den Gang hinein. Jeder Schritt, den er machte, sorgte für einen Stich in seiner Brust. Selbst der Versuch, besonders vorsichtig aufzutreten, brachte kaum Besserung. Er überlegte, wie er auf dem schnellsten Weg zu der kleinen Krankenstation gelangen konnte, und versuchte, sich die Richtung vorzustellen, in der sie vom Aufenthaltsraum aus gegangen waren. Doch es fiel ihm schwer, sich zu orientieren. Das Einzige, was er sicher wusste, war, dass er nicht weiter der gelben Linie folgen durfte, denn dann würde er zu dem Raum mit dem Beamer kommen. Und von dort ging es nicht mehr weiter. Es half nichts, er würde suchen müssen. Als er den Beamer-Raum fast erreicht hatte und ein Gang nach links abzweigte, bog Frank kurz entschlossen ab und folgte nun dem schmaleren Weg. Mit jedem Schritt, den er nun machte, wurde es um ihn herum dunkler.

Etwa eine Minute später schaltete er das Handy ein. Zweimal endete sein Weg in einer Sackgasse, dann glaubte er, den richtigen Gang gefunden zu haben. Tatsächlich dauerte es nicht mehr lange, und er stand in dem Arztzimmer.

Frank ging jedoch direkt nach nebenan ins Behandlungszimmer, hier hatten sie vorhin noch nicht überall nachgesehen.

Er begann mit seiner Suche im Schrank, in den Fächern, in die sie noch nicht geschaut hatten.

Er wühlte sich durch Broschüren und Heftchen über Hautkrankheiten und Impfstoffe und dann durch übereinandergestapelte Nierenschalen aus verchromtem Blech. Schließlich wurde er tatsächlich fündig. Er würde es zwar nicht wagen, die drei schmutzigen Verbandsrollen, die er in einer kleinen Schublade fand, direkt auf Jens' offene Wunde zu legen, aber um etwas anderes damit auf der Wunde zu fixieren, dafür waren sie sicher noch brauchbar.

Ein Geräusch hinter ihm ließ Frank herumfahren. Im nächsten Moment schoss etwas auf sein Gesicht zu, dann wurde es dunkel.

25 – 01:18 Uhr

Als Frank die Augen öffnete, starrte er in absolute Finsternis. Er blinzelte zwei-, dreimal, doch es änderte nichts.

Es war unglaublich kalt, und er war verwirrt. Er wusste nicht, wo er sich befand. Sein Herzschlag beschleunigte sich, doch nur für einen kurzen Moment, dann kam die Erinnerung zurück. Der Bunker. Jens, Manuela … Torsten.

Er war niedergeschlagen worden. In seinem Mund hatte sich ein kupferner Geschmack ausgebreitet, und als er bei dem Versuch zu schlucken die Lippen etwas bewegte, brannten sie höllisch. Er lag auf dem Rücken und versuchte sich darüber klarzuwerden, wo er war, und vor allem, wie sehr er verletzt war. Er bewegte den Kopf und spürte wieder die bekannten Schmerzen am Hals und in der Brust. Neu war aber das Pochen an seinem Hinterkopf. Wahrscheinlich war er mit dem Kopf auf dem Boden aufgeschlagen und hatte sich eine dicke Beule zugezogen. Auch seine Nase tat ihm beim Einatmen weh. Er hob die Hand und tastete vorsichtig danach. Der knubbelige Knick, der schon bei der leichtesten Berührung wehtat und ihm die Tränen in die Augen schießen ließ, sagte ihm genug. Sein Nasenbein war gebrochen.

Unwillkürlich dachte er an Jens und seinen Vater. In diesem Moment konnte er verstehen, dass ein dreizehnjähriger Junge, dem gerade vom eigenen Vater die Nase gebrochen worden war, alles erzählt, um nicht weiter geschlagen zu werden.

Frank versuchte sich aufzurichten, ließ sich aber gleich wieder zurücksinken, weil er die Schmerzen nicht aushielt. Er wartete eine Weile, bevor er einen erneuten Versuch startete, dieses Mal aber sehr langsam und mit einer leichten Drehung des Oberkörpers. Als er es endlich geschafft hatte, sich in eine sitzende Position zu bringen, dachte er an das Telefon. Es musste ihm aus der Hand gefallen sein, als er zu Boden gestürzt war. Frank suchte mit beiden Händen den Boden um sich herum ab, konnte das Gerät aber nicht finden. Die absolute Finsternis war beklemmend, legte sich wie ein eisernes Band um seine Lunge und erschwerte das Atmen. Frank stieß einen Fluch aus, denn als er den Kopf nach vorne beugte, hatte er das Gefühl, ein Schwall Blut schieße ihm in die Nase und drücke mit Gewalt gegen das gebrochene Nasenbein.

Vorsichtig tastete er sich auf dem Boden weiter, bis er an die eisernen Beine des Krankenbetts stieß. Nun wusste er zumindest, dass er sich noch immer in der Krankenstation befand. »Mist«, stieß er leise aus. Es klang, als sei er außer Atem. »Verdammter Mist, wo ist dieses Scheißtelefon!« Seine Hände wanderten weiter über den kalten Betonboden, er krabbelte um das Bett herum und ertastete jeden Zentimeter darunter. Nichts. Es dauerte einige Zeit, bis er glaubte, den gesamten Boden des Raumes abgesucht zu haben. Das Telefon hatte er jedoch nicht gefunden. »Das warst du, Torsten. Fozzie. Ich weiß es.« Er machte eine Pause, lauschte in die Dunkelheit, als würde von dort tatsächlich eine Antwort kommen. »Erst hast du versucht, Jens umzubringen, und dann hast du mich niedergeschlagen und das Telefon mitgenommen. Jetzt habe ich kaum noch eine Chance, diese Aufgaben zu erfüllen, und du kannst in aller Ruhe deine Punkte sammeln, nicht wahr? Was denkst du, wirst du für vier Punkte noch einen Bonus obendrauf bekommen? Ja? Glaubst du das? Oder stellst du dich morgen früh an den Eingang, als Herr über Leben und Tod, und bestimmst, wem du die beiden Punkte gibst, die du nicht mehr brauchst? Ja? Fozzie? Ist es das, was du sein möchtest, du elendiger Wichtigtuer? Der Herr über Leben und Tod?«

Wieder lauschte er in die Schwärze, wartete auf eine Antwort. Aber da war nur Stille.

Während er stumm dasaß und auf etwas wartete, von dem er wusste, dass es nicht kommen würde, überlegte er, dass er gerade Selbstgespräche geführt hatte. Begann er jetzt durchzudrehen? Waren das die ersten Anzeichen dafür, dass er der Situation nicht mehr gewachsen war?

Was sollte er jetzt tun? Wenn er einfach dasitzen und nichts unternehmen würde, bedeutete das in ein paar Stunden seinen Tod. Und den seiner Frau und seiner Tochter. Laura. Sein wunderschönes Kind, das gerade auf dem Weg war, eine junge Frau zu werden. Sie würde sterben, weil ihr Vater aufgegeben hatte.

»Nein«, sagte er laut, und gleich darauf noch einmal, noch lauter: »Nein.«

Er rappelte sich auf, drückte sich vom Boden ab und ignorierte die Schmerzen, die mittlerweile von überall in seinem Körper zu kommen schienen. Schließlich stand er. Die Finsternis umhüllte ihn wie eine Glocke, und als er einen ersten vorsichtigen Schritt mit weit ausgestreckten Armen wagte, da bewegte sich diese Glocke mit ihm. Nach einem weiteren Schritt berührten seine Hände den Schrank. Er tastete sich daran entlang bis zur Kante, dann noch ein Stück. Schließlich hatte er die Tür erreicht.

Er ließ den Behandlungsraum hinter sich und bog am

Ende des schmalen Flurs nach links ab. Nach etwa zehn Metern glaubte er, vor sich ein ganz schwaches Leuchten zu erkennen. Wenn er sich nicht täuschte, würde er bald wieder dem Restleuchten der gelben Linie bis zu der Stelle folgen können, an der Manuela neben Jens auf ihn wartete. Als er dann tatsächlich etwa fünfzehn Meter vor sich den leichten Gelbschimmer erkannte, beschleunigte er seine Schritte. Er hatte die Stelle fast erreicht, als von rechts ein Schatten auftauchte und ihm den Weg versperrte, so dicht vor ihm, dass Frank nicht mehr rechtzeitig anhalten konnte und gegen Torstens gewaltigen Brustkorb prallte.

»Wohin denn so eilig, Fränkie-Boy?«, fragte Torsten und ließ im gleichen Moment das Display seines Telefons aufleuchten. Trotz des Schreckens, der Frank durch alle Glieder fuhr, kam ihm sofort der Gedanke, ob es Torstens eigenes Handy war oder das von Jens, das er selbst noch kurz zuvor bei sich gehabt hatte.

Frank machte einen Schritt zurück und blinzelte in Torstens Richtung, ohne viel erkennen zu können. »Und wie du aussiehst. Krach mit der kleinen Manu gehabt?«

»Nein. Ich war in der Krankenstation und habe Verbandsmaterial gesucht, weil Jens niedergestochen wurde. Mit einem Schraubenzieher.«

»Oh«, machte Torsten. »Wer war es? Manu oder du?«

Frank hatte Angst vor Torsten, aber in diesem Moment, in dem der Kerl ihn so provokant angrinste, vergaß er alle Vorsicht und sagte: »Von uns war es niemand. Fragt sich nur, wer dann noch bleibt?«

»Ah ja, ich verstehe. Diese Nummer wieder. Das hatten wir ja vor ein paar Stunden schon mal. Da hast du mich auch verdächtigt, und wie sich herausgestellt hat, war ich der Einzige, der sich an unsere Abmachung gehalten hatte.«

»Ach ja?«, Franks Wut wurde größer und größer. Sollte Torsten ihn eben noch mal niederschlagen. »Und gerade eben, in dem Behandlungszimmer? Das war wahrscheinlich auch Manu, die mir dort mit einem Schlag das Nasenbein gebrochen hat, wie?«

Torsten machte einen Schritt auf Frank zu. Er wich zurück. »Du lernst es nicht, Fränkie, oder? Nicht ich bin hier das Arschloch. Ihr seid Arschlöcher. Ihr und der Kerl, der das alles inszeniert hat. Kapiert? Wenn du denkst, ich habe Jens niedergestochen und dir die Nase gebrochen, dann bist du noch dämlicher, als ich dachte. Was hätte ich denn davon?«

»Du hättest schon zwei Punkte. Den, den du Manu und mir gestohlen hast, und den von Jens.«

»Du Idiot.« Torsten machte noch einen Schritt auf Frank zu und stand nun dicht vor ihm. »Dieses dämliche Stethoskop habe ich behalten, weil ihr mich beschissen habt. Aber der Punkt von Jens hat wahrscheinlich nie existiert. Wenn er niedergestochen wurde, und ihr beide wart es nicht, dann war es dieser Kerl. Offensichtlich kapierst du selbst nicht, was du uns schon ein paarmal so superschlau erklären wolltest. Das ist doch genau das, was dieser Irre will. Dass wir uns gegenseitig verdächtigen.«

»Du behauptest also, der Kerl hat Jens niedergestochen und mir dann im Krankenzimmer das Nasenbein gebrochen.«

»Ja, das behaupte ich. Vorausgesetzt, ihr beide habt nichts damit zu tun, und da bin ich mir noch nicht so sicher.«

Frank dachte nach. »Und? Wie geht's jetzt weiter?

Kommst du jetzt wieder zu uns? Damit wir für dich die Aufgabe lösen und du dann mit dem Punkt abhauen kannst?«

Eine Weile sahen sie sich in die Augen, dann sagte Torsten: »Du überhebliches Arschloch. Wie kannst du dir so sicher sein, dass ihr die Aufgabe löst? Hältst du dich für so viel schlauer? Aber ich will dir deine Frage gerne beantworten: Nein, ich werde nicht wieder zu euch kommen. Weil ich keinem von euch traue. Ich habe noch keine Ahnung, was diese dritte Aufgabe bedeutet, aber ich werde es herausfinden, mir den nächsten Punkt schnappen und in ein paar Stunden hier raus sein. Ich bin nämlich genauso schlau wie du, Fränkie-Boy. Und ihr könnt von mir aus bleiben, wo der Pfeffer wächst.« Damit schob er sich an Frank vorbei. Sofort war es wieder dunkel, und kurz danach waren auch Torstens Schritte nicht mehr zu hören. Frank war wieder allein.

Aber war er das wirklich? Er wagte nicht, sich zu rühren. Er lauschte angestrengt in die Dunkelheit, die nur von dem kaum noch wahrnehmbaren gelben Schimmer vor ihm unterbrochen wurde. Was, wenn Torsten recht hatte und dieser Psychopath, dem sie all das zu verdanken hatten, durch die Anlage geisterte auf der Suche nach einem weiteren Opfer, das er niederstechen oder bewusstlos schlagen konnte? Frank dachte an Manu, die bei Jens auf ihn wartete, und setzte sich augenblicklich in Bewegung.

Er erreichte die Gabelung und mit ihr die gelbe Linie und bog ab. Er beschleunigte seine Schritte noch, und seine Gedanken kreisten um Manu. Sie war ihm in den letzten Stunden so manches Mal auf die Nerven gegangen, und es hatte ein, zwei Situationen gegeben, in denen er sie zum Teufel gewünscht hatte, aber sie war die Einzige, die ihm in diesem Bunker noch geblieben war. Wenn ihr nun auch etwas geschehen würde, wäre er ganz allein. Mit Torsten, dem er nicht vertrauen konnte.

Aber was, wenn Torsten tatsächlich die Wahrheit gesagt hatte? Wenn er keine Schuld an dem hatte, was vorgefallen war? Wäre es dann nicht doch besser, ihn zu überreden, sich wieder mit Manuela und ihm selbst zusammenzuschließen, als dass sie dieses elende Spiel gegeneinander spielten?

Frank konnte in diesem Moment nicht darüber nachdenken. Er strauchelte weiter durch den Gang, hier und da spürte er die Berührung eines kleinen Körpers an den Füßen und machte angeekelt einen Schritt zur Seite. Immer wieder musste er anhalten, weil ihm das Atmen schwerfiel und Schmerzen bereitete. Überhaupt gab es kaum noch eine Stelle an seinem Körper, die nicht schmerzte.

Seine letzten Gedanken gingen ihm wieder durch den Kopf, und ihm fiel auf, dass die Sorge um Manuela letztendlich weniger ihr als vielmehr ihm selbst gegolten hatte. Aber er erschrak nicht über diese Erkenntnis.

Diese Nacht veränderte sie alle. Wieder einmal.

Schließlich hatte Frank den Eingang zu dem Raum erreicht, in dem Manuela auf ihn wartete. Er blieb stehen und versuchte, etwas zu erkennen, aber nach zwei Metern wurde alles von der Schwärze verschluckt.

»Manu?« Er wartete auf eine Reaktion, doch selbst der Schall schien von der Dunkelheit aufgesaugt zu werden. »Manu, wo bist du? Antworte doch.« Keine Reaktion, kein Geräusch. Nichts.

Das Einzige, was Frank hörte, war sein eigener Atem. Und sein Puls. Laut, hektisch.

Waren seine Befürchtungen wahr geworden? Hatte

jemand nun auch Manu etwas angetan? Frank löste sich aus seiner Starre und setzte vorsichtig einen Fuß vor den anderen. Mit kleinen Schritten tastete er sich zu der Stelle vor, an der Jens auf dem Boden liegen musste. »Manu?«, versuchte er es ein weiteres Mal, mit dem gleichen Ergebnis wie zuvor. Stille.

Mit dem nächsten vorsichtigen Schritt stieß er gegen etwas Weiches, einen Körper. Sein Herzschlag dröhnte noch eine Spur lauter in seinen Ohren, als er sich langsam bückte, tastete, fühlte … Ein Rücken, eine Schulter, klebrige, halberstarrte Feuchtigkeit … Jens.

Aber wo war Manuela? Auf allen vieren kroch Frank um den reglosen Körper herum und tastete den Boden ab. Als er alles abgesucht hatte, setzte er sich erschöpft neben Jens. Er fühlte sich wie betäubt, sämtlicher Energie beraubt, am Ende. Und die Erkenntnis trieb ihm Tränen der Verzweiflung in die Augen.

Manuela war verschwunden.

26 – 01:35 Uhr

Er schloss seinen Einsatzraum im Dunkeln auf. Er wollte nicht riskieren, dass ein Lichtschein ihn verriet. Hinter sich verriegelte er die Tür wieder, dann tastete er auf der rechten Seite nach dem Lichtschalter. Der Einsatzraum war der einzige Ort in der ganzen Anlage, an dem das Licht funktionierte. Alle anderen Lichtquellen hatte er abgeschaltet.

Er nahm sich eine kleine Wasserflasche aus einer Holzkiste an der Wand und ließ sich auf einen der einfachen Stühle fallen. Er war müde. Aber das zählte jetzt nicht. Jetzt zählte nur eins: das Spiel.

Wochenlang hatte er sich darauf vorbereitet. Seit fünf Tagen hielt er sich fast ausschließlich in der Anlage auf. Nun waren es nur noch wenige Stunden, dann würde alles vorbei sein. Bis jetzt war alles reibungslos verlaufen. Fast. Der Stich mit dem Schraubenzieher hätte eigentlich tödlich sein sollen. Aber wie schon beim ersten Versuch im Untergeschoss hatte er auch diesmal nicht richtig getroffen.

Der Hieb in der Krankenstation hingegen hatte genau gesessen und war exakt so dosiert gewesen, dass das Nasenbein brach, ohne dass der Knochen sich nach oben schob, was tödlich hätte sein können. Nein, er wusste, dass es absolut wichtig war, Frank Geissler am Leben zu lassen. Noch.

27 – 01:37 Uhr

Frank hätte nicht sagen können, wie lange er auf dem Boden gesessen und in die Schwärze vor sich gestarrt hatte, die hier und da von Bildern unterbrochen worden war. Von Bildern, die sein Gehirn produzierte. Die Fahrt im letzten Jahr in die Toskana. Laura hatte ihr Smartphone an die Autoanlage angeschlossen, und sie alle hatten lauthals mitgesungen. Zumindest die wenigen Lieder, die auch Frank und Beate kannten. Er hatte Laura im Rückspiegel beobachtet, und in diesem Moment war ihm zum ersten Mal klargeworden, das seine Tochter bald erwachsen sein würde. Er hatte ihr strahlendes Lachen gesehen, und der Gedanke, dass vielleicht schon bald irgendein pickelgesichtiger junger Bursche ihr zum ersten Mal das Herz brechen würde, hatte ihm einen Stich versetzt. Wie sehr er sein Mädchen liebte.

Dann hatte das Bild gewechselt, war wie in einem Film ausgeblendet und schließlich durch das ebenmäßige Gesicht seiner Frau ersetzt worden. Beate, die ihm liebevoll zulächelte, mit der er sich ein Leben aufgebaut hatte, auf die er sich immer und in jeder Situation hatte verlassen können. Die ersten beiden Jahre seiner Selbständigkeit waren nicht einfach gewesen, aber selbst als die Bank ihm weiteres Geld verweigert hatte und es für zwei, drei Monate sehr eng geworden war, hatte Beate kein einziges Mal an ihm und seiner jungen Firma gezweifelt. Im Gegenteil, sie hatte ihn ermutigt, nicht aufzugeben, als er schon bereit war, sein Scheitern zu akzeptieren. Und es hatte sich gelohnt, kurze Zeit später war der erste große Auftrag gekommen.

Seine Beate. Auf sie war immer Verlass. Und nun verließ sie sich darauf, dass er nichts tun würde, was ihr schadete. Dass er im Gegenteil alles dafür tun würde, dass es ihr gutging. Und er war drauf und dran, dafür zu sorgen, dass sie in wenigen Stunden vielleicht sterben würde. Ebenso wie Laura.

Eine Bewegung neben ihm riss ihn von diesen Bildern fort, aus seinen Gedanken.

Jens stöhnte auf.

»Jens.« Frank war sofort bei ihm. »Jens, kannst du mich hören?« Er wollte mit Jens reden, wollte seine Stimme hören. Irgendeine menschliche Stimme, die ihm das Gefühl gab, nicht gänzlich allein in dieser dunklen Kälte zu sein.

Schon wieder denkst du nur an dich selbst, ermahnte ihn eine Stimme in seinem Inneren. *Du hast allen Grund, dich zu schämen.*

Wahrscheinlich stimmte das, aber er hatte auch allen Grund, an sich zu denken. Er musste bei Verstand bleiben, um jede Chance zu nutzen, das Leben seiner Familie zu retten. Und sein eigens.

»Frank?« Jens war fast nicht zu verstehen, aber Frank war sich sicher, dass er eben seinen Namen gesagt hatte.

»Ja, ich bin hier, Jens. Ich bin da.«

Jens versuchte vergeblich sich etwas aufzurichten. Frank beugte sich über ihn. »Jens, wie geht es dir? Hast du Schmerzen? Wer hat dir das angetan? Weißt du, wo Manu ist? Sie hat hier neben dir gesessen und auf mich gewartet.« Er sprach so schnell, dass er einzelne Silben verschluckte. Er hatte Angst, dass Jens wieder die Besinnung verlor, bevor er ihm seine Fragen beantwortet hatte.

»Weiß nicht«, presste Jens hervor. »Schmerzen.«

Frank wurde sich bewusst, dass er die ganze Zeit neben dem schwerverletzten Jens gesessen hatte, ohne ihn zu verbinden. Die Verbandsrollen hatte er noch immer bei sich.

»Du hast eine Wunde auf dem Rücken. Ich verbinde dich jetzt.«

Aber wie sollte er das anstellen? Er musste den Verband unter Jens' Körper durchschieben, und das mehrfach. Das konnte er alleine unmöglich schaffen. Jens würde ihm helfen müssen.

»Jens, kannst du mich hören? Jens?«

»J… Ja.«

»Kannst du mir helfen? Kannst du versuchen, dich aufzurichten?«

»Ich … versuch's.«

Frank konnte nicht erkennen, was genau Jens tat, aber er stöhnte wieder laut auf, lauter noch dieses Mal, dann wuchs ein dunkler Umriss in die Höhe. Jens stieß einen erneuten Schmerzenslaut aus, atmete schwer.

Frank tastete nach Jens' Arm, schob ihm seine Hand unter die Achsel und stützte ihn. Schließlich hatten sie es geschafft, Jens saß schräg auf dem Boden und stieß in kurzen, geräuschvollen Schüben die Luft aus.

»Was … was ist passiert? Diese … Schmerzen … unerträglich.«

Jens war kaum zu verstehen, die Worte kamen unartikuliert aus seinem Mund.

»Du bist niedergestochen worden«, erklärte Frank. »Mit einem Schraubenzieher. Wir haben ihn herausgezogen und versucht, die Blutung zu stoppen. Ich glaube, die Wunde hat jetzt aufgehört zu bluten, aber ich muss sie noch verbinden.«

Jens nickte nur schwach.

Frank ertastete Jens' Brust und setzte den Anfang des Verbands an. Vorsichtig begann er dann, ihn abzurollen, und hoffte, die schmutzige, schmale Stoffbahn würde lang genug sein. Als er Jens umarmte, um an seinen Rücken heranzukommen, sank dessen Kopf auf seine Schulter. Frank spürte, wie Jens' Körper langsam schlaffer wurde und immer mehr in sich zusammensank. »Jens, halte durch, bitte.« Die erste Bahn war abgewickelt. »Wir haben es gleich geschafft.«

Der Verband reichte viermal um Jens' Oberkörper herum, und jedes Mal, wenn Frank die nächste Lage über die Wunde legte, stöhnte Jens auf. Als Frank gerade damit beschäftigt war, das Ende unter den straffen Verband zu schieben, wurde Jens schlagartig so schwer, dass er fast aus Franks Armen gerutscht wäre.

»Jens«, presste Frank unter dem Gewicht hervor. Er bekam keine Antwort. »Jens, kannst du mich hören?« Aber Jens hörte ihn nicht. Er war wieder besinnungslos.

Frank ließ Jens vorsichtig an sich herabgleiten und drehte sich dabei selbst ein Stück, so dass er ihn wieder auf den Boden legen konnte. Dabei durchzog ein derart heftiger Schmerz seine Brust, dass er ihn fast fallen gelassen hätte. Unter Aufbietung aller Willenskraft schaffte er es schließlich, ihn behutsam auf dem Bauch abzulegen. Als er die Arme unter ihm herauszog, kam Jens wieder zu sich. Er sagte etwas, das Frank nicht verstehen konnte. Erst als er es wiederholte, wurde es verständlicher. »Manu«, presste Jens hervor. »Sie ist …« Er keuchte, atmete in kurzen schnellen Schüben. »Manu isss …«

»Ja, ich weiß«, sagte Frank und beugte sich zu Jens hinunter. »Sie ist verschwunden. Weißt du, was geschehen ist? Jens? Wer hat sie mitgenommen? War es Torsten?«

Jens antwortete nicht, er hatte die Augen wieder geschlossen.

Frank ließ sich zurücksinken. Wo mochte Manu in diesem Moment sein? Und wie ging es ihr? War ihr etwas zugestoßen? Hatte man sie auch niedergeschlagen? Oder gefesselt? Geknebelt? Wahrscheinlich, denn Frank war sich sicher, dass Manu sonst geschrien hätte, wenn jemand versucht hätte, sie mit sich zu zerren.

Doch war es wirklich Torsten gewesen, der sie verschleppt hatte? Frank war sich seit seiner Begegnung mit ihm nicht mehr so sicher. Vielleicht griff dieser Irre, der sie hier eingeschlossen hatte, selbst ein, um sie gegeneinander aufzubringen. Was er bisher ja auch zweifellos geschafft hatte.

Aber was sollte, was *konnte* Frank nun tun? Neben Jens sitzen zu bleiben und in die Dunkelheit zu starren würde niemandem helfen, am allerwenigsten ihm selbst und seiner Familie. Aber sollte er Jens wirklich allein zurücklassen und nach Manu suchen? In einer Anlage mit mehreren Stockwerken, von denen jedes einzelne ihm wie ein Irrgarten erschien? Im Dunkeln? Und was war, wenn er sie fand und Torsten war bei ihr? Oder dieser Psychopath?

Frank tastete vorsichtig nach seiner Nase, die ihm jetzt wieder extrem wehtat. Er war mittlerweile ziemlich lädiert, wurde ihm bewusst. Er hatte ein gebrochenes Nasenbein, wahrscheinlich eine oder sogar mehrere gebrochene Rippen. Wie sollte er in dieser Verfassung eine Chance gegen einen Muskelberg wie Torsten haben? Gegen den er selbst in vollkommen gesundem Zustand kaum etwas würde ausrichten können? Oder gegen jemanden, der offensichtlich hochgradig gestört war? Der einen Menschen bei lebendigem Leib von Ratten auffressen ließ?

Andererseits hatte er nichts zu verlieren. Nichts außer sein Leben, und das verlor er auf jeden Fall, wenn er weiter nichts unternahm. Seines und das seiner Familie.

Die Aufgabe. Er musste sie lösen und sich den Punkt sichern.

Das war im Moment wichtiger als alles andere. Wie hatte sie noch gelautet?

Mein Kopf ist weich, was schützt mich vor dem ABC.

Dieses ABC … Frank war sicher, damit waren nicht die Buchstaben von A bis Z gemeint, sondern etwas anderes. Und er spürte, dass irgendwo in seiner Erinnerung der Schlüssel dazu lag, was damit gemeint war.

Aber der erste Teil? *Mein Kopf ist weich* … Das klang tatsächlich so, als ob es etwas mit Lernen zu tun hätte. Frank erinnerte sich an seine Studienzeit, an das nächtelange Lernen vor Klausuren und das Gefühl, dass irgendwann nichts mehr in den Kopf hineinwollte. Dieses Gefühl hätte man durchaus mit einem weichen Kopf beschreiben können.

Frank überlegte fieberhaft, was es in dieser Bunkeranlage gab, das etwas mit Lernen zu tun hatte. Er erinnerte sich, dass sie auf einem ihrer Erkundungsgänge in eine Art Bibliothek hineingesehen hatten. Es war ein nicht allzu großer, länglicher Raum, dessen Wände bis unter die Decke mit Regalen zugestellt waren, in denen Hunderte von alten Büchern standen. Noch war ihm nicht klar, was genau die Aufgabe zu bedeuten hatte, aber wenn sie tatsächlich irgendwie mit dem Lernen zusammenhing, dann war die Wahrscheinlichkeit, dass diese Bibliothek eine Rolle dabei spielte, ziemlich hoch.

Und es war allemal besser, etwas zu unternehmen, als tatenlos auf dem eiskalten Boden neben einem Bewusstlosen zu sitzen und abzuwarten, was geschah. Blieb nur das Problem mit der Dunkelheit. Wie sollte er in dieser verdammten Schwärze einen Raum finden, wenn er nur noch eine vage Vorstellung davon hatte, wo dieser Raum sich befand?

Aber egal. Er musste es zumindest versuchen.

Frank fühlte noch einmal nach Jens' Puls. Er war schwach und recht langsam, wenn er das richtig beurteilte, aber er war noch zu spüren. Dann rief er mehrmals Jens' Namen in der Hoffnung, dass er ihn hören und ihm antworten konnte, doch Jens rührte sich nicht. Frank fragte sich nicht zum ersten Mal, ob Jens diese Nacht überleben würde.

Er unternahm mehrere mühsame Versuche, sich aufzurichten, doch die Schmerzen in der Brust waren so stark, dass er immer wieder innehalten musste. Erst im vierten Anlauf schaffte er es, sich komplett hochzudrücken. Schwankend stand er neben Jens und wäre wohl nach Sekunden wieder hingefallen, wenn er sich nicht an der Wand hinter sich hätte abstützen können.

Er wartete noch zwei, drei Minuten, bis er das Gefühl hatte, es wagen zu können, dann ging er mit vorsichtigen Schritten los.

28 – 01:56 Uhr

Frank nahm erst gar nicht den Gang mit der gelben Linie, denn er war sicher, dass die Bibliothek in entgegengesetzter Richtung lag. Er konzentrierte sich auf die Geräusche um ihn herum, während er sich an der Wand entlang vorwärtstastete. Das leise Tippeln von Rattenpfoten war so allgegenwärtig, dass es ihm in der Zeit, die er neben Jens gesessen hatte, gar nicht mehr aufgefallen war. Nun aber, wo er bemüht war, die fehlende Sicht durch sein Gehör zumindest ein wenig wettzumachen, hörte er es überall fiepen und rascheln.

Hier und da konnte er die grünen Türumrandungen noch erahnen, aber das reichte nicht mehr aus, um seine Umgebung komplett zu erfassen.

Seine Hand ertastete einen Türrahmen, dann bekam sie die Klinke zu fassen. Er öffnete die Tür und machte einen Schritt in die Schwärze hinein, dann einen weiteren. Er wandte sich nach rechts und ging mit nach vorne ausgestreckten Armen weiter, bis seine Hände auf kalten Beton stießen. Frank tastete sich zwei, drei Meter vor, dann gab er es auf. Keine Regale, keine Bücher. Das war nicht der Raum, den er suchte.

Eine knappe Minute später war er wieder draußen und stieß nach wenigen Metern auf die nächste Tür. Auch hier hatte er keinen Erfolg.

Eben war er im Begriff, den Weg zurück zum Gang einzuschlagen, als er von dort Geräusche hörte, die ihn verharren ließen. Schritte.

Sie kamen von links und näherten sich schnell. Frank schätzte, dass er noch etwa zwei Meter von der geöffneten Tür entfernt war. Er bewegte sich keinen Millimeter weiter, zwang sich, ganz flach zu atmen, und hielt schließlich den Atem ganz an. Genau vor der Tür hörten die Schritte auf. Wer immer da vor ihm stand, nur drei, vier Armlängen entfernt, schien ebenso in die Dunkelheit zu horchen wie er selbst. Frank spürte, wie sich feine, kalte Perlen auf seiner Stirn bildeten. Sein Körper verlangte nach Sauerstoff, wollte atmen, aber er kämpfte das Verlangen nieder. Ein kleinster Atemzug würde ihn verraten. Sein Gehirn formulierte Sätze, schneller, als sein Verstand sie verarbeiten konnte. Wer war das? Torsten? Oder der Psychopath? Oder war es vielleicht sogar Manuela? Nein, dafür hatten die Schritte zu schwer geklungen. Zu plump. Er durfte sich auf keinen Fall verraten. Wer immer dort stand – es war besser, wenn er ihn nicht bemerkte. Frank zwang sich dazu, sich auf die Geräusche zu konzentrieren, die der andere machte. Auch der andere schien regungslos dazustehen und den Atem anzuhalten.

Alles in Frank war bis zum Zerreißen angespannt, Brust, Hals und Nase schmerzten höllisch, hinzu kam nun noch die brennende Lunge, aber er versuchte es so gut es ging zu ignorieren. Nur noch wenige Sekunden, dann würde er atmen müssen. Dann würde er sich verraten … Ein Rascheln, dann ein Schritt, ein weiterer … Der andere entfernte sich. Frank wartete so lange ab, wie er es gerade noch konnte, dann gab er dem Drängen seiner Lunge nach und sog mit weit geöffnetem Mund die Luft ein. Er hoffte, dass nichts davon draußen auf dem Gang zu hören war.

Minutenlang verharrte er weiter, wagte nicht, sich zu bewegen, aus Angst, der andere könnte noch in der Nähe sein und ihm auflauern. Er fühlte sich an seinen Wehrdienst zurückerinnert, an die Nachtübungen, die sie durchgeführt hatten. Damals war er einige Male in einer ähnlichen Situation gewesen. Nachts, in einem Wald, bei wolkenverhangenem Himmel. Auch dort hatte er nichts sehen können und sich einzig auf sein Gehör und sein Gefühl für die Nähe eines anderen Menschen verlassen müssen. Aber auch wenn diese Übungen so realitätsnah wie möglich abgehalten worden waren, er hatte immer gewusst, dass es nur eine Übung war, und egal was auch geschah, er war keiner wirklichen Gefahr ausgesetzt gewesen. Das war in dieser Nacht anders.

Wie verrückt die Welt doch war. Während seiner Zeit beim Militär, wo er darauf getrimmt worden war zu töten, wo er den Gedanken kennengelernt hatte, im Ernstfall vielleicht selbst getötet zu werden, hatte er sich sicher gefühlt. Und jetzt lauerte die tödliche Gefahr plötzlich Jahre später hier, im Privaten, in dieser Nacht.

Seine Gedanken schweiften wieder zurück zu den Übungen als Soldat. Da war noch etwas anderes gewesen. Ein Bild tauchte auf, unklar noch, verschwommen, aber wichtig, das spürte er. Er musste sich konzentrieren, sich erinnern, an etwas, das einprägsam genug gewesen war, dass er es auch heute, rund 25 Jahre später, noch nicht vergessen hatte. Und dann war plötzlich alles wieder da.

Dieses Kommando, das sie alle gehasst hatten. ABC-Alarm! Es war eine Tortur gewesen, aber ihr Zugführer hatte es auf Märschen unerbittlich immer wieder gegeben. Dann mussten sie alle ihren Poncho überwerfen und die Atemschutzmaske aus Gummi überziehen, die das Atmen erschwerte und sie aussehen ließ wie Aliens.

Franks Gedanken überschlugen sich. Die Aufgabe. *Was schützt mich vor dem ABC?* Mit ABC war der ABC-Alarm gemeint. Danach hatte er die ganze Zeit über gesucht! Und schützen konnten davor nur Schutzanzüge und Masken. Solche, wie sie im Eingangsbereich der Bunkeranlage an Haken von der Decke hingen und Manuela erschreckt hatten. Das war es, da wartete sein erster Punkt! Dort musste er hin. Sofort!

Frank wandte sich um und ging los, stoppte nach ein paar Schritten jedoch wieder. Dieser kleine geflieste Raum mit den Anzügen … er befand sich im Schleusenbereich, zwischen den beiden schweren Türen. Und damit hinter der Tür, die sie in dieser Anlage einschloss. Wie sollte er da rankommen? Andererseits, wenn er diesen Satz mit dem ABC richtig interpretierte – und er war sich ganz sicher, dass er das tat –, dann musste es eine Möglichkeit geben, die erste Tür zu öffnen und zu den Anzügen zu gelangen, sonst ergab die ganze Aufgabe keinen Sinn. *Es sei denn, dieser Psychopath treibt sein perverses Spiel so weit, uns eine Aufgabe zu stellen, die gar nicht lösbar ist*, überlegte er.

Aber was nutzten all diese Spekulationen? Alles war besser, als in dieser elend kalten Dunkelheit herumzustehen und nichts zu tun. Er musste es versuchen.

Der Rückweg dauerte noch länger als das Vorwärtstasten auf der Suche nach der Bibliothek, da Frank alle paar Meter stehen blieb und auf das Geräusch von Schritten lauschte. Oder auf ein Atmen in der Stille.

Die Gewissheit, dass da noch jemand war, ganz plötzlich vor ihm stehen konnte, jemand, der nicht davor zurückschreckte, einem Menschen einen Schraubenzieher in den Rücken zu rammen, jagte Adrenalin durch Franks Körper und ließ ihn sogar die Schmerzen vergessen.

Immer wieder verharrte er stocksteif, wenn es vor ihm raschelte oder er hinter sich das schnelle Tippeln kleiner Pfoten vernahm. Er dachte an Jens, der bestimmt noch immer an der gleichen Stelle auf dem Boden lag. Ungeschützt und nicht in der Lage, sich zu wehren, wenn die Ratten ihn entdeckten und der Hunger sie überkam.

Frank verspürte den Drang, seine Schritte zu beschleunigen. Wie hatte er Jens nur allein zurücklassen können? Hochkonzentriert legte er Meter um Meter zurück und hatte dabei die vage Hoffnung, dass Manuela wieder neben Jens saß, wenn er den Raum vor dem Ausgang erreichte.

Aber sie war nicht dort. Jens lag in unveränderter Position auf dem kalten Boden. Frank überlegte, wie er ihn vor den Ratten schützen konnte. In diesem Raum war das aussichtslos, so viel stand fest. Aber wo dann? Die Betten, die er in den Schlafräumen gesehen hatte, waren alle ohne Matratzen gewesen. Frank musste also einen Raum finden, dessen Tür bisher geschlossen geblieben war, so dass die Ratten noch nicht hineingelangt waren. Dort wäre Jens dann sicher. Zumindest was die Ratten betraf.

Aber wie sollte er ihn in so einen Raum bringen? Ihn zu tragen kam nicht in Frage, das konnte er mit den gebrochenen Rippen unmöglich schaffen. Also würde er ihn irgendwie ziehen oder schleifen müssen. Ein gutes Stück den Gang hinunter bis zu den ersten kleineren Räumen, deren Türen nicht offen standen. Blieb die Frage, wie er das anstellen sollte. Auf jeden Fall würde es einige Zeit in Anspruch nehmen. Zeit, in der Torsten vielleicht ebenfalls auf die Idee mit den ABC-Schutzanzügen kommen konnte. Und damit wäre die letzte Chance für Frank, das Leben seiner Familie und sein eigenes zu retten, vertan. Sollte er sich also nicht besser zuerst um die Aufgabe kümmern und

Jens anschließend vor den Ratten in Sicherheit bringen? Bisher hatten sie ihn ja auch in Ruhe gelassen. Aber … hatten sie das wirklich? Oder wiesen Jens' Hände schon vereinzelte Bissspuren auf? Frank konnte sich nicht sicher sein. Ein Fiepen in seiner unmittelbaren Nähe besiegelte schließlich seinen Entschluss, sich direkt um Jens zu kümmern, und nicht zum ersten Mal in dieser Nacht schämte er sich für seine vorherigen Gedanken.

Der Boden war einigermaßen glatt, und Frank fiel plötzlich die Wolldecke ein. Wenn er es schaffte, Jens auf die Wolldecke zu legen, die er selbst als Poncho trug, müsste es möglich sein, ihn über den Boden zu ziehen. Frank streifte die kratzige Decke über den Kopf und breitete sie neben Jens aus. Sofort kroch die Kälte durch seinen Pullover. Er ging um Jens herum und kniete sich neben seinen Kopf. Einfach auf die Decke drehen konnte er Jens nicht, denn dann hätte er auf dem Rücken und damit auf der Wunde gelegen. Also schob er die Hände unter Jens' Brustkorb, atmete ein paarmal tief durch und machte sich auf die Schmerzen gefasst, die zwangsläufig folgen mussten. Mit einem Ruck hob er Jens' Oberkörper ein Stück an und zog ihn gleichzeitig nach rechts. Der Schmerz ließ ihn beinahe ohnmächtig werden. Er schrie auf, während er den schlaffen Körper so weit wie möglich auf die Decke zerrte. Als er Jens' Oberkörper abgelegt hatte, liefen ihm Tränen über die Wangen. Er hockte sich auf die Fersen und wusste für einen Moment weder ein noch aus vor Schmerz. Er hoffte inständig, dass es ihm gelingen würde, Jens so, wie er jetzt auf der Decke lag, über den Boden zu ziehen. Ein zweites Mal würde er ihn nicht hochheben können.

Frank dachte wieder an die Aufgabe und an die Tür, die nur wenige Meter von ihm entfernt am Ende des schmalen

Durchganges darauf wartete, geöffnet zu werden. Der letzte gelbliche Schimmer ließ ihn den schwarzen Durchgang schräg gegenüber erahnen. Frank wandte sich ab. Nein, sagte er sich. Das würde warten müssen.

Er tastete nach Jens' Hals. Der Puls war nur schwach, aber noch immer spürbar. Frank packte zwei Ecken der Decke, richtete sich mühsam auf und lauschte in leicht gebückter Stellung, aber außer vereinzeltem Rascheln war nichts zu hören. Vorsichtig lehnte er sich ein Stück zurück und zog kräftig. Es ging viel besser, als er gedacht hatte. Die Wolldecke rutschte so leicht über den Boden, dass Frank fast nach hinten gefallen wäre. Er sammelte sich einen Moment und zog dann etwas vorsichtiger, bewegte sich in Richtung der gelben Linie.

Die ersten Türen, die er im Gang erreichte, standen weit offen. In den dahinterliegenden Räumen ließen die typischen Geräusche darauf schließen, dass mehrere Ratten darin herumliefen. Am Ende des Ganges zog Frank seine Last nach links und versuchte es weiter. Die vierte Tür auf der linken Seite schließlich war geschlossen. Er lehnte sich für einen Moment gegen den Türrahmen und entspannte den Oberkörper so weit, dass die Schmerzen in der Brust etwas nachließen. Er fühlte sich komplett ausgepowert. Aber er musste sich beeilen, weitermachen. Als er das Gefühl hatte, wieder etwas Kraft gesammelt zu haben, öffnete er die Tür, zog Jens ruckartig hinein und schloss sie sofort hinter sich wieder. Etwa eine Minute lang stand er reglos da und lauschte, aber außer seinem eigenen schweren Atem war nichts zu hören. Hier schienen noch keine Ratten zu sein. Gut, dachte er, hier würde Jens fürs Erste sicher sein.

Frank machte sich daran, die Decke unter Jens' schlaffem Körper herauszuziehen. Er hätte ihn gerne auf dem etwas wärmenden Untergrund liegen lassen, aber er brauchte die Decke selbst, wenn er nicht vollkommen auskühlen wollte.

Nachdem er das kratzende Material wieder über seine Schultern gelegt hatte, tastete er sich an den Wänden entlang bis zu seinem Ausgangspunkt neben der Tür zurück.

Vorsichtig verließ er den Raum, schloss die Tür schnell hinter sich und machte sich auf den Weg zurück zu der eisernen Schleusentür.

Als er am Durchgang zur Schleuse angelangt war, lag dieser wie ein schwarzer Schlauch vor ihm. Er musste an Manuelas toten Kater denken, der sich dort irgendwo wenige Meter vor ihm steif auf einem der Rohre befand. Was würde er gleich vorfinden, wenn er die Tür erreichte? Er gab sich einen Ruck und tastete sich weiter langsam vorwärts. Seine Hände berührten glattes Metall und grobes Gusseisen, Kästen und Kabel. Er prallte mit der Stirn gegen etwas Hartes, stöhnte auf und machte einen weiten Bogen darum herum. Schließlich hatte er die Tür zur Schleuse erreicht und stieß vor Überraschung einen Laut aus, der ihm selbst fremd vorkam.

Die eiserne Schleusentür stand weit offen.

29 – 02:33 Uhr

Frank stand reglos da, den Blick in die Dunkelheit vor sich gerichtet. Er hatte also recht gehabt mit seiner Vermutung. Die dritte Aufgabe bezog sich auf die Schutzanzüge in der Schleuse. Warum sonst sollte plötzlich die erste Tür offen sein? Oder waren etwa beide Türen geöffnet worden? War das schreckliche Spiel vorbei und der Weg nach draußen frei? Nein, sagte er sich selbst, das wäre vollkommen unlogisch. Natürlich würde er nachsehen, ob die äußere Tür noch verschlossen war, aber er machte sich keine Hoffnungen.

Er musste sich um die Schutzanzüge kümmern. Sein erster Punkt war zum Greifen nahe, und er bedeutete Leben für Laura und Beate. Aber … was, wenn Torsten schon vor ihm da gewesen war? Oder sogar noch da war? Oder wenn jemand anderes dort auf ihn wartete?

Frank dachte an die Schritte von vorhin in dem dunklen Gang, die dicht vor ihm aufgehört hatten, und an die Atemgeräusche, die plötzlich verstummt waren. Da war jemand gewesen, das hatte er deutlich spüren können.

Lauerte ihm derjenige jetzt in der Dunkelheit auf? Frank spürte, wie sich ein kalter Schweißfilm auf seiner Stirn bildete, und er hielt unwillkürlich den Atem an. Er konzentrierte sich auf jedes noch so kleine Geräusch, aber da war nichts. Nicht einmal ein Tippeln oder Rascheln war zu hören. Es schien, als machten sogar die Ratten einen Bogen um diesen Bereich.

Frank wusste, der Raum mit den Schutzanzügen ging

gleich hinter der Schleusentür links ab. Die nächsten Schritte konnten ihn in größte Gefahr bringen. Irgendwo dort drinnen konnte jemand sein und ihn von hinten angreifen, so wie Jens. Und vielleicht würde dieser Jemand dieses Mal besser zielen. Vielleicht würde der Angriff tödlich sein.

Frank sagte sich, dass er keine Alternative hatte, er *musste* durch diese Tür, nachsehen, ob der äußere Zugang zu der Anlage vielleicht tatsächlich offen war. Und falls nicht, musste er zu dem gekachelten Raum mit den ABC-Schutzanzügen. Dieser Punkt war lebenswichtig. Für seine Familie.

Er musste es einfach wagen.

Frank hatte Angst, und diese Angst drohte ihn vollkommen zu lähmen. Sein Gehirn gab den Muskeln den Befehl loszugehen, doch seine Beine gehorchten nicht. Wie erstarrt stand er da und trug einen inneren Kampf aus, doch schließlich gewann sein Wille die Oberhand, seine Beine gehorchten ihm wieder. Er machte einen ersten, vorsichtigen Schritt, einen weiteren, drehte sich ein Stück nach links, in Richtung des gekachelten Raums, und lauschte konzentriert. Als er nichts Verdächtiges hörte, drehte er sich um und tastete sich an der Wand auf der rechten Seite entlang, bis er die äußere Tür erreicht hatte. Sie war verschlossen.

Obwohl Frank damit gerechnet hatte, versetzte ihm die Erkenntnis einen Stich. Mit hängendem Kopf stand er da, die Hand noch auf dem eiskalten Metall der Tür. Sein Körper fühlte sich energielos und schlaff an, und am liebsten hätte er sich einfach auf den Boden sinken lassen und sich nicht mehr von der Stelle gerührt. *Wenn du aufgibst, stirbst du*, flüsterte ihm eine innere Stimme zu. »Na und?« Frank wusste nicht, ob er es nur gedacht oder laut ausgesprochen hatte. Er hob den Kopf und starrte in die Schwärze. »Ist doch egal«, sagte er und dieses Mal sprach er es aus. Die Worte kamen ihm in der einsamen Stille unverhältnismäßig laut vor. »Dann sterbe ich eben. Ich sterbe doch sowieso.« Und dann schrie er es heraus, mit aller Frustration und aller Wut, die er in diesem Moment verspürte: »JA, ES IST MIR SCHEISSEGAL. HÖRST DU, DU PSYCHOPATHISCHES ARSCHLOCH? SCHEISS-E-GAL!«

Die Wut verrauchte genauso schnell wieder, wie sie über ihn hereingebrochen war. Schweratmend stand Frank da und spürte unter seiner Handfläche das kalte Metall, das ihn gefangen hielt. Ihm wurde bewusst, dass das gerade furchtbar dumm von ihm gewesen war. Falls Torsten die Aufgabe noch nicht gelöst hatte, so hatte er ihn mit seinem Geschrei angelockt. Und Frank wusste, Torsten würde keine Sekunde zögern, ihm auch diesen Punkt wegzunehmen. Dann war alles vorbei.

Er dachte fieberhaft nach. Torsten war vielleicht weit weg. Wenn Frank sich beeilte, konnte er es schaffen, konnte mit dem Punkt schon verschwunden sein, wenn Torsten in der Schleuse auftauchte. »Ja, los, du musst dich beeilen«, flüsterte er sich selbst beschwörend zu. »Er kommt. Und er wird dein Kind töten, wenn er dir den Punkt wegnimmt.« Frank dachte keine Sekunde darüber nach, dass er Selbstgespräche führte. »Los jetzt!«

Er wandte sich um, fühlte sich plötzlich gehetzt wie ein Fuchs, der das Gebell der Jagdhunde hören kann und das Knacken der Äste und Zweige, die unter den schweren Schuhen der Jäger brechen.

Ohne weiteres Zögern tastete Frank sich zurück, bis er

den Durchgang zu den Schutzanzügen erreicht hatte. Dort blieb er stehen und wartete. Auf eine Bewegung, ein verräterisches Geräusch. Nichts. Es herrschte absolute Stille.

Er ist noch nicht da. Noch nicht. Aber bald, bald wird er kommen. Dann muss ich weg sein. Mit meinem Punkt. Ich muss mich beeilen.

Frank glaubte sich zu erinnern, dass die Anzüge etwa zwei Meter hinter dem Eingang des Raumes von der Decke hingen. Von seiner Position aus mussten es also etwa drei bis vier kleine Schritte sein. Er streckte die Arme vor sich aus und ging langsam vorwärts. Einen Schritt, einen weiteren. Er stieß mit der Fußspitze an und zog schnell den Fuß zurück, erinnerte sich dann aber daran, dass eine niedrige Stufe kurz hinter dem Durchgang in den Raum führte, und startete einen erneuten Versuch.

Zwei weitere Schritte machte er noch, bis seine Fingerspitzen gegen gummiartiges Material stießen. Das musste einer der Anzüge sein. Frank stand unmittelbar davor. Aber wie ging es nun weiter? Wonach sollte er suchen? Und wo? Er musste sich beeilen.

Mein Kopf ist weich, was schützt mich vor dem ABC?, rief er sich die Aufgabe in Erinnerung. *Denk nach, Frank.*

Wenn es etwas mit dem Kopf zu tun hatte, dann war das, was er finden sollte, vielleicht hinter einer der Schutzmasken versteckt, die in den Kapuzen der Anzüge hingen.

Frank machte einen weiteren Schritt und berührte mit der Schulter den Anzug, was ihm einen Schauer über den Rücken jagte. Der intensive Geruch nach altem Gummi stieg ihm in die Nase, ihm wurde übel. Er versuchte es zu ignorieren und tastete über das glatte, unangenehme Material nach oben, bis er schließlich den runden, dosenartigen Filter der Atemschutzmaske erreicht hatte. Dabei musste er die Zähne zusammenbeißen, um die Schmerzen in seiner Brust auszuhalten. Etwas weiter oben glitten seine Finger über das Plastik der dreieckigen Augenöffnungen. Das Gummi um sie herum fühlte sich etwas weicher an als das Material des Anzuges, was das Ganze aber nicht besser machte. Er sah Bilder von zu Monstern verunstalteten Menschen mit kreisrunden Löchern statt Mündern vor seinem inneren Auge. Adrenalin schoss ihm durch den Körper, alles in ihm drängte danach, die Hand schnell zurückzuziehen, doch er zwang sich dazu, weiterzutasten. Er *musste* diesen Punkt bekommen.

Reiß dich zusammen. Das ist ja lächerlich. Du bist doch kein kleiner Junge mehr, der Angst vor Monstern hat.

Mein Kopf ist weich … Er musste dort suchen, wo normalerweise der Kopf war. Hinter der Maske. Seine Hand suchte einen Weg an der Maske vorbei. Er stellte sich auf die Zehenspitzen, doch auch das nutzte nichts. Also ging er noch näher heran, so weit, dass er den Anzug mit seinem Körper ein Stück weit nach hinten drücken konnte. Er spürte Widerstand. Etwas quietschte, wahrscheinlich die Haken der anderen Anzüge. Er erinnerte sich, dass er beim Hereinkommen drei oder vier gesehen hatte. Frank startete einen erneuten Versuch, wandte dabei den Kopf so weit ab, wie es ging. Der Gummigeruch war unerträglich, und er befürchtete, sich übergeben zu müssen. Das Plastik der Augenöffnungen, Gummi, eine seitliche Schnalle … Frank streckte sich noch höher, noch weiter nach vorne, er war kurz davor, vornüber zu kippen, schaffte es endlich, die Hand seitlich an der Maske vorbeizuschieben, und tastete mit der anderen Hand über das glatte Material des Schutzanzugs. Er suchte eine Naht, an der er sich festhalten konnte, um noch weiter hinter die Maske zu kommen … da berührte ihn eine Hand am Oberschenkel.

Franks Körper krampfte sich vor Schreck zusammen, ein Schrei löste sich aus seiner Kehle, dann brach das Chaos los.

Um ihn herum herrschte plötzlich lautes Getöse, als würde die Welt untergehen. Geräusche, die er nie zuvor gehört hatte, dröhnten in seinen Ohren, etwas schlug ihm auf den Kopf, gegen die Schulter. Er drehte sich, wurde wieder und wieder getroffen, sein Kopf wurde von etwas bedeckt, der Gummigeruch wurde unerträglich. Er bekam plötzlich keine Luft mehr, verlor die Orientierung, wusste nicht mehr, wo oben und unten war. Er stürzte zu Boden, doch es hörte nicht auf. Ein wahres Schmerzfeuerwerk raste durch seinen ganzen Körper, Dinge prasselten auf ihn herab, legten sich schwer auf ihn, etwas Scharfkantiges riss ihm die Wange auf und streifte seine gebrochene Nase.

Dann hörte es ebenso schnell wieder auf, wie es angefangen hatte. Von einer Sekunde zur nächsten wurde es still, doch Frank hatte keine Zeit, darüber nachzudenken. Er spürte seinen eigenen, heißen Atem und hatte das Gefühl zu ersticken. Mit hektischen Bewegungen versuchte er seine Hände frei zu bekommen. Während seiner verzweifelten Befreiungsversuche begriff er, dass die schweren Schutzanzüge auf ihn heruntergefallen sein mussten und ihm nun den Atem nahmen. Diese Schmerzen. Er spürte etwas Warmes an den Lippen. Seine Nase, sie blutete wieder.

Endlich hatte er erst eine Hand, dann beide Hände frei. Er wühlte in dem harten Material über seinem Kopf, versuchte das, was ihn bedeckte, zur Seite zu ziehen, doch er bekam das glatte Material nicht zu fassen, seine Finger rutschten immer wieder ab. Seine Beine begannen wild zu schlagen, ohne dass er es kontrollieren konnte, bunte Punkte mischten sich vor seinen Augen in die Schwärze. Dieser Gestank … Er musste sich beeilen, er … Mit einem gewaltigen Ruck wurde das, was auf ihm lag, plötzlich weggerissen, sein Mund war frei, er konnte atmen. Atmen. Tief holte Frank Luft, und es störte ihn nicht, dass sie trocken war, für ihn war sie in diesem Moment wie eine frische Brise. Etwas blendete ihn, er schloss die Augen und sog diese köstliche Luft bis in die kleinsten Verästelungen seiner Lunge, wieder und wieder, bis ein Gedanke ihn innehalten ließ.

Geblendet? Wie konnte es sein, dass er … Er riss die Augen auf und kniff sie sofort wieder zusammen. Ein Lichtstrahl war auf ihn gerichtet. Aber wo kam …

»Na, Fränkie-Boy? Etwas zu stürmisch gewesen?« Diese Stimme … Torsten. Frank stöhnte auf. Nun war alles vorbei. Er hatte den Punkt noch nicht einmal gefunden, Torsten könnte ihn also sogar zu Recht in Anspruch nehmen, wenn er ihn nun entdeckte. Alles aus.

»Ich … die Anzüge … Sie sind plötzlich heruntergekommen«, stammelte Frank und hätte dabei vor Verzweiflung am liebsten geschrien.

»Ja, ich sehe es. Die ABC-Schutzanzüge. *Wer schützt mich vor dem ABC …*«

Frank versuchte erneut, die Augen zu öffnen, doch der Lichtschein war zu grell. Er legte den Unterarm quer über die Augen und sagte: »Kannst du bitte das Licht woanders hinhalten?«

Der helle Schein verschwand, und Frank öffnete die Augen. Obwohl das Licht des Handydisplays nicht sehr stark war, schmerzte es, und er musste ein paarmal blinzeln, bis seine Augen sich etwas an die plötzliche Helligkeit gewöhnt hatten. Dann sah er Torsten, der über ihm stand und ihm eine Hand hinhielt. Frank ergriff sie und ließ sich von ihm auf die Beine helfen.

»Gar nicht so dumm, auf die Idee bin ich nicht gekommen.« Torsten zeigte auf die Schutzanzüge, die in einem wilden Durcheinander mit Atemschutzmasken und langen Gummihandschuhen auf dem Boden lagen. Frank stand mittendrin, den Blick auf einen der recht starr aussehenden Handschuhe gerichtet. Er war so lang, dass er sicher bis zum Ellbogen reichen musste. »Hast … hast du mich gerade berührt, bevor dieser ganze Kram heruntergekommen ist?«

Torsten zog die Brauen zusammen. »Berührt? Wie kommst du auf den Quatsch? Ich habe dein Geschrei gehört und war gerade an der Schleusentür angekommen, als du dieses Durcheinander hier veranstaltet hast.«

Frank hatte deutlich die Berührung einer Hand gespürt. Er bückte sich, hob den Handschuh auf und befühlte ihn. Er war sehr steif, wirkte fast unbeweglich. »Schon gut, ich bin wohl gegen einen der Handschuhe gestoßen.«

»Ach, und dabei hast du dich so erschrocken, dass du die Anzüge heruntergerissen hast? Das sieht dir ähnlich. Der Mutigste warst du ja noch nie.« Torsten sah sich in dem kleinen Raum um. »Wo ist denn deine kleine Freundin Manu?«

Frank ließ die Hand mit dem Gummihandschuh sinken. »Sie ist verschwunden.«

»Wie, verschwunden? Habt ihr euch gestritten? Ist sie abgehauen?«

»Als ich von der Krankenstation zurückkam, wo ich niedergeschlagen wurde …« Er machte eine Pause. »Sie hat auf Jens aufgepasst, während ich weg war. Als ich zurückkam, war sie nicht mehr da.«

»Hm«, machte Torsten. »Vielleicht hat sie sich aus dem Staub gemacht?«

»Und hat Jens einfach liegen lassen? Nein, das glaube ich nicht. *Manuela* würde so was nie tun.«

»Nun hör endlich auf mit deinen dämlichen Anspielungen. Ich dachte, das hätten wir geklärt?«

»Ich glaube jedenfalls, dass sie jemand gezwungen hat mitzukommen. Wer auch immer.«

»Scheiße.«

Frank nickte, sein Blick suchte Torstens Augen. »Was willst du überhaupt hier?«

»Ja, sieht dir ähnlich, so was zu fragen.« Die Worte klangen gepresst, nach unterdrückter Wut. »Du hast herumgebrüllt, schon vergessen? Ich dachte, dieser Psychopath steht vor dir und will dich abmurksen. Ich wollte dir helfen, du verdammter Idiot. Ich habe dich gerade unter dem Gummiberg rausgezogen. Du hast hier rumgezappelt, als wärst du kurz vorm Krepieren. Wahrscheinlich wärst du erstickt, wenn ich nicht gekommen wäre. Ich habe dir gerade das Leben gerettet, Fränkie-Boy. Aber statt danke zu sagen, kommt direkt wieder so was.«

»Vielleicht überlegst du dir mal, warum? Du hast Manu und mir den ersten Punkt weggenommen und uns bedroht. Du hast auch Jens bedroht, als er seine Aufgabe gelöst hat. Du sagtest, dass er jetzt allen Grund hat, Angst zu haben, und dass er aufpassen soll, dass er seinen Punkt behält. Eine Viertelstunde später lag Jens mit einem Schraubenzieher im Rücken auf dem Boden, und sein Punkt war verschwunden. Was würdest du an meiner Stelle denken?«

Torstens Oberkörper zuckte, und Frank rechnete schon damit, dass er gleich auf ihn losgehen würde, doch Torsten winkte ab. »Ach, du kannst mich mal.«

Frank wusste nicht, was er denken sollte. Dass seine dumme Schreierei Torsten angelockt hatte, war klar. Fraglich war, aus welchem Grund er gekommen war. Um Frank zu helfen, wie er es behauptete, oder eher wegen des nächsten Punktes? Andererseits – wenn es tatsächlich Torsten gewesen war, der Jens niedergestochen und seinen Punkt an sich genommen hatte, brauchte er keinen weiteren mehr. Mit dem Stethoskop hatte er dann schon die beiden, mit denen er sein eigenes Leben und das seiner Tochter freikaufen konnte.

»Und wo ist jetzt dieser Punkt?«

Frank schüttelte den Kopf. »Das werde ich dir ganz sicher nicht sagen. Ich habe die Aufgabe gelöst, nicht du.«

Torsten sah ihm eine Weile in die Augen, dann verzog sich sein Mund zu einem schiefen Grinsen. »Du hast ihn noch gar nicht, stimmt's, Fränkie-Boy? Du weißt nicht mal, was dieser Punkt überhaupt sein soll, hab ich recht?«

»Das spielt keine Rolle.« Er hatte es gewusst. Der Kerl würde ihm den Punkt vor der Nase wegschnappen. Laura. Beate …

»Du hättest ja nicht mal diese Schutzanzüge gefunden. Der Punkt gehört mir, verdammt.«

Torsten ging nicht darauf ein. Er wandte sich ab und ließ den Schein des Handys über das Durcheinander aus Schutzanzügen, Masken und Handschuhen wandern. »Wie war das? Mein Kopf ist weich? Also der Kopf. Dann wollen wir doch mal sehen.«

Er bückte sich und begann damit, eine der Masken zwischen den anderen Teilen herauszuziehen. Als es ihm gelungen war, untersuchte er sie und warf sie schließlich achtlos zur Seite, als er nichts darin fand. Als er mit dem Display die zweite Schutzmaske anleuchtete, stockte er.

Frank folgte seinem Blick und sah das Stück Stoff sofort, das an der Seite hinter der Maske hervorlugte, schräg hinter dem dosenartigen Filter.

Und obwohl es fast 30 Jahre her war, wusste Frank sofort, was er da vor sich sah.

30 – 03:12 Uhr

In dem schwachen Licht ließ sich nicht erkennen, ob der Stoff noch weiß oder mittlerweile vergilbt und grau war. Deutlich zu sehen war aber der untere Teil des aufgemalten Totenschädels und ein Stück der gekreuzten Knochen darunter.

Dort vor ihnen, inmitten all dieser Anzüge und Masken, lag ihre Bandenfahne.

Dieses Stück Stoff, das Festus vor fast 30 Jahren in den Tod gerissen hatte. Nun lag sie hier und war ein Punkt in diesem unsäglichen Spiel, ein Symbol, das Leben bedeutete. Welch eine Ironie …

Beide starrten wie gebannt auf den Stoff. Überrascht, sprachlos. Die Erinnerungen überrannten Frank mit einer nie gekannten Intensität. Es war, als bilde diese Fahne, dieses Relikt, das seit Jahrzehnten nur in seinen Erinnerungen existiert hatte, eine Brücke zwischen der Gegenwart und der Vergangenheit. Wie war es möglich, dass die Fahne hier vor ihnen lag? Wer konnte sie damals vom Dach der alten Fabrik geholt und all die Jahre aufbewahrt haben? Und wozu? Hatte schon damals jemand geplant, dieses perverse Spiel viele Jahre später mit ihnen zu spielen? Das war absurd. Aber nach all dem, was er in den letzten Stunden erlebt hatte, – war da nicht alles möglich?

»Scheiße, das gibt's doch nicht.« In Torstens Stimme schwang Überraschung mit. »Wo kommt dieses verdammte Ding her?«

Frank versuchte seine Gedanken zu ordnen. »Ich … weiß es nicht. Das ist unheimlich.«

Frank bemerkte aus den Augenwinkeln, dass Torsten sich ihm zuwandte. »Quatsch, unheimlich. Wenn Kupfer die Wahrheit gesagt hat, ist Festus wirklich tot. Er kann es also nicht sein. Aber vielleicht war es der Alte von Kupfer? Vielleicht wollte er auf Nummer Sicher gehen und hat auch die Fahne mitgenommen, als er den Idioten beseitigt hat?«

»Musst du so über Festus reden?«

»Was ist denn jetzt schon wieder? Er ist tot, und dass er ein Idiot war, ist ja wohl eine Tatsache.«

Frank schwieg.

»Und? Was denkst du jetzt über den Alten von Kupfer? Kann doch sein.« Torsten wurde ungeduldig, weil Frank nichts sagte.

»Glaubst du wirklich, Jens' Vater könnte das alles inszeniert haben? Glaubst du, er hat damals unsere Fahne mitgenommen und steckt hinter der ganzen Sache? Er muss jetzt Mitte siebzig sein. Wir wissen ja nicht mal, ob er noch lebt.«

Torsten dachte einen Moment nach und nickte dann. »So weit hab ich noch gar nicht gedacht, aber … falls er noch lebt, dann traue ich es ihm zu. Der war doch total durchgeknallt.«

»Aber warum? Warum sollte er das tun?«

»Na, aus Rache, ist doch klar. Weil er damals die Drecksarbeit machen musste.«

»Er hätte auf das Dach klettern müssen.«

»Na und? Wenn der Idiot das geschafft hat …«

»Er hat es nicht überlebt.«

»Ein Idiot eben.«

Frank überging die Bemerkung. Er wandte sich ab und

versuchte nachzudenken. Er kam nicht weit, denn Torsten unterbrach ihn: »Ist auch scheißegal, wer das Ding damals mitgenommen hat. Jetzt ist es hier, und es ist ein Punkt. Oder besser gesagt, mein zweiter Punkt.«

Frank fuhr herum. »Das ist es nicht. Verdammt noch-mal, Torsten, ich habe das Rätsel gelöst.«

»Und ich habe die Fahne gefunden.«

»Du Arschloch, es geht hier um das Leben meiner Familie und …«

»Und es geht um das Leben meiner Tochter und mein eigenes.« Seltsamerweise klang Torsten in diesem Moment überhaupt nicht aggressiv. »Ich weiß, du findest das Scheiße, und es wäre vielleicht alles anders, wenn nicht so viel auf dem Spiel stünde. Aber jeder ist sich selbst der Nächste. Oder etwa nicht?«

»Nein.« Im Gegensatz zu Torsten war Frank extrem wütend. »Es gibt so etwas wie ein Gewissen, aber das scheinst du ja nicht zu kennen!«

»Ach komm, du lügst dir doch selbst in die Tasche. Wenn du die Möglichkeit hättest, mir die Punkte wegzunehmen, würdest du es auch tun. Vielleicht noch nicht jetzt, aber ganz sicher in ein paar Stunden, kurz bevor dieses Scheißspiel zu Ende ist und es sich entscheidet, wer überlebt. Nenn es, wie du willst, es ändert nichts. Erst kommt meine Familie dran, dann ich. Und danach erst die anderen. Und zu denen gehörst auch du.«

Frank sah zur Seite und sagte nichts mehr. Am liebsten wäre er aufgesprungen, hätte Torsten die Faust in den Magen gerammt und ihm die beiden Punkte abgenommen. Oder die drei. Wobei er, warum auch immer, mittlerweile anfing, Torsten zu glauben, dass er nichts mit Jens' Verletzung zu tun hatte.

»Ich mache dir einen Vorschlag, Fränkie, und ich meine es ernst. Ich habe jetzt meine zwei Punkte. Eine Aufgabe steht noch aus. Ich helfe dir dabei, sie zu lösen und den Punkt zu bekommen, okay? Auch wenn ich sie alleine lösen kann, bekommst du den Punkt. Und falls der Punkt von Jens noch auftauchen sollte, bekommst du den obendrauf. Was sagst du?«

Frank suchte in Torstens Gesicht nach Anzeichen, die ihm verrieten, was in Torstens Kopf vor sich ging, doch er konnte nichts entdecken. »Und was ist mit Manu? Und Jens?«

Torsten zuckte mit den Schultern. »Kupfer wird es wohl nicht mehr lang machen, und Manu ist verschwunden. Vielleicht hat der Kerl sie auch schon umgebracht. Oder sie hat sich freiwillig aus dem Staub gemacht, dann ist sie selbst schuld. Aber wir hatten das Thema doch schon mal. Überleg dir, was du möchtest, Fränkie. Vielleicht, dass Manu in ein paar Stunden hier herausspaziert, während deine Familie stirbt, weil du deine soziale Ader ausleben wolltest?«

Frank brauchte nicht lange darüber nachzudenken. Das wollte er natürlich nicht. Auf keinen Fall.

Sein Innerstes wehrte sich gegen den Gedanken, Manuela und Jens zu opfern, um sich selbst zu retten. Aber es ging auch um Laura und Beate.

»Nein, das möchte ich nicht.«

»Das meine ich aber auch. Also, ich helfe dir, den letzten Punkt zu bekommen, das Angebot steht. Ein anderes kann ich dir nicht machen. Nimm es an, oder lass es bleiben.«

Frank warf einen Blick auf den Stofffetzen, der hinter der Schutzmaske herauslugte. Es nützte nichts, er würde nichts gegen Torsten ausrichten können. Und es war wohl besser, sich mit jemandem zu verbünden, gegen den man als Gegner keine Chance hatte.

»Ja, gut«, sagte Frank und dachte im gleichen Moment an Manuela. Was, wenn sie wieder auftauchte? Wie sollte er ihr erklären, dass er sich mit Torsten zusammengetan hatte? Gegen sie?

Torsten riss ihn aus seinen Gedanken, als er versuchte, die Fahne unter der Maske hervorzuziehen, was ihm nicht auf Anhieb gelang. Er stieß einen Fluch aus und zerrte an der Schutzmaske, bis er an die Fahne herankam. Mit einer Hand hielt er die Fahne hoch. »Lang ist's her.«

Frank konnte sie nur schwach erkennen, aber das Bewusstsein, dass er ihre alte Bandenfahne vor sich hatte, dieses Stück Stoff, das er zum letzten Mal gesehen hatte, als es von einem Jungen auf einem Dach befestigt worden war, das kurze Zeit später einstürzen und den Jungen unter sich begraben sollte, ließ ihn erschaudern.

Torsten betrachtete die Fahne einen Moment, knüllte sie dann zusammen und versuchte, sie in seine Hosentasche zu stecken, aber dafür war sie zu groß. Also stopfte er ein Stück in seinen Hosenbund und ließ den Rest heraushängen.

»Verschwinden wir von hier?«

Frank nickte. »Ja, gut, gehen wir. Und wohin?«

»Wo ist Jens?«

»Jens? Ich habe ihn in ein Zimmer gebracht, in dem er vor den Ratten sicher ist.«

»Dann lass uns zu ihm gehen und nachsehen, wie es ihm geht.« Torsten wartete, bis Frank an ihm vorbei war, und folgte ihm dann. Das Handy hielt er so, dass Frank den Weg vor sich zumindest vage erkennen konnte.

Schon nach wenigen Schritten beschlich Frank das Gefühl, dass es ein Fehler sein könnte, Torsten zu Jens zu führen.

Was, wenn er es doch gewesen war, der Jens niedergestochen hatte? War sein Angebot an Frank vielleicht nur ein Trick, damit der ihn zu Jens brachte? Andererseits – warum das alles? Falls Torsten Jens wirklich niedergestochen hatte, dann hatte er das getan, um an den Punkt heranzukommen. Wenn er diesen Punkt aber schon hatte, dann brauchte er nicht mehr zu wissen, wo Jens war und wie es ihm ging. Zudem hätte Torsten dann jetzt schon drei Punkte und damit einen, den er gar nicht benötigte. Warum hätte er Frank dann die Fahne wegnehmen sollen? Oder gab es vielleicht noch einen anderen Grund, warum es Torsten wichtig war, dass Jens nichts mehr erzählen konnte? Aber welchen? Oder … Torsten hatte den Punkt gar nicht, und er war noch bei Jens. Aber selbst wenn … Franks Gedanken drehten sich immer schneller, er war vollkommen durcheinander und hatte das Gefühl, gar nichts mehr zu verstehen. Er schüttelte den Kopf, als könne er die Gedanken damit ordnen. »Was ist?«, fragte Torsten hinter ihm.

Frank hatte mittlerweile den großen Raum durchquert, in dem Jens anfangs gelegen hatte, und stand vor dem Gang mit der nun erloschenen gelben Linie auf dem Boden.

»Ich weiß nicht, ich … ich bin total durcheinander. Ich kann mich nicht daran erinnern, in welchen Raum ich Jens gebracht habe.«

Torsten machte einen Schritt und stand neben Frank. Er hob den Arm und leuchtete ihn direkt an. »Willst du mich verschaukeln?«

»Nein, ich sage dir doch, ich bin einfach vollkommen

durcheinander. Ich habe starke Kopfschmerzen, vielleicht habe ich eine Gehirnerschütterung.« Zur Unterstreichung seiner Lüge hob Frank die Hände, um die Handballen gegen die Schläfen zu drücken. Dabei streifte er mit dem Ellenbogen Torstens Hand, in der er das Handy hielt. Es entglitt ihm, fiel mit einem klappernden Geräusch zu Boden und blieb dort mit dem zum Glück noch leuchtenden Display nach oben liegen.

»Scheiße, pass doch auf«, stieß Torsten aus.

Frank bückte sich sofort nach dem Telefon. »Mist, tut mir leid. Aber Gott sei Dank funktioniert es noch.«

Er hob das Gerät auf und betrachtete das Display. Im gleichen Moment wäre es ihm fast wieder aus der Hand gefallen. Ein kitschiger Sonnenuntergang über dem Meer leuchtete ihm schwach entgegen. Dieses Telefon hatte er kurz zuvor selbst noch benutzt. Bis er niedergeschlagen und es ihm weggenommen worden war.

Es gehörte Jens.

31 – 03:51 Uhr

Franks Gedanken rasten. Torsten hatte Jens' Handy. Dann war er es also doch gewesen, der ihn in dem Krankenzimmer angegriffen hatte. Wie sollte er sich jetzt verhalten? Konnte er so tun … »Was ist los«, fragte Torsten lauernd und enthob ihn damit einer Entscheidung. »Was starrst du das Telefon so an?«

»Ich …« Es war zu spät, Frank konnte nicht mehr so tun, als sei ihm nichts aufgefallen. »Das Telefon. Wo hast du es her? Es gehört Jens.«

Torsten zuckte mit den Schultern. »Ich habe es gefunden. Und weil mein Akku leer war, kam es mir gerade recht.« Damit nahm er Frank das Telefon wieder aus der Hand.

»Gefunden …« Franks Tonfall ließ keinen Zweifel daran aufkommen, was er von dieser Erklärung hielt. »Ich hatte es bei mir, als ich niedergeschlagen worden bin. Danach war es verschwunden.«

»Na und? Dann hat der Kerl, der dich niedergeschlagen hat, es wohl mitgenommen und dann verloren.«

Frank hätte ihm am liebsten gesagt, dass er selten eine dämlichere Ausrede gehört hatte. Wie konnte man in der Dunkelheit ein Handy verlieren, das als Lichtquelle diente? Aber er hütete sich, Torsten in dieser Situation zu reizen. Mittlerweile traute er ihm alles zu. »Das ist … ein seltsamer Zufall«, erwiderte er leise.

Torsten machte ein zischendes Geräusch und stemmte die Hände in die Seiten, wodurch das Telefondisplay teilweise verdeckt und es so deutlich dunkler wurde.

»Was willst du damit sagen, Fränkie?«

»Ich wundere mich einfach darüber.«

»Ah. Du wunderst dich also. Und wahrscheinlich denkst du jetzt wieder, ich hätte dir eine übergezogen, stimmt's?«

»Du musst zugeben, dass …«

»Einen Scheiß muss ich zugeben«, fiel Torsten ihm ins Wort. »Nichts, gar nichts muss ich zugeben.« Seine Stimme bebte vor Wut, und Frank machte instinktiv einen Schritt zurück. »Jetzt reicht's mir endgültig. Weißt du was, du scheinheiliges Arschloch? Du kannst mich mit deinen dämlichen Unterstellungen jetzt mal kreuzweise. Ich habe dich gerade aus diesem Gummiberg rausgezogen, bevor du erstickt bist, und ich habe angeboten, dir zu helfen. Und du geilst dich an einem Scheißtelefon auf. Sieh von mir aus zu, wie du deine Punkte zusammenbekommst, ich habe meine.«

»Ja, du hast angeboten, mir zu helfen, nachdem du zuerst das Stethoskop und dann die Fahne geklaut hast. Tolle Hilfe. Danke.«

Torsten sah ihn eine Weile stumm an. Franks Muskeln waren bis zum Äußersten gespannt. Doch dann nickte Torsten nur und sagte leise: »Okay. Dann verpiss dich, Fränkie. Viel Spaß mit der letzten Aufgabe. Und wenn ich sie löse, dann werde ich den Punkt lieber wegwerfen, als ihn dir geben.«

»Da mache ich mir keine Sorgen. Es wäre die erste Aufgabe, die du selbst löst.« Frank bereute den Satz im gleichen Moment, in dem er ihn ausgesprochen hatte, aber es war bereits zu spät. Er sah noch einen Schatten auf sich zufliegen, dann knallte etwas gegen seine Wange und ließ seine Zähne heftig gegeneinanderschlagen. Der Schlag reichte aus, Frank schräg nach hinten zu katapultieren und ihn mit der Seite hart auf dem Betonboden aufschlagen zu lassen.

Er stöhnte auf und brauchte eine Weile, um sich zu sammeln. Er hörte noch ein verächtlich ausgespucktes »Arschloch«, dann wurde es um ihn herum schnell dunkler. Torsten war verschwunden.

Jetzt war er also wieder auf sich allein gestellt, im Dunkel dieser eiskalten Anlage. Aber das war gut so. Alles war besser, als jemanden neben oder hinter sich zu haben, dem man nicht trauen konnte.

Frank drückte sich unter Schmerzen vom Boden ab und setzte sich auf. Er tastete über sein Gesicht. Die Stelle an der Wange tat ziemlich weh, aber er hatte Glück gehabt, dass Torstens Faust nicht seine gebrochene Nase getroffen hatte.

Frank war sich jetzt sicher: Torsten hatte ihn auf der Krankenstation niedergeschlagen. Er hatte ihm die Nase gebrochen und ihm Jens' Telefon weggenommen. Und er hätte den Kerl in seiner Naivität fast zu Jens geführt …

Jens. Frank dachte wieder an den Punkt, den Jens für sein Geständnis bekommen hatte. Wenn Torsten diesen Punkt tatsächlich nicht hatte, vielleicht weil er gestört worden war, bevor er ihn Jens wegnehmen konnte, dann hatte Jens ihn wahrscheinlich noch bei sich. Wenn Frank diesen Punkt fand und zudem die nächste Aufgabe löste, konnte doch noch alles gut werden.

Eine Stimme in ihm flüsterte etwas davon, dass das nicht richtig war, aber sie war leise. Sehr leise. Und Frank hörte nicht hin.

Es dauerte einige Zeit, bis er es geschafft hatte, sich aufzurichten. Er sah sich nach allen Seiten um. Im Raum hinter ihm hatte sich die Dunkelheit ausgebreitet wie eine dicke schwarze Decke. Selbst der Durchgang zur Schleusentür war nicht mehr zu erkennen. Die einzige Stelle, an der es noch ein ganz klein wenig gelbliches Restschimmern gab, war der Gang direkt vor ihm. Der Gang, von dem der Raum abging, in dem Jens lag. Und durch den Torsten verschwunden war. Wenn er nun alle Türen öffnete, an denen er vorbeikam …

Frank tastete noch einmal vorsichtig über sein Gesicht, strich mit der Fingerkuppe über die Stelle, an der Torsten ihn getroffen hatte, dann ging er langsam los.

Seine Gedanken kreisten um Jens. Und um den Punkt.

Tür für Tür tastete Frank sich vorwärts und zählte mit. Als er nur noch eine Tür von dem Raum entfernt war, in dem er Jens vor den Ratten in Sicherheit gebracht hatte, fiel ihm ein, dass er keinerlei Vorstellung davon hatte, was dieser Punkt überhaupt sein könnte. Und die Dunkelheit war dabei auch keine Hilfe. Aber er musste es zumindest versuchen.

Vor der Tür blieb er stehen und lauschte. Rascheln und Tippeln von links und rechts, ein entferntes Fiepen, sonst hörte er nichts. Vorsichtig legte Frank das Ohr gegen die Tür, aber es war kein Geräusch aus dem Inneren des Raumes zu hören. Es nutzte nichts, er musste es riskieren, und er würde es schnell tun. Falls Torsten sich in dem Raum befand, hatte Frank nur eine einzige, winzige Chance gegen ihn: den Überraschungsmoment. Er ärgerte sich, dass er nicht früher daran gedacht hatte, nach etwas zu suchen, das als Waffe dienen konnte. Aber nun war es zu spät, er musste jetzt da rein.

Frank legte eine Hand auf die Klinke und atmete noch einmal durch. Mit Schwung drückte er sie herunter und stieß die Tür auf. Leicht gebückt blieb er im Türrahmen stehen, bereit, Torsten anzuspringen, bevor der Zeit hatte zu verstehen, was geschah. Aber der Raum war dunkel, es war kein Geräusch zu hören, nichts. Frank gab sich selbst zwei, drei Sekunden, um die Situation einzuschätzen, dann ging er hinein und schloss die Tür hinter sich. Erschöpft lehnte er sich mit dem Rücken gegen die Wand. Als sein Herzschlag sich etwas beruhigt hatte, hörte er leise, rasselnde Atemgeräusche. Jens. Er lag dort vor ihm auf dem Boden, nur wenige Schritte entfernt. Und er hatte vielleicht etwas in der Tasche stecken, das ein Menschenleben wert war.

Frank sagte sich, dass es ihm darum ging, diesen Punkt vor Torsten in Sicherheit zu bringen. Falls Jens den Punkt überhaupt noch bei sich trug. Langsam und vorsichtig setzte er einen Fuß vor den anderen. Und wenn Jens aufwachte und abzusehen war, dass er die Nacht überlebte, würde Frank ihm den Punkt auf jeden Fall zurückgeben. Er war schließlich nicht wie Torsten.

Lauras Gesicht tauchte vor ihm aus der Dunkelheit auf. In ihre sonst so sanften Züge hatte die Angst tiefe Furchen gegraben, ihre Augen, die so vorbehaltlos glücklich strahlen konnten, waren panisch weit aufgerissen. Verzweifelt reckte sie ihm die Hände entgegen, ihr Mund formte stumme Worte, die er nicht verstand. Immer wieder drehte sie sich gehetzt um, sah ihn wieder und wieder flehend an …

Franks Fußspitze stieß gegen etwas Weiches, und das Bild seiner Tochter verschwand augenblicklich. Er bückte sich, ertastete Jens' Oberarm und ließ sich neben ihm auf die Knie sinken. Der Puls an der Halsschlagader war wie schon zuvor nur schwach, aber das Herz schlug.

»Jens.« Frank sagte es leise, fast flüsternd. Als keine

Reaktion kam, wiederholte er es lauter, doch Jens reagierte nicht. Vorsichtig ließ Frank seine Hand zu der Stelle an Jens' Rücken wandern, an der der Verband saß. Der Stoff fühlte sich feucht an. Frank fragte sich, wie lange Jens noch überleben konnte, wenn er weiter Blut verlor. In dieser Kälte.

Wahrscheinlich war es nur eine Frage von Stunden. Dann würde ihm sein Punkt nichts mehr nützen. Franks Hand tastete sich an Jens' Rücken hinab bis zu einer der Taschen der dünnen Jacke. Er befühlte sie von außen, aber sie schien leer zu sein.

Natürlich würde der Punkt ihm etwas nutzen, meldete sich eine mahnende Stimme in Frank. *Der erste Punkt rettet nicht sein Leben, sondern das seiner Familie.*

Frank fragte sich, was zum Teufel er eigentlich gerade im Begriff war zu tun. Wollte er Jens tatsächlich bestehlen? Wollte er einem Schwerverletzten die Lebensversicherung für dessen Familie rauben? Seine Hand zuckte zurück.

Eine Lebensversicherung, die er sich damals durch Verrat an uns erkauft hat, soufflierte eine andere, dunkle Stimme ihm. *Und jetzt legst du dir sogar schon eine Entschuldigung zurecht für deinen Diebstahl.* Das war wieder die erste Stimme.

Eine fremde Leere machte sich in Frank breit. Das Gefühl, nicht nur aus dem gewohnten Leben gerissen worden zu sein, sondern sich auch selbst nicht mehr zu kennen. Es gab eine Seite an ihm, deren Existenz bis jetzt im Verborgenen gelegen hatte. Nur einmal war sie zum Vorschein gekommen, damals, als sie Festus im Stich gelassen hatten.

Es war die dunkle Seite eines Menschen, der bereit war, um des eigenen Vorteils willen Dinge zu tun, die ihn selbst schockierten.

Ein lautes Poltern ließ Frank zusammenzucken. Es

musste aus dem Gang unmittelbar vor der Tür kommen. Sofort begann sein Herz wieder zu rasen. War das Torsten? Oder schlimmer noch, vielleicht der Psychopath? Suchte er nach ihm?

»Frank.« Er hielt den Atem an. Jemand rief seinen Namen. Leise, schwach, aber doch laut genug, dass er es gehört hatte. Und gleich darauf erneut: »Hilfe, Frank. Wo bist du?«

32 – 04:19 Uhr

Es war … Manuela. Ja, das war eindeutig Manuelas Stimme, er war ganz sicher. Frank sprang viel zu schnell auf, verlor beinahe das Gleichgewicht und krümmte sich vor Schmerz. Er hielt inne, versuchte sich aufzurichten, ruhig durchzuatmen.

Ein erneutes Poltern, nun etwas weiter entfernt, ließ ihn schließlich alle Schmerzen vergessen. Sofort war er durch die Tür und im Gang. »Manu? Manu, bist du das?«

»Ja, ich … Frank, hilf mir, bitte. Ich bin hier.«

Frank schätzte, dass Manuela etwa zehn Meter von ihm entfernt war. »Ich komme. Bist du verletzt?«

Es dauerte einen Moment, bis sie antwortete. »Ich … weiß es nicht. Jemand hat mich niedergeschlagen. Mein Kopf tut weh, und mir ist schrecklich schwindlig.«

Frank tastete sich langsam vorwärts. Er konnte nichts sehen und wollte vermeiden, aus Versehen auf Manuela zu treten. »Sag was, damit ich dich finden kann.«

»Hier«, sagte Manu, und sie klang nun so nah, dass Frank sie gleich erreicht haben musste.

Endlich stand er vor ihr. Sie hatte sich an die Wand gelehnt und fiel ihm in die Arme, kaum, dass er sich zu ihr gekniet und sie am Arm berührt hatte. »O Gott, ich bin so froh, dass du da bist. Ich hatte solche Angst.« Sie weinte, und Frank gab ihr einen Moment Zeit, hielt sie in den Armen. »Was ist denn passiert? Und wo warst du die ganze Zeit?«

»Ich weiß es nicht. Ich habe neben Jens gesessen und auf dich gewartet. Irgendwann habe ich ein Geräusch hinter mir gehört und mich umgedreht. Ein bisschen konnte man da ja noch sehen in dem Raum. Aber es ging alles zu schnell. Da war plötzlich eine große Gestalt vor mir, und dann habe ich einen furchtbaren Schlag gegen den Kopf bekommen und habe die Besinnung verloren.«

»Und du konntest nicht erkennen, wer es war?«

»Nein, aber von der Statur her … Wenn es nur nicht überall so schrecklich dunkel wäre. Das macht mir solche Angst.«

»Was? Was meinst du mit ›von der Statur her‹?«

»Ach, ich weiß es nicht, vielleicht war es dieser Irre.«

Frank hatte das Gefühl, dass sie mehr wusste, als sie sagte. »Du denkst es war Torsten, oder?«

»Nein … ich … vielleicht. Ich weiß es doch nicht. Ja, vielleicht, von der Größe her könnte er es gewesen sein, aber ich habe sein Gesicht nicht erkennen können, es ging so furchtbar schnell.«

Frank überlegte, was sie als Nächstes tun sollten. Sich irgendwo verstecken und warten. Aber worauf? Auf die letzte Aufgabe, die einem von ihnen vielleicht einen Punkt bringen würde? Und dann? Dann konnte entweder Manuelas Sohn oder vielleicht seine Familie überleben. Aber sie beide, Manuela und er, würden auf jeden Fall in diesem verdammten Bunker sterben. Wie würde der Kerl sie wohl umbringen? Würde er sie einfach eingesperrt lassen, bis sie vor Unterkühlung und Hunger und Durst umkamen? Oder würde er sein Werk selbst zu Ende bringen? Und dann gab es ja auch noch die Ratten. Im Moment waren sie überall in der großen Anlage verteilt. Aber wer konnte wissen, was dieser Kerl noch in petto hatte? Frank dachte an den dürren Mann aus dem Video. Sofort fuhr ihm eine Faust in den Magen.

»Lass uns hier verschwinden«, sagte er zu Manu, nicht zuletzt, um sich selbst von seinen Gedanken abzulenken. »Ich habe Jens in einen der Räume gleich hier vorne gelegt, damit er vor den Ratten geschützt ist. Komm mit, ich denke, da sind wir erst einmal sicher vor … allen.«

»Wie geht es ihm? Ist er bei Bewusstsein? Konntest du mit ihm reden?«

»Nein, und ich fürchte, es geht ihm nicht gut. Er hat sicher noch mehr Blut verloren. Komm jetzt.«

Frank wandte sich um und zog sie mit sich. Manuela wehrte sich nicht und ging wie willenlos hinter ihm her. Als sie den Raum erreichten, fiel Frank auf, dass er vergessen hatte, die Tür hinter sich zu schließen. Er hoffte, dass in der Zwischenzeit keine Ratten hindurchgeschlüpft waren.

Manuela blieb neben der Tür stehen, nachdem Frank sie hinter sich geschlossen hatte. »Wo ist Jens?«

»Er liegt auf dem Boden, etwa zwei Meter vor dir.«

Den Geräuschen nach zu urteilen, ging Manuela vorsichtig zu Jens und kniete sich neben ihn. Frank setzte sich dort, wo er war, auf den kalten Boden und lehnte sich mit dem Rücken an die Wand. Er zitterte und wusste nicht, ob es vor Kälte war oder vor Erschöpfung.

»Er atmet sehr flach, und sein Puls ist schwach. Hoffentlich überlebt er die Nacht.«

»Wozu?«

»Was?« Frank hörte, dass Manuela sich ihm zugewandt haben musste.

»Ja«, sagte er und hörte selbst die Resignation in seiner Stimme. »Wozu soll er die Nacht überleben? In ein paar Stunden sterben wir doch sowieso.«

»Das darfst du nicht sagen. Noch können wir etwas tun. Was ist mit der dritten Aufgabe?«

Frank erzählte ihr von der Fahne und von Torsten. Manuela hörte ihm geduldig zu.

Als er fertig war, sagte sie: »Ich hätte nie gedacht, dass Torsten sich so verhalten würde. Aber jetzt glaube ich immer mehr, dass er es war, der mir diesen Schlag gegen den Kopf verpasst hat.«

»Und was war dann? Ich meine, was ist danach passiert?«

»Ich weiß es nicht. Als ich wieder zu mir kam, lag ich in einem dieser Schlafräume, eine Etage tiefer. Das wusste ich aber zu dem Zeitpunkt noch nicht, weil es ja stockdunkel war. Ich hatte solche Angst …«

»Warst du gefesselt? Oder eingeschlossen?«

»Ich war mit den Händen an ein Bettgestell gefesselt. Mit Draht. Ich habe lange gebraucht, um mich zu befreien. Aber ich musste da raus. Da waren auch überall Ratten. Und ich dachte, wenn er zurückkommt, dann … Ich dachte an das Video.«

Frank hörte, dass sie weinte, aber er war zu erschöpft, um zu ihr zu rutschen und sie in die Arme zu nehmen. Er saß einfach nur da und hörte ihrem Schluchzen zu.

»Meine Handgelenke«, sagte sie nach einer Weile. »Sie sind verletzt. Ich weiß nicht, wie schwer, aber ich glaube, die Wunden sind ziemlich tief.«

»Alle Wunden sind ziemlich tief. Besonders die alten.« Frank wusste nicht, warum er das sagte. Die Worte waren einfach so aus ihm hervorgesprudelt, und er war zu müde, um darüber nachzudenken.

»Was … meinst du damit? Diese Sache damals?«

»Ja. Dass ein Junge gestorben ist, weil wir unseren Spaß haben wollten. Er ist gestorben, weil er darauf vertraut hat, dass wir niemals etwas von ihm verlangen würden, was wirklich gefährlich ist.« Frank dachte über all das nun schon seit fast dreißig Jahren nach, und jetzt sprudelten seine Gedanken nur so aus ihm hervor.

»Verstehst du, Manu? Festus war ein kleiner Junge, der uns Großen vertraut hat. Er wusste, dass er anders war, und er vertraute wie ein Vierjähriger auf das Urteilsvermögen der Älteren. Wir haben ihn mit falschen Versprechungen da hinaufgeschickt und wussten dabei ganz genau, wie gefährlich das war.«

»Es war Torstens Idee. Denkst du, er hat sich danach Gedanken darüber gemacht?«

»Ich weiß es nicht, und es ist mir auch ziemlich egal. Letztendlich muss jeder das selbst mit seinem Gewissen ausmachen. Mein Gewissen quält mich seit fast dreißig Jahren. Dass wir jetzt endlich wissen, dass Festus gleich tot war, nimmt uns zwar die Sorge, dass wir ihn vielleicht im Stich gelassen haben, obwohl wir ihm noch hätten helfen können. Aber es ändert nichts daran, dass wir seinen Tod verschuldet haben.«

»Das wissen wir doch gar nicht.«

»Was?« Frank verstand nicht, was Manuela meinte.

»Wir wissen nicht, ob er sofort tot war.«

»Aber Jens hat doch gesagt, sein Vater hat ihn weggeschafft, und er war tot.«

»Ja, am nächsten Morgen.«

»Du meinst, es könnte sein, dass er nach dem Sturz noch gelebt hat und vielleicht erst Stunden später gestorben ist?«

»Ja, möglich wäre es.«

Frank stellte fest, dass er nicht darüber nachdenken wollte. Nicht in dieser Nacht. Er hatte gerade erfahren, dass Festus definitiv tot war, und wollte nicht über ein neues schreckliches Szenario grübeln.

»Es könnte sein, ja, aber ich glaube es nicht.«

»Warum nicht?«

»Weil es für heute Nacht wirklich genug schreckliche Dinge gibt, über die wir nachdenken müssen. Zum Beispiel darüber, wie unsere Familien und wir dieses verdammte Spiel überleben sollen.«

»Die Chancen stehen relativ schlecht, aber noch ist nicht alles verloren.«

»Ach nein?« Frank hasste den ätzenden Ton, den seine Stimme angenommen hatte, doch Manuela ließ sich davon offensichtlich nicht irritieren.

»Nein. Torsten hat mindestens zwei Punkte. Beide gehören ihm nicht. Eine Aufgabe habe ich gelöst, die andere du. Ich finde also, wir sollten versuchen, uns unsere Punkte wieder von ihm zurückzuholen.«

Den Gedanken fand Frank so abwegig, dass er bisher tatsächlich noch nicht einmal daran gedacht hatte.

»Wie stellst du dir das denn vor? Er hat mich mindestens einmal, wahrscheinlich sogar zweimal niedergeschlagen. Ich kann ihm körperlich nichts entgegensetzen. Zumal ich ein paar gebrochene Rippen und eine kaputte Nase habe.«

»Du hast es selbst gerade gesagt.«

Auch jetzt verstand Frank nicht, worauf Manuela hinauswollte.

»Was habe ich gesagt?«

»Dass wir körperlich nichts gegen ihn ausrichten können, und da hast du wahrscheinlich recht. Aber im Kopf haben wir vielleicht ein bisschen mehr als er. Das sollten wir nutzen.«

Frank wunderte sich darüber, wie ruhig Manuela das sagte.

»Als ich da unten im Dunkeln aufgewacht bin, hatte ich erst solche Angst, dass ich keinen klaren Gedanken fassen konnte. Ich hatte den Wunsch zu sterben, nur damit es vorbei ist. Aber irgendwann kam dann wohl doch der Selbsterhaltungstrieb durch, und ich begann damit, meine Handgelenke aus dem Draht zu befreien. Es tat höllisch weh, und um mich abzulenken, habe ich über meine Situation nachgedacht und über meinen Sohn. Ich habe sein Gesicht vor mir gesehen und mir vorgenommen, nicht einfach aufzugeben, sondern zu kämpfen. Für ihn. Und für mich. Und mir kam die Idee, dass, falls du noch lebst, wir Torsten irgendwie gemeinsam austricksen müssen.«

Frank zuckte zusammen. »Falls ich noch lebe?«

»Na ja, Jens ist niedergestochen worden, mich hat man niedergeschlagen. Ich musste also damit rechnen, dass du in der Zwischenzeit auch angegriffen worden bist.«

»Ach so.« Franks Gedanken rasten. Manuela hatte vollkommen recht. Natürlich mussten sie versuchen, ihre beiden Punkte von Torsten zurückzubekommen. Vor allem, weil es ihre einzige Chance war. Aber … da war auch noch der Punkt von Jens. Den hatte er fast vergessen. Sollte er Manuela davon erzählen? Frank wunderte sich, dass sie noch nicht danach gefragt hatte. Aber er konnte ihn Jens nicht hinter ihrem Rücken wegnehmen. Er musste es ihr sagen.

33 – 04:54 Uhr

»Als Torsten mir vorhin die Fahne und damit den zweiten Punkt vor der Nase weggeschnappt hat, ist mir der Gedanke gekommen, dass er diesen Punkt ja gar nicht mehr brauchen würde, wenn er schon den von Jens hätte. Denn dann hätte er mit dem Stethoskop doch schon zwei. Warum sollte er sich also die Mühe mit der Fahne machen?«

»Das heißt, du denkst, es war nicht Torsten, der Jens das angetan hat?«

»Das weiß ich nicht, aber selbst wenn er es war, könnte es doch sein, dass er gestört worden ist, bevor er den Punkt gefunden hat. Vielleicht sogar durch uns.«

Manuela sagte erst einmal nichts, und Frank ließ ihr Zeit, darüber nachzudenken. Insgeheim hoffte er, sie würde den Vorschlag machen, in Jens' Taschen nachzusehen. Dann würde er sich vielleicht deswegen weniger schäbig vorkommen, weil er selbst zuvor drauf und dran gewesen war, es zu tun.

»Wie dem auch sei«, sagte sie stattdessen. »Unsere zwei Punkte hat Torsten auf jeden Fall, und wir müssen sie uns zurückholen.«

Er hätte es wissen müssen. Natürlich teilte Manuela seine hinterhältigen Gedanken nicht. Sie käme wahrscheinlich nie auf die Idee, einen Verletzten auch noch zu bestehlen. Nicht so wie er.

»Ja, gut«, sagte Frank, bemüht, sich nichts anmerken zu lassen. »Bleibt die Frage, wie wir das anstellen sollen.«

»Wir müssen uns was einfallen lassen.«

Danach schwiegen sie. Frank suchte krampfhaft nach einer Idee, wie sie Torsten die Punkte abnehmen konnten, aber es wollte ihm nicht gelingen, sich darauf zu konzentrieren. Immer wieder schoben sich Bilder von Festus in seine Gedanken, aber sie waren anders als die, die ihn die ganzen Jahre über gequält hatten. Jetzt sah er Festus nicht mehr lachend auf dem Dach der alten Fabrik stehen, das plötzlich unter ihm nachgab. Er sah nicht mehr die übergroßen, vor Schreck geweiteten Augen, bevor das bleiche Gesicht auf dem Sturz nach unten hinter dem Giebel verschwand. Nein, nun sah er Festus mit zerschundenen und verdrehten Gliedmaßen zwischen den Trümmern liegen, die stumpfen Augen gebrochen, einen dünnen roten Blutfaden am Mundwinkel.

»Hast du es irgendwann einmal geschafft, nicht daran zu denken? Es fast vergessen?«

Es schien Manuela also ähnlich zu gehen wie ihm selbst. Auch ihre Gedanken kreisten offenbar wieder um Festus.

»Nein«, antwortete Frank wahrheitsgemäß. »Es gab Momente, in denen ich glaubte, besser damit klarzukommen. Aber vergessen habe ich es nie. Und das werde ich auch nie.«

»Ich auch nicht. Manchmal habe ich geglaubt, ich werde verrückt, wenn ich wochenlang nicht schlafen konnte, weil jedes Mal sein Gesicht vor mir aufgetaucht ist, sobald ich die Augen geschlossen habe. Und wenn ich kurz einschlief, wachte ich Minuten später aus einem Albtraum schreiend auf.«

Wieder entstand eine Pause, dann fragte sie: »Machst du dir eigentlich Vorwürfe, weil du damals als Anführer entschieden hast, dass wir abhauen?«

Frank spürte einen Stich in der Brust, und der kam nicht

von den gebrochenen Rippen. »Ich … Ja, natürlich tue ich das. Auch wenn ich mir selbst immer wieder sage, dass das mit dem Anführer Quatsch ist. Ich war genauso alt wie ihr, wir waren Kinder. Und keiner von uns hat etwas unternommen, weil wir alle Angst hatten. Keiner. Es ging um ein Menschenleben. Wenn einer von euch anderer Meinung gewesen wäre, hätte er das gesagt.«

»Ich wollte etwas tun, ich habe euch das auch gesagt.«

Frank versuchte, sich etwas bequemer hinzusetzen, aber die gebrochenen Rippen schmerzten noch immer höllisch. »Ach komm, Manuela, du bist damals genauso abgehauen wie wir anderen. Wenn es dir ernst damit gewesen wäre, Festus zu helfen, dann hättest du dich uns nicht so schnell angeschlossen.«

Ein Rascheln deutete darauf hin, dass Manuela ihre Position veränderte. »Das ist nicht wahr. Ihr drei wolltet weglaufen und alles vertuschen, weil ihr Angst vor den Konsequenzen hattet, wenn herausgekommen wäre, warum Festus da oben herumgeklettert ist. Ihr hättet doch niemals zugelassen, dass ich alles erzähle.«

»Sag mal, willst du damit sagen, dass ich an der ganzen Sache allein schuld bin, weil ich damals so etwas wie euer Anführer war?« Franks Stimme zitterte. Manuela zögerte einen Moment, dann erwiderte sie: »Nein, nicht so. Aber … eine gewisse Verantwortung hattest du schon. Du warst nun mal der Anführer, egal wie du das heute siehst, und du hättest diese ganze bescheuerte Mutprobe von vornherein verhindern können.«

»Torsten hätte das auf jeden Fall durchgezogen, es war schließlich seine Idee, und er war ganz versessen darauf.«

»Da bin ich mir nicht sicher. Festus wollte dazugehören. Zu uns, und im Besonderen zu dir. Er hat zu dir aufgesehen, weil du der Anführer warst. Er hat dich regelrecht bewundert. Ich bin mir sicher, hättest du da nicht mitgemacht, wäre Festus niemals auf die Idee gekommen, diese Mutprobe tatsächlich zu versuchen. Er hat das getan, um dir zu imponieren.«

»Was?« Franks Oberkörper straffte sich unter Schmerzen. Das Gespräch ging in eine Richtung, mit der er nicht gerechnet hatte. »Was redest du denn da? Das kann doch nicht dein Ernst sein! Und was soll bitte der Blödsinn, Festus hätte mich bewundert? Er wollte in die Bande, das ist alles. Und dafür hat er diese Scheißmutprobe gemacht. Die Torsten sich ausgedacht hat, nicht ich. Und die alle akzeptiert haben, auch du.«

»Du weißt genau, dass ich recht habe, Frank. Sei endlich mal ehrlich zu dir selbst.«

Er erinnerte sich gut, verdammt gut. Und er wusste auch, dass Manuela zumindest teilweise recht hatte. Aber er fand es unfair, dass sie das ausgerechnet jetzt zur Sprache brachte. Aber er würde sich von jemand, der damals mit dabei war und mitgemacht hatte, jetzt nicht die alleinige Schuld in die Schuhe schieben lassen. »Denkst du wirklich, ich bin schuld an dieser ganzen Sache?«

»Nein, aber ich denke, du hättest es am ehesten verhindern können. Und ja, du bist schuld, dass wir damals abgehauen sind und nicht nach ihm gesehen haben.«

»Aber das hätte doch sowieso nichts mehr geändert. Verdammt nochmal, als wir gefahren sind, war Festus schon tot. Wir hätten ihm nicht mehr helfen können.«

»Wusstest du das damals?«

Frank brauchte einen Moment, dann sagte er leise: »Nein.«

»Weißt du es heute sicher?«

»Ja, natürlich, Jens hat es uns doch erzählt.«

»Und was denkst du, wer dieses Spiel mit uns treibt?«, wechselte Manuela nach einer kurzen Pause das Thema.

»Ich habe keine Ahnung, aber der Kerl muss ein Psychopath sein.«

»Könnte nicht Jens' Vater dahinterstecken?«

Frank wunderte sich, dass Manuela jetzt den gleichen Gedanken zur Sprache brachte wie Torsten. Er hob reflexartig die Schultern, obwohl Manuela das nicht sehen konnte. »Ich weiß es nicht. Aber weshalb sollte er so etwas machen? Wieso all die Jahre später? Er müsste doch mittlerweile Mitte siebzig sein. Nein, ich kann mir das nicht wirklich vorstellen. Außerdem wissen wir gar nicht, ob er noch lebt.«

»Aber wer käme sonst in Frage? Denkst du, dein Vater hat jemandem davon erzählt?«

Frank stieß ein kurzes, humorloses Lachen aus. »Mein Vater? Niemals. Der hätte sich eher die Zunge abgebissen. Auch als er schon pensioniert war. Das passte nicht in sein Weltbild, und bei meinem Vater galt, dass nicht sein konnte, was nicht sein durfte. Zumindest nach außen. Nein, von ihm hat niemand etwas erfahren. Und was ist mit deinem Psychiater?«

»Psychotherapeut«, korrigierte sie ihn. »Ich weiß es nicht. Ich weiß ja noch nicht einmal, ob ich ihm in Hypnose überhaupt davon erzählt habe. Aber selbst wenn, er hat doch Schweigepflicht. Außerdem – warum sollte jemand, der uns alle gar nicht kennt, dieses Spiel mit uns treiben?«

»Bleibt noch Torsten als großer Unbekannter«, stellte Frank fest. »Er ist der Einzige, der nichts von sich erzählt hat. Wir wissen gar nichts von ihm. Das hat er wirklich gut hinbekommen. So gesehen, hat er alle Trümpfe in der Hand. Er weiß Dinge über uns, wir aber nichts über ihn.«

»Vielleicht hat er ja wirklich mit dieser ganzen Sache zu tun?«

»Aber warum? Was hätte er da…«

»HÖRT, SPIELER, WAS ICH EUCH ZU SAGEN HABE.«

Frank verstummte augenblicklich. Die letzte Aufgabe … Er hielt unbewusst den Atem an. Die Sekunden reihten sich scheinbar endlos aneinander, ohne dass etwas geschah.

»Nun red schon, verdammt«, presste Frank gedämpft hervor.

Als wäre die Aufforderung angekommen, ertönte die blecherne Stimme erneut:

»DIE SPIELREGELN HABEN SICH GEÄNDERT. IN DREI STUNDEN WIRD DIE EINGANGSTÜR SICH FÜR ZWEI SPIELER ÖFFNEN. SIE SIND FREI UND KÖNNEN ZU IHREN FAMILIEN NACH HAUSE GEHEN.«

Klick. Stille.

»Was? Das wissen wir doch schon, das ist doch …«

»Nun sei doch mal still«, herrschte Manuela ihn an, woraufhin Frank tatsächlich sofort verstummte.

Erneut herrschte Stille, die Sekunden verstrichen quälend langsam.

»DIE PUNKTE SIND AB SOFORT UNGÜLTIG. NUR ZWEI VON EUCH ÜBERLEBEN. NUR ZWEI.«

»Was zum Teufel …«, stieß Frank aus.

»LEBEN BEI SPIELENDE MEHR ALS ZWEI VON EUCH, WERDEN ALLE STERBEN, AUCH EURE FAMILIEN. HIER IST DEINE AUFGABE, SPIELER:

ÜBERLEBE, UND SORGE DAFÜR, DASS NICHT MEHR ALS ZWEI SPIELR DIE EINGANGSTÜR LEBEND ERREICHEN.

FÜR FESTUS.«

34 – 05:16 Uhr

Noch lange nachdem das trockene Knacken, mit dem die Durchsagen endeten, verstummt war, sagten sie nichts. Es war Manuela, die das Schweigen schließlich brach.

»Was meint er damit? Was soll das, nur zwei Spieler dürfen die Eingangstür lebend erreichen?«

Ihre Stimme war dünn, fast nur ein Flüstern.

»Wir sollen uns gegenseitig umbringen, das meint er damit«, stellte Frank nüchtern fest. Er war seltsam ruhig, hatte das Gefühl, als wäre etwas von ihm abgefallen, als hätte er die ganze Zeit über in einem Kokon gesteckt, der ihn zwar beschützt, aber auch behindert hatte. Jetzt waren seine Gedanken glasklar, und er hatte keine Angst mehr. Die Angst, sie war einfach weg. Er konnte sich nicht erklären, weshalb. Seit Stunden schon befand er sich in tödlicher Gefahr, hatte kaum eine Chance mehr gehabt, dieses Spiel noch zu gewinnen. Aber jetzt hatte sich alles geändert. Die Spielregeln hatten sich geändert, alles war wieder offen. Was hatte er noch zu verlieren?

»Aber …« Manuelas Stimme brach. »Das … das können wir doch nicht tun. Wir können doch nicht …«

»Das liegt nicht in unserer Hand. Torsten sucht wahrscheinlich schon nach uns. Ich glaube nicht, dass er lange darüber nachdenkt. Er will hier raus und zu seiner Tochter, und dafür wird er alles tun. Wenn er uns findet, wird er uns umbringen.«

»Frank?«

»Ja?«

»Ich habe Angst. Können wir … Kannst du bei mir bleiben? Können … wir beide bitte die zwei sein?«

Frank dachte einen Moment lang ganz pragmatisch darüber nach, dass es für ihn naheliegender gewesen wäre, sich mit Torsten zusammenzutun. Manuela war keine ernsthafte Gegnerin, und Jens ebenfalls nicht mehr. Aber er traute Torsten nicht. Er würde sich nie sicher sein können, dass Torsten auch wirklich auf seiner Seite war. Seine Gedanken wanderten zurück zu Jens.

»Was ist mit Jens?«, sprach er es laut aus.

»Was … meinst du damit, was mit Jens ist?«, fragte Manuela vorsichtig. »Er ist verletzt.«

»Ja, er ist verletzt. Und was machen wir mit ihm?«

»Ich weiß es nicht. Wir können nicht viel tun.«

Frank dachte nach und fasste einen Entschluss. »Okay, hör zu. Wir beide bleiben zusammen. Aber wir müssen uns vor Torsten verstecken. Zumindest so lange, bis wir einen Plan haben. Er darf uns nicht finden, denn dann haben wir keine Chance gegen ihn. Er hat wahrscheinlich noch mindestens ein funktionierendes Handy, das von Jens. Wenn wir hier bleiben und er geht einfach in dieser Etage von Raum zu Raum und leuchtet hinein, findet er uns innerhalb kürzester Zeit. Wenn wir aber draußen auf den Gängen sind, sehen wir ihn durch das Licht des Displays kommen und können uns vor ihm verstecken.«

»Ja, gut, lass uns das machen. Aber was ist jetzt mit Jens?«

»An der Wand gegenüber steht ein Schreibtisch. Ich würde sagen, wir ziehen Jens erstmal da rüber, legen ihn unter den Tisch und stellen den Stuhl davor. Vielleicht hat er Glück und Torsten sieht ihn nicht, wenn er hier reinkommt. Und dann sehen wir später noch mal nach ihm.«

Nach Sekunden der Stille sagte Manuela leise: »Ja, mehr können wir wohl wirklich nicht tun.«

Sie brauchten gut fünf Minuten und mehrere Anläufe, bis sie es geschafft hatten, Jens an seiner Jacke über den Boden zu dem Schreibtisch zu ziehen. Mit der Decke wäre es einfacher gewesen, aber die Kälte war mittlerweile so sehr in Franks Glieder gekrochen, dass er es nicht mehr wagte, sie auszuziehen. Zweimal stöhnte Jens kurz auf, aber er blieb weiterhin ohne Bewusstsein.

Nachdem sie den schlaffen Körper bis zur Wand unter den Schreibtisch geschleift hatten, stellte Frank den Stuhl davor und stützte erschöpft die Hände auf der Rückenlehne ab.

»Wir sollten keine Zeit mehr verlieren. Wenn wir gleich da draußen sind, müssen wir aufpassen, dass wir nicht in eine Sackgasse geraten. Wir müssen eine Fluchtmöglichkeit haben, wenn wir Torsten begegnen.«

»Hoffentlich findet er Jens nicht«, sagte Manuela. »Denkst du, er ist hier einigermaßen sicher?«

Frank antwortete nicht darauf, sondern sagte nur: »Es wird Zeit, lass uns gehen.«

Bevor sie die Tür öffneten, legte Frank das Ohr gegen das Türblatt und lauschte auf Geräusche von draußen, aber er konnte nichts hören, sosehr er sich auch konzentrierte. Schließlich öffnete er die Tür.

Gleich mit dem ersten Schritt, den Frank in den Gang machte, berührte er eine Ratte, die fiepend davonhuschte. Manuela klammerte sich sofort an seinem Arm fest und flüsterte: »Bleib dicht neben mir. Die machen mich verrückt.«

Frank wandte sich nach rechts, von dem Raum weg, von

dem aus man die Schleuse erreichte, weil er sich vorstellen konnte, dass Torsten sie dort zuerst suchen würde. Oder besser ihn, denn schließlich wusste Torsten noch nicht, dass Manuela sich befreit hatte und wieder bei ihm war. Das konnte ein Vorteil sein, später, wenn sie sich einen Plan überlegten, um Torsten zu überrumpeln. Manuela sagte hinter ihm etwas, das Frank nicht verstand. Er machte ein zischendes Geräusch, damit sie still war.

Ihm wurde erneut bewusst, was für ein beklemmendes Gefühl es war, sich in absoluter Finsternis in einer ungewohnten Umgebung vorwärtszubewegen. Frank tastete mit der ausgestreckten Hand die Wand neben sich ab und setzte dabei ganz langsam und vorsichtig einen Fuß vor den anderen. Er konnte jederzeit auf ein Hindernis stoßen.

»Wo gehen wir hin?«, flüsterte Manuela, und dieses Mal sagte sie es so, dass er es verstand. Frank hielt an und wandte sich zu ihr um. Auch er senkte die Stimme. »Wir suchen eine Gabelung oder eine Kreuzung des Ganges, dann haben wir mehrere Möglichkeiten zu verschwinden, wenn Torsten auftaucht.«

Etwa eine Minute später blieb Frank abrupt in Höhe einer Tür stehen, griff mit der Hand nach hinten und zog Manuela mit sich in die Nische. Dort tastete er ihr übers Gesicht und legte ihr schließlich eine Hand auf den Mund. Sie verstand und verhielt sich vollkommen still.

Irgendwo in der Schwärze vor ihnen glaubte Frank, ein Geräusch gehört zu haben, das nicht von den Ratten stammen konnte. Es hatte sich angehört wie ein Murmeln, eine menschliche Stimme.

Frank lauschte hochkonzentriert, vier Sekunden, fünf … dann war die Stimme wieder da, und sie war höchstens noch drei oder vier Meter von ihnen entfernt.

35 – 05:44 Uhr

»Verdammte Scheißdunkelheit«, fluchte Torsten, und er bemühte sich offenbar gar nicht erst, leise zu sein.

Er kam langsam auf sie zu, schien sich auch an der Wand entlang vorwärtszutasten.

Franks Herz raste und schlug so heftig gegen seine Brust, dass er Angst hatte, Torsten könnte es hören. Sie konnten nicht mehr weglaufen, dazu war es zu spät. Er hörte einen weiteren, schlurfenden Schritt, Torsten kam näher. Er konnte höchstens noch zwei Meter entfernt sein. Frank hörte jeden seiner schweren Atemzüge und hielt selbst den Atem an. Der nächste Schritt, dann … Stille. Torsten war stehen geblieben. Sein Atem war kaum noch zu hören. Er lauschte in die Dunkelheit hinein, da war Frank sicher. Wahrscheinlich spürte er, dass er nicht alleine in dem Gang war. Gleich würde er nach allen Seiten tasten. Es war nur eine Frage von Sekunden, bis er Manuela oder ihn berührte. Sie konnten nicht mehr warten, sie mussten …

Ein dumpfer Knall von schräg unten ließ Frank ebenso wie Manuela zusammenzucken, gleich darauf stieß Torsten aus: »Scheiße. Ihr elenden Drecksviecher, ich trete euch die verdammten Gedärme raus.« Es folgte ein Geräusch, als spucke er auf den Boden, und er setzte seinen schlurfenden Weg fort. Mit dem nächsten Schritt musste er auf gleicher Höhe mit Frank und Manuela sein. Er bewegte sich an der gegenüberliegenden Wand entlang, aber er brauchte nur einen Arm zur Seite auszustrecken und würde sie berühren.

Schweißtropfen lösten sich von Franks Stirn. Einige rannen ihm kitzelnd über die Nase bis zur Nasenspitze, andere über die Schläfe und die Wange hinunter bis zum Kinn. Er traute sich nicht, sie fortzuwischen, aus Angst, er könnte dabei ein Geräusch machen.

Torsten war nun schon ein Stück an ihnen vorbei, doch Frank wagte erst wieder vorsichtig zu atmen, als er schon fünf, sechs Meter weiter sein musste. Dabei musste er an mindestens einer Tür auf seiner Seite vorbeigekommen sein, ohne sie zu öffnen. Er schien sich also zumindest im Moment nicht für die Räume dahinter zu interessieren.

Als Torsten so weit entfernt war, dass sie seine Schritte nicht mehr hören konnten, entspannte sich Frank wieder etwas. Sie blieben noch einige Minuten stehen, bis sie es wagten, sich wieder zu bewegen und leise zu sprechen.

»O Gott«, flüsterte Manuela. »War das schrecklich! Ich dachte, jetzt ist alles aus!«

»Ja, das war knapp. Aber er scheint auch kein funktionierendes Handy mehr zu haben, er sieht also ebenso wenig wie wir. Das ist ein Vorteil für uns.«

»Und was machen wir jetzt?«

»Ich denke, wir sollten uns wieder in einen Raum setzen. Da er kein Licht mehr hat, kann er uns da auch nicht finden.«

»Stimmt.« Manuela wirkte wieder etwas zuversichtlicher. »Gut, und dann lass uns überlegen, was wir tun können.«

Frank antwortete nicht.

»Frank?«

»Ja.«

»Was ist los, warum sagst du nichts?«

»Ich habe Angst davor.«

»Vor Torsten?«

»Auch. Aber hauptsächlich davor, darüber nachzudenken, wie wir ihn umbringen können.«

»Und … wenn wir versuchen, einen Weg zu finden, wie wir alle hier rauskommen?«, schlug Manuela zaghaft vor.

Frank wollte das Thema erst einmal beenden, deshalb sagte er: »Ja, lass es uns versuchen.«

Sie entschieden sich für einen Raum zwei Abzweigungen weiter. Obwohl er nun schon mehrmals in allen Fluren dieser Etage gewesen sein musste, hatte Frank komplett die Orientierung verloren. Torsten musste es genauso gehen, sein Weg in Richtung Schleuse konnte also reiner Zufall gewesen sein. Für einen kurzen Moment dachte Frank daran, dass er den Raum mit Jens wahrscheinlich auch nicht mehr finden würde, schob diesen Gedanken aber sofort wieder beiseite.

Frank schritt die Wände ab und stellte fest, dass der Raum etwas größer war als der, in dem Jens lag. Es befanden sich mehrere Tische darin, auf denen ein paar Geräte standen, die Frank durch Tasten nicht identifizieren konnte. Sie setzten sich nebeneinander auf einen etwas größeren Tisch und ließen die Beine herunterhängen. Frank hatte das Gefühl, keine einzige Stelle mehr am Körper zu haben, die nicht schmerzte. Das Atmen fiel ihm noch immer schwer, und er war bemüht, langsam und flach Luft zu holen.

»Denkst du, wir werden hier sterben?«, fragte Manuela plötzlich unvermittelt.

»Ich weiß es nicht«, antwortete Frank wahrheitsgemäß. »Aber die Chancen, dass wir überleben, stehen tatsächlich nicht allzu gut.«

»Ob der Kerl uns jetzt wohl zuhört?«

Daran hatte Frank überhaupt nicht mehr gedacht. Nach

ihren bisherigen Erfahrungen musste so ziemlich jeder Raum der Anlage mit Mikrophonen ausgestattet sein.

»Keine Ahnung«, sagte er und stellte fest, dass es ihm mittlerweile auch egal war, ob dieser Wahnsinnige sie belauschte oder nicht. Sie hatten schon so viel gesagt, dass es mittlerweile keinen Unterschied mehr machte.

Sie schwiegen, und Frank dachte fieberhaft darüber nach, wie sie es schaffen konnten, ihren Peiniger zu überlisten. Aber was immer er sich überlegte, es scheiterte daran, dass dieser Irre es nicht nötig hatte, zu ihnen in den Bunker zu kommen. Er konnte sie einfach in der Anlage sterben lassen, wenn sie sein Spiel nicht nach seinen Regeln spielen wollten. Sie hatten also keine Möglichkeit, ihn zu überwältigen.

Wenn er aber andererseits nicht selbst in den Bunker kam, wie wollte er dann feststellen, ob sie sich an seine geänderten Regeln gehalten hatten? Ob zwei von ihnen wirklich tot waren? Jens zum Beispiel lag irgendwo in einem Raum unter einem Schreibtisch. Lebte er noch? War er bereits tot? Wie wollte der Kerl das wissen? Kameras hatte Frank in den Räumen vorhin, als sie noch etwas sehen konnten, nicht entdeckt. Spätestens wenn es also darum ging festzustellen, ob wirklich nur noch zwei von ihnen am Leben waren, musste der Kerl die Anlage betreten. War das ihre Chance?

Franks Verstand arbeitete fieberhaft. Es musste etwas geben, eine Möglichkeit, dem Ganzen zu entkommen. Vage formte sich schließlich eine Idee in seinem Kopf, bei der er nicht sicher war, dass sie funktionierte. Aber immerhin war es eine erste Idee.

Er rückte ein Stück näher an Manuela heran und flüsterte: »Vielleicht können wir den Kerl, der uns hier eingesperrt hat, überlisten. Aber dazu brauchen wir Torsten. Er muss mitspielen.«

»Was? Wie, wir brauchen Torsten? Aber … er wird uns doch sofort umbringen, wenn er uns findet.«

»Vielleicht auch nicht. Wenn er mir einen Moment zuhört und ich ihm erklären kann, was ich vorhabe, dann lässt er sich vielleicht überzeugen.«

»Und wenn nicht?«

Frank blieb ihr die Antwort schuldig.

»Was hast du vor?«

»Es ist recht einfach.« Franks Mund war nun ganz nah an ihrem Ohr, so dass er sicher war, dass sie nicht belauscht werden konnten. »Zwei von uns stellen sich tot. Jens und einer von uns anderen. Die anderen beiden präsentieren sich als Überlebende und damit als Gewinner.«

Eine Weile schwieg Manuela, dann sagte sie: »Aber er wird doch merken, dass die beiden nicht tot sind, die nicht zur Schleusentür gekommen sind. Er wird nachsehen.«

»Genau. Das ist unsere Chance. Einer der *Toten* wird ihn überrumpeln und überwältigen.«

»Was? Aber … wer soll das machen? Du?«

»Nein, Torsten.«

»Torsten?« Frank konnte Manuelas Überraschung hören, obwohl sie noch immer flüsterte. »Aber … warum sollte er das tun? Er kommt doch wahrscheinlich auch so hier raus. Zumindest denkt er das, da bin ich mir sicher.«

»Ich glaube aber trotzdem, dass auch ihm eine Lösung lieber wäre, die nicht dazu führt, dass er jemandem von uns schaden muss.«

»Und ich glaube, du wirst gar nicht erst dazu kommen, ihm zu erklären, was du vorhast. Und ich denke auch nicht, dass das funktionieren wird.«

»Es ist zumindest eine Chance.«

»Du hast vorhin selbst gesagt, wenn Torsten uns findet, wird er uns umbringen.«

»Ja, wenn er keine Alternative hat. Aber die möchte ich ihm ja erklären.«

Frank hielt die Kälte nicht mehr aus. Er musste sich bewegen und schob sich langsam vom Tisch herunter.

»Was machst du?«, fragte Manuela ängstlich, nun wieder in normaler Lautstärke.

»Ich bewege mich ein bisschen, mir ist kalt.«

Er begann hin- und herzugehen. Einige Schritte in eine Richtung, dann wieder zurück. Das erwies sich in der Dunkelheit als recht schwierig, wie er schnell feststellen musste, als er mit dem Knie gegen einen Stuhl stieß. Er beugte sich vor, rieb kurz über die Stelle. Als er sich wieder aufrichtete, hatte er komplett die Orientierung verloren.

»Sag mal was«, forderte er Manuela auf.

»Was?«

»Schon gut. Ich wusste nur gerade nicht mehr, wo du sitzt.« Frank dachte daran, wie es wäre, in dieser absoluten Dunkelheit auf Torsten zu treffen. Der würde genauso wenig sehen wie er selbst, wäre also in gewisser Hinsicht genauso hilflos. Frank machte zwei Schritte in die Richtung, in der er Manuela vermutete, und tastete nach ihr. Als er ihren Arm zu fassen bekam, ging er ganz nah an sie heran.

»Hör mal«, flüsterte er, während sein Mund ihr Ohr suchte. »Wenn wir auf Torsten treffen, kann er uns nicht sehen und wird genauso orientierungslos sein, wie ich es gerade war, hab ich recht?«

»Ja … ich denke schon«, flüsterte sie zurück.

»Genau, und das sollten wir ausnutzen.«

36 – 06:01 Uhr

»Wie meinst du das?«, flüsterte Manuela.

»Wir sollten die Dunkelheit nutzen, um Torsten zu überlisten.«

»Ich verstehe nicht …«

»Warte, hör zu: Wenn wir uns einen großen Raum aussuchen, zum Beispiel den, in dem Jens nierdergestochen wurde, und ich nach Torsten rufe – was denkst du, wird passieren?«

»Er wird kommen, weil er uns … weil er gewinnen möchte.«

»Genau. Er wird kommen. Aber nicht wegen *uns*, sondern wegen *mir.* Er weiß nämlich nicht, dass wir wieder zusammen sind. Ich habe ihm erzählt, dass du verschwunden bist, sein letzter Stand ist also, dass ich allein bin.«

»Aber was spielt das für eine Rolle?«

»Eine große. Er weiß nicht, dass du auch in dem Raum bist, das ist der Punkt. Er wird sich auf mich konzentrieren. Du kannst dich von hinten an ihn heranschleichen, während ich ihm von meiner Idee erzähle.«

»Und dann?«

»Dann musst du ihn außer Gefecht setzen.«

»Ich? Wie soll das denn gehen?« Ihre Stimme wurde lauter, und Frank sprach schnell weiter.

»Du schlägst ihn nieder. Mit einem Knüppel oder etwas Ähnlichem.«

»Das kann ich nicht! Nein, das kann ich unmöglich tun.«

»Es ist unsere einzige Chance, Manu. Eben hast du selbst noch gefragt, ob es nicht eine Möglichkeit gibt, hier rauszukommen, ohne uns gegenseitig umzubringen. Das ist die einzige Möglichkeit. Wir müssen nach etwas suchen, womit wir Torsten fesseln können, wenn du ihn außer Gefecht gesetzt hast. Wenn er sich dann nicht mehr wehren kann, erzähle ich ihm von meiner Idee.«

»Aber kannst du das nicht auch so, ohne, dass ich ihn niederschlage? Er sieht dich doch im Dunkeln nicht, und wenn du dich bewegst …«

»Der Kerl, der uns hier eingesperrt hat, hört alles, was wir laut sagen. Ich muss so nah an Torsten herankommen, dass ich ihm ins Ohr flüstern kann, Manuela. Außerdem – falls er nicht mitmacht, ist er gefesselt. Das heißt, im Notfall …«

»Im Notfall können wir ihn töten?«, ergänzte Manu nach einer Weile.

Langsam und leise, aber sehr eindringlich sagte Frank: »Wenn du es nicht versuchst, wird er erst mich töten und dann dich.«

»Aber …«

»Wir haben nicht mehr viel Zeit, Manu. Wir müssen uns jetzt entscheiden. Entweder wir versuchen, unser Leben zu retten, oder wir bleiben einfach hier sitzen und warten darauf, dass wir sterben. Und wir werden sterben. Und unsere Kinder auch.«

Manuelas Schultern begannen zu zucken, sie schluchzte, zog die Nase hoch, sagte aber nichts.

»Dein Sohn, Manu. Er wird sterben, wenn du nichts unternimmst.« Manuelas Schluchzen wurde noch lauter. Frank ließ ihr Zeit, auch wenn er wusste, dass die Zeit langsam knapp wurde.

»Also gut«, flüsterte sie schließlich, als sie sich wieder etwas beruhigt hatte. »Ich tue es.«

Frank war erleichtert. »Aber ich muss mich auf dich verlassen können. Wenn du nicht zuschlägst, wenn es darauf ankommt, dann wird Torsten uns beide erledigen.« Und in normaler Lautstärke, die auch ein verstecktes Mikrophon empfangen würde, fügte er hinzu: »Wie müssen unbedingt Torsten finden und mit ihm reden. Es muss doch einen Weg geben, hier herauszukommen, ohne sich gegenseitig umzubringen.«

»Und wie sollen wir das anstellen in der Dunkelheit?«, ging Manuela darauf ein.

»Wenn wir nach ihm rufen und er sich auf der gleichen Etage aufhält, müsste er uns hören.«

Sie unterhielten sich noch eine Weile demonstrativ über die Dunkelheit und die wenige Zeit, die ihnen nur noch blieb, dann verließen sie den Raum und betraten vorsichtig den Flur.

»Ich versuche, den Weg zu dem Raum mit dem Durchgang zur Schleuse zu finden«, flüsterte Frank Manuela zu, die dicht neben ihm stand. »Ja, gut«, antwortete sie leise und hielt seinen Arm dabei fest umklammert.

Er tastete sich an der Wand entlang, wie er es schon auf dem Hinweg gemacht hatte. Immer wieder hielt er an und lauschte, versuchte, aus den Geräuschen ringsum Schritte herauszufiltern oder den Atem eines anderen Menschen.

Am ersten Quergang hielt er sich nach links und wunderte sich einmal mehr, wie es sein konnte, dass er sich den letzten Richtungswechsel des Hinwegs nicht hatte merken können. Er glaubte aber, dass sie rechts abgebogen waren, bevor sie sich in dem Raum versteckt hatten.

»Ich habe Angst«, flüsterte Manuela zwischendurch,

als Frank wieder einmal angehalten hatte, um sich auf die Geräusche um sie herum zu konzentrieren. »Was ist, wenn Torsten irgendwo steht und auf uns wartet?«

»Dann wird er dich jetzt reden hören und wissen, wo wir sind.« Manu verstand und sagte nichts mehr.

Das Ende des Ganges hatten sie nach etwa fünf Minuten erreicht. Frank stieß einen Fluch aus und schlug mit der geballten Faust gegen die Wand, als seine Hände über die Tür tasteten, an der der Gang endete. »Mist. Wir müssen zurück.«

Manuela folgte ihm ohne ein weiteres Wort zurück den Gang entlang, den sie gerade gekommen waren.

Frank schätzte, dass sie etwa eine halbe Stunde unterwegs waren, als seine Hand das Ende der Wand ertastete und er in einiger Entfernung einen ganz leichten Schimmer, eher die Ahnung eines Schimmers zu erkennen glaubte. Sein Puls beschleunigte sich, er wandte sich zu Manuela um und flüsterte ganz leise: »Ich glaube, ich sehe da drüben die Überreste der gelben Linie. Vielleicht haben wir den Raum gefunden.«

Eigentlich hatte er damit gerechnet, vom anderen Gang her auf den Raum zu stoßen, aber offenbar hatte er mittlerweile die Orientierung komplett verloren. Manuela drängte sich neben ihn und flüsterte: »Ich kann nichts sehen. Bist du sicher?«

»Ja, ich denke schon. Aber wir müssen jetzt ganz vorsichtig sein. Es könnte sein, dass Torsten sich auch in der Nähe des Ausgangs aufhält.«

Frank tastete sich vorsichtig in der Richtung weiter, in der er die Wendeltreppe vermutete. Am Fuß der Treppe befand sich die Werkbank, und dort würden sie sicher etwas finden, das als Knüppel dienen konnte.

Tatsächlich stieß Frank nach kurzer Zeit mit dem Knie an die eisernen Stäbe des Geländers, das die Wendeltreppe bogenförmig umschloss.

Er tastete sich daran entlang, bis er die Stelle erreicht hatte, an der der Handlauf steil nach unten abknickte.

»Warte hier«, flüsterte er Manuela so leise wie möglich zu. »Ich gehe nach unten und suche etwas, das du als Waffe benutzen kannst.«

Er wollte losgehen, doch Manuela hielt ihn am Arm fest, er spürte, dass sie nicht allein zurückbleiben wollte, aber dafür war jetzt keine Zeit. Mit einem Ruck befreite er sich aus ihrem Griff und setzte ohne weiteres Zögern den Fuß auf die erste Treppenstufe. Vorsichtig tastete er sich nach unten. Er erinnerte sich daran, dass er den Kopf einziehen musste, und schaffte es, das untere Ende zu erreichen, ohne irgendwo anzustoßen. Mit weit ausgestreckten Armen machte er ein paar Schritte in der Richtung, in der er die Werkbank vermutete, und erreichte sie ohne Probleme.

Etwas zu finden, das man als Schlagwaffe benutzen konnte, ohne das Opfer gleich zu schwer zu verletzen, stellte sich jedoch als schwieriger heraus, als Frank gedacht hatte. Seine Hände tasteten über die verschiedenen Werkzeuge und Gegenstände, sie waren jedoch allesamt entweder zu klein, zu unhandlich oder zu schwer. Wenn er Manuela einen schweren Schraubenschlüssel gab, wie Torsten ihn Stunden zuvor mitgenommen hatte, und sie schlug ihm damit zu fest auf den Kopf, konnte der Schlag ihn umbringen. Der Holzstiel eines Hammers hingegen war zu leicht.

Stück für Stück tastete Frank sich durch das Durcheinander der Werkbank und hatte schon fast aufgegeben, als er etwas in der Hand hielt, das ein Holzscheit sein musste. Er versuchte sich die Werkbank im Schein mehrerer Handydisplays vorzustellen und suchte in seiner Erinnerung nach einem solchen Holzstück, aber er konnte sich nicht erinnern.

Frank wog das Holzscheit in der Hand. Es war etwa dreißig Zentimeter lang und so geformt, dass auch eine Frau wie Manu es mit einer Hand würde halten können. Es war jedoch verhältnismäßig schwer, und sie würde gut dosiert damit zuschlagen müssen, um Torsten dabei nicht ernsthaft zu verletzen. Vorausgesetzt, sie schaffte es überhaupt, Torsten mit dem Scheit zu treffen, so dass Frank ihn überwältigen und fesseln konnte. Er konnte es nur hoffen.

Frank klemmte sich das Scheit unter den Arm und wühlte weiter auf der Werkbank herum. Er brauchte noch eine Schnur oder irgendetwas, mit dem er Torsten würde fesseln können. Nach einigen erfolglosen Minuten gab er es auf und wandte sich von der Werkbank ab. Da waren doch noch diese Holzkisten gewesen, an der Wand schräg gegenüber.

Die erste Kiste enthielt nur irgendwelche großen Gerätschaften, die er nicht identifizieren konnte, in der zweiten wurde er aber tatsächlich fündig. Darin lag ein Verlängerungskabel, das mit einem dünnen Draht zusammengebunden war. Der Draht war lang genug, um damit Torstens Handgelenke zusammenzubinden. Frank rollte den Draht zusammen und steckte ihn in die Hosentasche.

Der Aufstieg gestaltete sich schwieriger als der Weg nach unten. Frank ging gebückt, was das Anheben der Knie zusätzlich erschwerte.

Schließlich hatte er es geschafft und stand am oberen

Ende der Wendeltreppe. Er wartete, dass Manuela sich bemerkbar machte. Sie hatte direkt an der Treppe gestanden, als er losgegangen war, und musste gehört haben, dass er wieder oben war.

Als sie sich nach einer Weile noch nicht geregt hatte, flüsterte er leise: »Manu?«

Er bekam keine Antwort und versuchte es erneut. »Manu, wo bist du?« Als auch darauf keine Reaktion kam, wurde ihm mulmig. Freiwillig war Manu sicher nicht in der Dunkelheit verschwunden. Also musste Torsten Manuela in seine Gewalt gebracht haben. Das war die einzig plausible Erklärung.

Franks Magen krampfte sich zusammen. Wenn das stimmte, standen seine Chancen, lebend aus diesem Bunker herauszukommen, nun mehr als schlecht.

Von irgendwo schräg gegenüber, etwa aus der Richtung, in der der Durchgang zur Schleuse liegen musste, hörte er Geräusche, die ihn erstarren ließen. Das konnten keine Ratten sein, es hatte sich eher nach Schritten angehört. Da war es schon wieder, aber es schien sich zu entfernen. Franks Herz schlug ihm bis zum Hals, während er konzentriert lauschte. Als nichts mehr zu hören war, rief er etwas lauter: »Manu? Bist du da?«

»Ja, ich bin hier«, antwortete sie, und sie war dabei so nah, dass Frank vor Schreck zusammenzuckte.

»Wo zum Teufel warst du?«, fuhr er sie zischend an. Seine Angst hatte sich innerhalb einer Sekunde in Wut verwandelt. Manuela musste doch klar sein, dass sie nicht einfach so verschwinden konnte.

»Ich … Ich dachte, ich gehe lieber ein Stück von der Treppe weg für den Fall, dass Torsten auftaucht«, flüsterte sie zurück. Mittlerweile war sie wieder neben ihm. »Ich hatte Angst. Da habe ich mir eine Nische zwischen diesen ganzen komischen Geräten an der Wand gesucht, wo ich mich verstecken kann, und dort auf dich gewartet.«

»Verdammt, und warum hast du dann nicht geantwortet, als ich dich gerufen habe?«

»Aber das habe ich doch gerade.«

»Nein, davor, gleich als ich wieder oben war.«

»Davor? Das habe ich nicht gehört.«

Frank schnaufte. Es nutzte nichts, er musste sich beruhigen. Manuela war da, das war jetzt das Wichtigste. Sie konnten seinen Plan also ausführen.

»Wir sollten uns beeilen«, Frank flüsterte nun wieder, »wir waren gerade ziemlich laut, und es kann sein, dass Torsten uns gehört hat.«

»Und was hast du jetzt vor?«

»Ich werde mich in die Ecke rechts von uns stellen, das ist genau die Mitte zwischen den beiden Gängen. Du stellst dich mir gegenüber. Egal, aus welchem Gang Torsten dann kommt, wir haben ihn zwischen uns. Ich werde mit ihm reden und dafür sorgen, dass auch er spricht. Du musst nach deinem Gehör gehen und dich von hinten an ihn heranschleichen. Und dann … Dann musst du zuschlagen.«

»Bist du sicher, dass das die einzige Möglichkeit ist?«

»Ja, bin ich. Wenn er dann bei meinem Plan mitmacht, ist es gut, wenn nicht, haben wir ihn zumindest außer Gefecht gesetzt, und er stellt keine Gefahr mehr für uns da.«

»Denkst du, ich kann das wirklich?«

Frank tastete nach Manuelas Hand, und umschloss sie, als er sie gefunden hatte. »Manu, unser beider Leben hängt davon ab, ob du das schaffst oder nicht. Unseres und das unserer Familien. Du wirst nur einen Versuch haben. Du musst zuschlagen, auch wenn es dir widerstrebt. Nicht mit aller Kraft, aber … lieber zu fest als zu schwach. Wenn du ihn mit dem ersten Schlag nicht außer Gefecht setzt, ist alles vorbei. Wenn er nur verletzt, aber noch bei Besinnung ist, wird er dermaßen ausrasten, dass er uns beide tötet.«

»Danke, das macht mir jetzt wirklich Mut«, antwortete Manuela. Frank war über ihren Galgenhumor erstaunt, ging aber nicht weiter darauf ein, sondern drückte ihr das Holzscheit in die Hand. »Hier, damit wirst du zuschlagen.«

»Was ist das? Holz?«

»Ja, alles andere war entweder zu leicht oder zu massiv.«

Manuela seufzte, nahm ihm aber das Holzstück ab.

»Bereit?«, fragte er, und sie antwortete mit einem geflüsterten: »Ja.«

Frank begleitete sie zu der Stelle, an der sie sich postieren sollte. »Ab jetzt darfst du keinen Ton mehr von dir geben. Bleib einfach hier stehen und verhalt dich absolut ruhig.« Anschließend tastete er sich an der Wand entlang zurück zur Wendeltreppe und weiter in die entgegengesetzte Ecke.

Als er seinen Platz eingenommen hatte, zögerte er nicht länger. Er atmete tief ein und rief dann laut: »Torsten!« Er erschrak selbst darüber, *wie* laut seine Stimme in dem dunklen Raum plötzlich klang. Die darauffolgende Stille wirkte noch intensiver als zuvor. Es war, als habe die Dunkelheit seine Stimme verschluckt, sobald sie den Raum durchquert hatte.

Nach einigen Sekunden versuchte er es erneut: »Tooorsten. Ich muss mit dir reden. Ich bin in dem Raum vor der Schleuse.«

Wieder ließ er einige Zeit verstreichen. »Ich warte auf dich, Torsten. Wir müssen reden, dringend. Es ist wichtig.«

Zum ersten Mal in seinem Leben hatte Frank das Gefühl, tatsächlich spüren zu können, wie zäh und quälend langsam die Zeit verstrich. Sie kam ihm vor wie ein träger Fluss, der gemächlich dahinfloss, ihn einlullte. Frank wusste, dass er das nicht zulassen durfte, er musste …

Franks Gedanken wurden jäh unterbrochen. Von gegenüber, aus dem Gang mit der ehemals gelben Linie, hörte er etwas. Es waren Schritte, und sie kamen schnell näher.

37 – 06:46 Uhr

Frank spürte, wie sich jede Faser seines Körpers anspannte. Sein Puls begann zu rasen, ebenso seine Gedanken. Konnte das funktionieren, was er sich da ausgedacht hatte? Wie groß war die Wahrscheinlichkeit, dass Manuela Torsten in der absoluten Finsternis genau so traf, dass er die Besinnung verlor? War es nicht wahrscheinlicher, dass das Holzstück auf seiner Schulter landete oder in seinem Rücken? Oder vielleicht tatsächlich an seinem Kopf, aber nicht fest genug? Nein, es konnte nicht funktionieren. Er musste es abblasen. Aber wie? Er konnte Manuela schlecht etwas zurufen, dann wüsste Torsten sofort Bescheid, was sie vorhatten. Nein, er durfte seiner Angst nicht nachgeben. Und es war nichts anderes als elende, pure Angst, die er gerade empfand.

»Frank? Bist du da?« Torsten. Er war nicht mehr weit von ihm entfernt.

Frank nahm allen Mut zusammen: »Ja, ich bin hier.« Seine Stimme klang hoch und dünn, wie die einer Frau, und Frank verfluchte sich dafür.

Schritte. Drei, vier … Stille. »Was willst du?«

In Torstens Stimme schwang ein aggressiver Unterton mit, doch Frank war sich nicht sicher, ob ihm das jetzt etwas über Torstens Gemütszustand verriet. Torsten hatte auch in den vergangenen Stunden schon so geklungen.

»Ich …« Franks Mund hatte sich plötzlich mit Speichel gefüllt, er musste schlucken. »Ich habe eine Idee, wie wir vielleicht alle hier rauskommen können.«

»Ach ja? Dann lass mal hören.«

Frank spürte, dass sich auf seiner Stirn Schweißperlen bildeten. Er musste Torsten dazu bekommen, mehr zu reden.

»Du möchtest doch sicher auch, dass wir das alle hier unbeschadet überstehen, oder?«

»Wie kommst du darauf?«

»Weil … Mensch Torsten, wir waren doch mal Freunde.«

»Freunde?« Wieder hörte Frank Schritte. Torsten war näher gekommen. Frank hoffte, dass er nun an der richtigen Stelle stehen bleiben würde. Und dass Manu dann genau hinter ihm stand. »Wir waren niemals Freunde, Fränkie-Boy. Was wussten wir schon von Freundschaft. Wir waren Kinder.«

»Wir waren dreizehn, du sogar schon vierzehn. Da weiß man, was Freundschaft ist.«

»O ja.« Torsten spuckte die Worte regelrecht aus. »Das habt ihr ja schön bewiesen. Ihr alle drei habt das Versprechen gebrochen, dass wir uns als *Freunde* gegeben haben. Bei Kupfer kann ich es noch am ehesten verstehen, bei dem Arschloch von Alten. Und Manu hat wahrscheinlich einfach aus Dämlichkeit gequatscht.« Torstens Stimme wurde lauter, und Frank hatte das ungute Gefühl, dass er sich gerade in Rage redete.

»Das kannst du doch so …«

»Aber du, Frank, du hast das Versprechen eine halbe Stunde nachdem du es *uns* abgenommen hast, bewusst und aus Berechnung gebrochen. Den größten Verrat von allen hast du begangen. Und jetzt sag mir: Warum sollte ich dir zuhören? Damit du mir wieder irgendwelche Märchen erzählst? Dir geht es doch gar nicht um uns. Dir geht es einzig und allein um dich. Und so war es schon immer.«

Frank fragte sich, warum Manuela nichts tat. Worauf wartete sie denn noch? Eine bessere Gelegenheit als gerade würde sie nicht mehr bekommen. Wie sollte er es schaffen, dass Torsten weiterredete?

»Das stimmt nicht, Torsten. Ich habe es nur meinem Vater erzählt und der hat bis zu seinem Tod nie ein Wort darüber verloren.«

»*Kein Wort zu niemandem. Niemals. Ich schwöre.* Das war damals der Schwur, schon vergessen? Ich habe es nicht vergessen, Fränkie. Ich habe mein ganzes Leben lang kein Wort darüber verloren, was damals geschehen ist. Dann komme ich nach dreißig Jahren hierher und erfahre nicht nur, dass ich der Einzige war, der sich an das Versprechen gehalten hat, sondern auch, dass unser *Anführer* höchstpersönlich den größten Verrat begangen hat. Weißt du, wie sich das anfühlt?«

Na los, Manu, dachte Frank verzweifelt, *schlag endlich zu!* Hatte sie den Mut verloren? Würde sie am Ende gar nichts tun?

»Das macht mich wütend, sehr wütend. Und jetzt versuchst du schon wieder das Gleiche. Du tust so, als ginge es dir um uns alle, aber letztendlich geht es dir wieder nur um dich. Aber ich sag dir was, was du sicher noch nicht weißt. Es wird dich überraschen und …«

Das Geräusch klang so furchtbar, dass es Frank den Magen umdrehte. Ein dumpfer Schlag, gemischt mit einem knirschenden Geräusch, das in Frank sofort das Bild des Holzscheits erzeugte, der auf Torstens Kopf krachte und die Schädeldecke zertrümmerte. Unfassbar lange geschah gar nichts. Frank war drauf und dran, sich mit einem Satz auf Torsten zu stürzen, weil der Schlag ihn offenbar nicht richtig getroffen hatte. Doch dann fiel Torstens Körper vor ihm schwer zu Boden, gefolgt von einem Schrei, der aus Manuelas Mund gekommen sein musste.

Sofort setzte Frank sich in Bewegung. Jetzt musste alles ganz schnell gehen. Je nachdem, wie fest Manu Torsten getroffen hatte, war er vielleicht nur benommen und würde nach kurzer Zeit wieder vollkommen klar sein. »Manu, wo bist du?«, fragte er hastig. »Alles okay bei dir?«

»J … ja. Was ist mit ihm? Habe ich ihn richtig getroffen?«

Franks linker Fuß stieß gegen etwas Weiches, er bückte sich, tastete hastig über den stinkenden Kittel, den Torsten noch immer trug, nach Torstens Kopf. Dann berührte seine Hand Torstens Gesicht, er tastete schnell weiter und fasste in etwas, das sich anfühlte wie Haare, die mit warmem Öl übergossen worden waren. Frank zog die Hand schnell angeekelt zurück und wischte sie mit einer hastigen Bewegung an Torstens Kittel ab. »Ja, ich glaube, du hast ihn richtig getroffen.«

Er richtete sich ein wenig auf, um an seine Hosentasche mit dem Draht darin zu kommen. Sofort schoss der Schmerz wieder in seinen Brustkorb, so dass ihm beinahe die Luft wegblieb.

»Was ist?«, fragte Manuela besorgt, als er aufstöhnte.

»Meine Rippen. Geht schon wieder.«

Er fingerte den Draht aus der Tasche und suchte nach Torstens Händen. »Hilf mir mal«, forderte er Manuela auf. »Ich brauche seine Hände.«

Er hörte, wie sie näher kam und sich bückte. Das Holzstück ließ sie neben ihm auf den Boden fallen, dann berührte ihre Hand seinen Arm.

Es dauerte eine Weile, bis sie Torstens Hände gefunden und so zusammengelegt hatten, dass Frank die Handgelenke mit dem Draht zusammenbinden konnte. Sie mussten ihn dazu drehen, was sich als nicht gerade einfach herausstellte.

Schließlich hatten sie es aber geschafft, und Frank richtete sich unter lautem Stöhnen wieder auf und setzte sich dann neben Torsten auf den Boden.

»Wir haben es geschafft«, sagte er zu Manuela und wischte sich mit dem Unterarm über die Stirn.

»Bist du sicher, dass das hält?«

»Ja, ziemlich sicher. Der Draht ist dünn und sitzt fest. Wenn er versucht, die Handgelenke zu bewegen, wird der Draht ihm ins Fleisch schneiden.«

»Weißt du, wie schwer er verletzt ist?«

Frank dachte an das Gefühl der warmen, feuchten Haare. »Er hat eine blutende Wunde am Kopf. Du hast ihn wohl voll getroffen.«

Eine Weile saßen sie zu beiden Seiten des reglosen Körpers stumm auf dem Boden, bis Manuela fragte: »Und jetzt?«

»Wenn er wieder zu sich kommt, werde ich ihm meinen Plan erklären«, flüsterte Frank ihr zu. Seit Torsten aufgetaucht war, hatten sie in normaler Lautstärke gesprochen. Doch jetzt durfte sie keiner hören. »Dann kann er sich entscheiden, ob er mitmachen will oder nicht.«

Laut fügte er hinzu: »Ich denke, er wird es nicht überleben. Damit sind zwei von uns tot. Wir haben das Spiel gewonnen.«

»Niemand von uns kann dieses Spiel gewinnen«, antwortete Manuela, und es klang so bitter und ernst, dass Frank sich über ihre schauspielerischen Fähigkeiten wunderte.

»Zumindest werden wir diese Nacht überleben und unsere Familien wiedersehen.«

»Ja. Hoffentlich. Falls der Irre die Spielregeln nicht noch mal ändert.«

Frank richtete seinen Blick in die Schwärze, dorthin, wo Manuela saß. Egal, ob das für diesen Psychopathen gedacht war, was sie gerade gesagt hatte, stimmte. Dieser Kerl hatte die Regeln erst kurz zuvor komplett geändert. Was sollte ihn daran hindern, es wieder zu tun? Zum Beispiel um zu verfügen, dass es nur einen Gewinner geben durfte? Oder gar keinen? Wie schon einige Male zuvor spürte Frank wieder diese Leere in sich, das Gefühl, dass er in dieser Nacht unumkehrbar aus seinem vertrauten Leben gerissen und in einen Albtraum geworfen worden war, aus dem er nicht mehr zurückkehren konnte.

Da saß er nun neben Torsten, den Manuela auf sein Geheiß hin niedergeschlagen hatte in der Hoffnung, dass er, wenn er wieder zu sich kam, auf einen irrwitzigen Plan einging, dessen Erfolgsaussicht mehr als gering war. Wie hatte Frank auch nur für einen Moment annehmen können, Torsten würde sich als Dankeschön für eine schwere Kopfwunde als Lockvogel zur Verfügung stellen? Aber … hatte er das wirklich angenommen? Rechnete er ernsthaft damit, dieser *Plan* könne durchgeführt werden, geschweige denn funktionieren?

Oder war es nicht vielmehr so, dass er von Anfang an damit gerechnet hatte, dass Torsten sich niemals auf etwas Derartiges einlassen würde? Und seine *Idee* in Wirklichkeit von vornherein eine ganz andere war, nämlich die, Torsten als Konkurrent in dem Spiel auszuschalten und damit sein eigenes Leben zu retten? Was ja im ersten Schritt auch gelungen war?

Erschüttert stellte Frank fest, dass er es nicht mit Sicherheit sagen konnte.

Aber wie war denn der Stand nun, kurz bevor dieses perverse Spiel enden sollte? Sowohl Jens als auch Torsten waren außer Gefecht gesetzt, vielleicht war Jens sogar schon tot. Manuela und er konnten das Spiel nun mit Leichtigkeit gewinnen. Sie hatten es quasi schon gewonnen.

Und wenn sie Torsten und vielleicht auch Jens dafür töten mussten? Frank schob den Gedanken schnell beiseite.

»Warum regt er sich nicht?«, fragte Manuela mit dünner Stimme. »Er müsste doch bald wieder zu sich kommen.«

»Ich weiß nicht, du hast ihn wohl recht hart getroffen. Vielleicht hast du ein bisschen zu fest zugeschlagen.«

»Was soll das heißen?« Nun klang ihre Stimme gar nicht mehr dünn, viel eher schwang Entrüstung darin mit, vielleicht sogar Wut.

»Das soll nichts heißen, außer dass du vielleicht ein bisschen fest zugeschlagen hast.«

»Du hast mich doch dazu überredet.« Frank hörte, wie sie aufstand. »Ich habe dir von Anfang an gesagt, dass ich nicht weiß, ob ich das kann. Ich wollte es nicht tun. Woher soll ich denn wissen, wie fest man mit einem Stück Feuerholz zuschlagen muss, damit ein Kerl wie Torsten zwar besinnungslos, aber nur leicht verletzt wird? Du hättest es ja selbst machen können, wenn du denkst, dass du es besser gekonnt hättest. Immerhin habe ich dafür gesorgt, dass er dich nicht in Stücke gerissen hat, so wütend, wie er auf dich war.«

»Manu, ist ja gut, ich wollte doch nur sagen …«

»Nein, verdammt. Nichts ist gut.« Manuelas Stimme hatte einen schrillen, hysterischen Ton angenommen. Frank war ebenfalls aufgestanden. »Manu, nun beruhige dich doch, ich …«

»Gar nichts ist gut. Wir haben damals den grausamen Tod eines armen Jungen verschuldet, und wir sind feige weggelaufen, als wir ihm noch hätten helfen können. Wir haben ihn elendig krepieren lassen, verdammt. Wir sind feige Mörder. Was soll daran gut sein?«

»Ja, das war furchtbar, aber wir können es nun nicht mehr ändern. Und du hast ja gehört, was Jens gesagt hat. Festus war schon tot.«

»Ja, das habe ich. Du aber anscheinend nicht. Jens hat gesagt, er hat seinem Vater alles erzählt, und der ist daraufhin verschwunden und hat das auf seine Weise in Ordnung gebracht. Wann soll Jens also gesagt haben, Festus sei schon tot gewesen? Das hat er nicht. Wie sollte er es auch wissen? Vielleicht ist das Dach mit Festus darauf am Vorabend eingestürzt, und er hat die ganze Nacht und den halben Vormittag irgendwo in den Trümmern gelegen, schwerverletzt, mit wahnsinnigen Schmerzen. Aber eben nur verletzt und nicht tot? Vielleicht hätten wir ihn noch retten können, wenn wir nach ihm gesucht hätten. Aber das haben wir nicht, nein, wir haben es vorgezogen, wegzurennen. WAS IST DARAN BITTE GUT?«

»Tut mir leid.« Frank fühlte sich vollkommen hilflos. Aber seine Worte schienen Manuela etwas zu beruhigen. »Ja, mir auch«, sagte sie. »Das kannst du mir glauben. Mir auch.«

In diesem Moment ging das Licht an.

38 – 07:02 Uhr

Frank kniff die schmerzenden Augen fest zusammen und hielt sich die Hände vors Gesicht.

Licht. Die Beleuchtung war angeschaltet worden. Was hatte das zu bedeuten? War das Spiel nun zu Ende? Oder sollte der letzte Akt im Hellen stattfinden, so, dass sie auch alles deutlich sehen konnten?

Ganz langsam und vorsichtig ließ Frank die Hände sinken. Die Helligkeit drang als Schimmer durch seine geschlossenen Augenlider. Er öffnete die Augen einen Spalt, blinzelte mehrmals, öffnete sie ein kleines Stück weiter. Es tat weh, aber es war auch eine Wohltat, wieder etwas sehen zu können. Schließlich öffnete er die Augen ganz, und nach etwa einer Minute konnte er seine Umgebung wieder klar sehen, ohne geblendet zu werden.

Als Erstes blickte er zu Torsten auf dem Boden. Er lag auf dem Bauch, er hatte ihm die Hände hinter dem Rücken gefesselt. Sein Blick fiel auf Torstens Hinterkopf und krallte sich daran fest. Torstens Haare waren blutgetränkt, unter und neben seinem Kopf hatte sich jedoch keine Blutlache gebildet. Aus den Augenwinkeln nahm Frank einen fast schwarzen Fleck wahr, der sich nur wenige Meter neben ihnen befand. Er sah kurz herüber. Es musste Jens' Blut sein, das bereits getrocknet war. Der Fleck war etwa so groß wie ein Autoreifen und sah schlimm aus.

»O Gott, was habe ich getan?« Manuela stand neben Torsten und starrte mit weit aufgerissenen Augen auf die

Wunde an seinem Hinterkopf. »Habe ich ihn … umgebracht?«

»Ich weiß es nicht«, antwortete Frank wahrheitsgemäß. Es kostete ihn Überwindung, sich zu bücken und seine Finger an Torstens Hals zu legen, aber er tat es und spürte deutlich den Puls. »Er lebt«, sagte er und erhob sich schnell wieder. Obwohl Torstens Hände gefesselt waren, hatte Frank das Gefühl, er könne jederzeit hochschnellen und ihm einen Schlag versetzen.

Frank sah zu Manuela herüber. Sie sah schlimm aus. Das Gesicht war bleich und schmutzig, es wirkte eingefallen. Er hoffte, die dunklen Stellen unter ihren Augen waren nur Schmutz. Die Haare standen ihr wild vom Kopf ab.

Manuela wiederum starrte ihn mit entsetztem Blick an. »Deine Nase«, sagte sie jetzt, »das muss ja schrecklich wehtun.«

Frank konnte sich in etwa vorstellen, wie seine Nase aussah. Er hatte sie immer wieder vorsichtig befühlt und gespürt, dass sie schräg stand und angeschwollen war. Er zuckte mit den Schultern. »Ja, sie ist gebrochen.«

Sie ließen wieder ihren Blick durch den Raum schweifen. Außer dem Blutfleck und Torsten, der besinnungslos auf dem Boden lag, hatte sich nichts verändert, soweit Frank das beurteilen konnte.

»Ich frage mich, warum der Kerl jetzt das Licht angemacht hat«, dachte Frank laut nach.

»Ich weiß es auch nicht. Was machen wir jetzt? Für deine *Idee* ist es wohl zu spät.«

»Ja, das stimmt. Wir werden wohl warten müssen, bis er sich meldet und uns sagt, was er vorhat.«

Ein Stöhnen vom Boden zog ihre Aufmerksamkeit auf sich. »Er kommt zu sich«, sagte Frank.

»Was wirst du ihm sagen?«

Die Frage stellte Frank sich gerade selbst. »Ich werde ihm von meinem Plan erzählen. Auch wenn es jetzt zu spät dafür ist.«

Manuela kaute auf der Unterlippe. Immer wieder sah sie zu Torsten, sie schien sehr nervös zu sein. »Ich habe Angst vor ihm, obwohl er gefesselt ist. Verrückt, oder?«

»Nein.« Auch Frank betrachtete Torsten, der gerade ein Bein bewegte. »Ich habe auch Angst vor ihm.«

»Hey, was ist das?« Manuela deutete auf Torsten.

»Was meinst du?«

»Na da, auf dem Boden, neben seiner Kitteltasche.«

Frank ging ein Stück um Torsten herum und sah dann, was sie meinte. Ein zusammengefalteter Zettel lag neben Torsten auf dem Boden. Frank bückte sich, hob ihn auf und faltete ihn auseinander. Er überflog die wenigen Zeilen und spürte, wie sich sein Magen zusammenzog. Sein Verstand hatte wohl schon die ganze Tragweite erfasst, bevor sie bis zu seinem Bewusstsein vorgedrungen war.

»Was ist?«, fragte Manuela. »Was steht da?«

Frank sah kurz zu ihr auf, dann wieder auf den Zettel. Es war ein ausgedruckter Text. Er las die Zeilen ein weiteres Mal, und mit jedem Wort wurde ihm klarer, was er da in den Händen hielt. Und was es bedeutete, dass dieser Zettel aus Torstens Tasche gefallen war. Was es nur bedeuten konnte. Auf dem Zettel stand:

– *Hör mir zu, Spieler*
– *Spieler, ich habe Neuigkeiten für euch*
– *Sie lauten: Zwei von euch spielen falsch.*
  Damals und heute
– *Hier ist die zweite Aufgabe dieser Nacht, Spieler*

- *Du hast damals falsch gespielt. Erzähle es den anderen, und du bekommst einen Punkt. Du hast nur einen Versuch. Sag die Wahrheit, sonst geht der Punkt an einen der anderen*

Und so ging es weiter, bis zu den letzten Zeilen:

- *Überlebe, und sorge dafür, dass nicht mehr als zwei Spieler die Eingangstür lebend erreichen*
- *Für Festus*

»Nun sag schon, was steht da?« Frank hielt Manuela wortlos den Zettel hin. Sie nahm ihn und begann zu lesen. Nach einigen Zeilen sah sie kurz zu Frank auf. Sie schien genauso fassungslos wie er. Dann las sie weiter, sah ihn wieder an. »Aber … das …« Sie bewegte den Kopf langsam hin und her, es war ein Kopfschütteln in Zeitlupe. »Das kann doch nicht sein. Das sind …«

»Die Durchsagen, die wir heute Nacht gehört haben, in der Reihenfolge, Wort für Wort.«

»Aber … das kann doch nicht sein. Das würde ja bedeuten …«

»… dass Torsten aufgeschrieben hat, was das Computerprogramm sagen soll. Bevor wir hier rein sind.«

»Ich fass es nicht! Er hat also mit dieser ganzen Sache zu tun?« Ihre Augen wurden feucht und schwappten über, die schmalen Spuren der Tränen glänzten im Neonlicht.

»Ich denke schon.« Sie sahen sich an, und Frank konnte in Manuelas Gesicht ablesen, wie geschockt sie war.

»Das erklärt natürlich vieles«, sagte er und wunderte sich, wie emotionslos seine Stimme in diesem Moment klang. Das mochte mit der Eiseskälte zusammenhängen, die sie noch immer umgab. Oder mit dem Gefühl, das alles gar nicht selbst zu erleben. Er kam sich eher vor, als betrachte er eine Szene in einem Film. »Aber er muss einen Helfer haben, allein konnte er das nicht bewerkstelligen.«

Manuelas Blick war zu Torsten gewandert, dessen Arm in diesem Moment zuckte. Kein Muskel bewegte sich in ihrem Gesicht, sie blinzelte nicht einmal. »Manu?«

Aus ihrem Mund drangen Wortfetzen, die Frank nicht verstand. »Was hast du gesagt?«

»Er hat die Idee gehabt. Er ist schuld an Festus' Tod.« Ihr Mund bewegte sich kaum, während sie sprach. Frank musste sich konzentrieren, um die Worte zu verstehen.

»Er hat einen Menschen bei lebendigem Leib von Ratten auffressen lassen. Er hat uns gequält und verletzt. Er hat Jens einen Schraubenzieher in den Rücken gerammt.« Die Art, wie die Sätze aus ihrem Mund kamen, tonlos, emotionslos, wie bei einer Maschine, ließ Frank trotz allem, was gerade in ihm vorging, erschauern.

»Aber wir wissen doch gar nicht genau …«, versuchte er, ihre Aufmerksamkeit zu gewinnen, doch Manuela fuhr unbeirrt fort. »Er war in meinem Haus. In meinem Schlafzimmer. Er hat mich niedergeschlagen und im Dunkeln festgebunden. Bei den Ratten. Er hat mich angefasst. Er hat uns gequält, und es hat ihm Spaß gemacht. Er wollte uns alle töten. Das ist kein Mensch, das ist eine Bestie.«

Frank überlegte noch, wie er Manuela wieder zur Besinnung bringen konnte, als plötzlich alles rasend schnell ging.

39 – 07:28 Uhr

Manuela hatte sich aus ihrer Starre gelöst, preschte mit einer Geschwindigkeit, die Frank ihr nicht zugetraut hätte, vor und griff nach etwas auf dem Boden. Noch bevor Frank begriff, was es war, sauste Manuelas Arm herab. Sie hielt das Holzscheit umklammert und hatte damit so fest auf Torstens Kopf gezielt, dass es seinen Schädel beinahe spaltete.

Frank sah, wie Torstens Körper zuckte und dann still lag.

Das Holzscheit fiel polternd zu Boden, Manuela wischte sich mit dem Kittelärmel übers Gesicht, was die Blutspritzer aber nur verschmierte.

»Jetzt sind wir nur noch zwei«, stellte sie fest, den Blick auf das gerichtet, was von Torstens Kopf übrig geblieben war.

»Ma … nu … ela.« Es war ein unverständliches Krächzen, was da aus Franks Mund kam. »Was … hast du getan?«

»Ich habe seine Spielregeln befolgt. Ich habe gewonnen.«

Frank spürte, wie seine Knie nachgaben. Er ließ sich auf den Boden sinken. Noch immer musste er auf Torstens zertrümmerten Kopf starren. Es war ein Bild von unsagbarer Grausamkeit, und er war völlig entsetzt, dass Manuela dafür verantwortlich war.

»Du hast ihn umgebracht«, schrie er sie an.

»Ich habe mich an die Spielregeln gehalten, die er aufgestellt hat.«

Frank stand auf, er wollte nicht mehr so dicht neben

Torsten auf dem Boden sitzen. Auf wackligen Beinen ging er zu dem Tischchen neben dem Durchgang zur Schleuse, ließ sich darauf fallen und starrte stumm vor sich hin. Die Entfernung schaffte eine emotionale Distanz zu dem Geschehenen. Manu sah zu ihm herüber, und Frank versuchte, Reue auf ihrem Gesicht zu erkennen, aber da war nichts. Ausdruckslos starrte sie ihn an.

Wie sollte er sich jetzt verhalten? Und was würde als Nächstes passieren? Hatte derjenige, der Torsten im Hintergrund half, mitbekommen, was gerade geschehen war? Sicher hatte er das, er wusste ja auch sonst stets, was sie gerade taten oder sprachen. Aber was würde er jetzt tun? Das hing wahrscheinlich davon ab, in welchem Verhältnis er und Torsten zueinander gestanden hatten. War Torsten der Chef und hatte ihn nur als Helfer angeheuert? Dann konnte es gut sein, dass er die Flucht ergriff. Oder war es genau andersherum, und der andere hatte Torsten überredet, ihm bei seinem perversen Spiel zu helfen? Dann war das noch nicht das Ende, das war sicher.

Was auch immer als Nächstes geschehen würde, eine Frage blieb. »Warum? Warum hat Torsten das getan?«, sprach Frank nun laut aus, was ihm durch den Kopf ging. Manuelas ausdrucksloser Blick ruhte noch immer auf ihm, dann setzte sie sich in Bewegung, machte ein paar Schritte und nahm auf einem der Holzstühle Platz, der Frank gegenüber an der Wand zwischen zwei kesselartigen Metallgebilden stand. Frank fragte sich, warum sie sich nicht näher zu ihm gesetzt hatte, war aber froh über den Abstand zwischen ihnen. Sie machte ihm Angst.

»Weil er nicht vergessen hat und uns bestrafen wollte.« Frank empfand so etwas wie Erleichterung darüber, dass Manuela sich offenbar wieder etwas beruhigt hatte.

»Aber … warum? Es war doch seine Idee, damals.«

Manuela sah ihn nun nicht mehr an, sondern starrte schräg vor sich auf den Boden. »Jeder trägt seinen Teil der Schuld.«

»Wie meinst du das?«

»Jeder von uns hat sich damals schuldig gemacht. Jeder Einzelne, denn wir sind alle weggelaufen. Haben Festus seinem Schicksal überlassen. Wir hätten ihn retten können und haben es nicht getan, weil wir zu feige waren, die Konsequenzen für unser Tun zu tragen. Jetzt tragen wir sie bis zum bitteren Ende.«

»Woher willst du wissen, dass das der Grund für das alles ist?«, fragte Frank.

»Er hat es mir gesagt.«

Frank richtete sich abrupt auf und spürte sofort einen Stich in die Brust. »Was?« Er musste husten. »Er … Torsten hat dir das gesagt? Aber wann? Als er dich verschleppt hat? Ich verstehe das nicht.«

»Nein, nicht Torsten. Es war Festus. Festus hat es mir gesagt.«

Frank verstand nicht, wovon Manuela da redete. Hatte sie den Verstand verloren?

»Festus? Du meinst, unseren Festus?«

»Ich meine den Festus, den wir umgebracht haben. Ja.«

Frank wusste nicht, was er sagen sollte. Schließlich fragte er: »Wann?«

»Das ist schon eine Weile her.« Manuela sah ihn nun wieder an. »Du denkst, ich spinne, nicht wahr?«

»Du hast Torsten gerade den Schädel zertrümmert. Ob er das letztendlich verdient hat oder nicht, du hast ihn getötet. Du standst völlig neben dir, bist völlig ausgerastet. Ich weiß nicht mehr, was ich denken soll.«

Manuela starrte wieder vor sich auf den Boden und sagte nichts dazu.

Als aus dem Durchgang zur Schleuse ein schleifendes Geräusch zu hören war, reagierte Frank sofort. Mit einem Ruck sprang er von dem Tischchen und wollte sich gerade seitlich an die Wand drücken, doch er war zu langsam.

Der große Mann stand bereits vor ihm und stieß ihm die flache Hand mit solcher Kraft vor die Stirn, dass Frank rückwärts gegen den Tisch taumelte und zu Boden fiel. Er rappelte sich unter Schmerzen wieder auf, weil er befürchtete, der Kerl könne vielleicht nachsetzen, aber er war nur ein Stück näher gekommen und sah ihn kalt an. In seiner Hand hielt er eine Waffe, die auf Frank gerichtet war. »Bleib da stehen«, sagte er mit osteuropäischem Akzent. »Wenn du näher kommst, erschieße ich dich.«

Frank zweifelte keine Sekunde daran, dass der Kerl seine Drohung wahrmachen würde. Das also war Torstens Mann im Hintergrund. Er war groß, Frank schätzte ihn auf etwa eins neunzig, und kräftig gebaut, mit einem deutlichen Bauchansatz. Auf dem rechten Unterarm hatte er einen großen, hellen Fleck, an dem die Haut schrumpelig war. Vermutlich eine Brandwunde. Besonders auffällig war die geschwungene Narbe auf der Stirn, gleich unter dem dunkelblonden Haaransatz. Der Kerl hatte Manuela im Rücken. Frank warf ihr einen möglichst unauffälligen Blick zu, aber sie saß vollkommen unbeteiligt auf ihrem Stuhl und rührte sich nicht.

»Wir haben gewonnen«, trat Frank die Flucht nach vorne an. »Sie müssen uns jetzt gehen lassen. Wir haben nach Ihren Regeln gespielt und gewonnen. Die anderen beiden sind tot, wie es die Regel verlangte.«

»Du hast nicht gewonnen«, sagte der Mann kalt.

Frank wurde durch Manu abgelenkt, die sich langsam zur Seite neigte und die Hand hinter einem der Metallkessel verschwinden ließ. Er wusste nicht, was sie da tat, aber vielleicht hatte sie ja etwas entdeckt, mit dem sie den Kerl angreifen konnte.

»Wo ist der andere?«

Frank hob die Schultern. »Welcher andere?«

»Der andere, der verletzt ist.«

»Er ist tot«, sagte Frank, und er hoffte, dass es so bitter klang, wie es klingen sollte.

Der Kerl hob eine Braue und wandte sich zu Manu um.

»Er ist nicht tot«, sagte sie. »Er liegt in einem der Räume, ich weiß nicht, in welchem.«

Frank verstand nichts mehr. Was tat Manuela da? Offensichtlich wusste der Kerl tatsächlich nicht, was mit Jens war. Warum verriet sie ihm, dass Jens wahrscheinlich noch lebte? Sie musste doch wissen, dass sie damit sein Schicksal besiegelte.

»Zeig mir, wo er ist«, forderte der Mann Frank auf und trat einen Schritt näher, die Waffe noch immer auf Frank gerichtet.

Der Schuss, der in diesem Moment fiel, war so laut, dass Frank das Gefühl hatte, sein Trommelfell müsse platzen. Ihm ging nur ein Gedanke durch den Kopf: Er hat dich erschossen. Jetzt stirbst du.

Er wartete auf den Schmerz, darauf, dass ihm die Beine wegknickten, ihm schwarz vor Augen wurde …

Nichts dergleichen geschah. Dafür aber hatte sein Gegenüber Augen und Mund weit aufgerissen. Mit fassungslosem Blick starrte er an Frank vorbei, während er langsam in sich zusammensank. Als er nach vorne kippte und mit dem Gesicht nach unten liegen blieb, konnte Frank den Blutfleck auf dem Rücken des Mannes sehen, der sich schnell auf dem braunen Pullover vergrößerte. Vollkommen verwirrt sah er zu Manuela, die noch immer auf dem Stuhl saß, nun allerdings eine kleine Waffe in der Hand hielt.

»Aber …«, stammelte er. »Warum … Wo hast du die … Pistole her?«

»Sie steckte neben meinem Stuhl hinter dem Behälter.« Manuelas Stimme hatte sich verändert. Sie klang tiefer als zuvor. Und kälter. Frank sah wieder zu dem Kerl am Boden herüber und verstand noch immer nicht, wie das alles möglich war. Wie kam die Pistole hierher?

»Woher wusstest du von der Waffe? Wie ist das möglich? Ich verstehe das nicht.«

»Ich habe sie selbst dort versteckt. An anderen Stellen gibt es auch noch welche. Zlatko hätte dich wahrscheinlich mit Jens zusammen erschossen, wenn ich nicht eingegriffen hätte. Er hätte sich von dir zu Jens führen lassen und dort erst einmal seinen ersten Versuch korrigiert und Jens endgültig umgebracht. Danach hätte er wohl dich erschossen. Das konnte ich nicht zulassen.«

»Zlatko? Woher kennst du den Namen von dem Kerl? Er hat doch Torsten geholfen, uns hier …«

Manuela stieß ein kurzes Lachen aus. »Torsten?« Ihr Blick wanderte zu Torstens Leiche hinüber. »Torsten ist ein Idiot. Er hat mit all dem nichts zu tun. Zlatko hat Torsten nicht geholfen, sondern mit mir zusammen dafür gesorgt, dass du ihn verdächtigst. Zum Beispiel indem er dafür gesorgt hat, dass Torsten Jens' Handy findet, das er dir zuvor weggenommen hatte. Oder indem er mich angeblich *verschleppt* hat.

Nein, Zlatko hat nicht Torsten geholfen, sondern mir.«

Damals …
Manu

1

Als Manu mit dem Fahrrad nach Hause unterwegs ist, kann sie nicht aufhören zu weinen.

Kein Wort zu niemandem. Niemals. Das haben sie Fränkie gerade nachgesprochen und sich gegenseitig geschworen. Manu weiß nicht, wie sie das schaffen soll, wo sie doch jetzt schon an dem Wissen über die Schuld, die sie alle auf sich geladen haben, zu ersticken droht. Wie soll sie damit weiterleben?

Die Häuser ziehen links und rechts an ihr vorbei, als seien sie die Pappkulisse für einen Film, in dem sie ungewollt die Hauptrolle spielt. Alles um sie herum scheint nur Attrappe zu sein, während die Kamera auf sie gerichtet ist. Jeder wird ihr ansehen, dass sie etwas Fürchterliches getan hat.

Wenn sie nach Hause kommt, wird ihre Mama ihr in die Augen schauen und sie fragen, was sie angestellt hat. Wie soll sie ihre Mama anlügen, wenn die Lüge ihr schon ins Gesicht geschrieben steht, bevor sie sie ausgesprochen hat? Und was noch viel schlimmer ist: Wie soll sie sich selbst für den Rest ihres Lebens anlügen? Und sie wird sich anlügen müssen, wenn sie irgendwann ihren Frieden finden möchte. Sie wird sich immer und immer wieder sagen müssen, dass sie nichts dafür konnten, dass das Dach eingestürzt ist. Ja, vielleicht wird es ihr nach einiger Zeit sogar gelingen, sich das einzureden. Vielleicht.

Aber warum hat sie die anderen nicht überredet nachzusehen, ob Festus vielleicht irgendwo dort drinnen liegt? Eingeklemmt, verletzt, aber noch am Leben? Warum nicht?

Weil Fränkie es so bestimmt hat. Sie haben ihn für sie alle eine Entscheidung treffen lassen. Fränkie, ihren Anführer. »Das geht nicht«, sagt jemand, und Manu braucht einige Zeit, bis sie registriert, dass es ihre eigenen Worte waren, die sie gehört hat. Gegen den Fahrtwind gesprochen und vom Wind in ihre Ohren gedrückt, und gleichzeitig als Resonanz in ihrem Kopf.

Manu bremst so stark, dass das Hinterrad blockiert. Die Bewegung der Kulisse verzögert sich und erstarrt dann völlig. Es ist, als sei eine Glocke über Manu gestülpt worden, die sie von allem vollkommen isoliert. Um sie herum herrscht stille Bewegungslosigkeit. Sie bemerkt weder die Menschen auf den Gehwegen noch die wenigen Autos, die an ihr vorbeifahren. Die Worte, die sie gerade laut ausgesprochen hat … Ist es gerade gewesen? Oder war es vor zehn … vor zwanzig Minuten? Sie wollen nicht aufhören, in ihrem Kopf nachzuhallen. Ein unendliches Echo.

Das geht nicht.

Sie weiß nicht, wie lange sie dagestanden hat, als etwas sie aus ihrer Gedankenwelt herausreißt. Verwirrt blickt sie nach links, schaut dem Mann ins Gesicht, der in dem dunklen Auto sitzt, das dicht neben ihr auf der Straße steht. Er hat die Scheibe auf der Beifahrerseite heruntergekurbelt und sich ein Stück zu ihr herübergelehnt.

»Was ist los mit dir, Mädchen? Du kannst doch nicht einfach hier mitten auf der Straße stehen bleiben.«

O nein, denkt Manu und wendet sich schnell von dem Mann ab. Es geht schon los. Er hat gesehen, dass mit mir was nicht stimmt. Gleich wird er auch merken, dass ich etwas Schlimmes, etwas wirklich Schlimmes getan habe. Er wird mich vielleicht fragen, ob ich etwas mit dem Einsturz der alten Fabrik zu tun habe. Und ob ich weiß, wo Festus ist. Vielleicht ist er ja von der Polizei?

Ohne den Mann noch einmal anzusehen, wendet Manu ihr Fahrrad und tritt in die Pedale. Sie muss weg von diesem Mann, weg von dem Weg, der sie nach Hause zu ihrer Mutter führt. Zurück zur Fa-

brik. Sie muss es wissen. Vielleicht ist es noch nicht zu spät. Vielleicht findet sie Festus, und er lebt wirklich noch. Vielleicht.

Und wenn sie ihn nicht findet? Dann ist sie genauso weit wie jetzt, oder? Nein, sagt sie sich selbst, denn dann habe ich es zumindest versucht.

Aber wird das etwas besser machen? Der klägliche Versuch?

Und was, wenn sie ihn zwar findet, er aber schon tot ist?

Manu presst die Lippen fest aufeinander. Fest steht, sie kann jetzt nicht nach Hause fahren. Sie kann so nicht ihrer Mama in die Augen sehen und ihr sagen, dass alles in Ordnung ist. Sie kann sich so selbst nicht in die Augen sehen und sich sagen, dass alles in Ordnung ist. Oder irgendwann sein wird.

Als sie die Lücke im Zaun erreicht hat, starrt sie auf den Erdhügel, der ihr die Sicht auf das Fabrikgebäude versperrt.

Sie horcht in sich hinein, doch da ist keine Stimme, die ihr sagt, was richtig ist und was falsch. Nein, in ihrem Inneren herrscht absolute Stille.

Das ist ein Vorgeschmack, sagt sie sich. So wirst du dich für den Rest deines Lebens fühlen.

Mit einem Ruck bugsiert sie ihr Fahrrad durch die Lücke im Zaun. Dahinter steigt sie nicht wieder auf, sondern schiebt das Rad um den Hügel herum. Das dauert ein bisschen länger, gibt ihr ein bisschen mehr Zeit.

Als das Gebäude in Manus Blickfeld gerät, bleibt sie einen Moment stehen. Nur ganz kurz durchzuckt sie der Gedanke, dass es vielleicht doch besser ist, umzukehren und nach Hause zu fahren. So, wie die anderen es getan haben. Aber das ist schnell vorbei, als sie Festus vor sich sieht, wie er mit strahlenden Augen vor ihrem Hauptquartier steht und sich riesig freut, als Fozzie ihm sagt, er könne in der Bande mitmachen.

Sie steigt auf und fährt das letzte Stück bis zum Eingang, den sie immer benutzen. Immer benutzt haben.

Sie lehnt das Fahrrad gegen die Wand und steigt ohne weiteres Zögern auf die Fensterbank.

Die Sonne scheint durch die große Lücke im Dach und legt einen gelblichen Schimmer über das unglaubliche Trümmerfeld, das sich ihren Augen bietet. Manu lässt ihren Blick über das heillose Durcheinander aus Steinen, zerbrochenen Ziegeln, Latten und durchgebrochenen Balken wandern, deren teilweise spitze, gezackte Bruchstellen wie gefährliche Waffen aus den Trümmern herausstechen. Dazwischen klaffen Lücken, dort, wo der Boden eingebrochen ist. Manu kann von ihrem Standort aus nicht sehen, was sich darunter befindet und wie tief die Löcher sind. Und ob vielleicht jemand da unten liegt.

»Festus?«, ruft sie zaghaft, aber so leise, dass er es sicher nicht hören könnte, selbst wenn er irgendwo da liegt. Sie ruft erneut seinen Namen, dieses Mal aber deutlich lauter. Sie bekommt keine Antwort.

Es bleibt ihr nichts anderes übrig, sie muss ins Halleninnere, über die Trümmer, nach ihm suchen.

So gut es geht, hält sie sich an dem verrosteten Fensterrahmen fest und streckt das linke Bein aus. Langsam lässt sie sich tiefer gleiten, bis ihr Fuß einen großen Stein berührt, der ihr Halt zu geben scheint. Nachdem sie das andere Bein nachgezogen und ein paarmal probehalber auf dem Stein gewippt hat, lässt sie den Fensterrahmen los und steht auf den Trümmern. Das erste Loch befindet sich sechs, sieben Meter von ihr entfernt in Richtung Hallenmitte. Es ist nicht sehr groß und wird durch einen quer verlaufenden Balken in der Mitte in zwei etwa gleichgroße Hälften geteilt.

Manu braucht etwa drei Minuten bis zu der Stelle, weil sie vor jedem Schritt testen muss, ob der unebene Untergrund aus Schutt sie trägt.

Etwa einen Meter vom Rand entfernt bleibt sie stehen und beugt sich etwas nach vorne. Von dieser Stelle aus sieht sie, dass das Loch etwa drei Meter tief ist. Der Untergrund sieht ähnlich aus wie der, auf dem sie gerade steht. Teilweise wird er vom Sonnenlicht erhellt, nur ein kleinerer Teil liegt im Schatten und ist schwer einzusehen.

»Festus?«, versucht sie es erneut mit lauter Stimme. »Festus, bist du da?« Nichts.

Manu umrundet das Loch und wirft einen Blick von der anderen Seite aus hinein. Auch hier bietet sich ihr das gleiche Bild. Steine, zerbrochene Ziegel und Latten, hier und da ein Balkenstück. Von einem Jungen ist nichts zu sehen.

Obwohl Manu erst eine von mindestens sechs oder sieben Einbruchstellen kontrolliert hat, verlässt sie der Mut. Wie soll sie Festus in diesem Chaos finden? Selbst wenn er tatsächlich irgendwo da unten liegt – es brauchen nur ein paar Ziegel auf ihm zu liegen, und sie hat keine Chance, ihn zu sehen.

Du bist zurückgekommen, um ihn zu suchen, sagt sie sich. Also such ihn auch. Wenn du jetzt gehst, hast du deine letzte Chance vertan. Und seine.

Bis zu der nächsten Stelle braucht sie nicht mehr so lange, aber es bietet sich ihr ein fast identisches Bild. Trümmer aus Holz, Steinen, Ziegel … Schutt. Sonst nichts. Mit hängenden Schultern und sinkendem Mut wendet sie sich dem nächsten Loch zu, macht einen vorsichtigen Schritt, noch einen, verlagert ihr Gewicht nach vorne. Als sie das andere Bein nachzieht, gibt der Untergrund plötzlich nach, ihr Fuß rutscht weg. Sie schreit auf, rudert hektisch mit den Armen, versucht, mit den Füßen wieder Halt zu finden, doch es ist zu spät, sie kann das Gleichgewicht nicht mehr halten und fällt nach hinten. Als sie auf dem unebenen Untergrund aufschlägt, fährt ihr ein stechender Schmerz durch die linke Hüfte, und der rechte Ellbogen tut ihr weh. Manu stöhnt auf, wagt aber nicht, sich zu bewegen, aus Angst, der Boden könnte unter ihr nachgeben und sie mehrere Meter nach unten stürzen lassen. Tränen laufen ihr über das Gesicht, während sie angestrengt und mit zusammengebissenen Zähnen auf ein Geräusch lauscht, das größeres Unheil ankündigt. Das Knarren von Holz oder das Bröckeln von Steinen. Doch alles bleibt ruhig. Offenbar ist der Stein, auf den sie getreten ist, einfach nur weggerutscht. Sie hat wohl Glück gehabt. Behutsam tastet sie nach ihrer linken Hüfte und hofft inständig, dass sie sich nichts gebrochen hat. Wie sollte sie dann wieder hier rauskommen? Die Stelle schmerzt zwar, aber sie kann das Becken und auch das Bein bewegen. Manu richtet sich vorsichtig ein Stück weit auf, schiebt ihr Shirt ein wenig nach oben und betrachtet die etwa handtellergroße Schürfwunde über dem Hüftknochen. Sie blutet an mehreren Stellen, und ihre linke Seite wird sicher blau werden, aber sie hat trotzdem großes Glück gehabt, das weiß sie.

Auch am Ellbogen hat sie nur eine Schürfwunde. Sie scheint etwas tiefer zu sein, und es tut ziemlich weh, als sie den Arm beugt und wieder streckt, aber gebrochen ist auch an dieser Stelle offensichtlich nichts.

Manu stützt sich zu beiden Seiten auf den Steinen ab und drückt sich langsam nach oben. Als sie wieder steht, pocht ihre Hüfte, doch sie denkt sofort an Festus und an das, was ihm wahrscheinlich widerfahren ist, und der Schmerz erscheint ihr nicht mehr so schlimm. Energisch wischt sie sich die Tränen von den Wangen und schaut sich um. Nein, sie wird jetzt nicht jammern und aufgeben. Sie ist hier, um nach Festus zu suchen, und das wird sie auch tun.

Im übernächsten Loch findet sie ihn.

Damals …
Manu

2

Sie sieht das Bein in der karierten Hose sofort, als sie einen Blick über den Rand der Einbruchstelle wirft.

Der dünne, blanke Unterschenkel, der aus dem Stoff herausschaut, ist übersät von kleinen Wunden. Manu schreit erschrocken auf.

Sie hat Festus gefunden, und ihr wird in diesem Moment klar, dass sie nicht wirklich damit gerechnet hat, dass sie vielleicht nur zurückgekommen ist, um ihr Gewissen zu beruhigen, dass sie … Es ist egal, alles ist egal. Sie hat ihn gefunden.

Aber sein Bein bewegt sich nicht. Und mehr kann sie im Moment noch nicht von ihm sehen. Schnell und nicht mehr so vorsichtig wie zuvor beginnt sie, weiter um die Einsturzstelle herumzulaufen. Erst als sie die gegenüberliegende Seite erreicht hat, schaut sie nach unten und bleibt im gleichen Moment stocksteif stehen.

Festus liegt zwischen Steinen und Balken, das Gesicht nach oben. Die Augen sind geschlossen. Das Bein, das Manu von der anderen Seite aus nicht sehen konnte, steht in einem unnatürlichen Winkel von der Hüfte ab. Auf der Stirn hat er eine größere, verkrustete Wunde, auf den Wangen, dem Hals und den nackten Armen befinden sich unzählige kleine, teils noch blutende Stellen. Doch es sind nicht Festus' Verletzungen, die dazu führen, dass sie sich schließlich übergeben muss.

Es sind die Ratten, die um Festus herum und über seinen Körper krabbeln. Und es ist das schlagartige Bewusstsein, woher die vielen kleinen Wunden stammen, mit denen seine Haut übersät ist.

Es dauert lange, bis Manu es wagt, wieder hinzusehen. Nur ganz langsam senkt sie den Blick.

Es sind nicht übermäßig viele Ratten, vielleicht sieben oder acht, und während sie die fürchterliche Szene betrachtet, verhalten sich die Tiere ruhig, aber es ist das Schlimmste und Ekelhafteste, das sie je gesehen hat. Als eine der Ratten über Festus' Gesicht läuft, stöhnt Manu laut auf. Und doch versucht sie, sich zusammenzureißen. Sie muss nachdenken, was sie nun tun soll. »He, geh weg, du Drecksvieh«, ruft sie hilflos in das Loch hinab. »Lass ihn in Ruhe. Lasst ihn alle in Ruhe.« Hektisch bückt sie sich, greift nach einem kleinen Stein und hebt den Arm, um ihn hinunter auf die Ratten zu schleudern. Doch im nächsten Moment hält sie mitten in der Bewegung inne. Sie ist keine gute Werferin. Was, wenn sie Festus trifft? Vielleicht sogar im Gesicht? Manus Hand öffnet sich, und der Stein fällt seitlich von ihr zu Boden.

Was soll sie tun?

Soll sie den anderen erzählen, dass sie Festus gefunden hat? Dass er bei dem Einsturz ums Leben gekommen ist? Und noch wichtiger: Was macht sie jetzt und hier als Nächstes? Sie kann Festus nicht mehr helfen, aber … diese Ratten. Sie kann doch nicht einfach weggehen und zulassen, dass die Ratten weiter an ihm fressen. Sie … sie … Mit einem Mal bricht das ganze Grauen, das sie empfindet, mit voller Wucht aus ihr heraus. Es macht sich Platz in einem langgezogenen Schrei, der in einen Weinkrampf übergeht. Ihr Körper krampft sich unter heftigen Zuckungen zusammen, während sie immer wieder laut aufschluchzt. Dazwischen stammelt sie Dinge wie »O Gott« und »Nein, bitte«.

Endlich beruhigt sie sich ein wenig und richtet sich langsam wieder auf. Sie zittert am ganzen Körper und versucht, es zu unterdrücken, doch es gelingt ihr nicht. Mit klappernden Zähnen und zuckenden Gliedern steht sie im gleißenden Sonnenlicht und schlingt die Arme um sich.

Kann sie es schaffen, Festus aus dem Loch zu ziehen? Nein, unmöglich. Zumindest nicht alleine. Soll sie Hilfe holen? Die Feuerwehr alarmieren? Und dann? Dann wird alles rauskommen, die Leute werden für alle Zeit hinter vorgehaltener Hand über sie tuscheln.

»Schau da, das ist die, die damals den armen, kranken Jungen in den Tod getrieben hat«, werden die Leute sagen, wenn sie sie auf der Straße sehen. »Er hat ihr vertraut, hat sie ein schönes Mädchen genannt.«

In der Schule werden alle mit dem Finger auf sie zeigen.

Und ihre Mama? Ihrer Mama wird es das Herz brechen, wenn sie erfährt, dass ihre Manu bei so etwas mitgemacht hat, das weiß sie. Und Festus wird es nicht mehr helfen, er ist tot. Aber die Ratten …

Er ist tot, sagt sie sich. Er spürt nichts mehr. Wenn man ihn in eine Kiste legt und auf dem Friedhof vergräbt, wird sein Körper auch zerfallen. Das ist etwas ganz Natürliches. Sie sollen sie beruhigen, diese Gedanken, aber sie tun es nicht.

Und wenn sie ihn zudeckt? Wenn sie etwas über ihn wirft, eine schwere Decke oder eine Plane, dann werden die Ratten nicht mehr an ihn herankommen. Allerdings wird man dann wissen, dass jemand ihn entdeckt und keine Hilfe gerufen hat. Nein, das geht auch nicht. Das …

Manu erstarrt. Die ganze Zeit über hat sie in das Loch vor sich geschaut, nicht direkt auf Festus, sondern an ihm vorbei, und doch hat sie die Bewegung aus dem Augenwinkel wahrgenommen. Nur ganz kurz, und doch glaubt Manu, dass sich Festus' Arm gerade ein winziges Stück bewegt hat. Sie starrt gebannt auf die Stelle, wo sein Arm jetzt liegt, unfähig, sich zu regen oder einen klaren Gedanken zu fassen. Das kann doch nicht sein. Festus ist tot, wie kann sich da sein Arm bewegen? Dann fällt ihr eine Lösung ein, die zwar furchtbar, aber sehr wahrscheinlich ist. Es muss eine Ratte gewesen sein. Wahrscheinlich ist sie so dicht an Festus vorbeigelaufen, dass sie seinen Arm berührt und ein Stückchen zur Seite gedrückt hat. Diese Ratten, sie sind so ekelhaft! Manu spürt, wie sich ihr Magen erneut zusammenkrampft. Sie hofft, dass sie sich nicht schon wieder überge-

ben muss, und will sich gerade von dem furchtbaren Bild abwenden, als ein Geräusch vom Boden der Einbruchstelle zu ihr heraufdringt. So unwahrscheinlich es auch ist, Manu weiß sofort, was es war.

Sie hat gerade ein Stöhnen gehört, und es kam aus dem Mund des Jungen, der nun schon seit Stunden mit gebrochener Hüfte und zahlreichen Bisswunden zwischen den Trümmern liegen muss. Den sie für tot gehalten hat, aber … Festus lebt.

Manu steht da und starrt auf den reglosen Körper, versucht zu begreifen, dass Festus noch lebt, aber es gelingt ihr nicht. Ihre Gedanken versuchen sich an etwas festzuhalten, doch in ihrem Inneren ziehen nur Bilder vorbei. Sie zeigen Festus, der in diesem Loch liegt und sich nicht bewegen kann. Und sie zeigen Ratten, die um ihn herumtippeln und ihn mit kalt glänzenden schwarzen Augen ansehen. Die sich von Minute zu Minute näher an ihn heranwagen, weil sie zu spüren scheinen, dass er nicht viel gegen sie ausrichten kann. Irgendwann wagt die erste Ratte den Vorstoß zu seinem Bein und schlägt ihre gelben Zähne in sein Fleisch. Manu sieht die unbeschreibliche Angst und das Entsetzen in den Augen des Jungen, und sie möchte all seinen Schmerz für ihn herausschreien.

Sie bückt sich, hebt einen kleinen Stein auf und wirft ihn nach den Ratten. Es ist ihr egal, ob sie Festus dabei vielleicht trifft. Er lebt, und es geht darum, diese verdammten Ratten von ihm wegzutreiben. Der Stein trifft mit einem dumpfen Geräusch auf einen Holzbalken zwei Meter neben Festus auf und spritzt zur Seite weg, ohne eine Ratte oder den Jungen getroffen zu haben. Manu bückt sich erneut und sammelt gleich mehrere Steine. »Geht weg, ihr Drecksratten«, schreit sie, während Stein um Stein in das Loch niedersaust. Einmal trifft sie Festus' Bauch, aber zweimal auch einen der pelzigen Körper, die sich daraufhin mit einem lauten Fiepen blitzschnell davonmachen. Und Manu bückt sich wieder, sammelt hektisch Steine und wirft sie, bückt sich. Es ist wie ein Rausch. Die Welt um sie herum beginnt sich zu drehen, ein letzter, klarer Bereich ihres Verstandes sagt ihr, dass sie nicht das

Bewusstsein verlieren darf, weil sie dann in das Loch fallen könnte – zu Festus, zu den Ratten. Sie schüttelt unter Aufbringung aller Willenskraft den Kopf, um die schwarzen Punkte zu vertreiben, die vor ihren Augen tanzen. Es scheint zu wirken, ihre Umgebung wird wieder klarer, aber sie weiß, sie muss weg von diesem Loch, um durchatmen zu können. Nur kurz, sie wird gleich wieder zurückkommen, sie wird Festus nicht allein lassen. Aber in diesem Moment muss sie raus aus der Fabrik und den Trümmern.

Manu hat schon die ersten zwei, drei Meter von der Einsturzstelle weg in Richtung Fenster zurückgelegt, als ihr erst bewusst wird, dass sie sich schon auf dem Weg nach draußen befindet. Sie fühlt sich wie ferngesteuert. Ihre Muskeln scheinen nicht mehr auf die Befehle ihres eigenen Gehirns zu reagieren, sondern auf die eines fremden.

Sie stolpert einmal, schafft es aber, ohne zu stürzen, zum Fenster und hinaus. Als sie endlich draußen angekommen ist, lehnt sie sich mit einem Seufzer an die Wand der kleinen Baracke, die einige Meter neben dem Fabrikgebäude steht. Der Putz ist größtenteils abgefallen, das Dach muss schon vor Jahren eingefallen sein.

Manu starrt vor sich auf den Boden. Wenige Zentimeter vor ihrer Schuhspitze entdeckt sie eine Ameise und verfolgt ihren Weg über Erdklümpchen und sonstige kleine Hindernisse, die in den Augen des Insekts jedoch riesig erscheinen müssen. Und doch legt die Ameise ihren Weg scheinbar mit Leichtigkeit zurück, egal, wie hoch ein Hindernis auch ist. Der vertraute Anblick tut Manu gut, sie spürt, dass sie wieder klarer denken kann.

Sie wird sich keine lange Pause gönnen und gleich wieder da reingehen. Festus lebt. Er ist verletzt, schwerverletzt, aber er lebt. Nein, sie wird nicht wieder hineingehen, sie wird sofort losfahren und Hilfe holen. Die Feuerwehr wird ihn da rausholen können, und dann wird alles wieder gut. Sie werden Ärger bekommen, alle vier, aber auch die anderen werden das in Kauf nehmen, wenn sie erfahren, dass sie Festus das Leben gerettet hat.

Das Bild der Ratten, die ihre Zähne in Festus schlagen, drängt sich in den Vordergrund und lässt sie wieder aufstöhnen. Sie muss es wegschieben, darf nicht darüber nachdenken. Sie muss los, jetzt.

Manu steht auf und sieht sich nach ihrem Fahrrad um, als etwas sie herumfahren lässt. Geräusche, ganz in ihrer Nähe.

Schritte, die schnell näher kommen.

Damals …
Manu

3

Hektisch schaut sie sich um, ihr Blick fällt auf ihr Fahrrad. Sie wird es nicht mehr schaffen, es zu verstecken. Manu rennt hinter die Baracke und kauert sich an die Rückwand.

Sie hört die Schritte noch immer, aber sie scheinen nicht mehr näher zu kommen, sondern auf der Stelle zu treten.

Manu geht bis zum Ende der Wand und wagt einen vorsichtigen Blick um die Ecke. Sie traut ihren Augen nicht.

Es ist Kupfers Vater, der dort gerade an den Brettern rüttelt, mit denen eines der Fenster verschlossen worden ist. Manu zuckt zurück und sucht nach einer Erklärung für sein Auftauchen, aber ihr wird klar, dass es nur eine Möglichkeit gibt: Kupfer hat ihm erzählt, was passiert ist. Ihre Gedanken rasen, sie weiß nicht, ob das gut oder schlecht ist. Eigentlich kann sie sich freuen, denn nun braucht sie nicht mehr loszufahren, um Hilfe zu holen. Kupfers Vater wird es schaffen, Festus aus dem Loch herauszuziehen. Sie muss nur zu ihm laufen und ihm die Stelle zeigen, an der Festus liegt. Anderseits weiß sie von Kupfer, dass der Alte gemein und unberechenbar ist. Wer weiß, wie er reagiert, wenn sie plötzlich vor ihm steht.

Erneute, knirschende Schritte lenken Manu ab, und sie späht wieder um die Ecke. Kupfers Vater kommt jetzt auf sie zu, er ist nur noch wenige Meter entfernt. Sein Blick ist auf das Fenster gerichtet, das ihnen als Eingang gedient hat. Wenn er ihr Fahrrad entdeckt, braucht sie nicht mehr zu überlegen, ob sie sich verstecken soll oder nicht. Als Manu den Mann genau betrachtet, verlässt sie der Mut. Sie hat ihn schon oft gesehen, und sie hat immer Angst vor ihm gehabt, aber noch nie ist ihr der brutale und böse Gesichtsausdruck so deutlich aufgefallen wie jetzt. Diese kalten Augen, der schmale Mund und die platte Boxernase …

Manu zieht schnell den Kopf zurück, als er einen Blick in ihre Richtung wirft. Nein, sie wird sich ihm auf keinen Fall zeigen, und sie hofft inständig, dass ihm ihr Rad nicht auffällt.

Die Geräusche ändern sich, und Manu kann nicht anders, sie muss nachsehen, was los ist. Sie sieht gerade noch ein Bein in der Fensternische verschwinden, dann ist Kupfers Vater im Inneren der Fabrikhalle verschwunden.

Manu schaut hinüber zu ihrem Fahrrad, das nur wenige Meter neben dem Fenster an der Wand lehnt, und wundert sich, dass er es nicht bemerkt hat. Sie möchte hinlaufen und es wegnehmen, überlegt es sich aber wieder anders. Was, wenn er es zwar gesehen, sich aber keine weiteren Gedanken darüber gemacht hat? Vielleicht denkt er, einer der Freunde seines Sohnes hat es hier stehen lassen und traut sich jetzt nicht mehr her? Was, wenn er rauskommt, und das Rad ist plötzlich weg? Dann weiß er, dass er nicht allein hier ist. Nein, sie muss es stehen lassen.

Aber was soll sie nur tun? Kann sie es wagen, durch das Fenster zu schauen? Nein, besser nicht. Kupfers Vater braucht nur einen Blick herüber zu werfen und würde sie sofort entdecken.

Manu entschließt sich, erst einmal nichts zu tun und abzuwarten, was passiert. Wenn der Alte Festus findet, wird er ihn bestimmt aus dem Loch ziehen und ins Krankenhaus bringen, und alles wird gut.

Manu zwingt sich dazu, sich auf die Tatsache zu konzentrieren, dass Festus gerettet wird. Sie sagt sich, dass das ein Grund zur Freude ist, denn sie werden nun nicht für immer mit der Schuld am Tod eines behinderten Jungen leben müssen. Aber sie kann sich nicht freuen, denn immer wieder tauchen diese schemenhaften Bilder auf, die ihr Verstand so krampfhaft zu verdrängen versucht, weil er wohl weiß, dass sie ihm schaden werden, wenn er sie ohne Gegenwehr zulässt. Es sind Bilder von Ratten, die kleine Stücke aus dem Fleisch eines lebendigen Jungen reißen, der sich nicht dagegen wehren kann.

Manu hat keine Vorstellung davon, wie lange sie an die Wand der Baracke gelehnt dasteht und gegen die Bilder in ihrem Inneren kämpft. Sie hat das Gefühl, es war sehr lange, als erneute Geräusche sie hochfahren lassen.

Kupfers Vater taucht in der Fensternische auf und springt ohne Zögern mit einem Satz auf den Boden. Sofort wendet er sich ab und geht mit schnellen Schritten davon.

Manu ist irritiert, sie weiß nicht, was sie davon halten soll, dass der Mann ohne Festus wieder aufgetaucht ist. Dann dämmert ihr, dass er es wahrscheinlich nicht allein geschafft hat, Festus aus dem Loch zu befreien, und jetzt unterwegs ist, um Hilfe zu holen. Das heißt, sie hat die Zeit, noch mal kurz nach ihm zu sehen. Aber sie muss sich beeilen. Sie braucht keine drei Minuten bis zu der Einsturzstelle, denn anders als beim ersten Mal traut sie sich, zügig einen Fuß vor den anderen zu setzen. Sie geht gleich an den gezackten Rändern des Lochs vorbei und schaut erwartungsvoll nach unten.

Das Bild, das sich ihr bietet, diese Szene, die ihr Verstand wie mit Säure für immer in ihre Seele ätzt, ist so grauenvoll, dass sie ohnmächtig wird.

Als Manu wieder zu sich kommt, liegt sie auf den Trümmern am Rand des Lochs. Für einen kurzen Moment weiß sie nicht, wo sie ist, doch dann kehrt die Erinnerung mit aller Gewalt zurück und lässt sie augenblicklich hochschnellen.

Sie spürt Schmerzen an allen möglichen Stellen ihres Körpers, aber sie ignoriert sie, gebrochen ist nichts.

Als sie noch leicht taumelnd auf die Füße gekommen ist, fällt ihr Blick sofort in das Loch. Wieder trifft die Grausamkeit des Anblicks sie mit voller Wucht, doch sie schafft es, nicht wieder die Besinnung zu verlieren.

Festus liegt noch an der gleichen Stelle wie zuvor, aber es hat sich etwas Entscheidendes verändert. Sein Kopf ist stark verformt, die Schädeldecke ist tief eingedrückt. Seine Haare sind blutgetränkt, neben seinem Kopf hat sich eine große Blutlache gebildet. Es ist ein grauenhafter Anblick, aber das Schlimmste sind die beiden Ratten, die neben der furchtbaren Wunde an Festus' Kopf sitzen und zu ihr hinaufschauen.

Ihre Schnauzen sind blutverschmiert.

Manu dreht sich um und geht los, so schnell es über die Trümmer möglich ist. Sie achtet nicht darauf, wohin sie ihre Füße setzt, stolpert, stürzt. Sie richtet sich wieder auf und taumelt weiter. Raus, nur raus, weg von dem, was sie gerade gesehen hat. Sie erreicht das Fenster, klettert hindurch, schaut nicht nach links oder rechts, als sie aus der Nische auf den Boden springt. Mit letzter Kraft schafft sie es um die Ecke der Baracke, dann sinkt sie mit dem Rücken an der Wand zu Boden, sitzt da mit angewinkelten Beinen und vergräbt ihr Gesicht in der Armbeuge.

Manu weint, wie sie noch nie zuvor in ihrem Leben geweint hat. Es sind krampfartige Schübe von einer Heftigkeit, die ihren ganzen Körper durchschütteln. Und doch dringt kein Ton über ihre Lippen. Es ist ein lautloser Zusammenbruch.

Manu hört die Schritte schon einige Zeit, als sie den Kopf hebt. Sie weiß, er ist es. Er kommt zurück.

Schnell drückt sie sich hoch und lugt um die Ecke. Es ist tatsächlich der Vater von Jens. Der Mörder. Er trägt etwas unter dem Arm, ein dunkles Paket. Nein, es ist kein Paket, wie sie Sekunden später feststellt. Es scheint eine zusammengerollte Plane zu sein. Der Mörder verschwindet im Inneren der Fabrik, und Manu lehnt sich wieder gegen die Wand.

Manu weiß, jetzt wird er ihn aus dem Loch holen und in die Plane einwickeln, die er mitgebracht hat. Sie weiß es einfach. Sie überlegt sich, wie er in das Loch gekommen ist, um … Und wie er jetzt da hineinkommen will. Aber ganz egal wie, er hat Festus den Schädel eingeschlagen.

Manu muss sich zum zweiten Mal übergeben. Sie beugt sich einfach ein Stück nach vorne und spuckt den restlichen Mageninhalt aus.

Irgendwann kommt der Mörder, der der Vater eines ihrer Freunde ist, zurück. Er hat Festus in die Plane eingewickelt und sie oben und unten mit Klebeband verschlossen. Manu sieht die dicke, geknickte Plastikwurst, die über Brust und Rücken des Mörders hängt. Sie schaut dem Mann nach, der den toten Jungen wegträgt.

Als sie ihn nicht mehr sehen kann, ist nicht nur Manus Kindheit und Jugend vorbei. Ihre junge Seele hat so schweren Schaden genommen, dass sie sich davon nie mehr erholen wird.

Eine halbe Stunde später klettert sie auf das Dach der Fabrik und nimmt die Fahne an sich.

Damals …
Manu

4

Manu spricht kaum noch und verlässt ihr Zimmer nur, um zur Schule zu gehen. Alle Bemühungen ihrer Mutter, herauszufinden, was mit ihrer Tochter geschehen ist, scheitern. Am Unterricht beteiligt sie sich nicht mehr und reagiert auch kaum, wenn die Lehrer sie ansprechen.

Sie weiß nicht, was Fränkie, Fozzie und Kupfer machen, sie sind in anderen Klassen. Es ist ihr auch egal. Sie möchte, nein, sie kann keinen der drei mehr sehen. Wenn sie an Kupfer denkt, wird ihr schlecht, Gedanken an Fozzie und Fränkie machen sie so unsagbar wütend, dass sie jedes Mal etwas kaputt machen muss, um nicht daran zu ersticken.

Manus Mutter schleppt sie zu Psychiatern, Psychologen, Psychoanalytikern. Das Ergebnis sind immer irgendwelche bunten Pillen und Therapiestunden, in denen sie einem Mann oder einer Frau gegenübersitzt und sich in ihr Innerstes zurückzieht, während sich die Lippen ihres Gegenüber bewegen und Dinge sagen, die an ihr abprallen.

Manu lebt fast nur noch in ihrem Innersten, denn dort gibt es nur die Dinge, die es geben darf. Schöne Dinge.

Fränkie, Fozzie, Kupfer, Festus … sie alle sind in diesem inneren Manu-Universum nicht existent.

Nach einem halben Jahr muss sie die Schule verlassen, kommt in eine Sonderschule. Immer neue Ärzte versuchen sich an ihr, immer weiter kapselt sie sich von allem ab.

Fast genau ein Jahr nach dem Einsturz des Fabrikdaches kommt Manu in eine psychiatrische Klinik. Anfangs darf sie sich noch frei bewegen, und ihre Mutter darf sie besuchen. Dann wird sie zum ersten Mal gewalttätig, als einer der Pfleger einen Jungen erst anschreit und ihn dann so heftig in den Rücken stößt, dass der Junge hinfällt. Er ist etwas jünger als Manu und schmächtig, mit dürren X-Beinen. Er sieht fast aus wie Festus. Mit einem lauten Schrei stürzt Manu sich auf den Pfleger, krallt eine Hand in seine Haare und zieht ihm die Fingernägel der anderen Hand quer durch das Gesicht, so dass sie blutige Striemen hinterlassen.

Anderes Pflegepersonal stürzt hinzu und überwältigt sie. Sie wird auf ihrem Bett festgeschnallt und bekommt eine Spritze.

Als sie wieder zu sich kommt, müssen Tage vergangen sein oder sogar Wochen. Sie weiß nicht, was man in dieser Zeit mit ihr gemacht hat, aber sie kennt jetzt den Grund, warum sie damals zur Fabrik zurückgefahren ist. Sie hat gespürt, dass Festus noch lebt. Sie hatte recht.

Und in diesem Moment, als sie wieder klar denken kann, weil die Ärzte probehalber die Medikamente abgesetzt haben, mit denen sie sie wochenlang sediert hatten, weiß sie, dass sie aus dieser Klinik raus und ihr Leben wieder selbst führen muss. Ihr ist noch nicht klar, warum das so wichtig ist. Bisher war es ihr vollkommen egal, wo sie war, ja, sie war sogar froh, in dem Krankenhaus zu sein, weil sie hier den größten Teil des Tages irgendwo sitzen und in ihrer inneren Welt verbringen konnte. Aber das hat sich geändert.

Von diesem Tage an spricht Manu mit den Ärzten. Sie nimmt jede Gelegenheit zu einer Therapiestunde wahr, beteiligt sich rege und zeigt sich allen gegenüber sanftmütig und verständnisvoll.

Nach einem halben Jahr darf sie die psychiatrische Klinik verlassen. Ihre Mutter weint vor Glück, als Manu sie in den Arm nimmt und ihr lächelnd sagt, wie froh sie ist, wieder bei ihr zu sein. Sie weiß, dass es gut ist, das zu sagen.

Sie meldet sich auf einer Abendschule an und schafft es, die mittlere Reife nachzuholen. Zum Abitur reicht es nicht, weil es ihr nicht gelingt, sich längere Zeit auf etwas zu konzentrieren. Irgendwann wan-

dern ihre Gedanken einfach ab und beschäftigen sich mit Dingen, die sie anschließend sofort wieder vergisst.

Als Kind hat sie davon geträumt, Architektin zu werden, aber da das ohne Abitur nicht geht, macht sie eine Ausbildung zur Raumgestalterin.

Manus Leben verläuft in einfachen, aber geregelten Bahnen.

Einen Mann hat sie nie, weil sie die Berührung anderer Menschen nicht erträgt. Einzige Ausnahme sind ihre Eltern.

Sie hat einige Bekannte. Arbeitskollegen, mit denen sie sich hier und da auf ein Getränk trifft. Sie bleibt nie lange, weil sie sich schon nach Minuten in der Öffentlichkeit unwohl fühlt. Richtige Freunde hat sie keine.

Ihr Vater stirbt, als sie 28 ist, ihre Mutter vier Jahre später. Manu findet es schade.

An ihrem 39. Geburtstag fährt sie mit dem Fahrrad an der Saar entlang und setzt sich an einer ruhigen Stelle zwischen den Gemeinden Serrig und Saarhölzbach ans Ufer. Sie sieht dem Wasser dabei zu, wie es an ihr vorbeizieht. Hier und da bilden sich kleine Strudel oder steigen Bläschen hoch.

Als die riesige Ratte aus dem Busch gleich unterhalb ihrer Füße auftaucht und sie anstarrt, ist Manu wie versteinert. Sie möchte schreien, aufspringen, weglaufen, doch sie kann es nicht. Mit aller Kraft schafft sie es schließlich, die Starre abzuschütteln. Schreiend strampelt sie mit den Beinen und tritt nach der Ratte. Sie ist vollkommen von Sinnen und hat keine Gewalt mehr über ihren Körper. Schon mit einem der ersten Tritte erwischt sie das Tier, das von der Wucht des Stoßes ein Stück zurückgeschleudert wird und laut fiepend die Flucht ergreift.

Die Ratte ist verschwunden, als Manu die Augen wieder aufschlägt. Sie zittert am ganzen Körper, braucht lange, um sich zu beruhigen.

Und dann ruft jemand nach ihr. Sie muss sich nicht umsehen, sie weiß, dass diese Stimme aus ihrem Inneren kommt, und sie erkennt sie sofort. Es ist die Stimme von Festus, die ihr in seiner typischen, unbeholfenen Art sagt, dass es Zeit ist, dass sie etwas für ihn tut. Sie sei es ihm schuldig. Manu weiß, dass er recht hat, sie ist es ihm schuldig. Und sie wird ihre Schuld begleichen.

Als sie zu Hause ankommt, kramt sie aus einer gut versteckten Kiste ein ehemals weißes Stück Stoff heraus, das dort viele Jahre weggeschlossen war. Es ist etwa einen Meter mal einen Meter groß, mit verblichener schwarzer Farbe ist ein Totenschädel mit zwei gekreuzten Knochen darunter aufgemalt.

Vier Wochen später lernt Manu in einer kleinen, schäbigen Bar, die sie tagelang jeden Abend besucht hat, Zlatko Beslic kennen. Manu merkt schnell, dass der fast eins neunzig große Mann mit der geschwungenen Narbe auf der Stirn derjenige sein kann, den sie gesucht hat. Sie zeigt Interesse für ihn, und schon nach ein paar Treffen weiß sie, dass er der Richtige für das ist, was sie seit langem plant.

Zlatko Beslic hat einen Krieg überlebt. Einen Krieg, aus dem er nie recht zurückgekehrt ist. Der ihn gleichgültig gemacht hat. Und eiskalt.

Als Manu ihm ihre Geschichte erzählt, sagt er ohne Zögern zu, ihr zu helfen.

40 – 07:44 Uhr

»Der Kerl hat *dir* geholfen? Heißt das, *du* hast das alles geplant?« Die endgültige Erkenntnis, dass Manuela für all das verantwortlich war, was in dieser Nacht und an den Tagen davor geschehen war, raubte Frank fast den Verstand.

»Ja«, antwortete Manuela und richtete die Waffe nun auf ihn.

»Aber … warum?«

»Warum?« Frank sah, dass Tränen über ihre Wange liefen. »Weil wir alle schuldig sind. Festus hat noch gelebt. Ich war da. Auch als Jens' Vater kam und ihn umgebracht hat. Mit einem Stein. Er hat ihn erschlagen.«

Sie machte eine Pause, als wolle sie Frank die Möglichkeit geben, diese neue Information zu verarbeiten. »Was?«, fragte er ungläubig. »Jens' Vater? Aber … warum sollte er das getan haben?«

»Vielleicht, weil er nicht wollte, dass Festus die Gelegenheit bekam, zu erzählen, was passiert war.

Aber es ist egal, *warum* dieses Monster ihn erschlagen hat. Wir alle sind schuld. Alle zusammen und jeder einzeln. Dafür müssen wir bestraft werden. Jens, weil er seinem Vater alles verraten hat, Torsten, weil die Idee von ihm stammte. Und du, weil du es zugelassen hast. Du trägst die doppelte Schuld. Du hast die Mutprobe nicht verhindert und dann auch noch beschlossen, feige wegzulaufen, als wir Festus hätten retten können.«

»Und du?«, fragte Frank, als Manuela nicht weiterredete. »Du glaubst, die Rächerin für Festus spielen zu müssen, aber was ist mit dir? Bist du der Meinung, dich trifft keine Schuld?«

Frank wagte einen schnellen Blick nach unten. Er suchte die Waffe, mit der der Kerl ihn bedroht hatte, aber Zlatko war so zu Boden gefallen, dass die Hand mit der Pistole unter seinem Körper begraben worden war. Frank hatte keine Chance, an sie heranzukommen.

»Doch, aber ich habe schon bezahlt. Mein ganzes Leben lang.«

»Denkst du, wir nicht? Glaubst du vielleicht, es wäre ein einziger Tag vergangen, an dem ich mir keine Vorwürfe gemacht habe?«

Manuela antwortete nicht, sondern sah ihn nur gleichgültig an.

»Und warum hast du dann nicht einfach zugelassen, dass dein Handlanger mich umbringt? Warum hast du mir geholfen und sogar deinen Helfer erschossen? Wenn ich doch die größte Schuld trage?« Frank schöpfte ein wenig Hoffnung, während er das sagte. Vielleicht hatte sie ja eingesehen, dass es falsch war, was sie tat. Vielleicht meldete sich doch noch ihr Gewissen, jetzt, wo sie ihm in die Augen sehen musste.

»Du wirst das erleiden, was du Festus angetan hast. Dich zu erschießen ginge zu schnell. Und Zlatko hat seine Aufgabe erfüllt. Er ist schon seit vielen Jahren tot. Ich habe ihm damit einen Gefallen getan. Ich habe ihn befreit.«

Frank wurde schwindlig. Schwarze Punkte tanzten vor seinen Augen einen wilden Reigen durch den Raum. Er hatte keine Vorstellung, was genau Manuela damit meinte, aber dass es furchtbar werden sollte, schien klar.

»Manuela, du machst doch für dich damit nichts besser, sondern alles nur noch schlimmer«, versuchte er, sie umzustimmen. Er sprach viel zu schnell, sie würde seine Panik bemerken. Aber welche Rolle spielte das noch?

Manuela erhob sich und machte ein paar Schritte auf ihn zu.

Kurz vor ihrem toten Helfer blieb sie stehen.

»Wir brauchen nicht zu diskutieren. Festus findet keinen Frieden. Lass uns gehen.« Sie deutete mit der Waffe zum Durchgang, der zur Schleuse führte.

»Wohin? Raus?«

»Ja.«

Frank versuchte sich vorzustellen, was Manuela mit ihm vorhatte, wenn sie die Anlage verlassen hatten. Nur mit Mühe konnte er verhindern, in Panik auszubrechen. Wenn er auch nur den Hauch einer Chance haben wollte, diese Sache zu überleben, musste er einen klaren Kopf bewahren.

»Los!« Manuela ging um Zlatko herum und zielte dabei weiterhin auf Franks Brust.

Frank wandte sich um und ging los.

Als er kurz vor der geöffneten Schleusentür war, sah er zur Seite auf die beiden dicken Rohre, auf denen der tote Kater lag.

»Ein Streuner«, sagte Manuela hinter ihm. »Zlatko hatte ihn von der Straße.«

»Du hattest nie eine Katze, oder?«

»Nein.«

»Und was ist mit deinem Sohn?«

»Kein Mann, keine Kinder.«

Frank blieb stehen, wagte es aber nicht, sich zu ihr umzudrehen. Manuela hatte zwei Menschen umgebracht. Sie hatte Torsten ohne zu zögern den Schädel zertrümmert, sie würde ihn beim geringsten Anlass erschießen. Wobei sich nach ihrer Androhung die Frage stellte, ob das für

Frank nicht die bessere Alternative darstellte. Aber noch hatte er die Hoffnung, doch noch irgendwie aus der Situation herauszukommen.

»Ist überhaupt irgendwas wahr von dem, was du erzählt hast? Dein Beruf? Architektin?«

»Seit ich dreizehn Jahre alt bin, ist mein Leben eine einzige Lüge. Und du trägst die Verantwortung dafür. Geh weiter.«

Frank passierte die erste Schleusentür, blieb wieder kurz stehen und sah auf das Durcheinander aus Schutzanzügen und Gummimasken.

»Du hast die Fahne damals vom Dach geholt?«, fragte er in den gekachelten Raum hinein.

»Ja, und ich habe gehofft, das restliche Dach würde auch noch einstürzen und mich unter sich begraben, als ich da oben stand. Geh jetzt.«

Auch die äußere Tür stand nun offen. Als Frank am oberen Ende der Treppe angekommen war, fiel ihm sofort auf, wie warm die Luft von draußen sich anfühlte, obwohl es noch früh am Morgen war.

Während sie Stufe um Stufe nach unten gingen, sprachen sie kein Wort. Erst als Frank die Doppelgarage verlassen hatte und die frische Luft auf dem Vorplatz einsog, blieb er stehen. Die Morgensonne tauchte den Wald gleich hinter der Garage in eigenwilliges Licht. Manche Bäume darin sahen aus, als würden sie jeden Moment zum Leben erwachen.

»Was war denn in deinem Leben so anders als bei uns? Was macht dich so sicher, dass du deine Schuld bezahlt hast und wir nicht?«

Er musste versuchen, Zeit zu gewinnen. Zeit, um darüber nachzudenken, wie er Manuela überwältigen konnte.

Aber Manuela ging nicht darauf ein. »Geh weiter«, sagte sie stattdessen dicht hinter ihm und drückte ihm die Waffe in den Rücken. Für einen Moment dachte Frank daran, sich blitzschnell umzudrehen und ihr die Pistole aus der Hand zu schlagen, verwarf den Gedanken aber gleich wieder. Er war so müde und durch seine Verletzungen so geschwächt, dass Manuela schon abgedrückt hätte, bevor er sich nur halb umgedreht haben würde.

»Wohin?«, fragte er.

»Nach rechts, da hoch, in den Wald. Geh einfach, ich sage dir schon, wo es langgeht.«

Manuela dirigierte ihn an der Garage vorbei in den Wald hinein. Es ging steil nach oben, und es gab keinen Weg. Frank musste sich immer wieder an tiefhängenden Ästen oder an Wurzeln auf dem Boden festhalten und höher ziehen.

Nach etwa zwanzig Metern wurde das Gelände flacher. Sie erreichten eine breite Terrasse, die mit abgebrochenen Ästen und Gestrüpp übersät war.

»Nach links«, befahl Manuela, und Frank gehorchte. Er musste über den dicken Stamm eines umgestürzten Baumes klettern, der quer vor ihnen auf dem Boden lag. Auf der anderen Seite blieb er stehen und starrte vor sich auf den Waldboden. Wenige Augenblicke später begriff er, wie er sterben sollte, und erstarrte.

41 – 07:58 Uhr

Die Grube war etwa eineinhalb Meter lang und so tief, dass Frank den Boden nicht sehen konnte. An den Seitenwänden standen hier und da die Stümpfe von abgeschnittenen Wurzeln aus der dunklen Erde heraus. Der frische Erdhaufen gleich dahinter deutete darauf hin, dass sie erst vor kurzem ausgehoben worden war.

Vom Boden der Grube drangen Geräusche zu ihm hoch. Fiepen, Rascheln … Ratten.

Frank sah sich zu Manuela um. Sie war etwa drei Meter neben ihm über den Baumstamm geklettert und hielt noch immer die Waffe auf ihn gerichtet. »Ratten?«, fragte er. »Du willst mich in dieses Loch zusammen mit Ratten stecken? Denkst du, davon wird Festus wieder lebendig? Was hat das mit seinem Tod zu tun?«

Sie nickte langsam. »Ja, du hast recht, noch verstehst du es nicht, aber ich erkläre es dir. Festus hatte sich bei dem Sturz vom Dach damals den Oberschenkel oder das Becken gebrochen. Er muss wahnsinnige Schmerzen gehabt haben und konnte sich wohl kaum bewegen, als die Ratten über ihn hergefallen sind. Ich kann dir nicht das Becken brechen, dir dafür aber Schmerzen zufügen. Und bewegen wirst du dich auch nicht mehr können.«

Ohne Zögern senkte sie den Arm und schoss. Die Kugel fegte Frank von den Beinen, als sie in seinen rechten Oberschenkel eindrang. Er stieß einen Schrei aus und schaffte es gerade, sich so weit zu drehen, dass er nicht in die Grube stürzte. »Bist du komplett wahnsinnig?«, stieß er aus und umschloss mit beiden Händen seinen Oberschenkel. Der Schmerz drohte ihn ohnmächtig werden zu lassen. »Was zum Teufel ist mit dir los? Hast du den Verstand verloren?«

»Ja, vielleicht. Was macht das für einen Unterschied? Du wirst gleich da unten liegen, so, wie Festus in den Trümmern gelegen hat. Die Ratten dort unten haben übrigens nicht an dem Mahl vor zwei Tagen teilgenommen. Sie sind hungrig.«

»Manuela, bitte. Bitte, du hast uns doch schon genug bestraft. Möchtest du dir für den Rest deines Lebens auch noch die Schuld an meinem Tod aufbürden?«

Manuelas Gesicht blieb ausdruckslos. »Das siehst du falsch, Frank, weil du dir nicht vorstellen kannst, dass jemand nicht feige wegläuft. Es wird kein weiteres Leben mit irgendeiner Schuld geben. Ich werde hier sitzen und dabei zusehen, was die Ratten mit dir anstellen. Wenn ich weiß, dass du deine Strafe erhalten hast, werde ich zu dir kommen.«

Bunte Schleier tanzten vor Franks Augen zwischen den Bäumen und über dem querliegenden Baumstamm. In einem Moment brannte das verletzte Bein höllisch, in der nächsten Sekunde wusste er nicht mehr, ob es sich heiß oder eiskalt anfühlte.

»Das ist doch Wahnsinn«, presste er heraus. »Wahnsinn!«

»Es wird Zeit.«

Frank sah in die Grube hinab, an deren Rand er lag. Irgendwo hatte er gelesen, dass Haie den Geruch von Blut über Kilometer wahrnehmen konnten und in einen regelrechten Rausch verfielen, wenn sie diese Fährte aufgenommen hatten. War das bei Ratten ähnlich? Würden sie wegen der stark blutenden Wunde sofort über ihn herfallen? Er überlegte, dass er sein Bein abbinden musste, und fragte sich im nächsten Moment, wozu.

»Na los, rein da«, befahl Manuela und unterstrich ihre Forderung, indem sie den Abzug der Waffe spannte.

»Manuela, bitte …«

»Du hast fünf Sekunden. Wenn du dann nicht dort unten bist, schieße ich dir in die Kniescheibe des anderen Beins.«

»Wie … wie tief ist es?«

»Du wirst es merken. Du hast noch zwei Sekunden.«

Der Lauf der Waffe wanderte über seinen Körper, bis er auf das Knie seines linken Beins zielte. Hastig robbte er näher an den Rand des Lochs heran und hielt inne.

»Eine Frage habe ich noch«, sagte er, und während er in Manuelas noch immer regloses Gesicht blickte, überlegte er fieberhaft, welche Frage er ihr stellen konnte. Er wollte nicht sterben. Er musste Zeit gewinnen … irgendwie.

»Was?«

Frank war erleichtert, dass sie darauf einging, auch wenn es nur ein kurzer Aufschub war.

»Als Torsten in den Raum kam, hast du sehr lange gewartet, bis du etwas unternommen hast. Erst als er mir etwas sagen wollte, hast du zugeschlagen. Wusste er etwas über dich, das er hätte verraten können?«

»Ich habe keine Ahnung«, war die knappe Antwort. »Und jetzt spring da runter. Sofort.«

Frank sah ein, dass er keine Chance mehr hatte, es hinauszuzögern. Er hievte seine Beine über den Rand des Lochs und konnte nicht anders, als vor Schmerzen aufzuschreien. Einen Moment blieb er so liegen, stützte sich mit den Armen ab, atmete schnell und konzentrierte sich darauf, die Schwärze zu vertreiben, die sich vor seinen Augen ausbreiten wollte. Wenn er in diesem Moment ohnmächtig wurde und in das Loch fiel, wäre er verloren.

Ein paarmal atmete er tief ein und wieder aus, dann drückte er mit den Händen seinen Oberkörper Zentimeter für Zentimeter über den Rand und ließ die Beine langsam tiefer gleiten. Als der Großteil seines Körpers über dem Grubenrand hing, klammerte er sich an einem Wurzelstück fest, um nicht in einem Rutsch hinunterzufallen. Schließlich hing er komplett in der Grube. Vorsichtig ließ er sich noch ein Stückchen tiefer rutschen und suchte schon nach einer Möglichkeit, sich etwas tiefer festzuhalten, da rutschte das kleine Wurzelstück aus seiner Hand, und er fiel etwa einen Meter nach unten. Der Aufprall auf dem Boden mit dem verletzten Bein war fürchterlich. Frank hatte keine Chance, den Sturz abzufangen und schlug laut schreiend ungebremst mit der Hüfte auf.

Sofort entstand um ihn herum hektisches Fiepen, einige der Ratten krabbelten über ihn, eine sogar über sein Gesicht, dann spürte er den ersten Biss am Handrücken. »Verdammt«, schrie er auf und fegte das Tier mit einer hastigen Handbewegung zur Seite. Er versuchte sich zu drehen, aber das Loch war zu eng, und das verletzte Bein ließ ihn vollkommen im Stich. Frank war den Ratten nun hilflos ausgeliefert. Trotz der Todesangst, die von ihm Besitz ergriffen hatte, musste er daran denken, dass es Festus damals wohl ähnlich ergangen war, falls Manuela ihm die Wahrheit gesagt hatte. Die nächsten beiden Bisse registrierte er zwar, und zuckte auch reflexartig zusammen, aber sein Körper war mittlerweile ein einziger Feuerball aus Schmerz.

Frank fehlte nicht nur die Kraft, sich zur Wehr zu setzen, sondern auch der Wille. Er presste die Unterarme schützend vors Gesicht und hoffte, dass er bald in eine gnädige Ohnmacht fallen würde.

Der Knall kam vollkommen überraschend, und als kurz darauf noch ein zweiter folgte, zog Frank die Arme zurück und sah nach oben. Er registrierte für einen Moment nur etwas Großes, Dunkles, das mit einer irrsinnigen Geschwindigkeit auf ihn zugeschossen kam, dann prallte Manuelas Körper auch schon auf ihn.

Er schrie auf, versuchte mit allerletzter Kraft, sie von sich wegzudrücken, schaffte es aber nur ein kleines Stück. Schließlich gab er auf, blieb keuchend liegen, die reglose Manuela halb über sich, und versuchte zu begreifen, was in den letzten Sekunden geschehen war.

»Frank?« Die Stimme kam von oben, und sie klang gepresst.

»Ja, hier«, wollte er rufen, aber was aus seinem Mund drang, war ein unverständliches Krächzen. Und doch schien derjenige, der dort oben stand, ihn gehört zu haben.

»Ich helfe dir«, sagte er, und nun endlich glaubte Frank, die Stimme zu erkennen. Sie gehörte zu Jens.

»Jens«, krächzte Frank. »Jens …«

»Warte.«

Es dauerte einen Moment, dann tauchte das Ende eines großen Astes über Frank auf und senkte sich herab. Frank ergriff ihn, zog daran, aber es tat sich nur wenig. Ein kleines Stückchen konnte er sich aufrichten, aber er fragte sich, ob Jens es schaffen würde, ihn aus dem Loch herauszuziehen.

Sie brauchten mehrere Anläufe und waren am Ende ihrer Kräfte, aber nach einer gefühlten Ewigkeit lag Frank schließlich zitternd auf dem Waldboden. Als er wieder in der Lage war zu sprechen, fragte er Jens mit noch immer geschlossenen Augen: »Wie hast du uns gefunden?«

Jens hatte sich neben ihm auf den Boden gesetzt, er war kreidebleich und ebenso außer Atem wie Frank. »Ich bin in einem kleinen Zimmer zu mir gekommen, und es war plötzlich hell. Ich lag unter einem Tisch. Da hast du mich wahrscheinlich hingelegt, oder? Mir ist wieder eingefallen, dass ich einen klaren Moment hatte, als ich in dem großen Raum auf dem Boden lag und Manu neben mir gesessen hat. Der Kerl war bei ihr, und sie haben sich über den weiteren Verlauf des Spiels unterhalten. Ich habe nur einen Teil mitbekommen, bevor ich wieder die Besinnung verlor, aber es reichte um zu wissen, dass Manu hinter allem steckt.

Als ich dann unter dem Tisch zu mir gekommen bin, habe ich mich aufgerappelt. Es hat lange gedauert, aber ich wusste, ich musste dich und Torsten schnellstmöglich finden, um euch zu warnen. In dem Raum vor dem Ausgang habe ich dann Torsten und diesen Kerl tot auf dem Boden liegen sehen. Ich wusste nicht, ob ich schon zu spät bin, aber ich habe bei dem Kerl nach einer Waffe gesucht und schließlich auch eine gefunden. Und bin nach draußen. Dort habe ich plötzlich einen Schuss gehört und bin in die Richtung gegangen, aus der er kam. Und dann habe ich sie gesehen.«

Eine Weile schwiegen sie, dann sagte Frank: »Danke.«

Jens erwiderte nichts. Er zitterte stark. Dann sagte er unvermittelt: »Ich hätte nicht gedacht, dass ich in der Lage wäre, einem Menschen in den Rücken zu schießen. Noch dazu jemandem, den ich kenne. Aber es ging nicht anders.«

»Sie tut mir leid,« sagte Frank und öffnete die Augen. »Ich hoffe, sie haben jetzt beide ihren Frieden, Festus und sie.«

»Und wir«, ergänzte Jens. Dann begannen seine Lider zu flattern, und er kippte lautlos zur Seite.

Frank legte ihm besorgt zwei Finger an den Hals. Das Pochen des Pulses war schwach, aber gleichmäßig. Frank sah in Jens' blasses Gesicht und nickte. »Ja, und wir.«

In diesem Moment schwor er sich, Jens nie zu erzählen, was er von Manuela erfahren hatte. Und dieses Mal würde er seinen Schwur halten.

Dank

Nun sitze ich hier, tippe eine Danksagung und wundere mich, dass es tatsächlich schon wieder ein Jahr her ist, seit ich das zum letzten Mal getan habe.

Dabei ist es nicht ein Jahr, sondern sogar schon ein gutes Stück länger her, und diese Tatsache veranlasst mich dazu, mein erstes, großes Dankeschön an meine Lektorin zu schicken, die dieses Mal wirklich kein leichtes Los mit mir hatte.

Ich habe meinen diesjährigen Abgabetermin nicht unwesentlich überzogen, was für Iris bedeutete, dass ihre gesamte Planung ins Wanken geriet. Dass »Das Rachespiel« trotzdem wie angekündigt erscheinen konnte, ist nicht zuletzt ihr Verdienst, weil sie geschoben, umgeplant und unter großem Zeitdruck gearbeitet hat, um dem Manuskript wie gewohnt den letzten Feinschliff zu geben.

Ich danke dir von Herzen, Iris, und ich kann dir versprechen, beim nächsten Roman hast du wieder mehr Zeit. ☺

Ebenfalls ganz herzlich bedanken möchte ich mich bei der Familie Röhling, in deren Besitz sich der ehemalige Ausweichsitz der NRW-Landesregierung in Urft befindet.

Sie haben mir bereitwillig Zugang zu der Atombunkeranlage gewährt und sofort angeboten, mir mit ihrem enormen Wissen über den Bunker bei allen auftretenden Fragen zur Anlage weiterzuhelfen.

Diese Atombunkeranlage, die ja eine ganz entscheidende Rolle im Roman hat, existiert also tatsächlich, und sie sieht zum größten Teil auch genauso aus, wie ich sie beschrieben habe. Ich habe mir lediglich erlaubt, sie im Zuge der kreativen Freiheit noch um einige Gänge und Räume zu erweitern, die ich für meine Handlung brauchte.

Die Atmosphäre im Inneren dieses Bunkers ist auf jeden Fall so besonders, dass ich schon bei meinem ersten Besuch zu einer Lesung vor vier Jahren den Entschluss fasste, dort einen Thriller spielen zu lassen.

Weitere Infos, auch zu den Öffnungszeiten und Führungen, finden Sie unter folgender Adresse: http://www.ausweichsitz-nrw.de/

Mein weiterer Dank, den ich gar nicht oft genug aussprechen kann, geht an meine ganze Familie, die mich vorbehaltlos unterstützt und es mir dadurch erst möglich macht, mir die Zeit zu nehmen, die ich zum Schreiben und für meine Lesereisen benötige.

Auch an Alexandra Schmelzer schicke ich ein herzliches Dankeschön. Sie hat mir im Rahmen eines Wettbewerbs die Figur des Zlatko entworfen, der eine kleine, aber wichtige Rolle in diesem Buch spielt.

Ein Riesendankeschön aber geht an Sie, liebe Leser … nein, Moment. Wir kennen uns doch mittlerweile schon ganz gut, oder? Immerhin haben Sie gerade etwas gelesen, womit ich monatelang meine Nächte verbracht habe. Ich denke, das ist persönlich genug für eine vertraute Anrede:

Ein Riesendankeschön geht also an dich, liebe Leserin,

und an dich, lieber Leser. Für dein Interesse an meinen Büchern und deine Treue.

Ohne dich würde es sie nicht geben.

Leseprobe

aus dem neuen Psychothriller
von Arno Strobel

erscheint voraussichtlich im Frühjahr 2015
bei FISCHER Taschenbuch

Prolog

Sie bildeten einen Kreis um den Tisch und hielten sich an den Händen. Niemand sprach ein Wort. Nur der Wind, der sich hier und da zwischen den groben Brettern hindurchdrückte, erfüllte die Scheune mit einem wispernden Geräusch. Er ließ die Flammen der Kerzen tanzen und ihren wabernden Schein über die gesenkten Gesichter huschen.

Als er *mit erhobenen Händen an den Tisch herantrat und seinen Blick auf die reglose Gestalt vor sich richtete, die ihm mit weit aufgerissenen Augen entgegenstarrte, schien selbst der Wind zu verstummen. Als er seine Stimme erhob, begannen die Hände der anderen zu zittern.*

»Du, Mensch, wirst jetzt dem Schmerz übergeben. Du wirst ein Leid erfahren, wie es noch kein Mensch ertragen hat. Du wirst darum flehen, sterben zu dürfen, aber du bist für den Schmerz bestimmt. Er wird lange währen, doch sei gewiss, an seinem Ende steht für dich der gnädige Tod.«

Die Gestalt auf dem Tisch lag noch immer reglos da, nur ein einzelner Muskel zuckte in ihrem Gesicht.

Er bemerkte es und sah auf. »Bringt diesen Menschen nun zu seiner Bestimmung.«

Als die anderen nicht sofort auf seine Anweisung reagierten, befahl er: »Sofort.« Da erst lösten sie die Hände und griffen nach der Gestalt.

Einer von ihnen hatte Tränen in den Augen.

1

Es gab einige Dinge in Bastian Torbens Leben, die er nicht mochte. Die Fettröllchen an seinen Hüften zum Beispiel. Und die dicke, grell geschminkte Frau Selkes mit den strähnigen Haaren, die ein Stockwerk unter ihm wohnte und den Großteil ihrer Zeit im Flur zu verbringen schien, wo sie ihm ekelhaft anzügliche Blicke zuwarf, wenn er auf dem Weg nach unten an ihr vorbeikam. Oder auch wichtige Termine, die er einzuhalten hatte und die ihm Stress bereiteten. All das waren Dinge, auf die er liebend gern verzichtet hätte. Genau wie auf das Klingeln des Telefons vor Sonnenauf- oder nach Sonnenuntergang. Er empfand solche Anrufe als nicht akzeptable Eingriffe in seine Privatsphäre und bestrafte die Anrufer mit offen zur Schau gestellter schlechter Laune.

Noch bevor sein Bewusstsein sich vollkommen aus der Umarmung des traumlosen Schlafes befreit hatte, setzte ein dumpfer Kopfschmerz ein, der Bastian vermuten ließ, dass es noch mitten in der Nacht war. Unwillig öffnete er ein Auge und wälzte sich zur Seite. Das penetrante Klingeln versuchte er dabei zu ignorieren.

Das Display des Radioweckers auf dem Nachttisch zeigte ihm mit rot leuchtenden Zahlen 10 Uhr 23 an. Es war also bereits später Vormittag, und die Dunkelheit des Zimmers rührte nicht etwa von der Abwesenheit der Sonne, sondern vom geschlossenen Rollladen vor dem kleinen Schlafzimmerfenster.

Schnaubend drehte Bastian sich wieder auf den Rücken. Sein langsam schärfer werdender Blick machte einen verwaschenen Fleck auf dem Dunkelgrau der Zimmerdecke aus. Es war die nackte Glühbirne, die seit seinem Einzug vier Monate zuvor die Deckenlampe des Schlafzimmers darstellte.

Nebenan im Wohnzimmer bimmelte das Telefon stoisch weiter. Fast im gleichen Rhythmus schien etwas in seinem Kopf zu pulsieren. Er würde eine Aspirin nehmen müssen, vielleicht besser gleich zwei.

Bastian überlegte, wann er eingeschlafen war, und kam zu dem Schluss, dass es wohl fast fünf Uhr gewesen sein musste, als er den Computer ausgeschaltet hatte. Kein Wunder, dass er vollkommen gerädert war. Vorsichtig richtete er sich auf und schob die Beine aus dem Bett. Das Telefon läutete noch immer. Er wusste nicht, wie oft es schon geklingelt hatte, seit er aufgewacht war, aber es war bestimmt schon über eine Minute vergangen. Der Anrufer hatte entweder eine geradezu unglaubliche Ausdauer, oder er war einfach stur. Mit einem Seufzer stand Bastian auf und ging ins Wohnzimmer, wo das Telefon auf einem kleinen Beistelltisch neben der billigen Couch aus dem Lagerverkauf stand. Genau in dem Moment, als er sich auf dem orangefarbenen Stoff niederließ, verstummte das Gerät. Einige Sekunden ruhte sein Blick auf dem schwarzen Telefongehäuse, dann schüttelte er den Kopf und sagte: »Typisch.«

Als wäre das der Befehl zu einem weiteren Versuch, begann das Klingeln von neuem. Nach dem zweiten Mal hatte Bastian den Hörer am Ohr. »Torben«, meldete er sich und ließ dabei ungeachtet der Tatsache, dass es schon später Vormittag war, keinen Zweifel daran, dass er sich gestört fühlte.

»Bastian«, flüsterte eine Stimme ihm gehetzt ins Ohr. Augenblicklich war er hellwach, sprang auf und war mit einem Mal so fahrig, dass ihm fast der Hörer aus der Hand gefallen wäre.

»Anna! Bist du das, Anna? Sag doch was.«

Es vergingen einige Sekunden, bis die Stimme endlich wieder etwas sagte, quälend langsame Sekunden für Bastian.

»Hilf mir, bitte. Ich …« Ein schabendes Geräusch überlagerte die Stimme, es folgte ein Knall, als ob das Telefon heruntergefallen wäre, dann wieder Rascheln, Knistern und schließlich: »… mich hier fest. Ich … sie werden mich töten … hilf mir.«

Es hörte sich so an, als sei es sehr windig dort, wo Anna gerade war. Bastian konnte fast nichts verstehen. Er hätte schreien können vor Verzweiflung.

»Was? Anna, ich habe dich nicht verstanden, bitte, wo bist du? Anna!«

»Frundorf … Müritz. Bitte hilf … Bastian. Ich … solche Angst.« Ihre Stimme klang jetzt panisch, und er konnte trotz der immer lauter werdenden Hintergrundgeräusche ihre Angst förmlich spüren.

»Du bist … wo? In … wie heißt das? Frundorf? An der Müritz? Anna?«

»Beeil dich. Diese Bestien. O Gott … sie …« Mit einem klackenden Geräusch wurde die Verbindung unterbrochen, und obwohl Bastian wusste, dass es sinnlos war, schrie er noch einige Male Annas Namen und drückte dann wie ein Besessener auf der grünen Taste des Telefons herum. Sein Atem ging stoßweise, so als hätte er soeben einen Sprint beendet.

Nach einem letzten verzweifelten Versuch ließ Bastian

sich schließlich auf die Couch fallen. Seine Hand mit dem Telefon sank herab und öffnete sich kraftlos. Das schmale Telefon glitt mit einer Drehung um die eigene Achse auf den Stoff und blieb dort liegen. Stumm starrte er das Gerät an und fühlte sich dabei, als hätten die letzten beiden Minuten alle Kraft aus seinem Körper gesaugt. Er dachte darüber nach, warum das so war. Warum lief er nicht wie ein gehetztes Tier durch die Wohnung und überlegte fieberhaft, was nun zu tun sei? Schon im nächsten Moment gab er sich selbst die Antwort: Weil Annas unerwarteter Anruf die Erinnerung an sie mit solcher Wucht zurückgebracht hatte, dass er das Gefühl hatte, den Boden unter den Füßen zu verlieren. Sie war mit einem Mal wieder so präsent, als hätte es die vergangenen sieben Monate nicht gegeben.

Seine Anna. Für eine kurze, aber sehr intensive Zeit war sie das gewesen, *seine* Anna. Bastian ließ sich in das weiche Polster zurückfallen und schloss die Augen.

Über ein halbes Jahr war es her, dass sie gegangen war. In einer Art und Weise, die es ihm unmöglich gemacht hatte zu glauben, dass sie es aus freien Stücken tat. Er war absolut sicher gewesen, dass Anna ihn nicht verlassen wollte, sondern musste. Aus welchen Gründen auch immer. Dass sie gelogen hatte, als sie behauptete, ihn nicht genug zu lieben, um mit ihm zusammenbleiben zu können. Er hatte die Lüge in ihren grünen Augen gesehen, als sie vor ihm stand, den kleinen Koffer in der Hand, mit dem sie nur vier Wochen zuvor zu ihm gekommen war.

Bastians Gedanken hangelten sich an seinen Erinnerungen entlang wie an einem straff gespannten Seil. Die kurze, unbeschreiblich glückliche Zeit, die er mit Anna verbracht hatte. Ihre Picknicke am Schweriner See, an dieser nicht einsehbaren kleinen Bucht. Sonntage, die sie komplett im Bett verbracht hatten. Wilde Kissenschlachten, die in leidenschaftliche Umarmungen übergingen und damit endeten, dass sie wohlig ermattet eng aneinandergeschmiegt dalagen. Der Tag, an dem sie sich kennenlernten …

Er wohnte noch nicht lange in Schwerin und war durch Zufall in diese Kneipe geraten, die eigentlich so gar nicht sein Fall war. Er hatte nur ein Bier getrunken und wollte gerade zahlen, als sie plötzlich vor ihm gestanden und ihn stumm angesehen hatte. Bastians erster Gedanke war gewesen: Diese Frau passt nicht hierher. Ihre schlanke, fast zerbrechlich wirkende Gestalt, das zarte, feine Gesicht, umrahmt von einer Flut blonder Haare … das alles stand in geradezu groteskem Kontrast zu der hämmernden Musik im Hintergrund, den Bierpfützen auf den abgenutzten Stehtischen mit den grölenden und schwankenden Typen daran.

»Hallo«, hatte er nur zu ihr gesagt, mehr war ihm nicht eingefallen. Sie hatte ihn angelächelt. »Ich bin Anna. Darf ich mich zu dir stellen?«

Bastian hatte genickt und gesagt: »Ja, sehr gerne.« Sein Herz hatte einen Sprung getan, als sie an ihm vorbei auf die andere Seite des Stehtisches gegangen war und dabei seine Hand berührt hatte. Er …

Jäh wurde er plötzlich in die Gegenwart zurückgeschleudert. Bastian brauchte ein, zwei Sekunden, um zu registrieren, dass das Telefon erneut läutete. Mit einer hastigen Bewegung griff er nach dem Gerät und hatte Mühe, den kleinen Knopf zu drücken, um das Gespräch anzunehmen, so sehr zitterten seine Hände. Sofort hörte er wieder diese Hintergrundgeräusche, den Wind.

»Anna. Anna, bist du das?«, stammelte er in den Hörer.

Auf der anderen Seite war ein Schnaufen zu hören, dann sagte eine raue männliche Stimme: »Wer sind Sie?«

Im ersten Moment war Bastian zu keiner Reaktion fähig, seine Gedanken rasten und versuchten, eine logische Erklärung zu finden. Er war sicher, der Anruf kam vom gleichen Telefon wie kurz zuvor der von Anna. Sie hatte große Angst gehabt. Hatte er den Grund ihrer Angst gerade am Telefon? »Hören Sie«, sagte er hastig, »ich möchte Anna sprechen. Wo ist sie?«

Sekundenlang war nur das Rauschen zu hören, dann sagte die Stimme: »Vergessen Sie sie.«